# BEGINNING THEORY

An Introduction to Literary and Cultural Theory

# 理论入门

## 文学与文化理论导论

（增订版）

*Fourth Edition*

[英] 彼得 · 巴里 ———— 著
Peter Barry

杨建国 ———————— 译

世界图书出版公司
北京　广州　上海　西安

**图书在版编目（CIP）数据**

理论入门：文学与文化理论导论 /（英）彼得 · 巴里著；杨建国译 . —北京：世界图书出版有限公司北京分公司，2023.6

（进阶）

ISBN 978-7-5192-9875-3

I. ①理… II. ①彼… ②杨… III. ①文学理论②文化理论 IV. ① I0 ② G0

中国版本图书馆 CIP 数据核字（2022）第 159847 号

Beginning Theory (4th edition) by Peter Barry



---

| | |
|---|---|
| 书　　名 | 理论入门：文学与文化理论导论<br>LILUN RUMEN: WENXUE YU WENHUA LILUN DAOLUN |
| 著　　者 | ［英］彼得 · 巴里 |
| 译　　者 | 杨建国 |
| 责任编辑 | 刘天天　杜　楷 |
| 特约审校 | 黄绪国 |
| 特约编辑 | 何梦姣 |
| 特约策划 | 巴别塔文化 |
| 出版发行 | 世界图书出版有限公司北京分公司 |
| 地　　址 | 北京市东城区朝内大街 137 号 |
| 邮　　编 | 100010 |
| 电　　话 | 010-64038355（发行）　64033507（总编室） |
| 网　　址 | http://www.wpcbj.com.cn |
| 邮　　箱 | wpcbjst@vip.163.com |
| 销　　售 | 各地新华书店 |
| 印　　刷 | 天津光之彩印刷有限公司 |
| 开　　本 | 880mm×1230mm　1/32 |
| 印　　张 | 13.75 |
| 字　　数 | 355 千字 |
| 版　　次 | 2023 年 6 月第 1 版 |
| 印　　次 | 2023 年 6 月第 1 次印刷 |
| 版权登记 | 01-2022-5512 |
| 国际书号 | ISBN 978-7-5192-9875-3 |
| 定　　价 | 78.00 元 |

---

**如有质量或印装问题，请拨打售后服务电话** 010-82838515

# CONTENTS 目　录

## 2 结构主义 047



## 3 后结构主义与解构 071

## 4 后现代主义 095



## 5 心理分析批评 113



## 6 女性主义批评 143

## 9 新历史主义和文化唯物主义 205



## 10 后殖民批评 227

## 11 文体学 241



## 12 叙事学 261

## 13 生态批评 289



## 14 文学理论史十件大事 323

## 15 “理论”之后的理论　351

# 第四版序言

几年前，我就文学理论教学开设了一个讲座，讲座上我说："文学理论教学道路千百条，问题是没有哪条走得通。"几乎所有的文学理论教师都时常有类似感觉，能做的无非是想出更好的解释，附上更好的例证。出版一个新的版本，意味着获得一次新的机会来减少文学理论教学中的失败。本书初版至今已经过去将近四分之一个世纪，不言而喻，我自己对理论的看法也发生了转变，特别是 21 世纪初以来，转变速度与日俱增。这段时间里，我几乎每年都会在牛津大学雷利学院（Rewley House, Oxford）的文学理论日上一节课，将三种到四种理论应用到不同的短篇文学文本阐释中。关于文学文本阅读和理论阅读，我回想起了 1999 年时和 8 岁的汤姆一起在汉普郡观看新千年前最后一次日食时的情景。我一直觉得，理论经常使文本黯然失色，就像月亮的影子在日食中遮住了太阳的光辉，文本就这样失去了自己的声音，成为理论的应声虫。理论证明，文本充满了解构式的死胡同（第 3 章），或是上演俄狄浦斯情结（第 5 章），或是体现阿尔都塞式压抑结构（第 8 章）。我所言非虚，至少 20 世纪八九十年代理论处于鼎盛期时，情况确实如此。文学文本遭遇理论，如同被犁刃翻过的田地，留下道道犁痕。结果总是一样：理论毫无悬念大获全胜，开始一场又一场胜利游行。

我曾用一首诗来演示理论如何“攻克文本性”，那是爱尔兰诗人帕特里克·卡瓦纳（1904—1967）的一首诗，名为《犁陇后的人》。诗的最后一节，诗人敦促农夫继续前行，不要理会可能受到犁刃伤害的野生动物：

忘了虫子的意见吧，
用蹄子和尖耙钉，
因为你要赶马穿过
天地初开的迷雾。

谈到理论时，我要强调的并不是武夫气概十足的理论“锋芒”，而是不确定性的软风薄雾，也就是卡瓦纳所说的“天地初开的迷雾”。思想始于迷雾，其起源地我们也无法确定能否进入。迷雾升起时，也正是包含潜能时，我们看不见熟悉的地标，心灵处于一种接受状态——约翰·济慈称之为“消极才能”（negative capability）——这是良好丰富却又甚少为人所了解的状态。所以，我一开始就说，理论与文本相遇时，不是以理论之刃信心满满地重塑文学文本，而是在迷雾中耐心地试探摸索——换句话说，当理论与文本相遇时，结果通常带有很大的不确定性。我曾试着用一句话来概括，这句话就是：“当不可抗拒的理论力量遇到稳如磐石的文本对象时，总有一方要让步。”有时，理论的复杂性暴露出文本的局限性，有时文本的复杂性也暴露出理论的局限性。我足足花了好几年的时间才形成上面的想法，顿觉身心为之一松，眼界打开，眼前的一切皆不同于以往，于是理论 1.0 进阶为理论 2.0。

理论 2.0 世界有一个特点：对个别文学文本特殊性的认识十分敏锐

（参阅关于新审美主义的第 15 章）。文本没有所谓“精髓”，所有的线条也并非都朝着同一个可预见的方向延伸。恰恰相反，文本往往包含各种各样的能量，相互交叉、自相矛盾。杂乱无章，黏着滑动，这不正是文学的特性吗？理论也一样：理论有趣之处不在于权威性、确定性和一致性，而在于盲点、切入点、模糊的边缘，也在于连续不断的重新表述，哪怕前后的表述自相矛盾。正因为有了这些特质，理论才值得花时间去阅读、思考、争论、回应，并尝试把它们变成某种实践。我所说的“实践”是指让事情变得更好。什么事情？好吧，我们生活的世界，我们对彼此的看法，我们共同生活和个人生活的方式。不少理论和研究方法边界更加开放，却没有产生多少备受追捧的超级明星，也没有将文学文本熨烫成服帖于理论的扁平纸片。如今我越来越珍视这一类理论和方法，这一类理论和方法也是本书中我推荐和支持的理论和方法。在我看来，理论提出正确的问题，这无疑是巨大的成就，理论最大的用处是牢牢抓住我们，不是让我们膜拜皈依，而是让我们百家争鸣。

**阿伯里斯特威斯，2017 年 3 月**

# 引 言

## 关于本书

文学理论的高潮出现在20世纪80年代。那十年是理论的“时刻”，各式各样的话题既新鲜时髦，又充满争议。到了20世纪90年代，专著和文章源源不断而来，比如书名为《理论之后》(*After Theory*, Thomas Docherty，1990)的著作，还有尼古拉斯·特雷德尔(Nicolas Tredell)1993年出版的《关键十年》(*The Critical Decade*)一书中也出现了“后理论”(Post-Theory)的标题。这样的一些标题表明，“理论时代”正趋于式微。20年后，各种“后”论继续出版，包括尼古拉斯·伯恩斯(Nicholas Birns)的《理论之后的理论：1950年到21世纪初文学理论思想史》(*Theory After Theory: An Intellectual History of Literary Theory from 1950 to the Early 21st Century*, Broadview Press，2010)，简·埃利奥特(Jane Elliott)和德里克·阿特里奇(Derek Attridge)编辑的《理论之后的理论》(*Theory After Theory*, Routledge，2011)，朱迪斯·瑞安(Judith Ryan)的《理论之后的小说》(*The Novel After Theory*, Columbia University Press，2014)，还有本书第15章开头提到的书籍。那今时今日又何苦再写一本理论“入门读物”呢？

答案很简单：理论之“时刻”过去之后，理论之“时代”必将随之而来。理论不再是立志于此的少数人的专利，它已融入学术血流之中，成为大学课程中理所当然的组成部分。到了这个阶段，光环散去，克里斯玛式的魅力也归于习常，理论成为为数不少的人日日讲授或学习或者既讲授又学习的材料。当学生们初次遭遇理论话题所带来的困难时，本书存在着过度简化之嫌，看似让学习者吃了定心丸，实际上却开错了药方。可无论如何，只要想完成这样的一本书，首要任务就是要做到讲解明晰、例证确凿。如果这是不可完成的任务，如果理论高山只有专家才能攀登，那么在本科阶段开设理论课程的全部努力根本就是错误。

强调实践意味着本书不仅仅是一部教材，同时也是一本“练习册”。随着阅读深入，读者会在“停一停，想一想”这部分中遇到各种活动建议，目的在于给读者一些“贴身”经验，去了解何谓文学理论，它又产生出哪些问题。读者应做的不仅仅是阅读，不应把理论视为超级明星的比赛，自己只要作壁上观就可以了，更要亲身参与其中。亲身参与会帮助读者获得**切身**体会，进而了解理论。同时，我也确信，这样能够增强读者的自信，哪怕读者们依旧处在一个相当初级的阶段。除此以外，我还希望，如果本书同某门关于批判理论的课程配合使用，“停一停，想一想”中的活动能成为课堂讨论的基础。

本书所介绍的所有批判方法都是对之前业已存在的某些东西所做出的不同反应，但并不需要提前了解这些东西。因此，我的介绍始于“自由人文主义”（liberal humanism），宽泛而言，所有的“新”批判方法都是在“自由人文主义”的背景中描绘出自己的轮廓的。

20 世纪 70 年代和 80 年代以来，随着本书所述理论发展的到来，旧文学研究方法受到了挑战，可如何才能给“旧”文学研究方法贴上标签？这是一个问题。解决办法之一：使用一个语义空泛模糊的短语，例如“旧文学研究方法”或“讨论文学的传统方法”。但是，此类空泛模糊的描述往往令人感到不安，很难保证每个人对这些描述的理解都一样。直到2000年左右，“自由人文主义”这个术语在英国依旧广为使用，通行于美国的类似术语则是“形式主义”。不妨把“主义”仅仅当作开门的把手，无论过去还是现在，这样做都挺称手，但这并不意味着标签就不重要，恰恰相反，标签很重要，标签的存在证明了文学研究中没有哪种方法能“自由于理论之外”。标签源于一整套基本假设、原则、断言，尽管这些假设、原则、断言很少明白呈现出来。因此，第四版继续使用“自由人文主义”一词，也正式阐述出我心目中的基本假设（参阅本书第1章）。使用本书的学生，或者他们的教师或许想挑战或补充我所列出的基本原则，这再正常不过了，但如果许多人相信文学学习与理论无关，我会感到惊讶不已。之所以用“主义”来标识传统文学研究方法，出发点也正在于此。

当今颇为成功的批评方法，如马克思主义（Marxism）、女性主义（feminism）、心理分析（psychoanalysis）、语言学批评（linguistic criticism），无不对照于各自较早的形态以界定自身。故而在相关部分，我将首先介绍各种批评方法的较早形态。我觉得，当今学生面对理论时之所以会遭遇许多困难，根子就在于他们试图跳过那个较早阶段。我的方法就是带读者从浅水处下水，其实，与把读者直接扔入深水区相比（这也是当今大多数文学理论导论性图书所采取的策略），这种方法可能更痛苦，但至少可以减轻溺毙之虞。

或许，应当强调的一点是，当今流行的种种其他理论导论同本书有所不同，它们往往综合平均地涵盖整个领域，然而在理论应用方面，相对而言则常常行之不远。在我看来，那些著作同样很有用处，不过总觉得更近于对文学理论的重述而非介绍，视角更偏向哲学，而非文学自身。综合平均就意味着节奏步调始终不变，难有机会在某个问题、例证上停下脚步，做一番深入反思。与之不同，本书并不想做到全面，也确实想在适当的时刻改变一下步调节奏，选出一些问题、例证，或关键性文章，供读者做更细致入微的研读。

在本科教育阶段，一个主要的问题就是要决定初学者要涉足多少理论才算合理。时间远非无穷无尽，需要考虑的往往是课程教育的现实，而非理想。同小说家一样，理论家的数量大得吓人，任何理论课程只有形成以学生为中心的学习模式才有可能取得成功，无论是课堂讲授型，还是小组讨论型。时至今日，我们已经正确地摒弃了文学评论家利维斯[①]（F. R. Leavis）所倡导的教学思想（也就是列出一系列主要小说家），利维斯的“伟大传统”从根本上说就是一门课程，其对象就是小说，可控制在本科教育一学年的时间内完成。在那段时间内，完全可以读上一两部奥斯汀、艾略特、詹姆斯、康拉德、劳伦斯的小说，并展开充分的讨论。同样，也要确保今日呈现为理论的东西具有实际教学意义。

接触新事物之前，理应首先清点一下自己已经有的，日后才好丈量自己究竟走了多远。因此，本书第 1 章将首先请读者以批判的眼光去回顾、思考自己之前所接受的文学训练，接着再看一看传统文学批评背后的种种观念和假设，理论家通常把这些观念和假设统称为“自由人文主义”。

“自由人文主义”这个术语在 20 世纪 70 年代流行起来，这是一个简略而且总体上为否定性的称谓，指代在理论涌现之前占主导地位的那种文学批评。这个称谓中的“自由”一词大致意味着不采取激进政治立场，在政治问题上往往言辞闪烁、立场模糊。“人文主义”的含义也大

① 利维斯（Frank Raymond Leavis，1895—1978），英国文学批评家，《细察》评论季刊主要创办人和编辑。主要著作有《大众文明和少数人文化》《英诗新方向》《伟大的传统》等。利维斯认为应通过文学培养人在智力和道德方面高度敏感的感受力，来抵制低劣的“大众”文明。他要求文学必须有道德价值，必须促进社会的健康。利维斯一生的评论和教学活动基本上围绕这一中心思想。——编者注

致相近，往往指向一系列否定性特征，如“非马克思主义”“非女性主义”“非理论化”，等等。此外，还有一层含义，自由人文主义者大多相信“人类天性”，视其为永恒不变，而伟大的文学表现出这种永恒不变的“人类天性”。无论在过去还是在现在，所谓的自由人文主义者并不用这个名称称呼自己。不过，正如一个颇具影响的思想流派所言，如果你干的是文学批评，却不肯称自己为马克思主义者、结构主义者、后结构主义者，或其他什么主义者，那你八九不离十就是个自由人文主义者，至于你自己承认与否已不再重要。

在解释当今流行的一些主要批评观念的过程中，本书将就一系列重要的理论文章做一番概述，但要强调读者应当亲自阅读重要理论家的第一手资料，至少应当读其中一部分。不过，一旦读者翻开巴特、巴特勒、福柯或德里达的文章，就会遭遇艰难深奥的文风，这足以令人望而却步。该怎么办？

我的建议是：**求精**远优于**贪多**。我的意思是，就算读者一章接一章读完一整本书，可要是对书中所说总是一头雾水，所得也几乎为零。花上相同的时间，凭借自己的力量，把某本书中某个关键章节，或某篇关键性文章反复读上几遍，收获可能会大得多。遇上著名的论断时，仔细掌握书上所说的一切，注意论证如何展开，如何限定，是在何种现实背景下做出的，这样做远比仅仅去读一些评述，或一目十行，仅仅得到粗线条的表面印象要有用得多。无论材料多么令人望而却步，阅读一定要亲力亲为，更要善于思考。不妨尝试下放慢阅读的节奏。更进一步说，如此深入的阅读可以大大拓展读者引用的范围，而不仅仅是所有评论中都会用到的老生常谈。至关重要的是，这样可以形成自己的观点，或许还不全面，但至少已经不只是某位评述者已出版著作的回声和残余。阅读的深度往往比广度作用更大，所谓“英语语言文学研究”（English studies）就是建立在细读（close reading）这一理念之上的。虽然在20

世纪七八十年代，细读的理念常常遭到非难，但毫无疑问，真要抛弃了这一理念，这一学科也将不会有任何东西能引起人们的兴趣。

因此，我建议，不妨尝试一种有益的精读技巧，它有个正式名称——SQ3R 阅读法。当读者遇到艰难的章节或文章时，这种技巧把阅读分为五个阶段，分别是：

**浏览**（S=Survey）——浏览整个章节或整篇文章，不妨一目十行，首先对论证的范围、性质形成一个粗略的印象。记住：信息并非平均分布于文章各处，通常开篇部分和结尾部分所包含的信息最多（在这些部分读者通常能找到整篇文章、整个章节的概要），而各个段落的起始句和结尾句往往就是把论证贯穿起来的“关节”。

**提问**（Q=Question）——浏览全篇后，给自己提几个问题，问问自己究竟想从阅读材料中找到什么，这将使阅读变得主动，而非被动，同时有了明确的目标。

**通读**（R1=Read）——现在通读全篇。如果阅读材料属于自己，那就拿起一支铅笔，画下重点、难点，圈出值得记住的词句。千万别光坐着不动。如果材料不属于自己，那就边读边在纸上草草记下一些东西，哪怕只有只言片语。

**回忆**（R2=Recall）——现在合上书，回忆所读过的东西；写下几点摘要，再问自己，当初的问题有没有解决，疑点有没有澄清；如果还有不理解的难点，写下来。如此一来，就记下了阅读的收获，不至于书一合上，刚刚读过的东西就消失得无影无踪，时间白白浪费。

**简评**（R3=Review）——这是最后阶段，完成于阅读后一段时间。可以试试不同的时间间隔，不过开始时可以在完成阅读后的第二天去做。不要翻开阅读材料，也不要求助于自己的笔记，简评自己从材料中究竟得到了什么。回忆浏览全篇时给自己提出的问题，以及在回忆阶段自己的笔记，或者材料中某段重要的文字。如果实在回忆不起什么，就翻翻当初的笔记；要是面对笔记依然不甚了了，重复一次**浏览**阶段，然后再快速通读一遍，可以重点把开篇部分和结尾部分重读一遍，再借助于上次留下的勾画，迅速读完材料的中间各段落。

或许，你早就已经形成了类似的学习技巧，其实这也不过是常识，不过它确实能帮助大家，确保读完理论文章总会有所收获，不管刚开始时文章显得多么艰深难明。

最后要再次强调，这样一种安排实在难以做到完整全面，其中道理不待多言。显而易见，这本书也不会囊括理论学习中所应了解的一切，如果抽掉书中推荐阅读的那些理论文章，本书自身很难构成一门文学理论课程。书中略去了许多内容，许多话题的讨论也相当仓促，就是个启蒙读物，目的就是让读者初步了解理论究竟为何物，对文学研究又会产生哪些影响。最重要的是，希望本书能引起你对理论的**兴趣**。

## 走近理论

通常，人们会觉得这里介绍的文学理论和方法“新奇”，不过要是你刚刚修完诸如媒体研究、传播研究、社会语言学之类的课程，可能这里介绍的理论和方法就不再有“新奇”之感，因为你已经“适应了”所有那些课程的一个共同特征，即对观念的强调。你不会在各种技术术语面前畏首畏尾，更不会因为强烈的社会和政治取向而大惊失色。另一方面，如果你只上过一些“平实的”入门级文学课程，课程重中之重就是介绍一些预设好的著作，那么本书中所包含的许多内容很可能会“闻所未闻”。开始时，你面临的最大问题就是如何找到对应的“波段”，去接收看待文学的各种不同方式。进入学位课程学习阶段，遇到的许多问题可能并没有一致公认的答案，你对此理应有心理准备。关于本书中所讨论的许多问题，个人的理解很难做到全面和公正，这是人人都会遇到的不可避免的事实。

无论你属于哪一类，我一开始就想确保一点：你或许对书中的材料心存疑窦，不过绝**不会**出于下列原因：

1. 智力不足，比如，没有“哲学家的头脑”，或者没有那种X光式的智力，可以穿透术语，看清后面的含义。

2. 既往学业中没有语言学或哲学这样的课程。

3. 材料本身艰涩深奥，难以理解（关于这一点，我们还要有所论述）。

可以说，你遭遇的所有困难几乎都是理论家写作风格的直接产物。此外，批评家们评述理论时所使用的风格也起到了推波助澜的作用。必须强调，文学理论并非生来就艰涩深奥，文学理论中本就复杂费解的观点其实是凤毛麟角。相反，构成所谓“理论”的全部著作大都基于那么十来个观点，没有哪一个算得上生来就深奥难明，真正深奥难明的是叙述理论的语言。许多理论大家是用法语著述，我们所读的许多理论著作是译作，有时候译文相当拙劣。而且，法语属于罗曼语系，其中许多词汇直接来自拉丁语，不像盎格鲁-撒克逊语言有那么丰富的词汇，那么多简洁、熟悉的日常用语。把法语的学术文章翻译成英语，若要忠实于原文，必然会大量使用复杂的拉丁词汇，以英语为母语的读者总是将此视为阅读的一大障碍。阅读上述特征高度突出的文章，确实不仅让人心烦意乱，更让人心力交瘁，丧失耐心也实属平常。

开始之前，我倡导三种心态。**首先**，对于文章表层的艰深开始就应当有某种耐心，避免不加思考就草草下结论，认为文学理论不过是无意义的废话，尽是些傲慢自大的行话（也就是说，错的是理论本身）；**其次**，显而易见，绝不能认为自己的智力水平够不上理论（也就是说，错的是我们自己）；**最后**，也是非常关键的一点，绝不能认为艰涩的理论文章背后**必然**隐藏着深刻的思想，实际情况并非**总是**如此。至于如何去区分，那就看你我自己了。总而言之，我们应持这样的态度：我们深入文学理论，是要找一些对自己有用的东西，而不是让自己成为理论的奴隶。不应给理论开一张空白支票，让理论自己去填它需要我们多少时间，否则它花费的时间我们绝对承受不起。不要**无休止地**容忍理论，理应要求理论做到明晰简练，并且期待理论最终能够言之有物。有的人仅仅满足于看到理论以某种自始至终未加明确的方式“挑战”或“质疑”传统的批评方法，我却要说：不要这样。挑战是好的，可到头来理论也要能得出一些确定的东西。

## 停一停，想一想：回顾你的文学学习

在进入下一阶段，去同文学“摸爬滚打”之前，盘点一下迄今为止我们所接受的文学教育，反思一下其性质还是不无裨益的。有时候，有些方法和程序实在是太过于熟悉了（或许可追溯到我们的中学时代），以至于完全透明隐形，不再显示为一种特定的思想实践。盘点和反思的目的就是使已经隐形的东西再度显形，进而为审视的目光打开窗口。然而，盘点并非学术常规的一部分，这一点看来很不幸，盘点有着严格的要求，也会碰上不少困难，不过还是请不要跳过这一阶段。只有切身感受到对理论的需要，理论才会变得有意义。我希望你做到的就是意识到自己之前所接受的英语语言文学的性质，要做到这一点，不妨回忆一下以下内容：

1. 当初是什么让你决定学习英语语言文学？你希望获得

什么？你当初的希望实现了吗？

2. 学习中选择了哪些作家？选用了哪些书籍？他们有什么共同点？

3. 现在有没有感觉明显遗漏了某些作家和书籍？如果有，哪些？

4. 概言之，之前的学习给了你什么？（比如说，关于“人生”的态度；又比如说，关于个人的行为；或者文学本身。）

回顾这些内容，能帮助你透视迄今为止自己对于文学的体验，所以花上一两个小时吧。写这本书之初，我自己也做了番回顾，下面就列出其中的一些结果。其实，这样做更是一种提示，而不是什么模式，对于上面列出的四个问题，我自己也没有系统的回答。之所以在这里拿出来，因为或许这样能使这本书背后那个人显得更真实、更具体。你可以先做自己的回顾，再看我的；也可以反过来，先看我的，再做自己的回顾。具体如何，就完全取决于你自己了。

## 我自己的“盘点”

本书的主题是“文学理论”，因此我将集中回顾自己与文学理论的熟悉过程。20 世纪 60 年代晚期，我还是伦敦大学的一名本科生，对文学理论一窍不通。那时我所接受的还是那种由《贝奥武甫》到弗吉尼亚·伍尔芙式的文学课程，必须阅读用古英语和中古英语写的文章。现如今我终于意识到，与一个多世纪前伦敦大学开创性地设置的英语语言学位课程相比，自己当时在伦敦大学所接受的文学课程，无论是课程框架，还是课程观点，都没有多少差别。

改进还是有的。其中之一就是终于意识到了世界上原来还存在着美国文学，于是委任了一名讲师教授这门课程，讲师名叫埃里克·莫特拉姆，他于 1995 年 1 月去世。参加这门课程的结果就是：我开始为一系列美国诗人所痴迷，他们构成了那个时代“另类文化”的一部分。那一时期，以及在之后的几年里，我自己也尝试着写一些多少与之类同的诗。没过多久，我自己明白意识到，传统的文学批评在这种诗歌面前难以有所作为，于是从 20 世纪 70 年代开始，我开始搜寻不同于自己在大学时代所学的新批评方法。当时我还算不上什么文学理论的倡导者，因为在那个年代，作为独立范畴的“理论”在文学研究中还根本不存在。

在我身上，转折点好像发生在 1973 年，那一年我的读书笔记中开始出现了“结构主义”“符号学”这样的字眼，相同的字眼也出现在我当时感兴趣的文章和图书的标题中。当时“结构主义”是一种新的文学理论，正风靡法兰西，而“符号学”则是“结构主义”的一个分支。弗兰克·克默德（Frank Kermode）成为伦敦大学学院教授后，发起了伦敦高级研讨班，我同这个研讨班也有些联系，虽然并不紧密。研讨班成员聚集在一起热烈讨论结构主义者罗兰·巴特的著作，也感染了克默德对巴特的热情。那时我已购买、阅读了在英国能买得到的所有巴特作品，其实也没多少，当时在英国能买到的也就是《写作的零度》和《符号学原理》两本而已，这可能是巴特的著作中最艰深难懂，也最了无趣味的两本。《神话修辞术》相比之下则要有趣得多，其英文版在 1973 年面世。也还是在 1973 年，《泰晤士报·文学增刊》一连两期（10 月 5 日和 12 日）大篇幅刊载了名为《符号学的回顾与展望》的专栏文章，撰稿人包括翁贝托·艾柯（Umberto Eco）、茨维坦·托多罗夫（Tzvetan Todorov）、朱莉娅·克里斯蒂娃（Julia Kristeva），都是新批评理论界鼎鼎大名的人物。不过就我自己而言，当时也是第一次接触到那些名字。1981 年，我过去就学的学院委派我设计一门文学理论课程，以之为本科学士教育的一部分，更加深了自己对于理论的兴趣。那之后十多年的时间里，我一直教授那门文学理论课程，最终有了现今这本书。就我所知，自己当初在南安普顿的 LSU 高等教育学院开设的文学理论课是英国教育史上首个为本科生开设的文学理论课。

# “理论”之前的理论

# THEORY BEFORE “THEORY”

## 英语语言文学研究的历史

不了解英语语言文学如何发展成一门学术研究，就很难了解英语语言文学研究的传统方法。这就是下面几页要讨论的话题。

### 停一停，想一想

下面的选择题给出了这一部分所触及问题的范围。继续阅读之前，先看看这些选择题，画出你认为正确的答案，然后往下读。如果需要，修正你的答案。

1. 英语语言文学最早在什么时候成为英国的学位课程？1428 年、1528 年、1628 年、1728 年、1828 年，还是 1928 年？

2. 英语语言文学最先在哪所大学成为学位课程？牛津大学、剑桥大学、伦敦大学、南安普顿大学，或者都不是？

3. 19 世纪之前的英国，只有男性圣公会（英国国教）成员才能取得大学学位。正确或错误？

4. 19 世纪之前的英国，学位课程的讲师必须是英国教会未婚成员。正确或错误?

5. 19世纪之前的英国，女性不得获取学位。正确或错误?

6. 20世纪初的英国，女性可以参加学位课程，但不得获取学位。正确或错误?

要解释英语语言文学研究的崛起，不得不先简要介绍截至19世纪前25年英国高等教育的基本状况。长话短说，答案就是：英国教会独揽天下。那时，全英国仅有两所大学——牛津大学和剑桥大学，这两所大学又进一步分为一些独立学院，所有这些学院的运营同修道院不无相似之处。无须多言，只有男性才能进入这些学院学习，所有的学生都必须是英国圣公会成员，参加学院教堂的礼拜。教师都是受到教会委任的教士，必须未婚，只有这样才能在学院居住。学院提供的课程包括古代经典（古希腊和古罗马文学）、神学（供希望取得神职的学生研修）、数学。天主教徒、犹太教徒、但以理派信徒，以及无神论者都不得进入学院学习，因而实际上也就不得从事专业领域工作，或成为政府公务员。就英国的高等教育而言，可以说，直到19世纪20年代，状况同中世纪并没有多少不同。

许多人尝试改变这种状况，扩大高等教育的范围，引入实用性课程，可都撞上了根深蒂固的保守力量。突破出现在1826年，那一年在伦敦成立了一所大学学院，学院章程接纳持各种宗教信仰，或者没有宗教信仰的入校学习。1828年，该校设立了英语语言文学课程，并在1829年任命了英国历史上首位英语语言文学教授。不过当时的课程同我们今天所熟悉的英语语言文学大相径庭，主要是英语语言研究，文学仅仅是证明语言学论点的例证而已。真正意义上的英语语言文学课程在

1831 年首先出现在伦敦的国王学院（伦敦的又一所学院，也是后来伦敦大学的前身）。

剑桥大学格顿学院（Girton College）开设于 1869 年，1875 年剑桥大学开设纽恩汉姆学堂（Newnham Hall），后来改名为纽恩汉姆学院（Newnham College），上述两所学院都是专为女性开设的。女性，比如在 19 世纪 70 年代的牛津大学，虽然可以参加讲座和考试，却不能真正获得学位，牛津大学的这种情况直到 1920 年才得到改变，剑桥则更迟，直到 1948 年。因此，在牛津和剑桥，女性直到 20 世纪才成为大学的正式成员。现在看来这是不是令人难以置信？在伦敦，1849 年专为女性在贝德福德广场设立了贝德福德学院（Bedford College），1879 年起女性可以参加学位考试并获得学位，这一方面伦敦大学领先于牛津大学和剑桥大学。伊迪丝 · 莫利（Edith Morley，1875—1964）是英国历史上首位女教授，1908 年被任命为雷丁大学英语系主任。美国在这一方面遥遥领先于英国：1839 年于佐治亚州成立了卫斯理学院（Wesleyan College），是世界上第一所特许授予女性学士学位的学院。1850 年，露西 · 塞申斯（Lucy Sessions）从俄亥俄州奥伯林学院（Oberlin College）获得文学学位，是美国历史上首位获得大学学位的黑人女性。

1840 年，莫里斯（F. D. Maurice）获任命为国王学院教授，开始指定著作作为学习材料，他的就职演讲为文学研究奠定了一些基本准则。通过英语文学的学习，“我们可以令自己获得解放……超越那些我们这个时代所特有的看法和习俗”，把自己同那些“永恒不变的东西”连为一体。莫里斯认为文学是中产阶级特有的财富，也是他们的价值观念的表达。在莫里斯看来，中产阶级才是英国精神的精髓（贵族阶层是国际精英集团的一分子，穷苦人满脑子只有柴米油盐）。中产阶级的教育必须具有英国精神，要扎根于英国文学之上。对于这种观点背后的政治蕴含，莫里斯心知肚明：如此教育出来的人会感到自己属于英国，感到拥有自己的祖国。“政治煽动家”会问：“邻居出入有车有马，而你全靠自己的双脚，这意味着什么？”可“不管他们怎么说，你都会真真切切地感受到自己民族的存在”。简而言之，学习英语语言文学可以令人们满足于维持政治**现状**，从而令财富无重新分配之虞。

由此可以看出，英语语言文学研究成了宗教的一种替代品。中产阶级以下的社会阶层在参加宗教活动方面的情况非常糟糕，这已是众所周知的事实，令人忧虑的是社会低下阶层会觉得国家与己无干，要是没有宗教教诲他们守德和节制，他们就会造反，制造出类似于法国大革命那样的混乱。人们认为，19 世纪 30 年代开始的宪章运动要求将投票选举权扩大到所有成年男性，这种趋势已现端倪，最早的英语语言文学课程恰恰出现在这样一个时期。

关于英语语言文学这门学科的起源，传统看法是：上述思想（也就是说，以世俗、本族语文化替代宗教文化，将社会融为一体）始于 19 世纪 50 年代，最早由马修 · 阿诺德（Matthew Arnold）提出；到了 1921 年，随着纽波特英语教育报告的出炉，也达到其巅峰。莫里斯的就职报告以及其他类似的材料证明，起源实际上要早得多。说英语语言文学这门课程的创始者们一心所想的就只有意识形态操控，恐怕过于简单粗暴，也是我所不能接受的。意识形态操控当然是他们的动机之一，可现实要复杂得多。维多利亚时代是个不法横行、公义缺失的时代，早期英语语言文学课程背后，不仅可以发现为一己之私而维持社会稳定的私心，也可以明显体会到一种阶级负疚感，改善社会状况以利人人的真切愿望，以及启蒙和传播文化的热忱。

伦敦大学获得许可，在当时英国主要工业城市的大学学院开设学位课程，如利物浦、伯明翰、曼彻斯特、谢菲尔德、利兹等，而那些学院最终也都发展成了各地的主要大学，于是这门学位教育层次的课程在全国开枝散叶。不过牛津和剑桥还是以怀疑的眼光看待英语语言文学这门新兴的课程，拒绝接纳它，这门课程在牛津和剑桥两校开设的时间分别是1894年和1911年。

19世纪的最后25年，就要不要在牛津设立一个英语语言文学教授职位曾有过激烈的争论。第一次努力出现在1887年，不过以失败告终，失败的原因很大程度上"归功于"牛津历史学教授爱德华·弗里曼（Edward Freeman）在学术委员会的一番陈辞。弗里曼的发言是另一篇关键文献，他在发言中触及了英语语言文学研究的几个问题，这些问题至今也没有得到解决。弗里曼说：

> 据说研究文学可以"培养品位、教会同情、拓展心灵"。这当然非常好，只不过，品位和同情难以考核，考核需要确切的技术性信息。

这是一个永远无法彻底解决的问题，那么英语语言文学研究究竟由哪些知识成分构成？为了令英语语言文学研究具体化和技术化，早期支持这门学科的人曾提出语言的系统研究，然而这门学科的早期倡导者们却希望分离文学和语言，令二者可以独立存在，不必依存于对方。对此，弗里曼的回应是："如果说文学意味着研究伟大作品，而不是仅仅喋喋不休地谈论雪莱，那么分离文学和语言是什么意思？"

弗里曼赢得了辩论，文学研究必须同语言研究携手而行，否则它绝不能成为一门学术。牛津大学在1894年终于开设了英语语言文学这门课程，其中历史语言研究占了很大的比重，包括盎格鲁–撒克逊语言、哥特语言、斯拉夫语言、中古英语等。时至今日，牛津的英语语言文学课程也没有完全从历史语言研究中挣脱出来。

在美国，"英语"在19世纪末成为一门独立学科。19世纪初，大学课程的"人文"部分以拉丁语和希腊语为基础，教学方式是日复一日的“背诵”，在背诵中学习短文，要求学生在课堂上翻译句子，解释短文中的语法难点。所有课程只有一本教科书，“课练”和“背诵”就是全部——没有讲座为所研究的文学和文化现象提供广阔的背景视野，也没有研讨会讨论所研究文本的意义和意蕴。19 世纪中叶，研究式学习实际上不存在（据闻，直到 1850 年，整个美国只有八名研究生），也不存在“学科–专业”概念，自然也就没有“选修课”，选修课是后来哈佛的创新。正如杰拉尔德·格拉夫（Gerald Graff）所说，讲座和笔试于 19 世纪晚些时候引入哈佛大学和康奈尔大学，当时被视为危险的创新，而不是像今天这样被视为保守教育的精髓。

随着时间推移，英语文学终于出现于大学课程中，虽然位置很边缘。学习方法基于从德国大学引进的“语文学”模式，也就是说完全以语言为基础，包括就文本语法揶揄调侃一番，探究词源，确定意象的起源，对作者所使用的修辞手法命名分类。尽管其专业性和学术性都很强，但作为一种教学惯例，上述方法更多令学生对文学长期感到厌恶，而不是提高学生对文学的兴趣，引导他们去阅读和欣赏主要作家作品。到了 19 世纪 80 年代，主要英语作家，例如莎士比亚、斯宾塞、班扬等的作品都出现了注释版，以迎合这个沉闷的市场，同时也出现了一种不同的文学教学方法，一种基于修辞学而非语文学的教学方法。此类课程通常包括一本“读本”，其中包含主要作家作品的著名段落摘录。学生们大声朗读，教学内容还包括朗读的语气和表情，有时学生要把文章背下来，以便于在公开场合背诵。哈佛大学的作文课程就是由这种方法发展而来的，这门课程中，学生们就同一主题写自己的作品，并将从模板套路中学到的写作经验付诸实践。当然，这是一种有益的职业培训，许多男学生以后将从事相关的职业，例如政治家、律师、教士，服务于地方、州、联邦政府等不同层次上。随着时间推移，突出修辞学和公共演讲的教学方法逐渐失宠，人们认为这种方法助长了空洞诡诈的公共演讲风格，哈佛大学的写作课程在 1873 年失去演讲元素，成为一门单纯的写作课程。

“修辞学”（或非语文学）传统由格拉夫所说的“通才大家”继承下来，比如哈佛大学的亨利·瓦兹华斯·朗费罗（Henry Wadsworth Longfellow）、查尔斯·艾略特·诺顿（Charles Eliot Norton）和詹姆斯·罗素·洛威尔（James Russell Lowell）等教师，他们讲授一种更为广义的文学欣赏。通常，一个系里通才和语文学家的关系并不和谐（一种熟悉的情况），但是学科专业化已经踏出坚实的脚步。通才大家的演讲风格往往魅力十足，很受欢迎，但他们的方法被认为不成系统，在美国现代语言协会主导的时代无法盛行。美国现代语言协会成立于 1883 年，是美国英语学科的主要专业机构。第一次世界大战后，爱国主义热潮开启了美国文学的正式研究，“新批评”在 20 世纪 20 年代兴起，首次为“作为文学”而不是“作为语言”的文学研究建立了连贯的理论基础，天平才由语言研究倾向于文学研究。

20 世纪 20 年代，剑桥大学的英语语言文学学院则要有方向性得多。这个学院在 1911 年刚刚成立，历史包袱最轻，变革也相对最容易。这场变革的工程师是一群从 20 年代开始在剑桥教书的年轻人，包括理查兹[①]（I. A. Richards）、燕卜荪[②]（William Empson）、利维斯。

---

① 理查兹(Ivor Armstrong Richards，1893—1979)，文学批评家、诗人、新批评派的主要代表。20世纪二三十年代，理查兹出版了一系列文学批评著作，如《意义之意义》《文学批评原理》《科学与诗歌》《实用批评》《修辞哲学》等。在这些作品中，理查兹首次运用语义分析的方法，并借助心理学研究方法，试图建立一种科学化的文学批评方法，从而奠定了他作为英美“新批评”鼻祖的地位。1929年至1930年理查兹曾在清华大学讲学。——编者注

② 燕卜荪(William Empson，1906—1984)，英国著名文学批评家、诗人。他的成名作为《含混七型》。1937—1939年，燕卜荪先后在北京大学西语系和昆明西南联合大学任教授，讲授英国文学。“燕卜荪”是他为自己取的一个中国名字。他讲授的英国当代诗歌对中国20世纪40年代现代主义在西南联大的兴起影响巨大。——编者注

由理查兹所创立的英语语言文学研究方法即使今时今日依旧是学术规范。首先，理查兹在语言与文学之间做了坚定的区分，率先倡导一套叫作“实用批评”（Practical Criticism）的方法，并于1929年出版了一部名为《实用批评》的著作，通过把文本同历史和语境相剥离，使得对文学进行深入细致研究成为可能。举例而言，学生不必去理会文艺复兴这个时期是否是一个独特的历史阶段，是否有其独特的世界观和社会构成，学生掌握了“实用批评”的技术后，所要做的就仅仅是分析“白纸上的黑字”。这样做的好处是不再可能做出模糊不清、华而不实、隐喻式的阐释还美其名曰批评，理查兹辩称，更多的注意力应当放到文本细节之上。

剑桥的第二位先锋是理查兹的学生燕卜荪，他曾把自己的手稿呈阅自己的导师，那部手稿1930年出版，名为《含混七型》（*Seven Types of Ambiguity*）。这本书将理查兹那种细至入微的词语分析方法发挥到了极致，书中燕卜荪确定了诗歌语言的七种艰难之处（书名中的“含混”指的也就是这些艰难），并就每一型提供了大量的例证和分析。剑桥的另一位批评大家利维斯在一篇书评中如是说：这本书令人深深不安，它用于诗歌的智力如此严肃而沉重，简直把诗歌当成了数学。并非人人都喜欢这种超级精细的阅读方式，艾略特（T. S. Eliot）说这叫“挤柠檬派”批评（Lemon-squeezer school of criticism），他自己的批评文章则总是在更宽泛、**抽象的**层面上。

剑桥的最后一位先锋是利维斯，或许是20世纪英国批评界最有影响的人物。1929年，利维斯同Q. D. 罗斯（Q. D. Roth）相识，结为连理，他的妻子后来以Q. D. 利维斯（Q. D. Leavis）的名字为人所知。利维斯的博士论文探讨了新闻与文学的关系，他妻子博士论文的主题是通俗小说，都颇具革命性。在20世纪30年代，这对夫妇可是有影响、有魅力的人物，1932年两人创办了一份极其重要的杂志——《细察》（*Scrutiny*），共同出版这份杂志达21年之久。杂志的标题已经说明它运用“细读”方法，不过由诗歌领域拓展到小说和其他领域。

作为批评家，利维斯也有其缺点。首先，“细读”在他手里常常变成原文的长篇引用，批评之语却少得出奇。利维斯的想法是：够格的读者理应凭借自身之力发现利维斯所发现的东西。有人如此评论：他给人的印象是貌似在批评，实际上不过是在重述。其次，他的批评道德色彩过浓，目的是传递人文价值观，在人生问题上给读者以教诲。他在批评中所用到的各种术语从来没有清晰的界定，韦勒克（René Wellek）在20世纪30年代曾奉劝他“用比目前更为清晰的语言，说明他的批评原则”，而利维斯的回应十分著名，就是“不”。结果，这给文学研究增加了学术上的孤立。在我们刚刚回顾的文学研究的这个发展时期，文学研究宣称要从语言研究、历史思考，还有哲学问题中独立出来，从20世纪30年代到60年代，凝聚这门学问所依靠的共识就是认可这些划界。从20世纪60年代开始，“理论”的“工程”实际上又成了重新建立文学研究与这三个学术领域的联系，曾几何时，文学研究还如此决绝地要与它们分开。

## 自由人文主义的十大准则

我在前面的引言部分曾提出四个问题，我的个人“盘点”主要针对第二个和第三个问题。现在，我想就第四个问题的意义再做番深入探讨。这个问题是：以传统方式“做”英语语言文学研究，究竟学到了些什么东西？当然，我们了解到关于具体作品和作者的一些知识，不过在这里我所指的是我们从英语语言文学研究中汲取的更为普遍、抽象的价值和态度，即便我们忘记了所学的具体内容，它们仍旧会作为这门学科的“精髓”留存在我们心中。通常，那些价值和态度并没有被阐述和表达出来，可又唯因如此方显得更为实在，无处不在同时又无影无形，只有通过有意识的努力，方能令其显形于表面。我们现在就要做这样的努力。下面是一张清单，所列出的项目似乎构成了这门学问的“精髓”。这是一系列态度、看法、观念，在我们进行英语语言文学研究的时候，它们悄无声息地钻进我们脑海之中。它们似乎就是我们研究英语语言文学时学习的东西，在这门学科的课程中若隐若现。

1. 首先最重要的当然是看待文学的态度。优秀的作品应当具有永恒的意义，能够超越写作时的时代特性和局限，直接同人性中恒定不变的内容对话。如此的作品“不仅属于一个时代，更属于永远”（本·琼森评莎士比亚之语），能做到“历久弥新”（庞德对文学的定义）。

2. 第二点是第一点的逻辑推导：文学文本包含着自身的意义，根本无须刻意把它放到具体语境中。所谓“语境”包括下面三种类型：

（1）**社会政治语境**，也就是特定的社会背景和政治状况；

（2）**文学历史语境**，凭此可以看出作品中其他作家的影响，或者某种特定体裁的传统风格的塑造；

（3）**自传性语境**，取决于作家个人生活和思想上的细节。

当然，作为学者，没有谁会否认研究上述语境的价值，但是作为批评家就要坚持“白纸黑字”的首要性和自足性，这也使批评家坚持所谓“即时细读”（on-sight close reading）程序。从根本上说，就是把文本从所有语境中剥离出来，仿佛没有经过任何专家的阐释和中介，直面读者。

3. 要理解文本，就必须把文本从各种语境中剥离出来，孤立地研读，所需要的仅仅是对文本细致入微的词语分析而已，任何意识形态假定、政治先决条件，或任何特定期待统统都要抛到脑后，所有这些都会对批评的真正意义造成致命的影响。这种“真正意义”，用 19 世纪批评大家马修·阿诺德（Matthew Arnold）的话来说，就是“如实认清事物之本相”（to see the object as in itself it really is）。

4. 人性永恒不变，同样的情感和境遇在历史上一次次重现，传统延续对于文学的意义远大于革新。18 世纪曾有人对诗歌下了一个脍炙人口的定义：“所思寻常有，妙笔则空前。”（What oft was thought,but ne'er so well expressed.）评论家塞缪尔·约翰逊（Samuel Johnson）也出于同样的原因贬低斯特恩（Laurence Sterne）的小说《项狄传》（*Tristram Shandy*）过于标新立异。

5. 个性牢固地蕴藏于每个人的身上，构成了个人特有的“本性”，超越环境的影响。虽然个性也有发展，也会变化（如同小说中的人物性格），但根本上不可改变。因此，当我们在小说中读到某个人物“突然转了性”（狄更斯的小说中这相当常见），整个人在环境的压力下换上了完全不同的面貌，比如说某个守财奴痛改前非，或某个善良的人被金钱腐蚀堕落，我们总会感到有些局促不安。那一幕幕场景揭示，所谓“人之本性”其实具有可塑性，并非一成不变，而这恰恰同英语语言文学研究的基本假设相冲突。总体而言，这门学问坚信存在着我们今日所说的**“超验主体”**（transcendent subject），坚信个体（或主体）既先于且高于社会、经验、语言的力量。

6. 文学的根本目的是美化生活，宣扬人文价值，不过不可系统化为之。如果文学和批评的政治意向趋于直接和表面，就必然接近于宣传。正如济慈（John Keats）所说：“我们不相信那些显然在为我们设计人生的文学。”济慈所指的也就是那些过于急切地想影响我们的看法，转变我们的行为的文学。

7. 形式和内容在文学中必须融合为有机整体，有其一，必得其二。文学形式不应当是罩在业已完整的结构外面的花衣裳。举例而言，柯勒律治（Samuel Coleridge）在他的《文学百科》（*Biographia Literaria*）中提出，如果意象，或其他任何诗歌形式可以从作品的肌体中分离出来，而不是同作品融为一体，密不可分，那就是“奇技淫巧”，并不是真正“想象的语言”（柯勒律治在他的《文学百科》中做如此区分）。

8. 文学形式的有机整体性首先要体现于文学的“诚挚”上。“诚挚”包括经验的真实，对自我诚实，还有广博的同情心和感受力，是文学语言的内在品质。文学的“诚挚”并不是作品**背后**的事实或意图，事实或意图可以通过比较（比如）一位诗人对某个事件的观点与他人“更贴近事实的观点”而获得，也可以通过发现关于某位作者的过往和行为而获得。相反，文学的“诚挚”只能从文本之内发现，它体现于避开陈词、虚词、不实之词等诸多方面，现身于富于切身感受和个性色彩的描写中，也现身于低调的情感表白中，让情感从某个事件的陈述中悄然流淌出来。更进一步说，文学语言获得上述特点后，真正诚挚的诗人可以跨越语言和原始材料之间的鸿沟，让被描写的事物在语言中上演，从而也就弥合了语言同事物之间的差距。

9. 这一条还是上一条的逻辑推导。文学珍视“默默呈现”，而不是直白解说。思想必须取得具体的呈现形式，否则对文学毫无价值。文学史上常常被引用的几条评论和公式直接贬低思想本身的作用，具有明显的反理智倾向，从中我们可以看到一系列“英国特色”文学思想，诸如无声上演、感性直观、思想的具体表征等。根据这一思想（说到底，它本身也是一种思想，尽管它对思想公开表示不信任），语言应当在无声中展示或上演，至少也要明白传达出自己的确切蕴含，切忌流于抽象空洞。利维斯就是这一思想不遗余力的倡导者。（对“上演”论的批判，可参阅我的文章“The Enactment Fallacy”，收录在我的 *Essays in Criticism* 一书中。更一般的讨论可参阅 James Gribble 的著作 *Literary Education: A Re-evaluation*, Cambridge University Press, 1983年，第2章。）

10. 批评的任务是阐释文本，充当文本和读者的中介。从理论上阐述阅读的性质，或者文学的一般性质，这样做对于批评没有什么用处，只会令批评家陷入“概念预设”的困境，令种种预设概念阻隔在批评家和文本之间。或许，从“概念预设”这个名称中，我们可以再一次看到，自由人文主义对思想的不信任已到了无所不在的地步，因为自由人文主义似乎持有这样一种看法：**所有**概念都是预设的，哪怕只有一丁点的机会就会插入到读者和文本之间。由此我们可以清楚看到所谓“英国经验主义”留下的印记，“英国经验主义”只相信可直接感受到的，或直接体验到的东西，这种态度至少可追溯到约翰·洛克（John Locke，1632—1704）的哲学，洛克在1690年出版的《人类理解论》（*Essays Concerning Human Understanding*）中提出，外部世界直接压印在心灵上的感觉印记形成思想，心灵把各种感觉印记组合起来，开启了思维之程式。洛克不承认内思（introspective speculation）是知识的可靠来源，坚持直接经验和证据的必要性，在这个意义上，可以说传统的英语语言文学研究者都是洛克的信徒。

我觉得，对于上面这些段落中所包含的论点，如果传统批评家们习惯明确地说出他们的看法，许多人会对之总体上表示赞同。整体而言，这一类观点，以及与其相伴而行的文学批评，在当今就常常被冠以“自由人文主义”的名称。

## 文学理论的关键节点：从亚里士多德到利维斯

到目前为止，我似乎给大家一种印象：自由人文主义者从未把自己的理论立场明确表达出来，一切都在云山雾罩之中，至少在英国是如此。然而，英语语言文学成为一门学问之始，其内部也曾有着一套广为流行的研究理论，各种文章、专著常常引用这一理论。不过，直到20世纪70年代，英语文学专业的普通学生和教师对这套理论的直接了解并不多，因为在此之前，这个专业的主导方向与这种宽泛的文学批评方法可谓南辕北辙。

许多世纪以来，这套理论立于文学研究之后，支撑着文学研究，即便文学专业学生对其直接了解甚少。那么，构成这套理论的究竟是什么？其实，它的原材料可以追溯到古希腊人和古拉丁人。实际上，批评理论的历史远比具体作品的批评古老得多。最早的理论著作是亚里士多德（Aristotle）的《诗学》（*Poetics*，公元前 4 世纪），虽名为《诗学》，实际上是关于文学性质本身。《诗学》中，亚里士多德提出了著名的悲剧定义，坚持说文学关乎人物，人物体现于行动，他还尝试划分情节发展的各个阶段。亚里士多德也是使用“读者中心”文学批评方法的第一人，他的戏剧观试图描述出戏剧对观众的影响。他说，悲剧应当激发起观众的怜悯与恐惧，大体上说，也就是对剧中人物命运的同情和同感，这两种情感的结合产生出亚里士多德所说的“卡塔西斯”（catharsis）效应。借助于这种效应，观众对剧中核心人物所经受的苦难感同身受，怜悯与恐惧的情感得到释放，而不是被压抑或排斥。

第一位鼎鼎大名的用英语探讨文学的人物是菲利普·锡德尼爵士[①]（Sir Philip Sidney），他大约于 1580 年写出了名篇《为诗歌辩》（*Apology for Poetry*）。锡德尼致力于拓展古罗马诗人奥维德（Ovid，公元前 43—17 年）对文学所下的定义——寓教于乐（所谓乐大致上指娱乐），还引用古罗马诗人贺拉斯（Horace，公元前 65—前 8 年）的诗句，说诗歌是“有声的图画，目的是融娱乐与教化为一体”。因此，在文学的阅读中，

① 菲利普·锡德尼爵士（1554—1586），伊丽莎白一世时期的廷臣，作家、政治家及军人，其重要作品都是在他死后出版的。《阿尔卡迪亚》是一部用散文和诗歌创作的田园般浪漫的传奇故事，其中的很多情节和人物都被后来的斯宾塞、莎士比亚和其他人所借用。《爱星者与星星》中有很多结构完美、情感强烈的英语十四行诗，对莎士比亚的十四行诗影响极大。《为诗歌辩》是英语文学批评中的第一个重要范本。——编者注

愉悦被给予核心地位，有别于其他学问，比如说，哲学。后者同样有价值，能引导人向上，却没有什么趣味。今时今日看来，说文学给人带来愉悦实在不值一提，不过锡德尼的目的是带来这样一种革新，即区分文学同其他类型的写作，区分的基础就在于文学的特质，同时也是文学的首务——为读者带来愉悦。任何道德说教的成分必须从属于文学愉悦，离开了后者，前者不可能获得成功。那个时代宗教氛围浓厚，深深不信任小说、诗歌，以及一切形式的表征艺术，还常常把它们斥为魔鬼的作品，锡德尼的观点实在是一次飞跃。因此，在英国，批评理论也先于实用批评（具体作品批评），锡德尼所探讨的是文学的一般理论，而非具体作家作品。

继锡德尼爵士后，塞缪尔·约翰逊[①]（Samuel Johnson）在18世纪令文学理论大大推进，他的《诗人传》（*Lives of the Poets*），以及他的《莎士比亚戏剧集序》（*Prefaces to Shakespeare*）可以视为批评理论向前迈出的又一大步，同时他还是英国“实用批评”传统的鼻祖，是详细评论单一作家作品的第一人。约翰逊之前，只有《圣经》和其他宗教典籍得到如此细致入微的研读，研读范围的拓展是世俗人文主义的一项重大进展。

继约翰逊博士之后，对于批评理论的浓厚兴趣在浪漫主义诗人身

① 塞缪尔·约翰逊（1709—1784），英国作家、文学评论家和诗人。于1728年进入牛津大学，但因贫困在1731年辍学，没能拿到学位。在他编纂的《英语大辞典》出版以后，牛津大学给他颁发了荣誉博士学位，因此人们称他为“约翰逊博士”。他主编的《莎士比亚戏剧集》有校勘、注释和评论。约翰逊认为戏剧基于想象，各幕之间在空间和时间上的变异是应该允许的；三一律之中，只有行动的一致性是重要的，空间的一致性和时间的一致性是虚妄的。莎士比亚不受这一规则的束缚，正是其伟大之处。《诗人传》起自17世纪诗人考利、弥尔顿等，至同时代诗人为止，在现代版本中共52人，长短不一。叙诗人家世、教育、生平纪年、作品、掌故逸事，并加以评论；也写文学风格、国事民生、党派纷争，因此可以看作伊丽莎白时代结束至18世纪后半叶100年间的文学史和社会实录。——编者注

上进发，包括华兹华斯、柯勒律治、济慈，还有雪莱，其中一个重要文本是华兹华斯的《抒情民谣集序言》（*Preface to Lyrical Ballads*），该序言是华兹华斯同柯勒律治共同讨论的成果。《抒情民谣集》（*Lyrical Ballads*）第一版在1798年问世，当时引起世人的许多疑惑，1800年诗集再版时加入了这篇介绍性文章。诗集将高雅文学和民间文学糅合到一起，其中的文学性民谣刻意模仿普通乡村居民耳熟能详的流行民歌。最初的读者因为诗集摒弃了诗歌辞令这样的文学传统而感到不快，那些传统令诗歌语言成为一种高度加工的语言，同日常生活所使用的语言差距越大越好。一套只适用于诗歌的词汇使诗人可以避免在创作中使用日常生活中事物的名称，再辅之以精巧的音韵系统和高度浓缩的句法形式，产生出比日常语言稠密得多的语言机理。突然间，两个雄心勃勃的年轻人想使诗歌语言尽量接近散文语言，摒弃言辞和句法结构上的种种传统。《抒情民谣集序言》是文学理论史上的一部重要批评作品，直接目的是为诗人自己的创作提供理论依据，同时也培养读者接受自己的作品，其中所提出的许多问题即便对于当今的批评理论家来说同样兴趣盎然，比如说诗歌语言同“日常”语言的关系，以及“文学”同其他类型写作之间的关系，等等。

浪漫主义时期另一部重要的理论作品是柯勒律治的《文学百科》（*Biographia Literaria*）。今天看来，这个名字起得似乎有点不合适，让我们以为这本书是类似于约翰逊博士的《诗人传》那样的作品，可实际上其内容直接针对华兹华斯在《抒情民谣集序言》中表达的文学思想。柯勒律治首先深入考察了华兹华斯作品的一个重要方面：华兹华斯的诗作越是成功，同他自己的诗歌理论距离越远，华兹华斯最好的诗歌恰恰完全偏离了他所坚持的理论。确实，在柯勒律治同华兹华斯关系渐行渐远的那些年里，两人对于诗歌本质的看法也渐行渐远，最后竟至于水火不容。最终，柯勒律治完全否认诗歌语言应当尽量接近散文语言，认为那样就冲淡了诗的效应，无异于自取灭亡。《文学百科》的观点同我们前面已经介绍过的观点几乎一一对应：如果文学，如同亚里士多德和锡德尼爵士所坚持的那样，同其他类型的写作在目的和效果上都存在着差异，如果诗歌的独特性质就是寓教于乐，那么愉悦主要通过诗歌的语言实现。语言之所以能给人以愉悦之感，就因为它具有一种“无中生有，虚中求实”的能力，这正是审美之源。

雪莱在《为诗歌辩》（*A Defence of Poetry*）中也表达了类似的看法，认为诗歌的精髓在于类似于20世纪俄国批评家所说的“陌生化”效应（defamiliarisation），在他看来，“诗歌剥去世界的熟悉外衣……洗去笼罩着内心之眼的熟悉薄雾……逼迫我们感受自己熟睹的事物，想象自己熟知的东西”。在这篇重要的批评文献中，雪莱也先于艾略特，提出非个性化（impersonality）的观点，艾略特在1919年，在其文章《传统与个人才能》（“Tradition and Individual Talent”）中提出这样的观点，并区分了所谓“作者”（author）和“写者”（writer）的不同，前者指作品背后的真人，而后者则指作品中的“那个人”。在艾略特看来，二者的分离越彻底越好，因为“诗人的艺术愈完美，在他身上的两个方面就会变得更加完全分离，一方是感受经验的个人，另一方是进行创作的头脑”。诗歌并不等于有意识地把个人经验用文字表达出来，早在一百年前，雪莱就用恢宏开阔的文字说出这一切：

> 创作中的心灵犹如行将燃尽的炭火，某股力量无形中升起，犹如一阵风，倏忽吹过，吹起短暂的点点星火。这股力量源于内心，就犹如花开花落，色浓色褪。**它何时光临？何时又离去？我们天性中有意识的部分无法预知。**
>
> （A Defence，999—1003行，着重部分为我所加。）

这段文字先于弗洛伊德提出心灵由意识和无意识两个部分构成，实际上无意识是浪漫主义的一个关键概念，在另一位重要的浪漫主义诗人济慈就诗歌所写的所有文章中，我们都能找出同无意识有关的东西。济慈并不像华兹华斯、柯勒律治、雪莱那样就文学理论写正式的文章，不过他在自己的信函中持之以恒地思考诗歌的本质，同样也形成了关于无意识作用的看法。举例而言，在 1817 年 11 月 22 日致贝利的信中，他写道：“素朴而富于想象力的心灵最终会得到回报，它默默劳作，周而复始，最后，在刹那间照亮精神。”所谓“默默劳作”指的就是无意识，而它最终突然照亮的“精神”则是意识。济慈的“消极才能”观点同样青睐无意识，所谓“消极才能”就是“安居于不确定、神秘和怀疑之中，不必急躁不安地去追寻什么真相和道理”（给他兄弟的信，1817 年 12 月 21 日）。浪漫主义者的批评作品中，我们可以找到许多当今批评理论的先驱。

浪漫主义之后，批评理论的主要发展出现于维多利亚时代中晚期的一些作家身上，如乔治·艾略特（George Eliot）、马修·阿诺德（Matthew Arnold）、亨利·詹姆斯（Henry James）。乔治·艾略特的批评作品涵盖广泛，包括古代作家和欧洲大陆作家，同柯勒律治一样，还包括一些哲学话题。之所以特别提出这一点，是因为英国文学批评发展的过程中存在两条“轨迹”。一条轨迹从约翰逊到阿诺德，再到艾略特和利维斯，可称之为“实用批评”，仅仅围绕具体作家作品做深入分析，由此产生出我们所熟悉的“细读”传统。另一条轨迹始于锡德尼爵士，经过华兹华斯、柯勒律治、乔治·艾略特，到亨利·詹姆斯，在方法上更多是理念先行，而非文本先行，倾向于思考有关文学的一般性大问题：文学作品如何搭建结构？如何影响读者或观众？文学语言本质如何？文学如何同时代取得联系，又如何去表现诸如政治、性别这样的问题？从哲学的角度对文学能做出什么样的评价？文学创作这种行为本质又是什么？第二条轨迹所关注的许多问题同 20 世纪 60 年代以来许多著名理论家所关注的问题不无相似之处。因此，这些被关注的问题绝不是从外部加于“本土的”英美文学批评方法之中，相反它们从一开始就是“本土的”英美文学批评方法的一部分，认识到这一点很重要。

20 世纪 20 年代强调“细读”，部分源于阿诺德 19 世纪的著作。阿诺德始终是英国文学批评史上的一个核心正典人物，部分原因是利维斯接纳并改造了阿诺德的一些思想和态度，令其在 20 世纪大行其道。阿诺德担心宗教不断衰落会令社会越来越趋于分裂，再也没有共同信仰、价值和形象体系，可能会造成灾难性后果。在阿诺德看来，文学可在这个方面成为宗教的替代，又认为民主的责任与重担绝大部分落在中产阶层肩上，这个阶层却日益堕落于物质享受和世俗功利。批评家要帮助这个阶层的成员辨别出“世界上最优秀的言论和思想”，进而促使他们接受由伟大作品形成的正典（canon of great works），因为正典是千百年来集体智慧的结晶。

阿诺德最重要的思想都包含在《现时代批评的功能》（“The Function of Criticism at the Present Time”）和《诗歌研究》（“The Study of Poetry”）这两篇文章中。阿诺德强调文学保持“无功利”（disinterested）的重要性，所谓“无功利”是政治上远离任何具体的行动方案，不做任何选择与承诺。文学批评的目的是获取无功利的、纯粹的知识，或者，改用另一个他喜爱使用的表达方式，是“如实认清事物之本相”，而不应当把获自文学的见识驱入具体事务中，服务于行动。阿诺德的核心批评概念是“试金石”（Touchstone），借助于这个概念，他规避了界定文学应该具有什么样的特性，仅仅提出应当以昔日文学的方方面面为评定今日文学的手段。“试金石”究竟如何发挥作用？卡顿（J. A. Cuddon）在《文学术语和文学理论词典》（*Dictionary of Literary Terms and Literary Theory*, Penguin，5th edn，2014）中做了一番总结：

> 所谓“试金石”就是用来试金的石头……马修·阿诺德在其文章《诗歌研究》(1880)中用到这个词，意为文学之标准。

阿诺德奉劝读者，“时刻牢记前辈大师们的字字句句，以之为试金石，测试别的诗歌是否含有真金”。他还说，运用“试金石”为诗歌的“真正”评价奠定了基础，而不仅仅是从“历史的”或“个人的”角度去做出评价。(Cuddon, p. 728)

20世纪上半叶，英国批评界鼎鼎大名的人物包括利维斯、艾略特、燕卜荪，以及理查兹。除了艾略特，其余三人都曾在20世纪20年代和30年代工作于剑桥，都参与到当时具有先锋性的剑桥英语语言文学学院的工作中。该学院对世界范围内的英语教学曾产生巨大的影响，其影响力一直持续到20世纪70年代。不过，在批评思想上做出最大贡献的还是艾略特，他的主要批评思想包括：

> 在评论赫伯特·格里尔森(Herbert Grierson)编撰的《玄学派诗人》(*The Metaphysical Poets*)时，提出“感受力的涣散”(dissociation of sensibility)这一观点；
>
> 在《传统与个人才能》这篇文章中提出了诗歌的“非个性”(poetic impersonality)概念；
>
> 在评论《哈姆雷特》的文章中提出“客观对应物”(objective correlative)的概念。

所有这些观点和概念现在都引起争议，争议最大的是“感受力的涣散”这一观点。根据这一观点，英国在17世纪出现了所谓“感受力的涣散”，将思想和情感截然分开，但从来没有什么历史证据可以证明这一观点。后来，艾略特否认这种涣散是由英国内战引起的，但又相当隐晦地说或许造成这种涣散的原因与导致内战的因素相同。这个说法最有用之处就是拿来描述玄学派诗人的心灵和感受力特质，可作为一般性历史命题，缺乏必要的证据。弗兰克·克默德在其专著《浪漫主义形象》（*Romantic Image*）中对这一说法的批评最为精彩。

诗歌要有原创性，诗是自我的表达，此类观点直接源自浪漫主义时期。今时今日，上述观点越来越遭到质疑，诗歌同此类观点渐行渐远，艾略特的诗歌“非个性”主张也部分反映了这股潮流。艾略特自己的个性，以及他在哈佛所接受的教育，使得他觉得如此强调个性十分刺耳。他更倾向不把诗歌视为个人情感和经验的倾泻，而是以传统超越个人，诗人个人仅仅是传达传统的媒介。他说，一个诗人的诗歌中最精彩的并非最新颖出奇的那部分，而是最可以清晰听到前辈们心声的那部分，这心声借助他的诗说了出来。因此，个人心灵同诗歌中说话的声音存在很大区别。当然，这种提法远非新颖，比如说雪莱在《为诗歌辩》中就说过类似的话，不过艾略特是以此作为一个完整的诗歌美学理论之基石的第一人。

最后，“客观对应”又一次抓住了英国的经验主义精神，艾略特坚持说艺术表现情感的最佳方式是以手势、行动、具体象征为中介，而不是做直接描摹。这样说当然没错，小说或诗歌让人物（或叙述者）直抒胸臆不会收到什么效果，感情必须在语言或行动中展现出来。早在古希腊时代已有**模仿**（mimesis）和**叙说**（diegesis）的区分（柏拉图是做出此区分的第一人），艾略特的理论与之相比并没有多少进展。所谓模仿就是用人物自己的语言来呈现，如果是戏剧，就用舞台上能为观众看到的行动呈现；所谓叙说就是用人物的直接话语，把读者或观众自己并不能直接感受的东西讲述出来。艾略特的主要批评理论都有不尽完美、不能令人满意之处，长期以来之所以能如此风行，或许正说明它们所占据的理论空间原本是一片空白。

理论运动之前，英国最具影响力的批评家是利维斯。和一个世纪前的阿诺德一样，利维斯也认为文学欣赏和研究是社会健康的先决条件；同样，利维斯也不相信抽象思想，希望找出一套文学欣赏的系统（如同阿诺德的“试金石”），可以绕过确定的标准，主张对文本的特质保持开放性；最后，还是和阿诺德一样，利维斯拒绝以任何方式把政治直接引入文学和批评之中。

不过利维斯和阿诺德在一些重要方面还是存在着区别。阿诺德认为以往伟大作家的神灵理所当然高高在上，从不会去质疑，比如说，但丁的伟大，但丁就是一块“试金石”。与之相反，利维斯也会写些文章，攻击那些早有定论的文学大家的声誉。实际上利维斯的批评方法的精髓就是要辩称，有些大家的声誉并**不能**经受住他一直主张的那种文本细读。阿诺德的批评思想不仅首肯，更鼓励业余爱好，似乎在说你不必什么都读（又怎么可能？你不是职业批评家，不可能像他们那样有无穷无尽的时间来阅读），但只要你读过那些最优秀的，并且能够分辨出其优秀特质，就可以满怀自信地面对新作品，得出真实的评价。如此“新教式”美学鼓励读者个人同文学巨擘建立起直接联系。

利维斯起初既欣赏艾略特的诗歌，也欣赏他的批评文章，可后来大大改变了自己的看法。利维斯避免生造批评词汇，使用那些在文学批评以外已有确定含义的词汇，比如说，“人生”（life）这个词就被他基本上当作一个批评术语来使用，类似的还有“感受到的经验”（felt experience）这个概念。在利维斯看来，关键的试炼在于文学作品是否能够有助于“人生”，是否能够增强人生的活力。利维斯之所以极其受欢迎，部分原因就是他身上综合了约翰逊和阿诺德，既有前者的道德说教，又有后者的社会视野和反理论化批评实践。时至今日，利维斯的影响力依旧无处不在，实在无须再多说什么了。

最好把燕卜荪和理查兹看成一对，虽然理查兹在 20 世纪 20 年代是燕卜荪的导师。燕卜荪的著作《含混七型》（1930）本身包含着某种含混性，一方面那种超级细致入微的解读把文本先行的方法发挥到了极致，也可以视其为前面说过的英国文学批评第一条轨迹的逻辑发展。该书标题中的“含混”可理解为“语言困难”，燕卜荪在书中如外科手术般剖析文本，唯恐不够精细，不提及更广阔的语境。另一方面，燕卜荪对语言的基本看法是：语言是滑溜溜的介质，处理语言时应当意识到，语言有时会爆发出我们根本没有想到的意义。由含混一型到七型，我们仿佛在接近语言的边界，眼前的景致越来越难以描绘，最后面对一片无形无状的语言虚空。后结构主义者也关注语言媒介的不确定性（参见本书第3章），燕卜荪的理论可看作英国自己的批评传统中后结构主义思想的先导。不过一旦把语言放入具体的语境中，就会降低甚至消除其含混。比如说，当你孤立地听到“pain”（疼痛）这个词时，含混确实存在，因为其发音同“pane”（玻璃板）完全一样。然而在具体使用、具体语境中遇到这个词时，就不存在含混。于是燕卜荪后来从语言的虚空退了回来，转而强调文学的自传性语境，在他看来，文学作品的基础正在于此。

最后说说理查兹。理查兹是脱离语境研究文学这一方法的先驱，从20世纪30年代到70年代，这一方法一直是学术规范，在英国叫作“实用批评”，在美国叫“新批评”（New Criticism）。20世纪20年代，理查兹做了一系列实验，把一些既无注释，亦无署名的诗作拿给学生和教师读，请他们做分析和评论。这些实验的结果让理查兹产生了一个理想主义的想法：消除既定观点和知识的影响，在第一手接触的基础上产生出“真正的评判”。不用思考就可以发现这种方法同阿诺德的“试金石”之间的联系。确定无疑的是，理查兹的出现令英国文学批评的第一条轨迹，或者说“实用型”批评传统在很长时间内取得了绝对优势，以至于学科本身都患上了选择性健忘症，许多人以为这就是**唯一**存在过的传统。

在此之后，“理论”与自由人文主义产生了非常重大的冲突。到了20世纪70年代，在英国、美国，还有世界上其他地方，理论同自由人文主义激烈开战。不过还是应当提醒一下大家，二者的冲突远在那之前就已经开始，早在20世纪30年代就已经出现类似的争论，比如说利维斯（我们可以视其为英国自由人文主义的典型代表）和批评理论家韦勒克之间的争论。利维斯和韦勒克一起在利维斯主编的杂志《细察》上发表文章，就文学批评同哲学的关系展开辩论。韦勒克反驳利维斯的论点很简单：仅仅实用批评还不够，你理应明白说出自己的理论观点，因为你的解读，更普遍地说，你的整个批评程序都建基于此。在韦勒克看来，利维斯在他的《再评价》（*Revaluations*）一书中把一系列浪漫主义诗歌作品的“细读”推到读者面前，后面却是理论的空白。他不失礼貌地写道：“我希望，您能够把自己的看法说得更明白些，对它们的论辩也更系统些。”（*Scrutiny*，1937年3月，P. 376）不肯视自由人文主义方法为文学研究的“自然”“当然”之法，这就是理论对自由人文主义的普遍回应。其他理论家也做过类似的要求，不过言语上可不像韦勒克那么客气：你阅读、批评文学，那你究竟在做什么？为什么这么做？说清楚，只有这样才能把你的方法同别人的方法放在一起比较、评价。在这些要求背后，可以看出一种观点：一旦这些东西都说清楚了（就像我在前面所做的），那么自由人文主义种种见解和程式中的弱点和缺陷就大白于天下，其他方法就有机会取代它。

本部分所讨论人物的著作收入以下这部文选：*English Critical Texts*, ed. D. J. Enright and Ernst de Chickera（Oxford University Press, 1962)。

## 自由人文主义实践

或许没有必要拿出例证，全面说明自由人文主义实践，本书的读者对其肯定已经相当熟悉了。不过，出于对比的目的，我还是会对埃德加·爱伦·坡（Edgar Allan Poe）的短篇小说《椭圆肖像》（*The Oval Portrait*）（见附录）做一番典型的自由人文主义式解读。后面，我还会继续用这篇故事来解说结构主义和叙事学批评实践。

关于这篇故事，自由人文主义式方法（更确切地说，利维斯式方法）会聚焦于故事中“艺术”和“人生”两种价值观之间的显著冲突，阐释和评论的核心或许会从道德伦理的角度去辩称，真正的价值在于独特个体的“活生生的人生”，故事中那位艺术家没有意识到艺术应当从属于他和妻子共同的现实生活，导致灾难性结局。更进一步说，如果艺术家视自己为浮士德式超级英雄，可以跨越品位、禁忌、行为的藩篱，甚至自以为神灵，可以创造、牺牲生命，他就犯了一个弥天大错——傲慢，而这最终也会吸干艺术的生命之源。故事中的艺术家一个人独处在小阁楼上，像吸血鬼一样吸食模特的生命，象征着卑劣、堕落的艺术，其价值就是单纯美学上的“为艺术而艺术”（art for art's sake），全然不顾他人的身体和心理健康。

这种方法有两点值得注意。首先，驱动这种解读的仅仅是道德信念（当然，道德信念本身并没有错），缺乏某种模式，以构成文学批评的系统方法。它热烈颂扬“人生”，因此给它贴上“利维斯式”的标签并不过分。其次，这种方法似乎跳过了形式、结构、体裁等一系列问题，直接进入内容的讨论。如果我们把上面的简述发展下去，肯定也会在诸如结构、象征、图示这类问题上做出评论，但它们的作用是次要的，只是支撑首要核心问题的具体材料，首要核心问题是道德立场。当然，我并不是说这种方法毫无价值，仅仅想对其做一番描摹，把它同其他批评方法区分开。

## 向“理论”转向

“二战”后，批评理论的发展中出现了一系列“浪潮”，每隔十年就会出现某个浪潮，所有浪潮的共同敌人就是我在上面阐述的自由人文主义，后者在20世纪30年代到50年代之间成了一种共识。20世纪60年代，首先出现了两个虽然历史较为悠久，但一直没有纳入正典的批评方法：**马克思主义批评**（Marxist criticism）和**心理分析批评**（psychoanalytical criticism）。前者在20世纪30年代曾在英国出现过，60年代获得重生；后者同样有着悠久的历史，在60年代重新引起人们的兴趣。与此同时，两种新的批评方法正在积蓄力量，直接攻击正统的自由人文主义，分别是**语言学批评**（linguistic criticism）和**女性主义批评**（feminist criticism），语言学批评出现于60年代初，女性主义批评的早期形式在60年代末成为一个重要因素。

到了20世纪70年代，各种新的批评方法引发争议，在英国和美国的批评界飞速传播，尤其是**结构主义**（structuralism）和**后结构主义**（post-structuralism）这两种起源于法国的批评方法。这两种批评方法引起轩然大波，以至于人们常说70年代末、80年代初，在英语语言文学这一学科内出现了“危机”，甚至是“内战”。这两种批评方法所关注的问题集中于语言和哲学，而不是历史和语境。80年代，态势有所转变，常被称为“历史转向”，历史、政治、语境再次回归文学–批评的核心议程中。80年代早期，政治–历史批评出现了两种新的形式——**新历史主义**（new historicism）和**文化唯物主义**（cultural materialism），前者崛起于美国，后者崛起于英国，两种方法都以所谓“整体”方法研究文学，意图整合文学研究和历史研究，同时又希望保持结构主义和后结构主义的一些真知灼见。

最后，20世纪90年代，大家似乎一股脑避开宏大解释，毫不犹豫地转向离散型、折中型、特殊趣味型的批评和理论。于是，**后殖民主义**（post-colonialism）方法拒绝用马克思主义来解释一切这种观点，强调后帝国主义时代国家和民族的个性或他性；与之类似，**后现代主义**（postmodernism）强调更为当代的经验的特点就是破碎性；女性主义（Feminism）也显示出分崩离析的迹象，成为一个称为性别研究（gender studies）的松散联盟，男性同性恋（gay）文本和女性同性恋（lesbian）文本成为文学中两个独立的领域，产生出各自独立的批评方法，90 年代的联盟中还包括黑人女性主义（或“妇女主义”）研究（black feminist or “womanist” studies）。妇女主义（Womanism）现在是一种更为宽泛的社会和批判理论，具体针对边缘化的女性群体。

## 批判理论中反复出现的思想①

种种不同的方法各有传统和历史，不过一些思想在批判理论中反复出现，它们似乎形成了可以被视为批判理论共同基础的东西。在单数意义上使用“理论”（theory）一词，仿佛“理论”是一个单一实体，包含种种信念，这样做也自有其道理，不过还是要牢记，这是一种简化说法。下面列出了理论中五种反复出现的思想：

1. 首先，许多被认为构成我们的生存基础的“既定事实”（比如说，性别、个性，以及文学这个概念本身实际上处在不断的流动变化之中，并没有什么固定可靠的实质。它们远非牢固地存在于由事实和经验构成的外部世界中，而是“由社会建构”，也就是说，它们既依赖于种种社

---

① 关于下面五种反复出现的思想，可参阅 Brian Russell Graham的文章“Resistance to Recurrent Ideas in Critical Theory”, Anglo-Files, 180（May 2016）. p. 88–97。——原注

会和政治力量，也依赖于不断变化的观察和思维方式。用哲学术语来说，这一切属于“偶发性范畴”(contingent categories)(存在于时间之中，具有偶然性，依赖于种种环境因素，不具备绝对性质)。因此，不存在什么坚不可摧、无所不容的真理，各种理智活动的结果都有着自身成立的条件，不存在什么固定不变、绝对可靠的真理(或许，只有这句话本身是固定不变的)。此类问题上，理论所攻击的观点和立场常常被简称为“**本质主义**”( essentialism)，本书中所讨论的许多理论家都自称为“**反本质主义者**”(anti-essentialist)。

2. 理论家们通常相信，所有思维和研究活动都必然会受到既有思想取向的影响，并在很大程度上被其所决定，完全客观的研究这种想法根本行不通。他们辩称，没有谁能完全置身事外，评判中不掺入任何个人感情；相反，任何研究者或多或少偏向天平的这一方或那一方。任何实用程序(比如说，文学批评)都以特定的理论视角为前提，否认这点就是把我们自己的理论立场隐藏于审视之外，视其为“天理常情”或“既定事实”。当然，这种立场也不是完全没有问题，通常只有在抗衡对手观点时才会明白提出，其问题就是它在撼动其他方法的同时也贬低了自身，结果造成“**相对主义**”(relativism)，既取消了争论的必要，也抽走了任何信念或坚信不疑的观点的基石。

3. 语言本身就是条件，限制、预设我们的观察。因此，现实构建于语言之中，没有什么确凿无疑地“就在那儿”，一切都是语言/文本的产物。语言不**记录**现实，语言塑造和创造现实，因此我们的整个宇宙都是文本性的。更进一步说，对于理论家而言，意义由读者和作者共同构建，在我们接触文本之前，意义并非“就在那儿”等着，它需要读者把它挖掘出来。

4. 因此，任何宣称要提供确定性解读的努力必将徒劳无功。文学作品内在的意义绝非固定而可靠的，而是处于不断的变动之中，具有多面性和含混性的特点。无论在文学中，还是在其他类型的写作中，从来都没有任何建立起固定不变的确定性意义的可能。相反，语言的特性就是生成无边无际的意义之网，以至于任何文本都必然包含着自身的否定，借助于解构这一批评程序，文本中自相矛盾的因素将呈现出来。在此类问题上不存在什么有最后裁决力的最高权威，文学文本一旦存在，在理论家眼里就是独立的语言结构，其作者或者“退场”，或者“死亡”。

5. 理论家怀疑一切“总体化”（totalising）观点，比如说认为所谓“伟大作品”构成一个绝对、自足的范畴，这就是个值得怀疑的观点。因为任何作品总是产生于特定的社会–政治背景中，这种背景不应被隐藏，一旦某部作品被遴选入“伟大”之列，其社会–政治背景往往容易被人遗忘。同样，把“人性”观念普遍化，超越特定的种族、性别、阶级，这也是值得怀疑的做法，因为在实际运用中，这个概念常常是欧洲中心主义的（Eurocentric）（也就是说，以欧洲白人的行为规范为基准）和男性中心主义的（androcentric）（也就是说，以成年男性的行为规范和生活态度为基准）。因此，宣扬无所不在、无所不容的人性，实践中就变成排挤、贬低甚至否认女性，以及其他弱势群体的人性。

总而言之，对于理论而言：

> 政治无所不在，
> 语言构建现实，
> 真理非无条件，
> 意义有偶发性，
> 普遍人性是神话。

如果在阅读本书后面部分时，或者在以后的学习中，你发现自己理解上有困难，不妨再回头看看这份清单，回想一下理论的基本思维框架，极有可能你觉得难以理解的某个论点正是这些观点中某个观点的变体。

## 文献选读

**代表自由人文主义立场的著作：**

Alter, Robert, *The Pleasures of Reading in an Ideological Age* (Simon and Schuster, 1989; rpt. W. W. Norton, 1997, with a new preface). 一本反理论立场鲜明的著作，该书的导论章“阅读的消失”，还有结尾章“多重阅读和不确定性的泥沼”言辞锋利，直指理论立场；中间各章介绍传统的批评概念，如“人物”“风格”“视角”等。

Gardner, Helen, *In Defence of the Imagination* (Oxford University Press, 1984). 该书的初衷是回应弗兰克·克默德（一位理论的捍卫者）所做的一系列讲座，作者强力为传统的人文主义学术和批评辩护，反抗在她看来是理论的恶劣影响。

Gribble, James, *Literary Education: A Re-evaluation* (Cambridge University Press, 1983). 20 世纪 80 年代初，曾出现几部攻击理论，捍卫传统文学学术的著作，该书是其中之一。可重点阅读第一章“文学与真理”、第四章“批评向理论臣服”、第五章“文学与情感教育”。

Steiner, George, *Real Presences: Is There Anything in What We Say?* (Faber, 1989; rpt. University of Chicago Press, 1991). 斯坦纳是位人文主义多面手，他的著作其实从来都不反对理论。在该书所收纳的三篇长论中，斯坦纳抓住了一个实际问题，即理论叙述如何才能同文学以及其他艺术的具体反应联系起来。

Watson, George, *The Certainty of Literature: Essays in Polemic*

(Harvester, 1989). 从该书的标题《文学的确定性》上就可以看出，华森对当代理论的敌意不可调和。

**关于英语语言文学这门学术研究崛起的著作：**

Baldick, Chris, *The Social Mission of English Studies 1848–1932* (Oxford University Press, 1983). 论点鲜明的英国文学批评史，详述了自马修·阿诺德以来英国文学批评的发展状况，其导论部分论述清晰。

Doyle, Brain, "The hidden history of English Studies" in *Re-Reading English Studies*, ed. Peter Widdowson (Methuen, 1982), p. 17–31. 该文问了这样一个问题：为什么英语语言文学会成为英国高等教育的一个重要学科？如何成为？其中论述颇具影响，不过其重点同我在前面的论述略有不同。

Eagleton, Terry, "The Rise of English", chapter one in his *Literary Theory: An Introduction* (Wiley-Blackwell, 25th anniversary edn, 2008). 该章对于"英语语言文学"的论述十分尖锐，也相当有可读性，很多观点同道伊尔不谋而合。

Graff, Gerald, *Professing Literature: An Institutional History* (University of Chicago Press, 20th anniversary edn, 2007). 详述了英语语言文学在美国的发展。

Kearney, Anthony, *The Louse on the Locks of Literature: John Churton Collins* (Scottish Academic Press, 1986). 科林斯是 19 世纪英语语言文学研究的一位先驱，这本书读起来赏心悦目，内容包括 19 世纪新闻界和议会就"英语语言文学"这门新兴的学问所做的辩论，本章相关内容就引自该书。

Mulhern, Francis, *The Moment of Scrutiny* (Verso, new edn, 1981).《细察》是利维斯在 1932 年创办的一份极具影响力的文学杂志。于是，在

鲍尔迪克停下脚步之处，该书继续前行。

Palmer, D. J., *The Rise of English Studies* (Oxford University Press, 1965). 不妨一读。

Potter, Stephen, *The Muse in Chains: A Study in Education* (Cape, 1937, rpt. Folcroft, 1973). 早期论述，其中所收录的 19 世纪试卷相当有启发意义，故本书将其收入附录部分。

Tillyard, E. M. W., *The Muse Unchained: An Intimate Account of the Revolution in English Studies at Cambridge* (London, Bowes and Bowes, 1958). 该书接上波特尔的话题，描述了 20 世纪二三十年代的剑桥，以及理查兹、燕卜荪、利维斯的早期批评生涯。

帕尔默、波特尔以及蒂利亚德三个人的著作一起构成了自由人文主义发展的自述，明显不同于鲍尔迪克、道伊尔、伊格尔顿，还有马尔赫恩的论述。

# 结构主义

STRUCTURALISM

## 结构主义的鸡，自由人文主义的蛋

结构主义是始于20世纪50年代法国的一场思想运动，其思想最早见于人类学家克劳德·列维-施特劳斯（Claude Levi-Strauss，1908—2009）和文学批评家罗兰·巴特（1915—1980）的著作中。很难将结构主义归纳为一条“根本”观点，如果必须这么做，我会说其精髓在于坚信事物无法被孤立地理解，它们必须在其所属的更大结构背景中加以观察（于是出现“结构主义”一词）。20世纪70年代，结构主义思想涌入英国，在整个80年代产生了广泛影响，甚至过了头。

这里所说的结构是由我们感受世界、组织经验的方式所带来的，而不是存在于外在世界中的客观实体。由此得出结论：意义并非事物的内核或**内在**精髓，总是存在于**外部**，总是外附于事物。按字面意思来说，意义由人类的心灵**赋予**事物，并非存在于事物内部。还是具体些，看看结构主义思维对于文学会有什么影响。想想看，我们面前摆着一首诗，比如说，邓恩（John Donne）的《大好明天》（*Good Morrow*）。作为结构主义者，首先要坚持说，要理解这首诗首先要就邓恩的诗所属的体裁形成确定的看法，因为邓恩的作品恰恰戏仿和颠覆了这一体裁。任何一首具体的诗歌都是某一体裁的具体例证，体裁同具体例证的相互关系恰如英语中的某个词、某句话同英语的关系，后者形成一个完整的结构，有着种种规则和约定。再回到邓恩的那首诗上，它所属的体裁叫**阿尔巴**（alba），或者叫“黎明之歌”（dawn song），这是一种可追溯到12世纪的诗歌形式，诗人哀叹黎明的到来，因为那意味着要同自己的爱人分离。

要理解**阿尔巴**，就不能不对宫廷式爱情有所了解；更进一步说，**阿尔巴**是一种诗歌形式，要求对诗歌这种话语传统有所了解。这些还仅仅是邓恩诗作背后的文化结构的一部分，可见“结构主义”方法实际上带着我们越来越远离这首诗的文本，进入那些宏大的、相对抽象的领域，诸如体裁、历史、哲学，而不是像英美学术传统所要求的那样步步逼近文本。如果用鸡和蛋来打个粗略的比喻，可以把外围结构（阿尔巴、宫廷式爱情、作为文化实践的诗歌）看成鸡，把具体例证（这里就是邓恩的诗）看成蛋。对于结构主义者来说，确定鸡的性质是最重要的任务，对于自由人文主义者来说，对蛋做精细分析才是首要任务。

因此，文学的结构主义研究方法中，始终有一股力量推动研究偏离具体作品的阐释，趋向更广阔、抽象的外围结构。这一部分一开始我已经指出，这些外围结构通常比较抽象，比如说关于文学和诗歌的观念，或者叙事的本质，而不是具体、特定的东西，比如说**阿尔巴**这种诗歌形式的历史，或者宫廷式爱情的历史，此二者毕竟还能从传统文学史中找到答案。20世纪70年代，结构主义涌入英美，之所以引起巨大争议，正是因为这两个国家的文学研究传统对结构主义者所提出的那些抽象问题鲜有兴趣。20世纪20年代所谓“剑桥革命”的方向与此**恰恰相反**：乐于把文本从广阔的结构和语境中孤立出来，做深入分析，“文本中心”的倾向达到极致，摒弃一切广阔的问题，一切抽象的议题和思想。从这个意义上说，结构主义把英语语言文学研究上下颠倒了过来，过去半个世纪中所珍视的东西如今弃若敝屣，一些长期以来被压制的问题如今终于得以问出：“文学”这个词是什么意思，指的是什么？叙事的工作原理是什么？诗歌的结构特征是什么？总而言之，传统批评家并不喜欢听到别人对自己说：你该把目光从蛋移到鸡上面。

## 符号之父——索绪尔

我说过，结构主义作为一场运动正式发起于20世纪五六十年代，但其思想扎根于瑞士语言学家费迪南·索绪尔（Ferdinand Saussure，1857—1913）的思想中。索绪尔是现代语言研究方法的关键性人物，19世纪的语言学者主要关心语言的历史方面（比如说发掘语言的历史发展过程，在几种语言之间建立起联系，思考语言的起源），索绪尔则与之相反，关注当今通行语言的结构和功能，尤其把重点放在以下问题上：意义如何建立和存续？句法结构在语言中有着什么样的功能？

索绪尔关于语言结构究竟说了些什么，让日后的结构主义者如此感兴趣？可以具体总结出三点。首先，索绪尔强调我们赋予词语的意义具有彻底的**任意**性质，意义仅仅维系于规约之中。也就是说，词语是“无理据符号”（unmotivated signs），意思是说词语同所指称的现象之间不存在内在联系。比如说“茅屋”这个词相对于其意义并无恰当与否的区别，所有的语言符号都与此一样，具有规约性质，也有一些小小的例外，比如象声词，例如“布谷”“嘶嘶声”。但即便是象声词，在不同的语言中也不尽相同。语言的任意性本身似乎是一目了然的事，并没有多少新意，柏拉图早在古希腊时代就说过同样的话。不过，把语言的这种性质放到如此**显赫**的地位上却是个新颖的概念，结构主义者真正感兴趣的是挖掘此中深意：如果语言作为一个符号系统建立于任意性之上，就意味着语言并非外部世界或内部经验的反映，而是一个独立的系统。后面我将进一步探讨这一点。

其次，索绪尔强调词语的意义具有**关系**性质，也就是说没有哪个词的意思可以脱离其他的词而得到孤立界定，要界定某个词的意思取决于这个词同与之“相邻”的其他词之间的关系。比如说“茅屋”这个词的确切含义取决于该词在所谓“聚合链”（paradigmatic chain）上的位置，所谓“聚合链”就是由一系列意义和功能相关的词组成的链条，在同一个句子中，链条上的词可以相互替换。例如：

茅舍　　棚屋　　茅屋　　房屋　　大厦　　宫殿

链条上任何一个词移走，剩下所有词的意义都会发生改变。“茅舍”和“茅屋”都是规模小、结构简单的建筑，但二者并非完全一样：一个主要用来遮风避雨（比如说，守夜人的茅屋），另一个则主要用于储存物品。要是二者中任何一个消失，剩下的那个就必须承担起原本由消失的那个词承担的语义，自己也变成一个新词。同样，“大厦”可以界定为比一般的房屋更大，更富丽，但不如宫殿，我们对“大厦”这个词的解释取决于该词同左右两边相邻词的关系。再看一些反义词对，语言相互界定的性质在其中表现得更为明显。例如“男性”和“女性”这两个词的意义主要在于二者的对立，一个词中包含的语义成分在另一个词中正好缺失，“男性”可以解释为“非女性”，反之亦然。同样，没有关于“黑夜”的概念，也就不会有“白天”；不知道何为“恶”，就不知道何为“善”。关于语言的关系性质，索绪尔有过一段著名的陈述：“语言中只有差异，没有积极项。”所有的词语，就如同上面所给的反义词对，亦如“住所”这个概念所形成的“聚合链”，都存在于“差异网络”之中。

索绪尔曾举过一个著名的例子来解释为什么说语言中没有固定的内在意义，他以 8 点 25 分由日内瓦开往巴黎的火车为例（参阅 Course, p. 108–109; Jonathan Culler 在 *Structuralist Poetics* 第 11 页也讨论了这个例子），我们如何才能确定是这趟火车而不是别的火车？它并没有物质确定性，每天机车和车厢都不同，司机和乘客也不同；火车要是误点，到了 8 点 25 分也不会开出，甚至它根本就不需要是“火车”。曾经有一次，在南安普顿车站，我问车站人员到布莱顿的车在哪儿上？那位工作人员指指停在车站旁的一辆巴士说：“那就是。”那天恰逢周日，由于线路检修，铁路提供巴士接驳乘客，绕过检修路段再登车，有时候“火车”根本就不是火车。索绪尔最后得出结论：这趟火车的确定性就在于其在差异结构上的位置，它位于 7 点 25 分和 9 点 25 分两个班次之间，也就是说，其确定性完全是关系性的。

最后，在索绪尔看来，语言不单记录世界或给世界贴上标签，更构成了世界。意义总是由人类心灵赋予事物或思想，它被语言构建，并由语言表达，并非已经蕴含于事物之内。要说明这一过程，著名的例子是在成对的选项中做出选择，比如某人或者是“恐怖主义者”或者是“自由战士”，不存在什么中性或客观的方式来指称那同一个人，只能在上面两个选择中选其一，任何一个选择就以特定的方式“构建起”那个人。另一个一物两名的例子见于撒切尔政府在英国征收的国内税：反对者称之为“人头税”（poll tax），意在令人们回想起中世纪的景象，以及那时的农民暴动；政府自己却不称之为税，而代之以“公共费”（community charge）这个名称，避开“税”这个不讨人喜欢的字眼，更加上“公共”这个动听的字眼。只要听听某人用哪个说法称呼这种税，立刻就可以知道他的政治立场，这里也没有中性或客观的选择。有人说每个故事都有三种版本：你的故事，我的故事，事实真相。然而这里讨论的问题比故事的版本问题要复杂得多，因为一个（那个）可用的措辞是纯粹语言上的，在这些事情上，语言之外并没有什么可靠的真相。

放眼四方，都能看到语言构成了我们的世界，而不仅仅是世界的反映。比如说表示颜色的名称就创造出现实，而不仅仅是为外在的现实加上名称：色谱并非分成七种基本颜色，所有的颜色自然过渡，没有间隙，完全可以定出十四种颜色，而非七种。另一个例子是一年四季的名称，我们有四个确定的季节——春、夏、秋、冬，可实际上一年连绵延续，并没有中断或大变化。事实上一年并非分成四季，为什么不能是六季或八季呢？变化在一年中连续不断地发生着，在任何一处分节都行。因此，四季是**看待一年时间的一种方式**，而不是自然本身的客观事实。索绪尔的思想强调语言的任意性、关系性和建构性，他的语言观极大影响了结构主义者，为他们提供了一个自足的系统模式，这个模式中个体相互联系，创生出更大的结构。

索绪尔还有一个重要区分，启发了结构主义者对更大的结构的思维方式，同文学也有着深刻的联系。他区分了作为系统或结构的语言和语言中的实际话语，前者称为**语言**（langue），后者称为**言语**（parole）。要理解法语中的一句话（言语），首先要掌握我们称为“法语”的一整套控制言语行为的规则和约定（也就是**语言**）。按照经典结构主义的论述，具体话语是孤立的项目，只有同更广阔的整体结构取得联系才有意义。结构主义者借用**语言**/**言语**的区分，把具体作品（比如说小说《米德尔马奇》[①]）看成文学**言语**的一个实例，只有在一个更广阔的整体结构的语境中才可以理解，而与《米德尔马奇》这个文学言语相对应的**语言**则是关于小说这种文学体裁和行为的观念。

## 停一停，想一想

思考一下至今为止我们就语言所表述的一些观点。

首先，能不能想出语言构建现实而不仅仅给已存在事物命名的

① 《米德尔马奇》(*Middlemarch*)，为英国维多利亚时期小说家乔治·艾略特的作品。——译者注

其他例子？你的例子同我们前面已经举过的（自由战士、人头税、四季）类似也无妨，或者你也可以思考一下称之为“行为句”（performatives）的“言语行为”（speech acts），也就是指称现实的那类话语，比如说许诺（“我保证告诉他”），或者为某个新设施的剪彩致辞（“我在此宣告，大桥正式通车”）。

其次，能不能从索绪尔关于语言和现实的思索中挑出什么毛病？比如说，提出一个纯粹由差异构成的范畴，这有意义吗？批评家克里斯托弗·里克斯（Christopher Ricks）曾说，不存在纯粹的差异，只有事物之间才存在差异。（参阅其文章“In Theory”，*London Review of Books*, April 1981, p. 3–6）你对里克斯的话怎么看？如果你接受里克斯的观点，认为只有事物之间才存在差异，这对于索绪尔那种语言中没有固定项、只有差异的语言观又会有什么影响？

最后，还记得火车那个例子吗？能让你信服吗？它的确定是否真的仅仅在于其在火车时刻表上的位置？作为补充，索绪尔后来又举了一个例子：

> 为什么街道可以彻底重建，可还叫老名字？因为并不是纯粹物质性实体，构成其基础的条件是街道同其他街道的位置关系，并非适合这些条件的物质。（*Course*, p. 108–109）

反驳者可以说，8 点 25 分的火车首先应当是一趟火车，然后才是 8 点 25 分。要是正好在那个时刻一群鸽子飞过车站的顶棚，朝巴黎的方向飞去，没有谁会说：“瞧，8 点 25 分去巴黎的走了。”同样，说街道的确定性很大程度上具有关系性，这当然没错，X 街之所以叫 X 街，就因为它横穿两条平行的街道——Y 街和 Z 街。可要是在 Y 街和 Z 街之间拉上一条直线，也没有谁会说它就是 X 街。

## 结构主义的范围

结构主义并非仅仅关于语言和文学，索绪尔的思想在 20 世纪 50 年代被我们现今所说的“结构主义者”吸纳，他们觉得索绪尔提出的语言模式可以“转移”到他处，可用来解释所有表意系统的工作机制。人类学家列维-施特劳斯运用结构主义观点去解释神话，提出某个神话系列中的个别神话（**言语**）并没有独立、内在的意义，只有考察这个神话在整个系列（**语言**）中的位置，以及同系列中其他神话的异同后，才能理解该神话的含义。

解释俄狄浦斯神话（Oedipus myth）时，列维-施特劳斯将俄狄浦斯传说与所有同底比斯城有关的传说放置在一起，看出一些反复出现的主题和对比，以之为解释基础。采用这一方法，包括俄狄浦斯传说的整个神话系列按照二项对立的原则（动物 / 人、亲属 / 陌生人、丈夫 / 妻子等）重新构造，具体传说的细节放入更高的结构中，而更高的结构被视为由基本二项对立构成的整体网络，具有显著的象征意义和主题、原型意味（比如说，艺术与人生的对立、男性与女性的对立、城市与乡村的对立、述说与演示的对立等）。

这是典型的结构主义程序，由具体到抽象，将个体置入更为广阔的结构语境中。所谓更为广阔的结构语境也可以包括，比如说，某位作家的全部作品，某种具体文学体裁的传统（举例而言，讨论狄更斯的《艰难时世》，可以讨论这部小说如何偏离小说这一文学体裁传统，偏向其他流行文化形式，如独幕剧或歌舞剧），更可以从中辨别出某种基本“二项对立”。如此说来，所谓“表意系统”实在是一个十分宽泛的概念，可以是任何有组织、有结构、包含文化意义的符号集，可置于其名下的现象五花八门，包括文学作品、部族仪式（例如学位颁发仪式或部族求雨仪式）、流行时尚（例如服装、餐饮、生活方式等）、汽车风格、广告内容。在结构主义者看来，遵循这些原则，就可以像解读语言一样解读文化，因为文化也是由许多结构网络组成，各个网络有各自的含义，其互动运行具有系统性特征。这些结构网络通过各种“符码”（codes）作为一个由诸多符号组成的系统运行。“符码”能够像语言一样做出陈述，并被结构主义者或符号学家所解读和解码。

比如说，流行服饰就可以像语言一样解读，孤立的衣装或特征加在一起，形成一整套服装，包含复杂的组合规则，或者说语法规则：人们不会身穿晚礼服，脚上却穿一双拖鞋，也不会穿军装去参加讲座，等等。每个构成符号的意义来自于结构整体。当然，许多服装的时尚性所依赖的就是“刻意”打破这些规则，比如说把外衣做得像内衣，以明显粗糙的方式剪裁昂贵的衣料，但是这些打破规则的行为之所以能“做出某种陈述”，正是因为事先已有可以违反的规则和约定。1994 年时装界流行线脚外露，看上去皱巴巴的衣料，衣服做得不是太大就是太小，这一切象征着所谓“解构”风格。可要是脱离了整体语境，其中任何一项特征只能说明你把衣服穿反了，或者你不喜欢熨烫，这些个别特征位于整体性结构中，结构的重要性要远远超出孤立项目本身。

结构主义早期，另一个重要人物是罗兰·巴特，他将结构主义方法用于现代文化这一广阔领域。1957 年巴特出版了一本叫作《神话修辞术》（*Mythologies*）的专著，那是本算不上大部头的小书，巴特从文化人类学家的角度向现代法国（20 世纪 50 年代）投去审视的目光。书中列出的一系列现象过去还从来没有得到严肃的学术分析，比如拳击与角斗的区别，吃牛排和薯条的意义，雪铁龙轿车的风格，葛丽泰 · 嘉宝荧屏上的面容，一位阿尔及利亚黑人士兵向法国国旗敬礼的杂志照片。巴特把所有这些放入更为广阔的价值、信念和象征结构中，以之为理解的关键。于是，拳击被视为代表着压制和忍耐，明显角斗，角斗手近乎夸张地把痛苦表现出来。拳击中，拳击手挨了拳头，再痛苦也不能叫喊出来，无论打到第几回合，这条规则必须遵守；拳击手以真实面目作战，不会精心把自己打扮成英雄或恶棍。与此形成鲜明对比，角斗手吆三喝四，刻意做出各种痛苦或胜利的表情，把自己表现为超出现实的大英雄或大恶棍。显然这两种运动在社会中承担着不同的功能：拳击促发忍耐，有时这对于生存是必不可少的，角斗则为我们上演了一出善恶之间终极对抗的戏剧。巴特在这里采用的是经典结构主义方法：个别项目被“结构化”，或者说被“结构语境化”，就在这一过程中，一层层的意义被揭示出来。

巴特在早期也检视了文学的方方面面，到 20 世纪 70 年代，结构主义不单在巴黎，更在世界范围内引起广泛注视。70 年代，英美学术界不少人士专程到巴黎，求学于当时的结构主义领军人物，包括科林 · 麦克凯比（Collin MacCabe）；之后他们回到自己的祖国，热情地教授类似的思想和方法。结构主义的主要著作都用法语写成，70 年代这些著作开始译成英语，用英语出版，还有许多英美人士开始阅读那些尚未译成英语的法语结构主义著作，然后把其中思想转介给英美读者。重要的中介者包括美国学者乔纳森 · 卡勒（Jonathan Culler），其专著《结构主义诗学》（*Structuralist Poetics*）于 1975 年问世；英国批评家特伦斯 · 霍克斯（Terence Hawkes），其专著《结构主义与符号学》（*Structuralism and Semiotics*）于 1977 年问世，是众神公司“新焦点”系列丛书的第一本。霍克斯还担任了这个系列的主编，其出版宗旨是“推动而不是阻挡文学研究领域的变革进程”。另一位影响广泛的人物是英国批评家弗兰克·克默德，当时在伦敦大学学院任教授。克默德热情洋溢地介绍巴特的著作，还创建高级研讨班研讨巴特的著作（90 年代退休之后，克默德却越来越偏向传统方法）。最后要提一提戴维·洛奇（David Lodge），伯明翰大学英语教授，他尝试把结构主义思想同传统批评方法结合起来，于 1980 年出版的《运用结构主义》（*Working with Structuralism*）是一个典型例证。

## 结构主义批评家在做什么

1. 他们（主要）分析散文叙事，将文本与一个更大的外围结构（比如下面某个）联系起来。

（1）某种特定文学体裁的传统。

（2）互文性链接网络。

（3）深层普遍叙事结构的预设模型。

（4）视叙事为由反复出现的模式或主题组成的综合体的观点。

2. 他们根据文学和现代语言学理论所描述的语言结构隐含存在的相似特征，进行文学阐释。举一个例子：在语言学中，词素（morpheme）是最小的语法意义单位，比如加在动词词尾表示过去时的“ed”就是一个词素；列维-施特劳斯就根据词素进行类推，提出了“神话素”（mytheme）这一概念，用来表示叙事“意义”的最小单位。

3. 他们把系统结构组织的概念应用于整个西方文化，遍及各种文化领域，从古希腊神话到洗衣粉品牌，把任何东西都视为“符号系统”。

## 结构主义批评：实例几则

这里的例子基于巴特在1970年出版的专著《S/Z》中所描述和展示的文学分析方法。这是本二百多页的专著，分析了巴尔扎克的一部三十页的短篇小说《萨拉辛》(*Sarrasine*)。巴特的分析方法将整个故事拆分成561条词汇单位，或者说意义单位，然后用五种符码（codes）对它们进行分类，而这五种符码则被视为所有叙事之后的普遍结构。回顾一下我就结构主义做的开场白（结构主义把个别项目放置在其所属的更广阔的结构中加以理解），这里的个别项目就是巴尔扎克的故事，而更为广阔的结构则是五种符码构成的系统。在巴特看来，这个系统可以生成所有的实际叙事，恰如语言的语法结构可以生成所有能说得出、写得出的句子。应当补充一点，使用巴特在20世纪70年代出版的文本作为结构主义材料样本可能会引起争议，因为70年代通常被划入巴特的“后结构主义时期”，按照通行的说法（本书也采纳这种说法），那一时期始于巴特1968年发表的文章《作者之死》(“The Death of the Author”)。不过我把《S/Z》主要视为一个结构主义文本也自有道理：首先这是之前已广为接受的做法，许多久负盛名的关于结构主义的著作都如此划分，例如，特伦斯·霍克斯的《结构主义和符号学》、罗伯特·斯科尔斯的《文学中的结构主义》(*Structuralism in Literature*)、乔纳森·卡勒的《结构主义诗学》；其次，《S/Z》中明显地含有许多成分，它们颠覆了那种自鸣得意的实证主义式结构主义，但它尝试把可能蕴藏于小说中的极端复杂性和多样性简化为五种符码的活动，不管人们认为这种尝试多么言不由衷没有诚意，在这一点上，它基本上是结构主义的。真相是，《S/Z》跨在结构主义和后结构主义两者中间的隔墙上：书中提出的561条词汇单位和五种符码，与巴特1968年发表的文章《叙事结构分析》(“Analysing Narrative Structures”）中的“高度”结构主义，在精神上是紧紧连接的；

而散布于书中的 93 段漫谈，带着它们肆意挥洒的那些对叙事的评论，预示了巴特在 1973 年出版的《文之悦》(*The Pleasure of the Text*)一书中的“完全”后结构主义。

下面是巴特在《S / Z》中提出的五种符码：

1. **行为符码**(the proairetic code)：这种符码提供行为的预兆(比如说，“船夜班起航”“他们又开始了”等)。

2. **阐释符码**(the hermeneutic code)：这种符码提出问题，制造迷局，从而产生叙事悬念(比如说，“他在派尔街上敲响一户人家的门”这句话就会引起读者的猜测：谁住在那里？周围又住了什么人？)。

3. **文化符码**(the cultural code)：这种符码指向文本之外，常常被读者当成常识内容(比如说，“安吉利斯探员是那种有时穿着一只袜子就来上班的人”这句话就会在读者脑海中激发出一系列先前已经存在的图像，从而知道安吉利斯探员是个什么样的人——能力低下的典型，或许同“探员”这一词通常所具有的“精明、干练”之语义正好形成反差)。

4. **意素符码(或语义性符码)**(the semic code)：也称为“内涵性符码”(the connotative code)，同主题相联系。按照斯科尔斯在《文学中的结构主义》一书里的解释，这一符码围绕着某个特定的人名，形成人物，下面第二则例证中将展示这种符码的运行机制。

5. **象征符码**(the symbolic code)：这种符码也同“主题”相关，不过，或许可以说，同主题的联系层次更高。它由一系列语义相反的基本对立构成——男性和女性、白天和黑夜、善良和邪恶、人生和艺术，不一而足。在结构主义者眼中，这些结构体现着强烈反差，构成人类感受现实、组织世界的基础。

最后两种符码最难以理解（尤其难以彼此区分），我将逐一以之为一个例证的基础，首先使用象征符码，以显示其如何组织故事的整体阐释。我选用的故事依旧是埃德加·爱伦·坡的短篇小说《椭圆肖像》（参见附录），结构主义者和后结构主义者都十分偏爱坡的作品。参照前面"结构主义批评家在做什么"部分列出的清单，这个例证对应于第一大点的第四小点，视叙事结构为一个综合体，由反复出现的模式和主题所组成。

讨论过程中，我也需要你的帮助。你应视自己为结构主义批评的合作者，每当"停一停，想一想"出现时，也就是需要你帮助之时。

首先，还是应当简要介绍一下故事的情节。在某个国名不详的欧洲国家的一场内战中，一位受伤的军官（我们推测如此，虽然故事本身并未言明）躲到一座新近遗弃的庄园中避难，他睡觉的房间里面挂着一幅年轻女性的肖像，画得极其逼真。屋子里还有一篇介绍文章，根据这篇文章，画家即画中女性的丈夫，他完全痴迷于肖像创作，竟没有意识到"生命"注入画面中形象的同时，从真人身上流走。故事最后，画家在画面上抹下最后一片颜色，肖像完美无缺，他妻子也咽下最后一口气。

结构主义解读不同于自由人文主义解读的最根本之处就在于，对于前者而言，评述结构、象征、图案是首要任务，是评论核心，道德意义，以及更宽泛意义上的阐释本身都在焦点之外。结构主义者不会像自由人文主义者那样直接进入故事内容，而是先发掘出一系列对偶、回应、反射、图案、对比，令故事高度图示化，转译成语言图表。下面这张图表显示，我们利用结构主义式批评的目标是什么，又期望在何处找到目标。表的左边代表着我们的目标，右边代表着可能在故事的哪个方面找到目标。

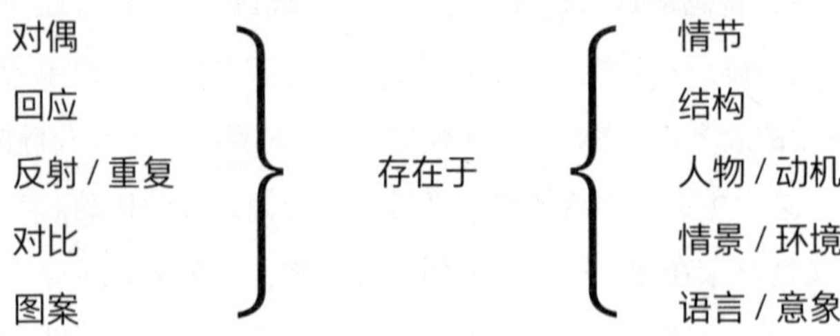


或许，最好的说明方式就是列出坡的故事中可能存在的一些对偶结构。首先，故事本身就存在着二项对立结构（由两个对立项组成的结构），包含着两个相互对立的部分：故事的第一部分是“框架式”叙事，由那位受伤军官以第一人称叙事；第二部分是故事中的故事，即那篇介绍肖像的文字。两个部分的叙事节奏有着很大的区别，第一部分不紧不慢，迟缓凝重，反映出军官务实、理性的思维，第二部分则越来越急促杂乱，反映着艺术家创作中的癫狂，以及受害者 / 妻子 / 模特急转直下的健康状况。

故事中的第二项对比来自庄园，它在故事的前后两部分起着截然不同的作用。在第一部分，对军官而言，庄园是躲避战火、疗养伤病的地方，在这里可以避开敌军，并且，根据我们的推测，可以养好身体；在第二部分，对于那位模特而言，这里代表着危险，最终是毁灭，在这里，她听命于自己那位艺术家丈夫的摆布，直至最后所有生命被吸干。

停一停，想一想

现在，来看看两个部分其他一些对比。比如说，两个部分都描写了两个人的关系：第一部分是军官和自己的侍从，第二部分是画家和自己的妻子。这两种关系有什么不同？两种关系中，权力的分配都不均等，但结果相当不同。如何不同？具体说明。两种关系中，一方为（或者对）另一方所做的有什么相同或相似之处吗？

故事两个部分的主要人物分别是军官和画家，从这两个人的内心状态上又能发现什么对比？

军官和画家都为肖像所痴迷，但前后两个部分中，艺术的作用显然不同。请具体说明有什么不同？

所有这些都是故事两个部分中的对比和对偶，我们还能找出许多。首先，故事中丈夫那种完全沉浸于自我的艺术家式的癫狂，同通常丈夫对新婚妻子应该表现出来的更外向、更具有性指向的热情形成对比，这一对比在故事中是深藏不露的。那位丈夫不是沉醉于自己的妻子，却在自己的作品面前恍恍惚惚，陷入自恋式的沉思。甚至可以说这桩婚姻是重婚，那位丈夫“已经有了一位新娘，那就是他的艺术”。他同自己的新婚妻子单独相处了几个星期，却埋头于绘画，实在是对传统蜜月的反面戏仿。同新婚妻子锁在一起的几个星期里，未完成的作品在丈夫胸中燃起熊熊烈火，他日以继夜地画着，最后创作的热力令他发癫发狂。实际上，整个“蜜月”期间伴着他的是第一位新娘，而不是第二位。

第三层对比和对偶涉及叙事机制，如呈现和语言，也涉及内容。其中一项对偶是故事两个部分的叙事者，两个人都在一定程度上隐姓埋名，尤其是第二部分的叙事者，我们完全不知道是谁写下那段恍惚离奇的文字（整个故事中，唯一出现名字的人物是军官的侍从皮德罗，却是故事中最无足轻重的人物）。不过在巴特的鼓励下，结构主义者还是会去向文本发问：“谁在说话？”如果向故事的第二部分提出这个问题，那么答案就将需要排除掉叙事者不是中立的旁观者、记录者这一立场，因为第二部分的这段描述一定出自一位目击者之手，他看着整件事一幕幕在眼前发生，却没有任何干涉的举动。至少，这位目击者缺少洞察真相的能力和悟性，与故事中那些看到这幅画的人没什么区别，这些人“用低级贫乏的语言惊呼：哦！真像！真神了！画家画绝了！他肯定很爱自己的妻子，要不怎么能把她画得那么像！”

**停一停，想一想**

某种意义上说，第一部分的叙事者并非清白之身，对目睹的事同样故意视而不见。能仔细说明吗？两个叙事者之间是不是存在某种对偶，让第一位叙事者因为其叙述所采用的语言而与那位画家丈夫的态度一致起来？

举例而言，当那位军官面对肖像时，做了一段漫长的深思，你对此怎么理解？艺术家在创作肖像时，长时间凝视着自己的妻子，对她却没有情欲，在第一部分的文本中有没有元素与画家缺失的情欲形成对偶？故事中，具有强烈男性意味的注视出现了两次，而不是一次，找出故事中“凝视”（“gaze”）和“荣光”（“glory”）这两个词出现的地方，注意这两个词出现时对时间的描写。每一次都有那么一会目光移开，这一对偶有什么意义？

所有这些对比都很具体，仅仅适用于这个特定的故事。接下来，我们可以采取一个简化步骤，就有点儿像找出一组数字的最小公分母，从这些具体对比中抽取出一组更抽象、更一般的对比：**人生**和**艺术**、**男性**和**女性**、**光明**和**黑暗**（既可指道德启蒙和蒙昧，也可仅指感官）、**观看**

和**行动**、**现实**和**表象**，它们之间存在着对比和冲突。结构主义者认为，叙事结构就建立于这些二项对立之上，类似的对比构成了所有叙事深入展开的骨架结构。如果我们再进一步简化，最后只剩下一对二项对立，那一定就是人生和艺术的对立，因为这个故事似乎完全就是在谈人生和艺术，把这两者视为一个总的心灵系统的因素。

显而易见，我们还需要问最后一个问题：人生与艺术这种二分法的两边，这个故事究竟站在哪一边？毋庸置疑，故事当然是站在了艺术一边，故事中描写得最栩栩如生，也最热情洋溢的正是艺术创作行为，稍次一点儿的是对艺术品的欣赏和沉思，却没有用任何笔墨触及一个年轻生命的陨灭。那位“热情、癫狂、忧郁”的艺术家创造出一件如此逼真的艺术品，简直是神来之笔，上天造化。这可不是在捍卫“人生”。表面上看，故事似乎在抗议，怎么可以牺牲一个年轻的生命去换来艺术？可实际上，作家描写到为艺术的献祭时，笔下却流露出丝丝嫉妒，几许敬意。正如 D. H. 劳伦斯所指出的，别信说教，只信故事。

关于象征符码，就说这么多了。第二个例证聚焦于文本中语义性符码的运行。之前我已经说过，这种符码有关人物与剧情的形成过程，不过其范围较之象征符码要小一些。按照霍克斯在其《结构主义和符号学》一书中所言，语义性符码“运用各种‘暗示’，或者说，‘意义的信标’（flickers of meaning）”，考虑到这种符码透过个别词汇或短语的细微差别显示出来，要理解其运行，最好的方法或许是教育家所说的“完形程式”（cloze procedure），也就是先从文中删去一些词，然后请读者根据语境蕴含，以及整体结构特征，补上这些空白。

下面一段是默文·琼斯（Mervyn Jones）一部小说《阿米蒂奇先生还没有回来》（*Mr Armitage Isn't Back Yet*）的开头部分。小说开篇之处，主人公阿米蒂奇就出现了，他的性格特征也立刻就确定了下来。我从这段中删去了一些词，在相关句的后面列出了一些选择，其中只有一个是作者本人所使用的词。你会发现，选用不同的词去填空，人物的性格也随之发生决定性变化，从而令我们体会语义性符码的实际运作。为了分析方便，这段文字的各句都标了号。参照前面“结构主义批评家在做什么”部分所列出的清单，这个例证对应于第一大点的第三小点，也就是将文本与深层普遍叙事结构的预设模型联系起来，因为批评家或许觉得巴特所提出的五种符码是所有叙事的基础。花一点时间，选出你觉得合适的词，填入空白。

### 停一停，想一想

1. 约翰·爱德华·斯科特·阿米蒂奇：五十五岁，身高五英尺[①]十一英寸[②]，体重十三石三 ________。（磅、盎司）

2. 六月八日，风和日丽。车里，广播换了节目，应该是九点一刻；他看了看 ________ 表，九点一刻整，没错。（多功能、瑞士、斯沃琪、天美时、怀表、米老鼠）

3. 亨顿道，向北行驶。阿米蒂奇开着一辆崭新的捷豹，新车令他感到心满意足。皮座椅发出 ________ 的气味，里程表显示着零，干净利落。他这类人开一辆车从来不超过一年。（昂贵、香香、刺鼻、性感、豪华）

接着，又有一些描写，然后阿米蒂奇降低车速，看着两个招手搭车的人。两个人能达到他接纳的标准，于是他让两个人上车，不过对于他的好意，两个人反倒显露出些许犹豫。接下去：

---

① 1英尺≈0.3米。——编者注

② 1英寸=2.54厘米。——编者注

4. 小伙子脸上还是堆着笑容，却没上车。他似乎在想，方向对不对？车对不对？甚至，阿米蒂奇这个人对不对？他正在决定，要不要上面前的车。阿米蒂奇感到________，再过几秒，或许就会发脾气了。这时，那姑娘开了口："真好，太好了，真的。"（茫然失措、瞠目结舌、丈二和尚摸不着头脑）

5. 姑娘说起来不停，话语中透露出一丝不耐烦，针对小伙子的犹豫。姑娘对阿米蒂奇也笑了笑，阿米蒂奇觉得，她的笑容不单单看了让人舒心，更________。当然，能搭上捷豹做长途旅行，他们可实在太幸运了。显而易见，姑娘意识到这一点，似乎和他在一起也很开心。这个念头刚刚升起，阿米蒂奇就知道自己实在荒唐，不过，她还是给自己这样的印象，这也恰恰是她的魅力之所在。（让人快乐、让人开朗、让人想入非非、让人欢快）

6. 姑娘________前座，小伙子坐进后排。阿米蒂奇猛踩下油门，超过一辆小货车。他开起车来非常冲，挂着三档，轰着油门，不放过任何超车的机会。一个念头升起，又落下：或许，正因为这姑娘坐在自己身边，自己才会如此炫耀车技。（迅速跳进、重重坐上、诱惑地溜进、轻松地溜进、艰难地挤进、无声无息地滑进）

下面，我简评一下各段中的空白。

第一段中，小说中使用的词是"盎司"，如此精确立即给人一种印象，这个人对于生活的态度同样一丝不苟，井井有条。（试问，有多少人对自己体重的了解能精确到盎司呢？）

第二段中，如果我们换了他的表，他的性格就彻底不同。小说中使用的是“瑞士”，“瑞士表”进一步增强了前面几行业已建立的形象——主人公井井有条、富足优裕。如果我们换了他的表，语义性符码的“意义信标”立即发生转变。比如说，如果他戴着多功能电子表，他就成了个上了岁数的机械迷；如果戴着一只时髦的斯沃琪，那他就是一个喜欢追求时尚的人；如果戴着怀表，就成了个老古董；如果戴着搞笑的米老鼠卡通表，那他就属于那种坚信人生就是一场游戏一场梦的人。

第三段中，“香香”“刺鼻”“性感”三个词差不多都会把主人公变成一个皮具癖，“昂贵”一词则有些直接和低俗，仿佛在说，这个人对于事物的喜好同其价格直接挂钩。小说中使用的是“豪华”一词，其中也包含几分“昂贵”的意思，不过也显示这个人欣赏质量、手工本身。

第四段中，叙述者所使用的词直接反映出被描写的人物。“瞠目结舌”显示完全失态得不知所措，“丈二和尚摸不着头脑”更强调了这种意思，小说则用了**“茫然失措”**，显示出一位有着一定社会地位，习惯于受他人尊敬的人此时此刻尊严所受到的伤害。

第五段中，阿米蒂奇对于姑娘笑容的感受是其性格描写的一个关键。小说中用的是“让人开朗”，显示他终于看到了一个积极的反应，对此感到高兴。如果说在他眼里，姑娘的笑容“让人想入非非”，那就说明他的动机完全同性有关。而“让人欢快”一词又把那位姑娘变成了个孩子，而不是成年人。

最后一段中，缺失的词表示，不管怎样阿米蒂奇还是感到了姑娘的魅力。小说中使用的词是“轻松地溜进”前排座位，显示出姑娘身材苗条，动作优雅。阿米蒂奇的注意力不在那位小伙子身上，所以小伙子仅仅“坐进”后排。要是把这两个词调过来，就会暗示阿米蒂奇感兴趣的是那个小伙子，而不是那位姑娘，这带来的效果就是容易把阿米蒂奇构建为同性恋，即使不做出这样的明确表述。

这则“完形填空”显示出语义性符码在构造人物性格上的作用，虽然其尺度比较微小，可同样至关重要，也显示出这种符码同样可以激活主题，比如说与阿米蒂奇这个人物紧密相关的关于秩序和控制的观念。

这则例子也可以显示另外两种符码的运行。比如说，**阐释符码**无疑在这段文字中起到重要作用，从小说一开始读者就被扯入种种思考，揣测结果，揭开谜团，预测事情和原因的种种可能。就以我们选用的这段文字而言，我们已经开始思考“这次遭遇会产生什么样的结果？”“那两个搭车的年轻人果真像他们看上去的那样人畜无害吗？”“随着故事的发展，阿米蒂奇的自信会动摇吗？”最后，上文第三小节中我们可以发现**文化符码**的例子。那部分中我们读到，“他这类人开一辆车从来不超过一年”，于是文本诉诸我们事先已有的关于此类人的知识，把他们视为带有各种各样相互联系的品性和习惯的独特的一类人。当然，这段文字太短，又处于小说的开头，很难从中发现**象征符码**，不过我们在前面分析爱伦·坡的短篇小说时已经详细分析了这种符码的作用。

## 文献选读

Barthes, Roland, *The Semiotic Challenge*, trans. Richard Howard (University of California Press, 1994). 该书收录了这位最著名的结构主义批评家的一系列文章，读者可阅读第三部分的两篇文章：“Textual analysis of a tale by Edgar Allan Poe”和“The Facts in the Case of M. Valdemar”。

Barthes, Roland, *A Roland Barthes Reader*, ed. Susan Sontag (Vintage, 1993).

Culler, Jonathan, *Structuralist Poetics* (Routledge, 1975). 该书问世之初就建立起卡勒作为深奥理论之“中介”的名望，2002年的新版增加了一个作者撰写的反思性前言。

Culler, Jonathan, *Barthes* (Fontana, 1983).

Culler, Jonathan, *Barthes: A Very Short Introduction* (Oxford Paperbacks, 2002).

Hawkes, Terence, *Structuralism and Semiotics* (Methuen, 1977; Routledge, 2nd edn, 2002). 该书属“新焦点”系列丛书，同丛书中的其他书一样，堪称先锋之作。霍克斯所探讨问题同卡勒相同，不过做得更好，至少在我看来是如此，“新焦点”系列丛书要求简洁、严密。

Saussure Ferdinand de. *Course in General Linguistics* (Bloomsbury Revelations, 2013). 非常优秀的版本，英文版由杰出的语言学家罗伊·哈里斯翻译并注解。

Scholes, Robert, *Structuralism in Literature: An Introduction* (Yale University Press, 1974). 堪为楷模的一本著作。该书出版至今已过去许多年，不过别为此所欺骗，直至今日未必能找到堪与之相提并论的著作。

Sturrock, John, *Structuralism* (Paladin, 1986). 该书涵盖结构主义在一系列领域的表现，如语言、社会科学等。第四章以简练的语言介绍了文学中的结构主义及其先驱。

# 后结构主义与解构

# POST-STRUCTURALISM AND DECONSTRUCTION

# 结构主义与后结构主义的理论分歧

后结构主义究竟是结构主义的延续和发展，还是对其的反叛？在一个重要的意义上，它是后者，反叛的一个有效方式就是批评前人虽有信念，却没有勇气坚持到底。后结构主义对结构主义的批评是，虽然后者的思想体系建立于其语言观之上，却又不打算将其语言观推到极致。前面我们已经介绍过，结构主义的一个核心观念就是语言不单单反映或记录世界，同时也构建世界，能看见**什么**取决于**如何**去看。后结构主义者认为，这一信念的结果就是我们进入一个极其不确定的世界，我们无法接触到任何确定不变的地标，因为那已经超出语言程序之外，我们找不到确定的标准来衡量事物。缺乏确定的参照物，我们甚至无法确定自己是否在运动。或许你也有过以下经历：你乘坐的列车停在车站，车与月台之间还停了一趟列车，当那趟车开动时，你会感觉是**自己的**车在开动。然后那趟车加速开走，你又看见了那个月台，这时你才意识到自己的感觉出了错。实际上，后结构主义者所说的就是，如果我们认真接受结构主义者的语言观，就必然抽空了任何固定的智力参照物。换个比方，就像落入太空，没有重力，不分上下，结构主义语言观令我们堕入如此的虚空，不分上下，难辨左右。失去理智参照点的局面正是描述后结构主义者所谓“**去中心的宇宙**”（decentered universe）的方式之一，在如此的宇宙中，从根本上说，我们不可能知道自己身处何方，因为过去用来界定“中心”，同时也界定着“边缘”的一切概念都被“解构”，也就是被分解、消除了。概念是如何被解构的？我会在后面加以讲解。

乍一看，后结构主义所关心的东西似乎和我们非常遥远。语言似乎绝大多数时候都完全能满足我们日常生活的需要，既然如此，又何必总是为之忧心忡忡、殚思竭虑呢？进一步深思后，我们会觉得也正是在对于语言的忧虑上我们最容易同后结构主义找到共同点，这种忧虑其实普遍存在，当我们的语言使用超出日常闲聊层次时，当我们交谈的对象同我们并不熟悉时，或者其社会地位同我们不对等时。举个例子，想象一个不那么直截了当的话语场合，比如说给银行写信，写一篇论文，在聚会上同一个陌生人攀谈套近乎，或者写一封慰问信，在这些以及更多的场合，我们常常会担心通过语言会说出自己并不打算说的东西，或者表错了情，或者暴露出我们的无知、冷漠、混乱等。虽然我们可以用“你明白我的意思吗”这样的表达方式，可其言下之意就是我们并不能真正掌控所使用的语言系统。这些忧虑实实在在，放大之后其实同典型的后结构主义语言怀疑论如出一辙，由此处我们可以一瞥后结构主义的思维框架，它就隐藏在我们大多数人都有的心态和焦虑中。

不过，列出后结构主义和结构主义的主要区别或许帮助更大些，下面分四个部分列出二者的区别。

1. **起源不同**。结构主义从根本上说起源于语言学。作为一门学问，语言学的内在特性已决定了它对于获得客观知识的可能持乐观态度。语言学相信只要观察够精确，数据收集够系统，推理符合逻辑，我们就语言和世界所得出的结论就能做到坚实可靠。结构主义继承了这种自信的科学世界观，也相信方法、系统、理性能建立可靠的真理。

与结构主义不同，后结构主义从根本上说起源于哲学。作为一门学问，哲学一向强调获取可靠知识的困难，这一观点尽现在尼采说过的一句话中："没有事实，只有阐释。"可以说，哲学的本性就是怀疑，常常会质疑各种常识性观念，其基本程序常常就是首先质疑那些被看成不言而喻、理所当然、事实真相的观念。后结构主义不单继承了这种怀疑主义态度，更将其推上巅峰，将一切对科学的信任视为天真，甚至产生出一种理智自虐式的快感：我们确定任何事都**不能**确定。这当中的自相矛盾与反讽，后结构主义其实也心知肚明。

2. **语气与风格不同**。结构主义著作常常偏于抽象和概括，带着一种抽身事外，"科学冷静"的口吻。考虑到它源自语言学，这其实一点儿也不出奇。罗兰·巴特 1966 年发表的文章《叙事结构分析导论》（"Introduction to the Structural Analysis of Narrative"，收入 *Image, Music, Text*, ed. Stephen Heath, 1977）就是此类文风的典范，论证步步为营，说明井井有条，满纸都是图表，文风完全中性，不带个人色彩，是典型的科学论文式写作。

后结构主义文风同结构主义形成鲜明对比，更富于感情色彩，语气常常急切而欢快，文风则常常浮夸并刻意炫耀。标题中常常出现双关或典故，其论证的核心往往也是一个双关，或其他什么语言游戏。

解构式著作常常会盯住语言的某个"物质"方面，比如说某位作家的隐喻，或者某个词语的源头。总体而言，其目标是温暖拥抱，而非冷漠分离。

3. **对语言的态度不同**。结构主义者接受的核心观点是：世界是在语言中建构起来的，除了语言媒介外，我们再无接近现实的途径。结构主义者似乎一心要和这个现实和睦相处，继续用语言去感受和思考。毕竟，语言是个井井有条的体系，并非模糊一团，就算意识到我们不得不依赖于它，理智也不会陷入绝境。

与上述态度不同，后结构主义者则更倾向于本质论，坚持发掘结构主义语言观所带来的后果，最后得出的看法就是：现实就是文本。我们还有可能以语言建立起可靠的知识吗？后结构主义把这种终极忧虑释放了出来，在后结构主义者看来，语言符号一刻不停处于流动之中，不受制于原本要表达的概念。因此后结构主义者谈论语言时，出现大量同“水”有关的意象——漂浮的符号不受制于原本要表达的概念，意义会流动，常常会“溢出”。这一汪语言符号之水，飘飘荡荡，泼泼洒洒，人们小心翼翼地把“意义”放到被称为“词语”的容器中，又竭尽全力确保“容器”里的东西从“发送者”传输到“接受者”的过程中不会变质，可在语言符号之水的冲荡下，这一切不过是白费气力。我们无法完全掌控语言媒介，故而也不可能给意义找个固定的安身之所，意义必然随机“播散”，就好像播种者走过田野，甩动手臂散播种子，有的种子随机落入土壤，有的则随风不知飘向何处。

同样，词语的意义永远做不到百分之百纯粹，总是受到其反面意义的“污染”。没有**白天**，就无法确定**黑夜**；没有**邪恶**，就无法确定**善良**。或者，词语受到自身历史的干扰，早已废弃的历史用法却在现今通行用法中保持着幽灵般的存在，时常制造些麻烦。就在你觉得某个用法安全可靠，准备使用时，那些历史的幽灵就现身出来。例如，“客人”这个词看上去洁白无瑕，可深挖下去，其最初含义竟然是“敌人”或者“陌生人”，于是也牵扯出“客人”不受人欢迎的潜在一面。同样，词语的隐喻性基础可能蛰伏很长的时间，然后在哲学和文学中被再次激活，干扰词语的本义，令人们难以确定单一的意义。由此可见，语言焦虑是后结构主义观点的基调。

**4. 规划不同。**“规划”一词在这里意味着某一运动的根本目标，也就是它希望向我们证明什么。结构主义质疑我们面对现实进行组织分类的方式，敦促我们摆脱传统感知和分类的影响，也相信由此我们可以得到更为可靠的知识。

后结构主义更喜欢刨根问底，根本就不相信理性这个概念，也不相信人是独立实在的个体，转而青睐“消解的”或“建构的”主体这样的观念。我们自以为是个体的存在，实际不过是社会和语言力量的产物，也就是说，它根本就没有本质，只不过是一件“由文本特性编织的薄纱”。于是，怀疑论的烈火点燃理智之原野，吞噬建于其上的西方文明。

## 后结构主义——生活于失去中心的星球之上

后结构主义出现于20世纪60年代后期的法国，与之紧密相连的两个人物是罗兰·巴特和雅克·德里达（*Jacques Derrida*，1930—2004）。这一时期，巴特的写作风格开始大变，由结构主义转向后结构主义。在两个阶段，巴特各写过一篇文章论述叙事的性质，分别是1966年的文章《叙事的结构分析》和1973年的专著《文之悦》。对比一下这两部作品，可以明显感受到巴特在风格上的巨变。前者巨细不舍，讲究方法，专业术语多得吓人；后者则是一系列同叙事有关的漫谈，按照字母顺序排列，强调材料的松散性。这两部作品之间是一篇关键性文献——《作者之死》（“The Death of the Author”，1968），可视为巴特的结构主义阶段和后结构主义阶段的分水岭。那篇文章中，巴特宣称“作者已死”，其实那是一种比喻性说法，目的是强调文本的独立存在。无论你觉得作者的意图是什么，或者想把什么“注入”作品之中，都不能令文本成为统一的整体，更不能在文本之上施加限制。该文宣扬极端的文本独立论，无论是作者的意图，或者是作品的语境，都不能决定作品的意义；相反，作品的本性决定了它不受任何限制。巴特在文章中说，作者之死的另一面是读者的诞生。1966年的文章到1973年的专著，我们看到焦点的转移，前者视作品为写作的产品，后者视文本为阅读的产物。

实际上，文本更是语言自身的产物，因为巴特同时也说过，随着作者的退场，解读文本变得毫无意义。这一早期的后结构主义似乎沉浸于意义无尽游戏的狂欢中，推翻一切文本权威。到了芭芭拉·约翰逊（Barbara Johnson）那里，文本放纵论转向更为严格，更讲求规范的文本共和论。在芭芭拉看来，解构并非放纵地推翻一切限制，而是讲求条理规范的行为，既承认又颠覆文本的各种源头力量。

20 世纪 60 年代末，后结构主义发展另一个关键性人物是哲学家雅克·德里达，我们甚至可以把后结构主义的起点确定于 1966 年。那一年，德里达做了名为《结构、符号和人文科学话语中的游戏》（"Structure, Sign and Play in the Discourse of the Human Sciences"）的演讲。许多论文集都收录了这篇文章，例如，K. M. Newton 主编的《二十世纪文学理论》（*Twentieth Century Literary Theory: A Reader*）就收录了该文的节选。那篇演讲中，德里达发现了现代思想界中的一个特别"事件"，就是与过去思想方式的彻底决裂，他把这次决裂与尼采、海德格尔的哲学和弗洛伊德的精神分析学说松散地联系在一起。这一事件关系到我们思想世界的"去中心化"。在这一事件之前，人们认为万物存在的中心是天理伦常。如同文艺复兴时期的口号所宣称，人是万物的尺度，欧洲白人在衣着、行为、建筑、知识上的规范被视为稳定的中心，由此判断偏离、出轨、变异，并给它们加上"他者""边缘"的记号。到了 20 世纪，这些中心或者被彻底摧毁，或者在侵蚀下渐趋式微。有时，这是历史事件所造成的，比如说第一次世界大战打破了物质稳定进步的幻想，第二次世界大战中的种族屠杀更摧毁了视欧洲为人类文明源头和中心的看法；有时其原因是科学发现，比如说相对论的出现就动摇了时间和空间绝对的看法；最后，思想和艺术革命也是导致其出现的原因，比如说艺术领域的现代主义（Modernism）在 20 世纪的头 30 年推翻了一些过去被认为是绝对的核心概念，例如音乐的和音、叙述的时间次序、视觉艺术中的表征。

世界上既无绝对可言，也找不到任何固定参照点，这就推翻了一系列以往被认为是亘古不变之核心的观念，相对性成为世界的本质。我们并非围绕着固定的中心，要么在既定的轨道上运行，要么偏离轨道，所有一切都是“自由游戏”（如同该文的标题所强调）。在自己的演讲中，德里达热烈拥抱“失去中心，自由游戏的”世界，认为它具有解放的力量，恰如巴特为作者之死而欢呼，认为它带来了自由快感的时代。失去中心的世界会产生什么样的后果？无人可以预料。但至少，我们必须尽力不加入“那些人，他们……在面对正在显露自己却尚不可取名的东西时，就转过脸去”（Newton, p. 154）。这个宗教色彩浓厚的声音呼吁我们在真知之光面前不要移开自己的眼睛，如此天启式的口吻也是后结构主义写作的一个典型特征，言下之意就是：只要我们有足够的勇气，我们就能进入尼采式的新世界，那是没有什么确定事实的世界，剩下的仅有种种阐释，任何一种阐释上都没有盖着权威的印章，因为再也没有任何权威中心可供我们验证自己的阐释。

做了上述演讲的第二年，德里达有三本专著同时问世，分别是《声音与现象》（*Speech and Phenomena*）、《论文字学》（*Of Grammatology*）、《书写与差异》（*Writing and Difference*），令他声名鹊起。这三本书讨论的更多是哲学问题，而非文学问题，不过德里达处处使用一种细致入微的解读方法，即“解构法”（deconstructive reading），以之解读从其他哲学家著作中精选出来的方方面面。文学批评家借用这种解读方法，将之用于文学作品的解读之中。从根本上说，解构法倾向于将文学作品解读成我们在上面讨论过的失去中心世界的象征，过去一直被看成有机整体的文本如今被指出同样支离破碎，自相矛盾，无中心可言。最终，它们往往代表着德里达在《结构、符号与游戏》（*Structure, Sign, and Play*）的结尾所预言的“可怕的怪胎”。

## 停一停，想一想

后结构主义的一个核心文本是德里达的《论文字学》，这本书中被引用最多的一句话就是“文本之外无他物”。不过大多数引用都脱离了那句话的原始语境，以之佐证一种极端文本论，似乎那句话的意思是一切现实都是语言，再去谈论什么语言之外的“真实”世界毫无意义。（下面引用该书的文字均出自约翰·霍普金斯大学出版社 2016 年出版的 40 周年纪念版，所标页码即该版本的页码。）

如今人们常常会发现，上述观点其实并非德里达的原意。在这一阶段，我并不鼓励你去攻读整部《论文字学》，不过你还是可以先甩开批评家和评论者，仔细研读一下“文本之外无他物”这句话在书中出现的部分，尽量使用我在导论部分介绍的阅读技巧。书中这一节的标题是“过度。方法问题”（p. 171–178）。

在这一节，德里达讨论卢梭（Rousseau）的文章《论人类语言的起源》（“Essay on the Origin of Languages”），不过他中途停了下来，质疑自己解读卢梭的方法，并由此质疑一切阐释。他对“补遗”（supplement）这个概念提出质疑，法语中，“supplement”这个词还有个意思：“替换”（replacement），语言就是它所要表达现实的“替换”或“替补”（p. 153–171）。但是，这种“替补”的确切性质是什么？因为“从事写作的人已被载入特定的文本体系”（ p. 174），也就是说，人们所继承的语言是一个现成系统，有着自己的历史、哲学以及其他“内在要素”。从这个意义上说，我们可以争辩，字里行间显现的并非使用语言的人，而仅仅是语言自身的某些方面。

作者以某种语言和某种逻辑写作，他的话语本质上无法完全支配这种逻辑的体系、规律和生命。他在使用它们时只是在某种程度上勉强受这种体系的支配。阅读始终必须关注在作者使用的语言模式中他能够支配的东西与他不能支配的东西之间的关系（作者尚不了解这种关系）。这种关系不是明暗强弱的量的分配，而是批判性阅读应该创造的指称结构。（p. 172）[①]

阅读和阐释并非**再现**作者头脑中想到、文本中说到的东西，德里达把此种有缺陷的阐释观称为“复制式评论”（doubling commentary），因为其唯一目的是重构出之前已经存在、超出文本之外的现实（作者想到了什么，写下了什么）来与文本并行。与之相反，批判性阅读必须**产生出**文本，因为文本背后并没有什么东西可供我们重构，因此阅读必须是解构式而非建构式的。也正是在这里，德里达说出了“文本之外无他物”这句话，在稍后的地方他称之为全书的“轴心论点”（p. 177）。

如果阅读不满足于复制文本，它就不能合法地超越文本而把握不同于文本的东西，把握指称对象，或把握文本之外的所指。而文本的内容可能出现在语言之外，它本来就可以出现在

① 此段引文的译文引自《论文字学》，汪堂家译，上海译文出版社出版，2015。——编者注

语言之外，也就是说，出现在一般文字之外（在我们赋予这个词的意义上）。因此，我们在此冒险运用于一个实例的方法论观点完全取决于我们在上面提出的一般主张，这些主张涉及指称物或超验所指。不存在外在文本（There is no outside-text）。（p. 172）[①]

后面，他继续拓展这一观点，强调说，“在人们认为可以定义为卢梭的著作的东西之外，在这种著作的背后，除了文字之外别无他物；……文字，作为消失的自然在场，展开了意义和语言”（p. 173）。

德里达的文字当然绝非易懂，不过如果你能把这几页攻读下来，最好再和别人做一番小组讨论，必定收获不菲。读了之后，你能确定德里达在语言与世界的关系上都说了些什么吗？你还觉得他的话如人们常常所批评的那样离经叛道、耸人听闻吗？

## 关于《论文字学》的翻译，兼论“阅读”

大多数英语国家的读者都依赖于佳亚特里·斯皮瓦克（Grayatri Spivak）教授的博学多才和辛勤劳作，正是斯皮瓦克教授将德里达的《论文字学》翻译成英语。斯皮瓦克教授的译本于1976年出版，译文极

① 此段引文的译文引自《论文字学》，汪堂家译，上海译文出版社出版，2015。——编者注

其精良，2016 年 40 周年纪念版出版时和初版对比基本没有改变。当然这是总体印象，纪念版还是有一些细小变化，不过并没有标出，我也无意就初版和纪念版做一番全面系统的对比。我注意到的变化似乎都很细微，例如1976年初版中，“过度。方法问题”这一节的第二段开头是“This brings up the question of the usage of the word ‘supplement’.”，纪念版中是“This poses the question of the usage of the word ‘supplement’.”（p. 171）。最为明显且反复出现的变化是，每当使用英语“language”一词时，作者都会在方括号中标明对应法文是“langage”（语言系统）还是“parole”（言语用法）（索绪尔语言学中，“语言系统”指庞大的语法和句法规则结构，“言语用法”指特定的话语、陈述或评论，只能在索绪尔所说的规则和区别体系中才能理解）。多年来，德里达文本的某些方面引发热烈争议，招来各方面的评论，纪念版对此并没有加新的注解，因此完全可以从 1976 年的角度来解读 2016 年的文本，两个文本构成了一个封闭的德里达宇宙，可以从 1976 年穿越到 2016 年。朱迪斯 · 巴特勒为纪念版撰写了全新的导言，思路清晰、资料翔实，确实是一个非常有益的补充，不仅总结了德里达这本书的整体观点，指出了斯皮瓦克在自己所撰写的导言中所做的开创性阐释工作，更将这篇导言纳入到德里达更广阔的研究轨迹中。另一个重要的补充是，这部巨著首次出版 40 年后终于有了索引，读者终于能够独立于德里达的无情引航，驾驭这片汹涌的知识水域。不言而喻，任何学术书籍缺了索引都会削弱读者的阅读能力，推迟罗兰 · 巴特所说的读者的诞生，迫使读者被动地跟随作者的脚步。

多年来，关于德里达思想的讨论集中在“文本之外无他物”这句话的意义上，并非没有道理，德里达本人把这句话称为“轴心论点，即文本之外无他物”（p. 177）。德里达信徒们通常的反应是声称德里达从未说过这些话，尽管斯皮瓦克在 1976 年和 2016 年都是这样翻译的。无论 1976 年的初版，还是 2016 年的纪念版，这个句子第一次出现时，斯皮瓦克都很小心谨慎，在译文后的方括号中先放入更为贴近法语原文的译文，然后再给出法语原文“there is no outside-text; il n’y a pas de hors-texte.”（没有外部文本；我不知道什么是文本），“there is no outside-text”实际上算不上翻译，英语中 There is no 后面通常接名词或名词短语，可以说“There is no time.”或“There is no wine left.”，但是不能说“There is no outside-text”，因为英语中不存在复合名词 outside-text（外部文本）。英语中可以说 outside loo（室外厕所），或 outside chance（外部机会），但不能说 outside text。如果在法英词典中查 hors-texte 一词，会得到不同的费解的解释：柯林斯词典解释为 inset（内嵌），一部在线词典怪异地将它解释为 plate（平板）。借助于其他的资料，可以查到 hors-texte 是法国传统图书生产中的一个技术术语，上述解释有了合理性，指的是一本书中不包含在主要页码中的其他部分。这一类文本包括故意留白的页面，图书所有页面打印完后“插入”（即粘贴）的插图板，额外的数字页面，列出详细版权信息的页面，有自身页码体系（通常用小写罗马数字）的前言，以及目录页。只有通过所有这些页面，读者才能到达正文第一页。所有这些页面组成了 hors-texte：它们是图书的一部分，又不属于正文。

做了这么多解释后，如何才能确定德里达的轴心论点究竟是什么意思？ hors-texte 是一个过渡空间，是位于不同空间之间的腹地，有点像照片的镜框与蒙版，蒙版是照片与镜框之间的空白地带，也有点像图书正文之前的留白页。蒙版也不一定完全是空白，上面可以有线条框，有点类似于图书的序言，是前端文本的核心。大致而言，德里达的主张似乎是在说，没有什么东西可以完全摆脱某种形式的文本性的影响，可以把整个世界想象为一部图书，或一篇文本，哪怕如此想象会否定世界的存在。我说读书要求精不求泛，指的就是对词语意义进行这种穿越迷宫般的曲折追求，在我看来，进行理论思考，最需要做的事就是精读。而且，在德里达那里，理论思考这件事本身就是阅读。2005 年的电影《德里达》(Derrida，由 Kirby Dick 和 Amy Ziering Kofman 执导，网上有资源，价格低廉，强烈推荐大家观看）中有这样一幕：一群采访者进入德里达的书房，德里达身后书架上摆满了书。有人问德里达是否都读过，德里达想了一会儿后回答说，读过其中五本书，又补充道："我真的真的好好地读了这五本书。"很明显，德里达说的读不是普通意义上的"阅读"，如果说德里达自己书房里的书他只读过五本书，那肯定不对，尽管那是他的原话。德里达认为，正确的阅读是持续数月的彻底投入。在德里达看来，阅读意味着在与书的作者进行细致、持续、激烈的对话中对内容做出回应。对我们而言同样应该如此——全神贯注、认真细致地进行阅读–思考–写作这个逐渐深入探究理论的活动，而这正是我现在试图做的。毫无疑问，每个人都有自己的局限性，只能在自己的水平上去做，但每个人都应当承认，阅读不仅仅是动动眼睛、翻动书页的问题；如果我们这样阅读，站起身来就会把书上的内容忘得差不多。

## 结构主义与后结构主义的实践差异

首先遇到的问题是：后结构主义常常宣称自己为一种思想态度，并非实践性批评方法。或许这没错，不过岂独后结构主义，其他批评潮流哪个不是如此？以马克思主义、女性主义，甚至自由人文主义为例，它们又是在何种意义上才能称为一种方法？无疑，只是在最宽泛的意义上，它们才被称为方法，因为它们谁也没有为文学分析拿出一套环环相扣的具体步骤，所提供的不过是一个方向，由此接近某个独特的重要问题（例如，阶级问题、性别问题、个人道德问题，等等），再由众多作品构成范例库。

那么作为一种批评方法，后结构主义有哪些特点呢？后结构主义批评家醉心于文本的“分拆”，这一程序称为“解构”，粗略而言就是后结构主义的应用。它常常被称为“违反本意的解读”（reading against the grain），或“让文本自己反对自己”（reading the text against itself）。目标就是“对文本的理解超出其对自己的认识”（这段界定来自于特里·伊格尔顿）。如何来描述呢？可以说解构式阅读更多发掘文本的意识下层面，而非意识上层面，发掘那些掩盖于文本光滑的表面之下、自身都难以意识到的东西。语言中被压制于意识下层面的东西也可以上达于感受，比如前面我们举过的“客人”一词的例子，英语中 guest（客人）一词与 host（主人）为同源词（也就是说，两词来源相同），而 host 一词来源于拉丁语 hostis，其意思是敌人，这表明“客人”一词中潜藏着两个截然相反的方面，或欢迎，或讨厌，也可能由一个方面向另一个方面转化。那么，“敌意、对抗”的含义就被压制在“客人”这个词的潜在意思层面，解构可以这样运用词源学，释放出文本中未被意识到的内容。

对解构式阅读的另一个著名的定义出自芭芭拉·约翰逊（Barbara Johnson）的《批判性差异》（*The Critical Difference*, Johns Hopkins University Press, 1980）：

> “解构”并非“摧毁”的同义词，实际上它更接近于“分析”（analysis）一词的本源意义。从词源上讲，所谓“分析”就是“分拆”（to undo）……要完成对文本的解构，靠的既非心血来潮的猜疑，亦非主观武断的颠倒，而是小心谨慎地引出文本自身中相互冲突的意指力量。（*The Critical Difference*, p. 5）

德里达自己对“解构”的定义与此大同小异。解构式阅读：

> 必须始终关注在作者使用的语言模式中他能够支配的东

> 西与他不能支配的东西之间的关系（作者尚不了解这种关系）……它力图把那些迄今为止仍被遮蔽的东西暴露于人们的目光之下。（*Of Grammatology*, 2016，p. 172 and p. 178）

卡顿在他的《文学术语词典》（*Dictionary of Literary Terms*）中说：

> 文本通过解构式阅读可以说出与之表面所说大相径庭的内容……批评家或许会说，某个文本具有单一、稳定的“意义”。可通过解构，我们可以看到，文本其实可以包含多种含义，可以说出许多与所谓“单一、稳定的意义”不同、相抵触的东西。文本可以“背叛”自身。（引自“解构”词条）

因此，解构实践也称为“文本骚扰”，或者“对抗性阅读”，其目的是呈现文本内部的矛盾或者不连贯，呈现隐藏于表面的连续之下的不连续性。上一代的“新批评”批评家们则与此截然相反，他们的目的就是要呈现隐藏于表面的不连续之下的连续性。为了实现自己的目的，解构式批评常常会关注一些貌似无关痛痒的细节，比如说某个具体的隐喻，然后以之为打开文本大门的钥匙，由此去理解文本中的一切。

讨论结构主义时，我们提到结构主义批评家搜寻文本中的对偶、回应、映像等，所产生的效果就是显示出文本有着统一的目的，仿佛文本清楚自己要达到什么，并调动一切手段以达到这一目的。与之相反，解构式批评家则要显示文本自己同自己相冲突，文本是一幢分裂的房屋，他们在寻找其中存在各式各样缺口、断裂、缝隙的证据。下面这张表对比了结构主义和后结构主义在实践层次上可能存在的差异：

| **结构主义目标** | **后结构主义目标** |
|---|---|
| 对偶／回应 | 矛盾／悖论 |
| 平衡 | 变换／断裂，存在于语气中、视角中、时态中、人称中、态度中 |
| 映像／反复 | 冲突 |
| 对称 | 缺席／省略 |
| 对比 | 语言含混 |
| 结构 | 死结 |
| **效应：展示文本的统一与连贯** | **效应：展示文本的断裂** |

下面的例证分析部分会回到这张表，还会拿出一个简化的解构过程的三段模式。最后，我会提出几个问题，帮助你找出自己的例证。

## 后结构主义批评家在做什么

1. 令文本“自己反对自己”，暴露出那些被称为“文本之潜意识”的意义，可能同文本的表面意义截然相反。

2. 关注词语的表面特征——语音上的类同、词汇的初始含义、“过时（或正在过时）的”隐喻等，把这些特征推向前场，使它们成为文本总体意义的关键因素。

3. 显示文本中的断裂远多于连贯。

4. 聚焦于一段文字，由此深挖下去，直至文本再也不能支撑“单一”解读，引发语言爆炸，释放出“多种多样的意义”。

5. 搜寻文本中各式各样的变换和断裂，据此证明存在被文本悄悄压制、粉饰和忽略的意义。这些变化和断裂常常被称为“断裂带”

（fault-lines），一个从地质学借来的隐喻，原意指岩石构造中的断裂，由此可以发现过去地壳运动的证据。

## 解构批评：实例一则

在此，我为解构批评实践提供一则显著例证，目的之一是显示其有什么特征；同时我还有另一个目的，就是显示解构批评其实并未同传统批评彻底决裂。

我把解构程序简化为三个步骤，称之为**文字**（verbal）步骤、**文本**（textual）步骤、**语言**（linguistic）步骤。我将选用狄兰·托马斯（Dylan Thomas）的一首诗——《拒绝哀悼死于伦敦大火中的小孩》（"A Refusal to Mourn the Death, by Fire, of a Child in London"）（全诗见附录）——以说明这三个步骤。

文字步骤上，解构同燕卜荪于20世纪二三十年代在其《含混七型》中所开创的更为传统的细读形式非常相似，也就是在所谓"纯文字层"上搜寻悖论和矛盾。比如说托马斯在诗的最后一行写的" After the first death there is no other（第一次死亡之后，没有另一次死亡）"这句话就自相矛盾：如果某件事被称为第一，那么就暗指存在一个序列：第二、第三、第四，等等。因此，the first death（第一次死亡）这个词组就清楚地暗含着，在字面意义上，将会有其他次死亡。在解构者看来，此类内部矛盾显示出语言特有的不可靠性和不固定性，后面还会就此做更多讨论。这首诗中还有其他类似的矛盾，再读一读这首诗，看看你能不能把它们找出来。不妨从诗歌的第一行"Never until the mankind making"开始，思考思考 until（直到）与 never（永不）这两个词的连用。

该诗同后结构主义相关的另一个方面是扭转了一些常见的二项对立中对立项的相互关系，例如**男性和女性、白天和黑夜、光明和黑暗**等，从而令第二项，而不是第一项，显得更为重要。诗中带来生命的似乎是黑暗，而不是光明，诗人写道，“the mankind making / Bird beast and flower / Fathering and all humbling darkness（直到创造人类 / 生养鸟兽花朵 / 使万物谦卑的黑暗）”。这个悖论呈现出诗中的世界，它既是我们所熟悉的，居住的那个世界，又是其颠倒的版本。在解构者看来，这同样典型地显示出语言并非世界的映像或表达，而是构成了自己的世界，一种虚拟世界，或者说，平行共存的宇宙。寻找出此类矛盾或悖反的表达是“让文本自己反对自己”的第一步，呈现出能指和所指的冲突，并揭示出被压制的潜意识。这第一个步骤总是能为后面的步骤发掘出有用的材料。

文本步骤从个别词句走出来，从更为整体的角度纵览全诗。这一阶段，批评家要在诗歌连续的表面之下寻找变换和断裂，它们揭示出态度的不稳定，从而暴露出坚定、统一立场的缺失。可以有各种各样的变换和断裂，比如说焦点、时间、语气、视角、态度、节奏、词汇都可以发生变换。转换可以体现于语法中，比如说由第一人称变换为第三人称，或者由过去时变换为现在时。同第一阶段相比，该阶段在更广的范围内表现悖论和矛盾，把文本作为一个整体收入眼底。例如，《拒绝哀悼》这首诗中，诗歌并非严格按照时间顺序发展，存在着明显的时间和视角转换。诗歌第一、二两节想象着一个时代的结束，“世界走到了尽头”，最后的黎明绽放出曙光，大海终于波澜不惊，创造出万物生灵的自然运转停了下来，一片让一切黯然失色的黑暗徐徐落下；可进入第三节，诗歌又回到现实，转向一个小孩之死；最后一节，诗歌又像第一、二节那样拉出宽阔的幕布，不过这里重点似乎放在了伦敦有历史记载以来的发展上，为之做证的就是“默默无言的流水，潮涨潮落的泰晤士河”。在这首诗中，我们找不到单一、确定的语境框架把小孩之死的意义固定下来，托马斯这首诗的跳跃性使得其意义极其难以确定。

再仔细阅读全诗，看看你自己能不能找出此类更大范围的“文本”层次上的断裂。注意：在这里被省略掉的内容非常重要，也就是说，文本不会告诉我们想知道的一切。或许刚开始时，你可以想想诗人说要“拒绝哀悼”有什么理由？而后来又为什么没能践行自己所说的话？

最后是“语言”步骤，涉及在诗中搜寻证据，来质疑语言本身作为交流媒介的有效性。诗歌可能或明或暗提到语言既不稳定，也不可靠，从而对语言提出质疑。比如说诗人可以先说某些东西不可说、不可描述，可接着又将其说出来；或者指责语言对于自己的对象有时增益，有时缩减，有时更误现，可还是坚持使用语言。以《拒绝哀悼》这首诗为例，全诗就做了诗人声称拒绝做的事情，诗人在标题中就宣称“拒绝哀悼”，可这首诗本身就是一种哀悼。第三节中，诗人说他不会“用沉重的说教／去谋杀”，否定了所有既有的方式，诗人坦言要远离哀伤悲戚的陈词滥调，或者说“话语行为”，仿佛可以超越这些不纯的语言形式，达到一种纯净超然的境地。可在此之后，我们看到的不是诗人的沉默，而是在最后一节中近乎祷告词般庄严宣告“伦敦的女儿同最初的死者深埋在一起”，诗人犹如古代的先知宣布：死者变身为高于生活的圣女，成了“伦敦之女”（活的时候，她无论如何也难以获得如此称号），穿上盛装，仿佛要加入亘古以来所有亡灵的队列中。如今，她重归于掩埋在她身上的泥土，重归大地母亲的怀抱。

可以说诗人看出了语言的陷阱，可还是纵身跳了进去。再把诗读一遍，再回想下自己在“文本”步骤的发现，能不能找出更多的例子，说明诗人明明已经暴露出一些修辞手段的陷阱，可最终还是不得不跳进去？你可以先考虑考虑“母亲”“女儿”这样的用词，想一想这些词所体现的“家庭”隐喻的性质，其他的例子见于“谋杀”和“无动于衷的泰晤士河”这样的词语中。

一旦诗歌的内核被打开，就再也不能承受解构的压力，从而显示出破裂、矛盾的一面，揭示出语言和文化的矛盾。三段式模式也可用于其他材料的解读，令解构作为一种批评实践具有了自己的特征，也把解构的优劣一起呈现于细心读者的眼前。解构式阅读的目标是生产非连续性，显示那些貌似统一连贯的东西其实也包含着矛盾冲突，文本既不能令它们稳定下来，亦不能把它们压制下去。不妨将此比作唤醒一群意义的睡狗，让它们互相撕咬。传统意义上的细读有着与此截然相反的目标：阅读者会拿来一个看上去破碎、断裂的文本，然后呈现出潜藏于其下的连贯性，就好像是要把一群打成一团的狗分开，用适当的花招哄它们入睡。尽管这两种方法自认为彼此间相隔何止万里，却有着同样的弊病：二者都使得诗歌显得千篇一律。使用传统细读法的读者，不管是在约翰·邓恩的复杂玄学派诗歌中，还是于罗伯特·弗罗斯特（Robert Frost）的朴素诗作中，比如《雪夜林畔小驻》（“Stopping by woods on a snowy evening”）一诗，都能找到精致含混的极佳例子，并且一律用一二十页的篇幅对它们进行全面的解读。如此的阅读之下，诗歌恰恰丧失了自己的个性。同样，在解构主义的阐释之后，所有的诗歌所呈现的都是让人焦虑的、分裂的语言规则和其他形式的不确定性。

我将用英国 18 世纪著名诗人威廉·柯珀（William Cowper）的《坠海水手》（“The Castaway”）（全诗见附录）来进一步说明在第 87 页的图表中列出的后结构主义的一些特点。所有的批评家一致认为，这首诗包含两个层次：表层，诗歌关于一位被大浪冲落大海的水手之死，全诗以他的口吻说出，为他的死哀悼；深层，诗歌又写出了诗人在精神崩溃的边缘所感受到的恐惧和孤独。

对于解构者而言，要暴露出作品中的矛盾和悖论，就需要显示作品明言的情感同**实际流露**出来的情感并不一致。比如说在《坠海水手》中，落海水手说他不会为自己的蹇运而怨恨自己的同伴，可只要他如此一说，就存在着可能，他实际上就是在怨恨。在诗中一处，他说自己的朋友已竭尽全力营救他，可另一处又暗示说他们扔下他不管，只顾自己去了。再读读这首诗，找出其中可以得出上述推论的地方。

其次，指出作品中的断裂、空白、裂缝、不连续，也就是在说文本缺乏统一、连贯的目的，比如，可能出现语气、视角等方面的转换。《坠海水手》这首诗中，比如说落水的水手有时自称“我”，有时又称为“他”。例如，“我这命中注定的弃儿”“漂浮的家离他远去”。再读读这首诗，看看能不能找到更多的例子。前面已经说过，在一个层次上，这首诗是对一个真实事件的想象性描述。在探险家乔治·安森（George Anson）的一次探险途中，一位水手落水遇难，这次事故记载在安森出版的日记中，这首诗就是以此记载为基础而创作的；另一个层次上，这首诗不过是诗人本人所感受到的孤独与消沉的隐喻。然而这两个层次的关系非常“不确定”，比如说，关于安森和他那次探险的所有细节与丧失、抛弃、孤独的广义概念是分离脱节的，我们在这两者之间做不确定的转换。

再次，似乎有价值的“语言反常”包括好几种，有语言上的怪异，也有逻辑上的怪异，它们都会危害意义的稳定性。《坠海水手》中可以找到许多例子。比如说最后一节中，诗人哀叹“We perish’d, each alone（**我们**都将在孤独中逝去）”。（着重部分为我所加）上天不会伸出援助之手，可诗中所说的仅仅是一个人的死亡；另一方面，如果说上面那句话是一个一般性陈述，是说我们每个人都不得不独自死去，就应该用现在时态，而不是过去时，应该是 We perish 而不是 We perish’d。

最后，“死结”（aporia）也是解构批评中屡屡出现的一个词。该词的本义是**死路**，指向文本中无法解开的死结，因为所说的话自相矛盾。或许，“死结”就相当于英国批评家燕卜荪在《含混七型》中所指出的文学的第七种语言困难，“当文本的意义出现不可调和的冲突时，就出现这种困难”。比如说柯珀诗歌第三节，我们读到，对于这位落水而亡的人，“没有诗人为他落泪”，可我们正在读的这首诗恰恰与这句诗相矛盾。这个“结”似乎无法解开。人们常常说，罗兰·巴特 1968 年的文章《作者之死》标志着结构主义向后结构主义的转变，在那篇文章中巴特说：“一切都要拆解，而非解码。”然而文本的死结抵抗拆解，上面讨论过的矛盾、悖论、变换等，最终都可放到死结这个更宽泛的名目之下。

不难看出，如此阅读就是让文本自己反对自己，不过，如果认为文本具有什么“内核”，或者说明显含义，批评家可以照葫芦画瓢提出反面观点，这依然是误解。通过对上面一首诗的解读，我希望也展现出了后结构主义批评和结构主义批评的不同：结构主义方法发现模式和对称，最终发现统一、和谐的文本；后结构主义“让文本自己反抗自己”的方法则产生出断裂感，同时也产生出处于内部对抗状态的文本。

## 文献选读

Barthes, Roland, *The Pleasure of the Text*, trans. R. Miller (Hill & Wang, 1975). 这本书代表了巴特“欢快的一面”，其中文字简洁利落，充满谜一般的魅力，相当具有娱乐性。

Culler, Jonathan, *On Deconstruction: Theory and Criticism After Structuralism* (Routledge, 2007). 最新版增加了一篇序言，概述 20 世纪 80 年代以来解构的发展历史，同时也评估了其在当今文化理论中的地位。

Derrida, Jacques,“The exorbitant. Question of method”, p. 171–178 in *Of Grammatology*, trans. Gayatri Chakravorty Spivak (Johns Hopkins University Press, 2016).

Derrida, Jacques,“Structure, sign and play in the discourse of the human sciences”, reprinted in abbreviated form in K. M. Newton, *Twentieth Century Literary Theory: A Reader* (Macmillan, 2nd edn, 1997).

Derrida, Jacques, “The purveyor of truth”, p. 173-212 in *The Purloined Poe: Lacan, Derrida, and Psychoanalytic Reading*, ed. John P. Muller and William J. Richardson (Johns Hopkins University Press, 1988). 这篇文章中，德里达回应了拉康对爱伦·坡的故事《椭圆肖像》的解读，这一篇再加上上两篇，可做为了解德里达的入门文献。

Derrida, Jacques, *A Derrida Reader*, ed. Peggy Kamuf (Columbia University Press, 1998). 该书广泛选摘了德里达的论文，再配上一篇导读，相当实用。

Deutscher, Penelope, *How to Read Derrida* (Granta Books, 2005). 对于初识德里达者，该书是个好的开始。

Jefferson, Ann and Roeby, David, eds, *Modern Literary Theory: A Comparative Introduction* (Batsford, 2nd edn, 1986). 读者可阅读其中第四章“结构主义和后结构主义”。

Lechte, John, *Fifty Key Contemporary Thinkers* (Routledge, 2nd edn, 2006). 该书就“二战”后一些“主要”思想家提供简短介绍，不仅限于后结构主义和解构。

Norris, Christopher, Derrida (Routledge, 2nd edn, 1991). 虽然简短，却令读者获益良多。

Norris, Christopher, *Deconstruction: Theory and Practice* (Routledge, 2nd edn, 1991). 解构的标准介绍。

Royle, Nicholas ed., *Deconstructions: A User's Guide* (Palgrave, 2000). 该书收录了一系列名家的评论，焦点十分清晰。

Sarup, Madan, *An Introductory Guide to Post-Structuralism and Postmodernism* (Longman, 2nd edn, 1993). 该书 1993 年版对内容进行了扩充和更新。读者可阅读“德里达和解构”这一章。

# 后现代主义

POSTMODERNISM

# 何谓后现代主义？何谓现代主义？

和结构主义与后结构主义一样，现今关于现代主义与后现代主义区别的争论也很激烈。现代主义和后现代主义的历史不同，前一个是早已确立的名称，对于理解 20 世纪文化起关键作用，后一个直到 20 世纪 80 年代才流行起来。现代主义是统治了 20 世纪上半叶的艺术和文化运动的总称，在艺术领域，它如一场地震摧毁了大多数 20 世纪之前的艺术结构，从音乐、绘画到文学和建筑。那场地震的震源之一似乎是 1890 年至 1910 年间的维也纳，震感波及法国、德国、意大利，最终英国也不能幸免，产生出立体主义（Cubism）、达达主义（Dadaism）、超现实主义（Surrealism）、未来主义（Futurism）等艺术运动。直至今日，我们依旧能感受到那场巨震的余波，许多在那场巨震中倒塌的结构再也没能重新建立起来。不了解现代主义，了解 20 世纪文化也就无从谈起。

现代主义波及之处，昔日至关重要的实践成分无不遭到挑战和抛弃：音乐抛弃了旋律和和音；绘画抛弃了透视和直接图像表征，转而青睐不同程度的抽象；建筑领域，传统形式和材料（尖顶、穹顶、立柱、木料、石料、砖料）统统被抛弃，转向横平竖直的几何图形和新建筑材料，如平板玻璃和混凝土；文学领域，传统的现实主义（时间顺序、连续叙事、全能叙述者、封闭式结局等）让位于各式各样的实验形式。

1910 年到 1930 年的 20 年间是现代主义的巅峰期，产生出一系列文坛巨擘，如艾略特（T. S. Eliot）、乔伊斯（James Joyce）、庞德（Ezra Pound）、刘易斯（Wyndham Lewis）、伍尔芙（Virginia Woolf）、斯蒂文斯（Wallace Stevens）、斯泰因（Gertrude Stein）、普鲁斯特（Marcel Proust）、马拉美（Stephane Mallarme）、纪德（Andre Gide）、卡夫卡（Franz Kafka）、里尔克（Rainer Maria Rilke）等。下面列出现代主义文学的一些重要特征：

1. 重新重视印象和主观，也就是，关注**如何看**超过**看到什么**（在"意识流"这种技巧的运用中，可以明显看出这一倾向）。

2. 小说创作方面，背离以下诸多特征——全知的外部叙述者、固定的叙述视角、鲜明的道德立场，也背离建立于这些特征之上的表面客观。

3. 模糊了体裁的分界，小说也可以具有抒情性和诗歌性，诗歌则变得更像纪实文学。

4. 热衷于破碎的形式、不连续的叙述，以貌似不相关材料随意拼贴。

5. 倾向于"自我反思"，诗歌、戏剧和小说就自身的本质、位置、作用提出问题。

所有这些改变所产生的整体效果就是产生出一种醉心于实验和革新的文学，巅峰过后，现代主义在 20 世纪 30 年代显著退却，部分原因是之前的十年中聚集起的政治紧张和经济危机。到了 20 世纪 60 年代，现代主义卷土重来（非常有趣，那十年同现代主义巅峰期的 20 世纪 20 年代有着许多相似之处），不过再也没能达到昔日的巅峰。

上面粗略描绘出现代主义是什么，又出现于什么时期。后现代主义是其延续，还是反叛？要搞清楚这个问题，首先要就后现代主义下个便于操作的定义。首先，不妨先看一则现成的后现代主义定义。卡顿在《文学术语和文学理论词典》中对后现代主义的定义是“折中方法，喜欢信笔由思，也喜欢戏谑模仿”。不过这似乎并没有把后现代主义同现代主义的区别说得太明白，“折中”这个词意味着使用破碎的形式，前面已经说过，这也是现代主义的特征。以艾略特的《荒原》（*The Waste Land*）为例，就是一部把不完整的故事，或者说，故事碎片拼贴到一起的作品。同样，喜欢“信笔由思”也包含了偶然和随意的成分，而这正是 1917 年达达主义的重要特征。比如说，达达主义者就随意从报纸上摘录下句子，然后拼贴成诗。最后，喜欢戏谑模仿显然同摒弃作者的神圣地位和自鸣得意有关，最显著的例证就是无所不知、无所不晓的叙述姿态，而这恰恰也是现代主义的一个核心成分。如此一来，不妨这样说：辨别后现代主义和现代主义的方法之一是打断二者在时间上的先后关系，然后调转头去，把现代主义的某些特征拿过来界定后现代主义。根据此种观点，它们就不是艺术史上的两个相继的阶段，而是两种对立的心情和态度。下面一段给出二者的一些主要区别。

霍索恩（Jeremy Hawthorn）在《当代文学理论简明手册》（*Concise Glossary of Contemporary Literary Theory*, Edward Arnold, 1992）中把现代主义和后现代主义并入一个词条，相当精彩地描绘出了二者的区别。他说，二者都十分重视破碎的形式，以之为 20 世纪艺术和文化的特征。不过，现代主义者和后现代主义者的心情不同。现代主义者在其特征中带有对较早时代的强烈怀旧感，那是个信仰依旧完整，权威尚未崩塌的时代。比如说，庞德就称自己的主要作品《诗章》（*The Cantos*）为“破布口袋”，意思说现时代也只能拿出这样的东西了，言下流露出的憾意不可谓不强烈。他在自己的诗作《休·塞尔温·墨伯利》（“Hugh Selwyn

Mauberley”）中称第一次世界大战不过是为了“两座破碎的塑像／几千本残旧的书籍”，他也为商业主义的甚嚣尘上，“永恒真理”的落寞沉沦而痛心疾首。同样，《荒原》也仿佛发出绝望的声音：“我走向支离破碎，身后一片残垣断壁。”在这些声音中，我们听到的是哀痛、消极、绝望，最恰当的表达出现于破碎的艺术形式，比如说，库尔特·施维特斯（Kurt Schwitters）的拼贴艺术，在画布上随意贴上剪报、时间表、广告。与现代主义者不同，后现代主义者觉得破碎反而是一个令人振奋、赋予人自由的现象，象征着自己这一代人逃离固定信仰体系铁笼的努力。简而言之，面对破碎，现代主义者唉声叹气，后现代主义者则手舞足蹈。

第二个与之相关的区别同样在于语气和态度。现代主义一个重要特征是强烈的简洁主义，认为19世纪过于繁复的艺术形式实在令人生厌，这种极简主义在现代主义建筑的宣言中表现得最为显著。例如卢斯（Adolf Loos）宣称“装饰就是犯罪”，密斯·范·德·罗厄（Mies van der Rohe）说“少就是多”，柯布西埃（Le Corbusier）则说“房子就是居住的机器”。这产生出后来那种“鞋盒式”房屋，引起人们的厌恶和憎恨，进入20世纪80年代尤其如此。不过，那些宣言的理想主义成分依旧具有前进的动能，极简主义在现代主义文学中也得到体现，例如诗歌中“极简体”（minimalism），一行只有两个词，排成一长条，只记下稀疏、粗略的观察。例如贝克特（Samuel Beckett）的戏剧可以只有13分钟长，一个演员，没有布景，台词也稀稀拉拉到了极点。“高雅”和“通俗”是现代主义的一个重要区分，后现代主义则不愿做如此区分，喜欢铺张艳丽，混杂进“恶俗”品位。现代主义简约、清高、自视为精英，这也遭到后现代主义的鄙视，后者饶有兴致地在同一座建筑中杂糅进不同时期建筑风格的点滴，这里放一座仿乔治时期的底座，那儿又盖一座不那么地道的古典式门厅。文学中，与之近似的有克雷格·雷恩（Craig Raine）和克里斯托弗·里德（Christopher Reid）的“火星诗”（Martian poetry)，离奇古怪、色彩艳丽，各种意象、视点、词汇堆砌于言辞之表，仿佛只要有表面就心满意足了，再不去追求什么深刻的意蕴。同严肃、简约的现代主义相比，还有什么走得更远呢？

## 后现代主义的“里程碑”
## ——哈贝马斯、利奥塔、鲍德里亚

后现代主义发展史上一个“重要时刻”是《现代性——一个未完成的规划》(“Modernity—An Incomplete Project”)这篇影响深远的文章在20世纪80年代的发表，作者是德国当代理论家哈贝马斯(Jurgen Habermas)。在哈贝马斯看来，现代时期始于启蒙时期(Enlightenment)，也就是17世纪中叶到18世纪中叶大约一百年的时间。那是个新信仰崛起的时代，人们越来越坚信凭借理性的力量可以改善人类社会，这样的思想见于一系列哲学家的著作——在德国，有康德的哲学；在法国，出现了伏尔泰和狄德罗；在英国，有洛克和休谟。在英国，人们所说的“理性时代”大致也指同一时期。所谓“启蒙规划”就是培育起下述一系列信念：挣脱传统和习俗的束缚，不再对宗教观念和禁令俯首帖耳，以无功利的个体运用理性和逻辑，所有这些可以化解种种社会难题。哈贝马斯所说的“现代性”就是这样一种世界观，法国大革命可以说是将此类理论付诸实践的第一次尝试，在哈贝马斯看来，对理性和进步的信念一直持续到20世纪，尽管在20世纪遭受了人类历史上数次最大的浩劫，依旧没有磨灭。称之为“现代主义”的文化运动投身于这一“规划”，为一系列东西的丧失而发出悲鸣——目的感、连贯性，还有价值系统。在哈贝马斯看来，20世纪70年代出现于法国的后结构主义思想家，如德里达和福柯，代表着对这种启蒙“现代性”的责难，他们攻击各种理想——理性、明晰、真理、进步，远离了对正义的探索，哈贝马斯称他们为“新保守主义者”。

“后现代主义”这个词最早出现于20世纪30年代，不过其流行意义始于让–弗朗索瓦·利奥塔（Jean-Francois Lyotard）的《后现代状况：一份关于知识的报告》（*The Postmodern Condition: A Report on Knowledge*, Manchester University Press, 1979）。利奥塔的文章《回答问题：何谓后现代》（“Answering the Question: What is Postmodernism?”）初次发表于1982年，1984年时又作为附录同《后现代状况》一同出版，后收入布鲁克主编的《现代主义 / 后现代主义》（*Modernism/ Postmodernism*, 1992）中。这篇文章中，利奥塔加入了这场关于启蒙的论战，略微有点拐弯抹角地将矛头主要指向哈贝马斯。文章开头，利奥塔笔锋一转，把论战变成了一场斗争，要证明他的对手才是真正的保守主义者（同文化有关的论战中，“保守主义”是顶谁也戴不起的大帽子）。他说：“四面八方传来声音，要我们别再实验”，举了其他几个例子后，锋芒指向哈贝马斯：

> 我读到了一位负有盛名的思想家的文章，他为现代性辩护，责难他所称的新保守主义者。他觉得，在后现代主义的大旗下，那些新保守主义者会断送现代主义，亦即启蒙的未完成规划。（Brooker, p. 141）

处处听到有人高喊“终结艺术实验”“为了秩序……统一，也为了确定和可靠”（Brooker, p. 142），哈贝马斯不过是其中之一。简而言之，这些声音意图“清洗先锋派的艺术遗产”。在利奥塔看来，哈贝马斯意图延续的启蒙规划只不过是又一个尚未成形的权威，笼罩一切，包罗万状，对一切提出解释，和科学进步的神话并无二致。这些“元叙事”（metanarratives），或者说“超级叙事”（super-narratives），以解释和确证为目标，实际上都不过是幻象，有了它们就可以压制差异、对抗和多样性。于是，利奥塔拿出了后现代主义著名的定义：所谓后现代主义就是“不再轻信元叙事”。关于进步和人类完善性的“宏大叙事”（grand narratives）不再可信，人们至多只能期望形成一些“微小叙事”（mininarratives），也就是那些具有偶发性质，有条件和时间的限制，只能相对成立的叙述，以之为具体群体在特定局部领域的活动提供基础。后现代主义“解构”了启蒙的基本目标，也就是“建立关于主体以及历史之统一目的的思想”。

当代法国另一位重要的后现代主义思想家是让·鲍德里亚（Jean Baudrillard），于 1981 年出版《仿真》（*Simulations*），标志着他进入这一领域。鲍德里亚的作品体现出通常所谓的“真实感的丧失”，这种观点认为，当代生活中，来自电影、电视、广告的图像的影响无所不在，导致真实与想象、现实与幻觉、表象与内在失去区别，产生了一种“超真实”（hyperreality）文化，上述对立各项之间的边界变得模糊不清。鲍德里亚在自己的文章《拟像与仿真》（“Simulacra and Simulations”, *Modernism/Postmodernism*, ed. Peter Brooker）中提出了自己的观点。首先，他唤起以往“充实的年代”，符号停于表面，代表着内在的现实。借用天主教《教理问答》中的话，就是“内在恩典的外在表现（an outward sign of inward grace）”接着，他问道，要是符号并不指向什么内在现实，仅仅指向其他符号，会怎么样？整个系统就变成他所说的**拟像**（simulacrum）。于是，他用**仿真**（simulation）替代**表象**（representation），符号经历了一系列阶段，才到达现今的空洞阶段。下面，我将其与不同类型的绘画做比较，以说明其不同阶段。

**第一阶段**，符号代表着基本现实，不妨用 20 世纪英国画家劳里（L. S. Lowry）笔下的工业城市萨尔福德来说明这个阶段。20 世纪中期，这些城市里的工人时日艰难，单调重复弥漫于画布之上，街道上满是竹竿一样的人形，垂头丧气，色彩黯淡，远处天际线上排满阴冷的工厂建筑。作为符号，劳里的画代表着这个地方的基本现实。

**第二阶段**，符号误现或扭曲现实，可以以维多利亚时期画家阿特金森·格里姆肖（Atkinson Grimshaw）的画作为例。他的画面中，我们看到的是艳丽喧闹的城市，如利物浦，又如赫尔市。夜幕降临，湿漉漉的人行道反射着码头边店铺的灼目灯光，月亮从云层后面露面，森林般的桅杆紧贴着夜空，黑暗中只剩下轮廓。那个时代，那些城市里的日子也不好过，可画家画出了活泼，充斥着浪漫情趣的画面，可以说符号在这里起到了误现的作用。

**第三阶段**，符号掩饰真相，真相就是：根本没有什么与符号相对应的现实。说明这一点，不妨看看超现实主义画家勒内·马格利特（Rene Magritte）使用过的一个技巧。画面里，一只画架架在窗户旁边，架上的画布上画的是窗外的景观，可窗外的景观也不是现实，只不过是又一个符号，又一幅画，其真实性和权威性同那幅画中之画相比并不多一分一毫。

**第四阶段**，也是最后阶段，符号完全同现实脱离，不再有任何联系。说明这点，我们可以想象一幅完全不具表征性的抽象画，比如说马克·罗斯科（Mark Rothko）的紫色心情画面。要强调，并不是说提到的四幅绘画就代表了符号的四个阶段，仅仅是以那四幅画表征物象、传达意义的不同方式为类比，借以想象符号的四个阶段。

前两个阶段显而易见，后两个阶段则没那么明显。就第三阶段（符号掩饰缺失），鲍德里亚自己举的例子是迪斯尼乐园。从一种意义上来说，它当然也属于符号的第二阶段，是对美国的神化和误现：

> （美国的）所有价值在这里都被抬得很高，体现于缩微景观和漫画人物上……这里就是美国生活方式的万花筒，颂

扬美国的价值，把原本自相矛盾的现实理想化，再输送出去。（Brooker, p. 154）

不过，迪斯尼乐园实际上还是属于第三种拟像（掩盖缺失的符号）：

> 迪斯尼乐园的存在，恰恰掩盖了一个事实：那个“真实的”国家，所有“真实的”美国，才真正是迪斯尼乐园（如同存在着监狱就是要掩盖平庸无所不在的整个社会就是一所大监狱一样）。迪斯尼乐园被当成虚幻陈列在我们眼前，于是我们就可以相信乐园以外的一切都是真实了。（Brooker, p. 154）

总而言之，迪斯尼乐园所起到的作用就是“掩盖真相，真相就是：真实不再真实，从而挽救现实原则”。后现代主义时代，真相与拟像之间的分界被打破，**一切**只不过是模式，是图像，**一切**徒具外表，缺乏内在深度，鲍德里亚称此为**超真实**（the hyperreal）。

如此横扫一切的言辞引起强烈的共鸣，也可以将其看成一种今时今日的柏拉图主义，其信众窃窃自喜，因为他们看穿了通常所谓坚固、真实的世界，其实不过是梦后残像。如果后现代状况的这第二个方面，即真实的消失，广为接受，当成事实的话，文学理论也就再无基础可言了。所有的文学阐释方法，无论是马克思主义、女性主义，还是结构主义，底线都是**表层**与**内在**、**可见文本**与**潜在意义**间存在着差别。如果我们认为所见即所得，那么显而易见，无论是文学批评，还是文学理论，能施展拳脚的空间也就几近于零了。

更进一步说，后现代主义中**始终**存在着一些问题。在鲍德里亚的极端论述中，“真实感的消失”似乎认可了对苦难的无动于衷。最近他更大放厥词，说海湾战争从来没有发生过，大家所看到的不过是出现于电视屏幕的虚拟现实（关于这个问题的讨论请参阅本书第 14 章）。同样，如果我们认同“真实已烟消云散”，真相与拟像间已无差别可言，一切都落入虚拟现实之中，那么大屠杀又算什么呢？难道它也“消散”进图像的网络中了吗？换而言之，如果因为有后现代主义掣肘，我们就对一切丧失了信心，比如说历史、真实、真理，那我们自己也不免面目可憎，招人厌恶。

## 停一停，想一想

鲍德里亚的符号四阶段模式中，关键是第三阶段，即符号掩饰缺失阶段。这一阶段，符号掩饰真相，即符号代表的所谓“真实”不再存在，除了表层的游戏，再无他物。

要准确地理解这个概念其实并不容易，除了迪斯尼乐园的例子外，不妨再多想几个例子，这样或许可以帮助你理解这个概念。比如说，可以想想广告中“完美”男性或女性形象，它们也是没有原本的摹本或表征，真实生活中找不到那样的人，可人们还是会努力向那样的人靠近。如此一来，那些形象就成了真实，模糊了真实和虚幻的边界。

再进一步说，如果我们承认真实已经丧失，就必须决定如何应对。如果你打算在随之而来的漫无边际的世界中手舞足蹈，首先也要确定是不是真的可以抛弃“真实”这个概念。第一次海湾战争的电视报道中，我们看到如同电子游戏般的画面，高科技“智能”武器准确无误地命中伊拉克目标，解说员介绍“外科手术式的打击”如何切除敌军的设施。在飞行员的采访短片中，那些飞行员说起话来也同样虚幻，话语中充斥着电子游戏中的词汇。或许，当真相与拟像间的分界被慢慢侵蚀时，这些就是典型症状。可要是没了“真实”，我们还拿什么去声讨大屠杀？又比如说，拿什么去同种族歧视和环境污染做斗争呢？

## 后现代主义批评家在做什么

1. 从20世纪文学作品中发掘具有后现代意味的主题、倾向、态度，深挖它们的寓意。

2. 力推代表“真实丧失”这一类小说。这类小说中，后现代社会中身份不断变换体现于各类题材的混杂中（比如说，惊悚小说、侦探小说、神话传说、现实心理小说都混为一体）。

3. 力推文学中所谓“互文成分”（intertextual element），例如戏仿、引用等，所有这些成分都包含大量的文本间互指，而非由文本指向稳定的外部现实。

4. 力推反讽（irony），就是艾柯所描述的那种反讽。如果说现代主义试图抹去历史，后现代主义则意识到历史必须重温，但必须带着“反讽的目光”（Brooker, p. 227）。

5. 力推叙事技巧中的“自恋”（narcissism）要素，就是在小说中关注、讨论小说自身的目的和过程，从而去除小说内容的“自然”色彩。

6. 他们挑战高雅和通俗的分界，力推混合了二者的文本。

## 后现代主义批评：实例一则

杰弗里·尼伦（Jeffrey Nealon）的文章《塞缪尔·贝克特和后现

代：语言对弈、游戏和〈等待戈多〉》（“Samuel Beckett and Postmodern: Language Games, Play, and Waiting for Godot”[①]）直接运用来自利奥塔的思想，是展示后现代主义批评的一则有用例证。这篇文章主要显示了上述六点中的第一点，不过也包含了第二点中的一些成分，因为视语言为自足系统的观点也密切联系到利奥塔的“真实丧失”的思想。尼伦首先解释何谓“语言对弈”，这个概念来自维特根斯坦（Wittgenstein），意思是说当我们宣称某物为真实时，我们所运用的并非外在的绝对标准，而是一系列内在规则和标准，这些规则和标准仅仅在指定的范围内有效，不能“超出”其外，它们的适用范围有限，就如同对弈中的规则。比如说，对弈中跳马可能就能赢了整盘棋，可到了足球比赛中，或者当两个人争论谁该去洗碗时，就毫无意义。与之类似，哲学讨论中，某个“步骤”可能确定某一命题的真实有效性，但这种真实有效性仅限于哲学的“语言对弈”。在尼伦看来，贝克特的戏剧《等待戈多》中的两个人物，弗拉基米尔和埃斯特拉贡就陷入了这样的“语言对弈”，又未能意识到这一局面的全部意义。实际上，后现代主义者同意，这样的语言对弈就是我们所拥有的一切，它们背后并没有什么超验性的现实，语言对弈自己认证自己，提供人们所追寻的社会身份，可弗拉基米尔和埃斯特拉贡还在苦苦追寻在此之上的更深刻现实，或者说超验现实，因此尼伦说：“弗拉基米尔和埃斯特拉贡的语言仅仅是一场游戏，没有任何公认的意义，两个人的社会纽带恰恰在于这种语言游戏。等待戈多来为这个社会做出确证，从一开始这就是多此一举。”

弗拉基米尔和埃斯特拉贡难以接受这种后现代观点，难以接受“对弈”即已足够的状况（利奥塔有本书的书名就是《仅仅是对弈》），他们

① 本文收入Macmillan “New Casebook” on *Waiting for Godot and Endgame*, ed Steven Connor, 1992。——原注

还期望从某种“宏大叙事”和绝对认证中寻得安全感。剧中，对全面确证的渴望同基督教的“救赎观”联系了起来，按照基督教教义，正是“救赎”令纷然淆乱、漫无意义的日常琐碎事情重新得到解释，显现出新的意义。（每当我的宗教导师听到我用小小怨言，抱怨人生之不公时，他们总会说：“就当献给主吧！”）因此，弗拉基米尔和埃斯特拉贡陷在了现代主义阶段，处处流露出对昔日和一去不复返的完整性的怀念。在尼伦看来，第一幕结尾拉基这个人物的出现，以及他的“思考”就是对弗拉基米尔和埃斯特拉贡所寻求的确证性话语的戏仿，这实际上就是对哲学和宗教中那种“总体化”“元话语”的戏仿，实际上显示出我们所能期待的一切不过是一场“真理的语言游戏”。尼伦说，这样的话语打破和解构了所有关于普遍性、非历史性、元叙事的观念，而这些也正是戈多所拥有的**一切**。其寓意在于：纵然戈多真的出现，除了迂腐地絮叨上一阵子，他又能说出什么呢？

拉基意识到了这一点，所以才会兴冲冲地戏仿，可剧中其他人物并没有意识到这一点，于是他的话遭遇暴力。现代主义者期望延续自己的信仰，无论是对神灵还是对戈多，也无论他们是不是已经被人推翻在地。在尼伦看来，整部剧中，弗拉基米尔和埃斯特贡这两个人物已立于“解构式突破”的边缘，他俩忘掉戈多时，两个人无忧无虑，言语游戏中不乏新意，可以说两个人畅游于“后现代状况的开放与不确定之中”。可两个人一次又一次回到戈多，回到他为两个人设定的必须和戒律之上（或许，这一切都不过是两个人自己的臆想）。有一次，弗拉基米尔提议：“咱俩走吧，去个远的地方。”可回答是：“不行……明早还要回来……还要等待戈多。”可以说弗拉基米尔和埃斯特拉贡面对 20 世纪所特有的真理分裂、价值破碎时，最终证明了自己是现代主义者。两个人渴望回到目标充实的昔日，可那样的日子早已一去不复返了。于是，两个人面对破碎的现实，充满焦虑和怀旧的情绪。有几次，两个人似乎已站在改变（尼伦称之为“突破”）的边缘，一跨脚就能步入后现代，转而视破碎为值得为之欢呼雀跃的状态，可直到剧终两个人还是没能迈出那一步。

这种解读显现出来的现代主义 / 后现代主义二分可运用于其他许多作品，有没有什么作品在你的脑海中凸现出来？等待似乎是 20 世纪戏剧中一种十分重要的活动，比如说哈罗德·品特（Harold Pinter）的《送菜升降机》（*The Dumb Waiter*）就是一则显著的例子。你也可以以任何一部你熟悉的品特的剧作为对象，考虑能否运用后现代主义思想对其做出阐释，如此阐释又有什么价值。另一部以“等待”为主题，也可以运用类似解读的是契诃夫（Anton Chekov）的《三姐妹》（*The Three Sisters,* 1901）。剧中的三姐妹是奥尔加、玛莎、伊丽娜，困居于俄罗斯北部，维持着资产阶级的体面生活，从她们居住的地方到最近的城市坐火车也要 23 个小时（参阅麦克尔·弗雷恩为众神公司的《契诃夫戏剧选》所写的导言）。同弗拉基米尔和埃斯特拉贡一样，三姐妹也在等待着外部力量闯人她们偏居一隅的生活，为她们带来改变，而三个人各自为之憔悴的理想可视为个人的“元叙事”，比如说社会进步，或者以为她们自己的苦难可以为他人带来更美好的未来。例如，伊丽娜在全剧结束前说：“终有一天，人们将会理解，这一切都是为了什么，这一切苦难都是为了什么。今日我们看不见的，未来终将大白于世人。”就三姐妹而言，她们那种自足的生存状态显现于三个人无休止的语言游戏中，也显现于首都莫斯科的闪亮形象中，其中混合着记忆和欲望，对她们来说无异于超真实，或曰拟像。

## 文献选读

Benjamin, Andrew, ed. *The Lyotard Reader* (Blackwell, 1989). 一本非

常有用的文集。

Brooker, Peter, ed., *Moderism/Postmodernism* (Longman, 1992). 一本通用型读本，可同多彻蒂和沃的读本同时使用。我个人觉得这个读本的导论反而使现代主义 / 后现代主义的区分复杂起来，不过在这个篇幅并不算巨大的读本中收录了哈贝马斯、利奥塔、鲍德里亚、杰姆逊、艾柯、哈琴等人的重要文章，还包括一些早期文献。

Connor, Steven, *Postmodernist Culture: An Introduction to Theories of the Contemporary* (Blackwell, 2nd edn, 1996). 在这一领域，康纳是个重要的声音，其对于问题和难点的陈述既明晰，又有力。

Crome, Keith, and Williams, James, eds, *The Lyotard Reader and Guide* (Columbia University Press, 2017). 该书分四部分：哲学、政治、艺术、文学，每部分前面都有大篇幅的编者导言。

Docherty, Thomas, ed., *Postmodernism: A Reader* (Columbia University Press, 1993). 重要，唯一可同沃的选本分庭抗礼的读本。收录的材料十分有价值，并进行了分类，每一类都配上一篇导论。不过我个人更喜欢沃的选本，总体而言，那个选本观点更明晰，使用也更便捷。

Habermas, Jürgen, “Modemity: An Unfinished Project”, reprinted in *Habermas and the Unfinished Proec of Modernity: Critical Essays on the Philosophical Discourse of Modemity*, ed. Maurizio Passerin d’Entrèves and Seyla Benhabib(MIT Press, 1997).

Sarup, Madan, *An Introductory Guide to Post-Structuralism and Postmodernism* (Longman, 2nd edn, 1993). 书中一部分专论后现代主义，包括利奥塔和鲍德里亚的思想，颇有价值。此外，该书还探讨了一些后现代主义文化实践，比如说录像和建筑。

Waugh, Patricia, ed., *Postmodernism: A Reader* (Arnold, 1992). 非常有价值的资料汇编，包括了一些相关美国作家的文章，比如说苏珊 · 桑塔

格的《反对阐释》(“Against Interpretation”)，虽然这些文章问世于“后现代主义”这个名称流行之前。当然包括了利奥塔、鲍德里亚、哈贝马斯的重要文章，此外还包括了两位马克思主义者杰姆逊和伊格尔顿就后现代主义的论争，以及其他一些知名后现代主义理论家，如琳达·哈琴和布莱恩·麦克黑尔的文章。

Woods, Tim, *Beginning Postmodernism* (Manchester University Press，2nd edn，2009). 后现代主义的全面介绍，语言活泼易懂。

# 心理分析批评

# PSYCHOANALYTIC CRITICISM

# 导　言

心理分析批评是文学批评的一种，将心理分析的一些技巧用于文学作品的阐释。心理分析本身是一种治疗方法，目标是"探究心灵中意识部分和无意识部分的互动"，以治愈精神失常和错乱（根据《简明牛津词典》的定义）。经典方法是让病人自由谈话，从而把引发病症的被压抑的恐惧和冲突引入心灵的意识部分，去直接面对，而不是把它们一直"埋没"于心灵的无意识部分。这种治疗实践的基础是心灵、本能以及性力如何运作的具体理论，最先由奥地利人弗洛伊德（Sigmund Freud, 1856—1939）发展起来。今天，人们越来越感觉到这种方法的治疗价值其实有限，弗洛伊德一生的研究也因方法不一致而带有严重缺陷。无论如何，弗洛伊德都是一支重要的文化力量，在如何反思自我方面弗洛伊德的影响不可估量。

下面几节简要介绍弗洛伊德的一些主要思想。弗洛伊德的全部理论都建立于**无意识**（the unconscious）这一概念上，指心灵中超出意识以外的部分，然而对于我们的行为却有着强大的影响力。其实**无意识**并非弗洛伊德最先发现的，他的独特贡献在于把**无意识**推上决定我们生活的重要地位。与此相关的一个重要概念是**压抑**（repression），就是对于没有解决的冲突，未被接受的欲望，创伤性经历人们或者“彻底遗忘”，或者视而不见。如此一来，上述成分就被赶出心灵的意识部分，潜入无意识之中。类似的过程叫**升华**（sublimation），就是把被压抑的材料“升格”为更宏伟的东西，为其披上“高尚”的外衣。比如说，性冲动可能在强烈的宗教体验或渴求中得到升华。在其事业后期，弗洛伊德对心理提出了一个三分的结构模式，以取代早期的二分结构模式，心理被划分为**本我**（id）、**自我**（ego）、**超我**（superego），构成了人格的三个层次，大致上对应于无意识、意识和良知。

弗洛伊德的许多思想都同性有关。比如说，**婴儿期性欲**（infantile sexuality）指出性欲并非进入青春期，随着身体成熟才出现，而是早在婴儿期就已出现，尤其体现于婴儿同母亲的联系中。与此相关的是**俄狄浦斯情结**（the Oedipus complex），按照弗洛伊德的说法，男性婴儿身上隐藏着如此的欲望：消灭父亲，成为母亲的性伴侣。许多两代人之间的冲突在弗洛伊德看来都带有俄狄浦斯情结的色彩，比如说同行间的竞争常常被弗洛伊德的理论解释为为争夺父母的青睐而兄弟相争（俄狄浦斯情结显示出弗洛伊德的理论具有浓厚的男性主义色彩）。另一个关键概念是**力比多**（libido），是同性欲相关的驱动力，经典弗洛伊德理论中，力比多有三个阶段：**口腔期**（the oral）、**肛门期**（the anal）、**阴茎期**（the phallic）。个人身上所体现出来的力比多同时又构成了一种更为普遍的驱力，弗洛伊德在其后期称之为**爱洛斯**（Eros，希腊语“爱”之意），大致上相当于生存本能；与之相对的是**萨拉托斯**（Thanatos，希腊语“死亡”之意），大致上相当于死亡本能，当然，这一提法的争议很大，没有定论。

关于所谓**心理过程**，有好几个关键术语。**移情**（transference），即治疗过程中，病人把重新唤醒的情感投向治疗师，比如说令治疗师成为父母的替身，承受重新唤醒的怨恨或抗拒之情。另一种心理机制叫作**投**

射（projection），也就是不把我们身上的某些方面（通常都具有负面性质）看成自己的一部分，反而将其视为他人的一部分，从他人身上看到它。比如说，我们可以通过这种方式"割舍"那些不被自己承认的欲望和冲突。这两种心理过程都称为**防御机制**（defence mechanisms），也就是说，作为心理过程，它们可以避开令自我感到痛苦的意识或承认。另一种类似的心理机制叫作**屏蔽性记忆**（screen memory），它是一种本身琐碎、微不足道的记忆，可是其功能却是掩盖更为重要的记忆。一类著名的例子就是所谓**弗洛伊德式走神**（Freudian slip），弗洛伊德本人称之为**动作倒错**（parapraxis），即无意识中被压抑的材料通过日常生活中一些现象，例如口误、笔误以及其他一些不自觉的行为流露出来。

弗洛伊德的最后一组重要术语同**梦的工作机制**（dream work）有关。所谓梦的工作机制，也就是真实的事件或欲望转化为梦像的过程。首先，它包含**移置**（displacement），即一个人或一件事由另一个与之相关的人或事去代替，这种相关或许仅仅是语音相近，也可能是某种具有象征意义的替换；其次，它还包括**凝缩**（condensation），即一系列人、事、意义在梦中结合在一起，由一个形象所代表。因此，人物、动机、事件在梦境中的表征同文学中的表征方式非常接近，都涉及把抽象的思想感情转换为具体的形象。同文学一样，梦也不会直道其意，而是迂回曲折，朦胧晦涩，避开直接表白，把意义寓于具体的时间、地点、人物之上。

## "潜意识"还是"无意识"？

形容词"无意识"（unconscious）和"潜意识"（subconscious）（例如用于"无意识思维""潜意识思维"等短语中）在日常用法中似乎可以互换使用，仿佛是同义词，但在弗洛伊德的讨论中并非如此。弗洛伊德仅在其早期著作中使用“潜意识”一词（这个词在19世纪晚期使用广泛，参阅拉普兰切和庞塔利斯，430页），但弗洛伊德很快放弃了这个词，因为这个词似乎“把心理现象和意识等同起来”，而这是错误的。根据拉普兰切和庞塔利斯的解释，弗洛伊德使用“无意识”一词描绘出心理现象的“地貌”，两人总结道：

> “无意识”这一术语描述出……被压抑的内容，由于压抑，这部分内容无法进入前意识–意识系统……其“内容”是本能的“代表”。这部分内容……尤其受制于凝缩和替换……尤其体现出童年期固定于无意识地带中的愿望。（p. 474）

关于“压抑作用”，以及凝缩和替换，本章后面将加以介绍。精神分析治疗过程中，压抑在无意识中的创伤物质只有克服抵抗后才能进入意识（p. 475）。弗洛伊德的案例研究给出了大量这方面的例子，例如本章中讨论的“朵拉”案例。我使用的例子不是基于童年创伤，而是基于成人焦虑症，焦虑暂时从意识中游离出去，进入弗洛伊德所说的“前意识”部分（弗洛伊德早期术语）。所谓“前意识”指的是无意识和意识之间的过渡地带，其位置并不在我们的直接意识中，但很容易恢复。例如，人们通常不会走来走去，有意识地回想小时候养的宠物的名字，人们通常可以毫无困难地想起此类名字，更改密码信息时，如果你留的提示问题是宠物的名字，这个名字一下子就会冒出来。这样的材料似乎在前意识大厅里耐心等待，以备不时之需。避免使用“潜意识”这个词是有道理的，原因之一是这个词有可能与“前意识”相混淆。因此，在文学解读中提到弗洛伊德的思想时，应该在用法上保持一致，使用“无意识”，而不是“潜意识”。

## 弗洛伊德式阐释如何运作

弗洛伊德式阐释给人的一种流行印象是给事物找到性内涵，于是一看到塔和梯子，就象征着男根。甚至弗洛伊德本人还健在时，这些已经成为一种笑谈。实际上，弗洛伊德式阐释常常需要高度灵感，而不是简单划一，依葫芦画瓢。比如说，让咱们想象一下，梦到一位罗马士兵该如何解释？弗洛伊德认为梦就像逃生门，或者说安全阀，被压抑的欲望、恐惧、记忆由此进入心灵的意识部分。由于这种情感是遭到意识禁止的情感，必须乔装打扮一番才能进入梦境，就好像某人被俱乐部禁止入内，如果想进去就必须化装易容。罗马士兵同梦的真正主题可能有着一连串联系，假设梦的主人是位年轻人，依旧生活在父亲权威的阴影下，同时又渴望挣脱父亲的影响，全面体验成年人的生活，罗马士兵可能象征着父亲，不过经过了一连串变形：父亲令人想起家庭事务中的严厉、权威和权力，罗马士兵在政治领域内令人想到同样的东西，因此后者替换了前者，于是梦中的罗马士兵就成了父亲的象征。

同一个象征之内可能凝缩了好几种意义，假设这位年轻人想同某个父亲绝不会首肯的人建立性关系，反抗了父亲，那么罗马士兵也可能象征着那个情人。或许促发这一形象的引子就是“拉丁情人”这样的套话。于是，令人畏惧的父亲和让人渴望的情人同时凝缩入罗马士兵这个形象之中。

移置和凝缩这样的机制具有双重目的。首先，我们已经说过，它们伪装遭压抑的欲望和恐惧，使它们可以通过意识的检查，进入梦境；其次，它们对这些材料加以改造，使之化为形象、象征或隐喻从而适合梦境。在梦境之中，所有的材料必须以此类形式出现，因为梦不懂得言说，只知道呈现。前面已经指出，在这方面梦境同文学尤其相似，因此文学批评家才会对弗洛伊德的理论有如此高的兴趣。

或许你心中已有疑问：弗洛伊德式阐释到底什么时候才有道理，什么时候又没有道理？我想再举一个例子，是弗洛伊德自己写的一本书，叫作《日常生活中的精神病理学》(*The Psychopathology of Everyday Life*)。书名很学术，这本书却是弗洛伊德最有趣易懂的一本著作，书的副标题解释了书的内容都关于什么——“遗忘、口误、行为错乱、迷信和错误”，所谓行为错乱就是，比如说，你剥开一颗糖果，却把糖纸放进嘴里，把糖给扔了。书中所表达的观点是：当某些愿望、恐惧、记忆、欲求难以面对时，我们通过压抑来应付它们，也就是把它们从心灵的意识部分驱逐出去。但这样做并不会让它们消失：它们依然活跃在无意识部分，就好像深埋入海底的放射性物质，不断寻找时机重返意识。最后，它们大多能成功。弗洛伊德一句著名的话是：“被压抑者终将回归。”口误、笔误、突然忘了名字，类似的“事故”中流露的正是寻求回归的被压抑材料。

弗洛伊德以自己的一次经历为例子，说明一段引言中忘掉一个词会具有什么样的意义。这则例子十分典型地表现出弗洛伊德式阐释通常所具有的复杂与精巧，不妨多花点儿时间详细介绍一下。弗洛伊德解释道，和家人度假时，他遇上一位年轻学者。年轻学者同他本人一样是犹太人，于是两个人聊起了反犹太主义，因为二人的事业可能因此而受阻。年轻人情绪激烈，希望下一代人能一洗自己所承受的冤屈，还引用了拉丁诗人维吉尔的一句诗，是迦太基女王狄多遭埃涅阿斯抛弃时说的一句诗，原文是“Exoriare aliquis nostris ex ossibus ultor”，意思是“May someone arise from our bones as an avenger（愿有人从我们的尸骨上崛起，为我们报仇雪恨）”，可在引用时他丢了一个词 aliquis，意思是 someone（某人）。弗洛伊德纠正了年轻人的错误，年轻人似乎读过弗洛伊德的书，立即提出能不能从这个小小遗忘中找出什么意义。弗洛伊德接受挑战，请年轻人“把注意力转移到那个遗忘的词上面，不要有任何特定的目的，直白地说出想到的一切，不要有任何保留”。于是就有了下面一系列联想：

**第一**，一些读音相近的词，比如说 relics（废墟）、liquefying（液化）、fluidity（流动性）、fluid（液体）。

**第二**，特伦特的圣西门，几年前他去参观过其旧址。

**第三**，一篇意大利报纸上的文章，标题是《圣奥古斯丁如是说女性》。

**第四**，圣雅纳略，其血液保存在那不勒斯一座教堂的小樽中，每到一个圣日，就会神奇地液化。要是那一天推迟了，民众就会坐立不安。

弗洛伊德指出，圣雅纳略（Januarius）和圣奥古斯丁（Augustine）这两位圣人的名字同一月（January）和八月（August）这两个月份名称紧密相关，他已经知道了为什么年轻人会漏掉“aliquis”这个词。年轻人正在为某桩事情坐立不安，要是他说出了“aliquis”这个词，就又会想起那件事情，于是无意识删去了那个词，从而起到保护作用。或许，你已经猜出了年轻人正在为什么而坐立不安。年轻人打断了弗洛伊德的话，尴尬地说：“我刚刚想到一位年轻小姐，她可能给我来信，让我们两个人都很难堪。”说到此处，年轻人踌躇不言，弗洛伊德问道：“是不是她的月经停了？”年轻人大惊失色，弗洛伊德解释他是如何知道的：“想想那位圣人，他的血到了一定时候就会流出来，要是到了那天没有血流出来，会引起什么样的骚动。”

**停一停，想一想**

真是一则精致的小故事，用上了文学批评家所谓“象征”手法，可以说是心理分析式阐释的典型代表。你觉得可信吗？弗洛伊德推理过程的逻辑着实令人惊叹，但请注意，aliquis 这个词是很容易被遗忘漏掉的，因为这句引语没有这个词也说得通，比如："May an avenger arise from our bones."。

请具体说出你的个人反应。你判断的基础是什么？你是否因为这个例子过于精巧而心存怀疑？（我个人每次用到这则例子，心中也不觉有几分怀疑。）从一不小心走神漏掉这个词到得出它的阐释，这中间究竟要走上多少步？有没有一个极限？如果没有极限，那岂不是联想链条可以无限延伸下去，于是可以得到任何想得到的解释？或者，这则例子真正令人感到不真实之处并非经过了多少步骤，而是这些步骤的性质。如果确实如此，又是什么样的性质产生了如此的效果呢？

请注意，这则例子中，无意识似乎需要参与到意识的流动中，把任何与液体和流动有关的词同怀孕联系起来，于是把拉丁词"aliquis"粗暴地从意识中删除。

我个人的感受是，这是一则迷人而复杂的例证，远超出那些通常称为"弗洛伊德式"的庸俗阐释。年轻人所感受到的焦虑其实充斥着整个心灵，而不是锁在某个角落里，我倒觉得这可能更合理一些。因此，它也可能在任何时间、任何地点浮出表面。不过，这可能也仅仅是说，这则例证的精巧也正是我喜欢它的地方。

可见，文学批评家一直以来都对弗洛伊德式阐释抱有浓厚的兴趣。其基本原因就是无意识和诗歌、小说、戏剧一样，都不能直白表露，而要借助于形象、象征、隐喻等。文学同样也不是就人生直陈胸臆，同样也要借助于呈现，借助于形象、象征、隐喻来表达感受。不过，也正因为不能直陈，其中不可避免包含了“判断”成分。结果，文学的心理分析批评常常会引起争议。

## 弗洛伊德与证据

自20世纪80年代以来，对弗洛伊德理论的怀疑急剧上升，部分是由于他总体上对女性的负面态度。弗洛伊德认为，女性的性感受建立于自恋、自虐和消极的情绪之上，女性生来就有一种自卑感，于是产生出**男根嫉妒**（penis envy）。近来一些著作显示，弗洛伊德之所以会有这些看法，主要是因为误读，甚至误现了病人所呈现的证据，比如说，把幼年遭受的性侵犯当成幻象，而不是事实。弗洛伊德的任性误读体现于一则通常称为“朵拉”（Dora）的案例中，那则案例的全称是“一例歇斯底里症的分析片段”（Fragment of an Analysis of a Case of Hysteria, volume 8 in the Pelican Freud Library）。女性主义批评家，还有其他一些批评家对这则案例做了深入研究，以之为途径，对弗洛伊德本人进行心理分析。1985年出版了一本名为《朵拉案例中：弗洛伊德、歇斯底里和女性主义》（*In Dora's Case: Freud, Hysteria, and Feminism*, ed. Charles Bernheimer and Claire Kahane, Virago, 1985）的论文集，收录了一系列关于这一案例的研究文章。朵拉于1900年秋天被父亲送到弗洛伊德处接受治疗，当时她十八岁。她父母先是发现她不愿见人，交谈困难，情况越来越严重，最后发现了一张字条，威胁要自杀。治疗还没有见效，朵拉就中断了治疗，因此弗洛伊德称之为“片段”。案例的大部分材料是弗洛伊德的分析，以及对朵拉在治疗过程中说到的两个梦的阐释。下面，我们将集中介绍其中一个。

朵拉的家庭状况如下：朵拉富有的父母在婚姻生活上并不快乐，不过二人同另一对夫妇，K先生和K太太来往十分密切，朵拉的父亲更与

K 太太有了性关系，持续有几年之久。K 先生知道二人的奸情，可三个成年人仿佛达成了一个不成文的协议，就是作为补偿，K 先生可以得到朵拉。K 先生曾两次向朵拉发起攻势，第一次是在他的办公室里，那时她刚十四岁。当时，K 先生突然情绪激动起来，紧紧握住朵拉的手，开始亲她，朵拉的反应极为强烈，奋力反抗，逃出了办公室。在弗洛伊德看来，朵拉的反应带有神经质特征，因为“要唤起一个十四岁少女的性兴奋，那正是时机”。弗洛伊德在一则脚注中写道：“K 先生当时还很年轻，而且仪表堂堂。”（p. 60）

第二次发生于朵拉十六岁时，当时她和 K 先生在湖边漫步，K 先生居然“厚颜无耻地向她求爱”，朵拉甩了他一巴掌，然后飞快逃走。弗洛伊德对朵拉那种“粗野的”拒绝感到迷惑不解，还是认为她的反应具有神经质特征。朵拉把发生的一切告诉了父亲，父亲要求 K 先生解释，K 先生却矢口否认曾经发生过那样的事情，父亲居然相信 K 先生，而不是朵拉。了解了事情的前前后后，弗洛伊德的看法显得相当有悖常理。朵拉的两个梦中，第一个梦的分析最多，那是个反复出现的梦，第一次出现时，朵拉一家人正住在湖边别墅，正是 K 先生厚颜无耻地向朵拉求爱的湖边。

> 房子着火了，爸爸站在我床头，把我晃醒。我迅速穿好衣服。妈妈还想停下来救出自己的珠宝，可爸爸说：“我可不会让我自己和两个孩子葬身火海，就为了你的珠宝盒。”大家冲下楼，一出到门外，我就醒了。（Penguin Freud Library, Vol. 8，p. 99）

弗洛伊德对此的评论是：**第一**，这个梦的直接引子是朵拉一家人刚到达小木屋时，她父亲说真担心万一着火了该怎么办。**第二**，那天下午朵拉在一张沙发上小憩，醒来时发现 K 先生站在自己身边。在梦中，K

先生和父亲调换了角色。**第三**，几年前，朵拉曾听到父母就珠宝发生激烈争吵。**第四**，弗洛伊德指出，在德语中，“珠宝盒”的一个俚俗含义是“女性生殖器”。这个梦表达出朵拉实际上想给予K先生他所要的，也就是她的“珠宝盒”，火代表着她受压抑的情感，梦中K先生和父亲对调角色，表明她对自己的父亲有着俄狄浦斯情结，这阻止她屈从于K先生的攻势。弗洛伊德也看出了朵拉憎恶父亲和K太太的关系，认为这之中也残存着俄狄浦斯情结，认为K太太打败了自己，夺去了父亲的爱。面对父亲、K先生以及弗洛伊德这些男性势力的共同影响，朵拉康复的机会似乎十分渺茫，这则案例因此明确地暴露出弗洛伊德和心理分析最薄弱的地方（本书第六章将继续讨论心理分析和女性主义的关系）。

## 弗洛伊德式心理分析批评家在做什么

1. 文学分析中，把心灵中意识和无意识部分的区分置于核心位置，将文学作品的显性（overt）内容同前者相联系，隐性（covert）内容同后者相联系，而且更为偏重后者，认为那才是文学的“真实”内涵，而他们为自己制定的目标就是把显性和隐性、意识和无意识区分清楚。

2. 密切注意无意识动机和情感，无论其属于作者，还是属于作品中的人物。

3. 表明文学作品中存在着经典心理分析症候、状态、阶段，例如婴儿身上感情和性发展的口腔、肛门、生殖器阶段。

4. 在更广阔的范围上，把心理分析概念运用于一般的文学史。比如说，哈罗德·布鲁姆（Harold Bloom）在《影响的焦虑》（*The Anxiety of Influence*，1973）中将各个时代的诗人在前辈巨匠的“阴影”下争取承认的努力视为俄狄浦斯情结的真实上演。

5. 找出文学作品的“心理”背景，却往往牺牲了作品的社会和历史背景。他们所看重的是个人的“心理剧”，而非阶级冲突的“社会剧”。上下两代人之间、兄弟手足之间，以及个人身上不同欲望之间的冲突远远压倒了社会各阶级之间的冲突。

## 弗洛伊德式心理分析批评：实例几则

弗洛伊德式心理分析批评究竟能帮助我们解决什么样的文学问题？首先，来看看莎士比亚的《哈姆雷特》（*Hamlet*），这个例子太著名了，显得有点儿老生常谈。上面列出弗洛伊德式心理分析批评致力于：（1）强调意识和无意识的区分；（2）挖掘人物的无意识动机；（3）在文学作品中发现经典心理分析症候的某种表现。戏剧中，哈姆雷特的叔叔谋杀了自己的哥哥，也就是哈姆雷特的父亲，娶了哈姆雷特的母亲。哈姆雷特父亲的鬼魂在哈姆雷特面前显灵，要他杀了叔叔，为自己报仇雪恨。这么做似乎并非什么难事，可全剧的大部分时间里，哈姆雷特一直在拖延行动，为自己找了一个又一个借口。为什么？剧中，哈姆雷特杀别人的时候可全无一点儿扭捏之态。还有，鬼魂显灵也不过证实了哈姆雷特自己早已怀疑的事情，他收集到的其他证据也证明鬼魂所说的都是事实。为什么还要迟疑？关于这个问题，学者们的争论由来已有，可从来没有广为接受的结论。心理分析批评提供了一个干净利索的解释：哈姆雷特无法充当父亲的复仇者，因为他自己也想犯同样的罪恶，承受着负罪感的重压。他深受俄狄浦斯情结之扰，心底压抑着对母亲的性欲望，随之而来的是干掉自己父亲的念头。他叔叔不过是把他自己的秘密欲望付诸行动罢了，故而他万难充当复仇者这个角色。弗洛伊德在其《梦的解析》（*The Interpretation of Dreams*，1900）中最先草述出这一观点，他总结道：

> 哈姆雷特无法向那个干掉了他的父亲，在母亲身边取而代

> 之的人复仇，在那个人身上他看到，自己孩童时代的欲望终于成为现实。他无法憎恶那个人，无法随之走上复仇之路，取而代之的是深深的自责。他的道德良知告诉他：你自己同你要惩罚的凶手其实是一丘之貉。（Peguin Freud Library, Vol. 4, p. 367）

心理分析批评家将王后卧室一场戏作为自己观点的佐证，那一场戏中，哈姆雷特似乎对自己母亲的性存在有着异乎寻常强烈的意识。弗洛伊德把剧中哈姆雷特的处境同莎士比亚本人联系起来，说："当然，剧中在哈姆雷特身上真正与我们相遇的只能是诗人的心灵。"莎翁之父在1601年辞世，弗洛伊德引用一种观点，认为莎翁就在父亲去世后不久完成了这部剧作，"他童年时代对父亲的情感也从心底涌现"。弗洛伊德又说："众所周知，莎翁早夭的儿子叫'哈姆涅特'（Hamnet），这个名字同'哈姆雷特'几乎一样。"（Pelican Freud Library, Vol. 4, p. 368）无论如何，我们还是从哈姆雷特这个剧中人物身上看出俄狄浦斯情结，而不是莎翁本人。这就引出了文学中一个著名的难题，而心理分析批评或许能为此提供解决的基础。后来，弗洛伊德在英国的同事厄恩斯特·琼斯（Ernest Jones）把弗洛伊德最先提出的观点进一步发展，完成了专著《哈姆雷特和俄狄浦斯》（*Hamlet and Oedipus*，1949）。乔伊斯在《尤利西斯》（*Ulysses*，1922）中就曾花大幅篇章戏仿这样一种心理分析-自传式的《哈姆雷特》阐释。

另一部令人迷惑不解而心理分析批评能够有所帮助的作品是哈罗德·品特[①]（Harold Pinter）的《归家》（*The Homecoming*）。这部作品体

① 哈罗德·品特（1930—2008），英国著名剧作家，2005年诺贝尔文学奖得主。他笔锋犀利，具有冷峻的解剖风格，被称为"威胁大师"，其作品中的角色多是失业者、小职员等社会底层人物，擅于揭示日常生活中的不祥与平静状态下的噪声。被誉为萧伯纳之后英国最重要的剧作家，是英国荒诞派戏剧的代表人物。——编者注

现了上面列出的心理分析批评的第三项作为，所体现出的经典弗洛伊德式心理症候是恋母情结。《归家》[1]的故事发生在伦敦东区贫民区的一个家庭，这是一个没有女性的家庭，成员包括一个专横的父亲和两个长大成人的儿子。这家女主人已去世多年，可她的记忆依旧控制着失去妻子的丈夫，还有两个失去母亲的儿子。男主人还有一个大儿子，已移居美国，是位大学教授，回来探访家人，还带来了自己的妻子露丝（剧名中的“归家”说的就是这件事情）。夫妇居家期间，这个父亲和两个弟弟想让露丝到红灯区做妓女，全家靠这个收益来生活，老大本人居然也不表示异议，露丝在争取到最佳的经济份额，并明确自己将在这个新家庭中掌管一切之后，平静地接受了这个想法。她丈夫离开伦敦，一个人回到美国，回到三个孩子身边（都是男孩）。这些事情实在是太离奇古怪了，所以这部剧常被当作超现实主义荒诞剧来上演。

然而，心理分析批评能找出一些意义，提出自己的阐释。洛威（M. W. Rowe）在其文章《品特的弗洛伊德式归家》（“Pinter's Freudian Homecoming”, *Essays in Criticism*, July 1991, p. 189–207）中提出，从弗洛伊德的文章《爱欲生活中最普遍的堕落形式》（“The Most Prevalent Form of Degradation in Erotic Life”）中可找到品特剧作的解释。剧中，那家所有的男性成员都受困于一种经典的心理困境，也就是恋母情结，他们对母亲的爱达到病态的地步。这样的人只会被同母亲相似的女性吸

---

① 《归家》剧情梗概：出身于底层家庭的大儿子特迪是大学的哲学教授，也是家里唯一通过奋斗取得社会地位的人。他和妻子露丝要去威尼斯度假，顺便回家看看多年不见的老父亲和另外两个兄弟。然而，他们的生活充满着混乱无序和无可发泄的欲望，到处弥漫着早已经死去的洁西的名字和灵魂。她是这个家庭的主心骨，也是儿子们的母亲，更早些时候还曾是个妓女。特迪和露丝在家里待了几天，显然这个家的男人都对露丝产生了兴趣。经过几天暧昧的、充满乱伦意味的相处后，露丝出人意料地决定留下来接替死去的洁西的位置。她拒绝和特迪一起回到原来的生活中去，对她来说，选择一种母亲和妓女的双重生活“让她找到了自己”。——编者注

引，可由于乱伦禁忌，他们很难，或几乎不能向自己心仪的对象表达自己的性感受。因此，他们只有和那些同母亲毫无相似之处，因而也受到他们鄙视的女性建立起性关系。为了达到性兴奋，他们必须让自己的性对象蒙羞，因为如果不令她蒙羞，她就会与母亲相像，从而令性关系难以发展。于是，女性被两极分化：一边是理想化的母亲形象，另一边则全是娼妓。通常，随着青春期的到来，对母亲的过度爱之情会大大淡化，可如果母亲在孩子进入青春期之前就去世，就像剧中那样，损害就会发生，她的理想化形象会一直存在下去，遮蔽孩子所有可能的性伴侣。剧中，当两个弟弟提出让老大的妻子去做妓女的计划时，老大泰然接受，因为他自己也是那么想的，至少在幻想中把她当成了娼妓，这样才能维持同她的性关系。我们又一次看到，戏剧中的情节证明了主要人物受压抑的欲望。

## 拉　康

雅克·拉康（Jacques Lacan，1901—1981）是法国心理分析学家，其著作对当代文学理论的方方面面产生了巨大影响。拉康在20世纪20年代首先取得医学学位，后又接受了心理治疗训练，30年代研究妄想症，发表了病人艾米的案例研究。1936年召开的一次会议上，他提出了著名的“镜像阶段”（mirror stage）理论。拉康的思想持续受到那些主宰着巴黎学术生活的大师的影响，如人类学家列维-施特劳斯，语言学家索绪尔（1857—1913）和雅各布森（Roman Jakobson，1896—1982）。50年代，拉康才开始挑战自己领域内的正统思想，1955年在维也纳召开的一次会议上，他高呼要“回到基础”，重返弗洛伊德。不过，他所说的并非重新理解“意识人格”（自我），也非以无意识工作机制去解释自我的行为（在大多数人看来，这就是弗洛伊德全部学说之所在），而是重新重视无意识本身，视其为“我们存在之核心”。1959 年，这些离经叛道的思想导致他被逐出国际心理分析协会这个由弗洛伊德派心理分析学家组成的某种世界性组织，1964 年他在巴黎建立了自己的弗洛伊德讲习班（Ecole Freudienne），并以《文集》（*Ecrits*）之名发表了他的部分培训课程。这时，他已成为巴黎声望最为卓著的思想家之一。

拉康的声望主要在于他公开发表的讲习班讲授内容，也就是《文集》。法国的讲习班不是小组讨论，而是长时间讲座，参加者主要是研究生。一位 20 世纪 50 年代曾参加过拉康研讨班的亲历者如此描述班上热烈的气氛：

> 他时而声如洪钟，时而潺潺细语，节奏分明，中间夹杂着叹息和迟疑。开讲之前，他会先写下要讲的内容，但在讲座时随时即兴发挥，仿佛皇家莎士比亚剧团的演员……拉康用他令人赞叹的语言令听众如痴如醉，他不是在分析，而是在联想；不是在做讲座，而是在激发共鸣。每参加完一次这样的集体诊疗，学生们都有如此的印象：导师说的就是他们，也在代他们言说，把一种加密的信息秘密地传达给他们每一个人。（John Lechte 在 *Julia Kristeva* 一书中的引文，Routledge，1990, p. 36–37）

请注意上面这段话着重谈到的拉康讲课的特点：他有很高的演讲技巧，经常即兴发挥，不顾讲座时陈述思想的通常程序，并且使用隐秘的语言传达信息来作为引导学生入门的一部分。之所以要说这些，就是请你做好心理准备，去面对拉康怪异的文风。在他那每周两到三小时的讲座中，至少有一半内容是临时冒出来的想法。

拉康的著述颇丰，其著作对文学批评的意义也不一，联系最紧的有以下部分。

1. 文章《坚持无意识中的文字》（“The Insistence of the Letter in the Unconscious”），收入戴维·洛奇主编的《现代批评与理论》（*Modern Criticism and Theory*），朗曼出版社，1988年版，第79—106页。

2. 就爱伦·坡的故事《被窃的信》（“The Purloined Letter”）所做的讲座，收入约翰·穆勒和威廉·理查森主编的《被窃的坡：拉康、德里达和心理分析阅读》（*The Purloined Poe: Lacan, Derrida,and Psychoanalytic Reading*），约翰·霍普金斯大学出版社，1988年版，第28—54页。

3. 就《哈姆雷特》所做的讲座“欲望和《哈姆雷特》中欲望的阐释”（Desire and the Interpretation of Desire in *Hamlet*），收入肖夏纳·菲尔曼主编的《文学和心理分析：阅读问题》（*Literature and Psychoanalysis:the Question of Reading:Otherwise*），约翰·霍普金斯大学出版社，1982年版，第11—52页。

拉康对自己思想的解说常常晦涩到令人望而却步的程度，我的建议是：阅读拉康时，一小段一小段地读，一篇文章要读好几遍，而不是一次读完一整个大部头，然后就扔在一边再也不看了。我个人觉得，下面一些著作对于把握拉康会有些帮助。

1. 戴维·洛奇在拉康的文章《坚持无意识中的文字》前对其论点所做的总结，见于其主编的《现代批评与理论》，第79—80页。

2. 约翰·莱希特（John Lechte）在《朱莉娅·克里斯蒂娃》（*Julia Kristeva*）的“无意识的影响”（The Effect of the Unconscious）一章中（第13—64页）对拉康思想做了一番陈述，在我自己的书中，很多关于拉康个人经历的细节都来于此。

3．托里尔·莫伊（Toril Moi）对拉康思想的总结，见于《性 / 文本政治》（*Sexual/Textual Politics*），众神出版社，1985 年版，第 99—101 页。

4．对拉康思想的批判，见于雷蒙德·泰勒斯（Raymond Tallis）的《非索绪尔：后索绪尔文学理论批判》（*Not Saussure:A Critique of Post-Saussurean Literary Theory*）的第五章“镜像阶段——批判性反射”（The mirror stage—a critical reflection），麦克米兰出版社，1988 年版，第 131—163 页。

对于文学学生来说，拉康最重要的文本是《坚持无意识中的文字》。这篇文章最早是 1957 年所做的一次讲座，听众是“外行的”哲学学生，而非受训的心理诊疗师，不过其中的材料来自专业讲习班。下面，我尝试总结出这篇文章中的主要论点，同时也显示这些论点如何被广泛地运用于文学批评之中。

文章开头，拉康首先向主宰着学术界的语言研究致敬，他带着反问的口吻说道：“当今的心理分析师怎么可能不意识到，他的真理领域其实就是词语？”语言是核心，之所以如此，因为在探究无意识的活动中，心理分析师既使用语言，同时也要分析语言。实际上，弗洛伊德式的心理诊疗法彻头彻尾都是语言的科学。无意识也并非像人们过去所以为的那样，是不相关材料堆成的一团乱麻，而是有着井然的组织结构，其复杂程度丝毫不亚于语言：“心理分析经验在无意识中所发现的就是整个语言结构。”

于是，有了拉康的一句名言：无意识有着与语言同样的结构。可语言的结构如何？接下去，他说道，现代语言研究始于索绪尔，他认为语言中的意义是词与词之间的对比，而不是词与物之间的连接。这也就是说，意义是一个差异网络，能指（词语）与所指（事物）之间永远立着一堵墙。他用两张画得一模一样的厕所门来显示词与物的分离，一张厕所门上写着“女士”，另一张上写着“男士”，以显示相同的所指可以有不同的能指，“只有能指与能指之间的相互关系才能为任何意义研究提供标准”。（Lodge, p. 86）因此，“我们不得不接受：能指之后的所指不断后滑”（Lodge, p. 87），也就是说，词语和意义有着自己的存在，不断打破、模糊设想中的同外界事物的简单、明晰关系。如果众多能指仅仅指向彼此，那么语言就同外部现实脱节，成了一个独立的领域。这是后结构主义思想的一个关键（见本书第 3 章）。

可是认为无意识具有语言的结构又有什么证据呢？拉康说，弗洛伊德辨别出“梦之工作”的两大机制——**凝缩**和**移置**，这对应于语言学家雅各布森确定的语言基本的两极——**隐喻**（metaphor）和**换喻**（metonymy）。具体的对应如下：

1. 换喻中，部分代表全体，二十张帆就指二十条船。弗洛伊德的梦的解析中，一件东西可以通过**移置**代表另一样东西，一个人可能由他的某一项特征所代替。比如说，一位意大利情人在梦中可能就会表现为一辆阿尔法·罗密欧小汽车。拉康说，这同**换喻**一样，是用部分代替全体。

2. **凝缩**将好几件事物压缩入一个象征中，与**隐喻**正好相同。比如说，“船头犁开波浪”这个隐喻中就综合了两个形象——乘风破浪的船和翻开泥土的犁。

无意识使用这些手段表达自我，这是拉康宣称无意识具有语言结构的一部分证据。接下去，他又强调弗洛伊德研究的语言性质，一旦讨论深入无意识领域，语言分析也随之剧增，因为要呈现无意识的内容，常常要通过双关、暗指，以及其他的语言游戏。

文章进入过渡部分，注意力再次由意识本身（长久以来，它一直被认为是主要自我）转移到无意识之上，视其为“我们存在的核心”。西方哲学传统长期以来把有意识的心灵视为自我之本，笛卡儿说“我思故我在”，很好地表明了这种观点。拉康以逆转乾坤之势向这一哲学传统发起挑战（别忘了，他的听众是哲学学生），把笛卡儿的话逆转为“无思故我在”（Lodge, p. 97）。也就是说，真正的自我在于无意识之中，拉康坚持自己严格遵循弗洛伊德的发现，得出了合乎逻辑的结论，即“自我在自身之外”（Lodge, p. 101）。拉康问道：“这个他者究竟是谁？我同他的联系要比同自我的联系更为紧密。”（ Lodge, p. 102）于是，自我被“解构”，仅仅呈现为语言的效果，而非具有本质的实体。无意识是“存在的核心”，可无意识具有语言的结构，而语言的结构早在个体进入之前就已经存在，自由人文主义所宣扬的独特个体自我遭受“解构”的厄运。这个论点的目标极其宏大，所产生的影响也极为宽泛。随之而来的几页里，拉康力图彻底改变我们关于自我最根深蒂固的看法。

为什么文学批评家们对此尤其感兴趣呢？我觉得，答案在于这篇文章提出的观点的严密逻辑所得出的一个必然结论。拉康说无意识是“存在的核心”，既然无意识具有语言的结构，语言又是一个在我们进入之前就已经存在的完整的系统，自然就得出结论说，那种独特、独立的自我观就难逃“解构”的厄运。这样一来，“人物”这个观念也就说不通了，因为它的基础是独特、独立的自我。一旦接受拉康的观点，一个重大结果就是拒绝关于文学人物塑造的传统看法。拉康“解构”了主体的观念，不再把主体视为意识的稳定集合，我们也难以再把小说中的人物看成独立存在的人，只能把他们看成聚集在一个专名之下的一簇能指，自然也要求一套完全不同的阅读策略。

更进一步说，拉康所提供的语言观将语言同现实世界中的指称彻底分隔，接受他的观点意味着拒绝文学现实主义，因为支撑着现实主义文学的信念就是文本表现现实。接受拉康的观点意味着转向现代主义、后现代主义等具有实验性、破碎性、互指性的文本，比如说，小说可以游戏于小说的各种表现手段之间，也可以指向别的小说，等等。如同索绪尔所说，构成语言的能指仅仅相互指向、相互作用，并不代表现实世界，这也要求建立一套全新的文学评价体系。

拉康对无意识的强调引领他思考我们凭借何种机制进入意识之中。自我意识出现之前，婴儿生存于一个特定的领域中，拉康称之为**想象界**（the Imaginary）。这一阶段，婴儿感受不到自我与他者的区分，感到自己同母亲理想地融为一体。从 6 个月到 18 个月之间，出现了他所说的**镜像阶段**（the mirror-stage）。这个阶段，婴幼儿开始能看到镜子中的自己，开始觉得它是独立的存在，在这个阶段，婴幼儿开始进入语言系统，语言系统从根本上说是关于“缺乏”（lack）和“分离”（separation）的系统（这是理解拉康的两个关键性概念），因为语言就是要为缺席者命名，以语言符号作为其替代物。这个阶段也标志着社会化进程的开始，婴幼儿开始感受到禁止和限制，父亲的形象也在这个阶段开始出现。拉康把婴幼儿进入的新秩序称为**象征界**（the Symbolic），文学批评家反复使用想象界和象征界的区分，例如法国的女性主义批评家（见本书第 6 章）。按照文学的现实主义文本与反现实主义文本这种两极划分法，象征界体现于现实主义文学中，体现于父权秩序和逻辑世界中；与之形成鲜明对比，想象界体现于反现实主义文本中，在这类文本中，语言超越自身，超越逻辑和语法，就如同诗歌语言所展现的。确实，想象界同象征界之间的差别可类比于诗歌语言同散文语言之间的区别。实践中，想象界和象征界，诗歌语言和散文语言总是共存共生，接受拉康观点的实际后果就是偏好那些想象界突然爆发，突入象征界的文本，例如对自身的现实基础加以质疑和侵蚀的**元小说**（metafiction）和**魔幻现实主义**（magic realism）。一个很有代表性的例子是英国小说家约翰逊（B. S. Johnson）的小说，他在小说中引入一系列创新性文本策略，比如小说中人物向作者提出质问，反对作者对他们动机的描写和对涉及他们的情节的安排。可见，虽然拉康的思想极其抽象，例如主体（自我）的建构性和不稳定性，或视主体为语言建构，或视语言为自足的话语界，等等，但它们同样会在具体作品之中找到自己的体现。

## 拉康式批评家在做什么

1. 如同弗洛伊德式批评家，他们也密切注意无意识动机和情感，不过不是去发掘作者或人物的无意识，而是找寻文本本身的无意识，揭示潜伏于文本的“意识”之下，与其矛盾冲突的意义潜流。这也是界定“解构”的另一种方式。

2. 他们展示，文学中也存在着拉康所说的心理分析症状或阶段，例如镜像阶段，又如无意识的至高地位。

3. 以一系列更宽泛的拉康式概念看待文学作品，如缺乏的概念，又如欲望的概念。

4. 认为文学文本体现出拉康关于语言和无意识的观点，尤其是所指的难以捕捉和无意识的核心地位。实践中，这导致倾向于那些挑战文学表征传统的反现实主义作品。

## 拉康式批评：实例一则

要弄清拉康式文学研究方法所关注的问题，不妨简要地看一看拉康对爱伦·坡的侦探短篇小说《被窃的信》所做的著名阐释。拉康在为一些受训心理分析师开办的研习班上分析了这个故事，20 世纪 80 年代，数篇后结构主义文章发表，回应公开出版的拉康研习班的内容，大多数材料都已收入《被窃的坡》中。此外，牛顿的《由理论到实践》（*Theory into Practice*）也收录了一篇与此相关的文章，作者是拉康式心理分析批评家肖莎娜·费尔曼（Shoshana Felman）。对坡的故事的分析为拉康亲为，显示了上面列出的第四条，拉康在故事中找到证据，支持自己关于语言还有心理分析过程的观点。

坡的故事本身就带有一定原型色彩，常常成为心理分析阐释的对象。故事中并没有深入的人物刻画，故事中的人物更像是棋盘上的棋子，在作者的操纵下加入到一场恫吓、反恫吓和耍弄诡计的仪式化争斗中。人物的名字就叫国王、王后、大臣、警察总长，还有杜邦侦探。故事内容可分为四个阶段：

1. 大臣正和王后在皇宫里讨论事情，国王不期而至。大臣留意到王后显得有些焦虑，显然不想让国王注意到桌子上的一封信，可又不能把信藏起来，那反而会招致国王的疑心。国王和王后的注意力都被分散到别处时，大臣取走了信，从自己口袋里取出一封样子相似的信放在桌上。

2. 王后发现信被掉了包，立马想到谁是小偷。大臣走后，她命令警察总长带人搜查了大臣的家，虽然用上了最科学的方法，做了最彻底的搜查，还是一无所获。

3. 绝望的王后请杜邦帮忙。杜邦拜访大臣，做了一系列推理：把信带在身上过于冒险，可信又如此重要，一定要放在随时能够得到的地方。因此，信不可能藏在屋子外面，可信要是藏在屋子里面，警察总长和他的手下早就应该搜查出来了。结论就是：信就在屋子里面，而且没有被藏起来。就这样，他看到了放在壁炉架上的信，随手放在其他函件之间。

4. 杜邦再次造访大臣的家，事先安排在外面街上出点状况，引开大臣的注意力，然后用一封假信和真信掉了包。信又回到王后手中，大臣还丝毫不知，自然身败名裂。杜邦在假信上写了一句话，说明自己之所以这么做，是为自己早年在爱情上受了大臣的愚弄，今天终于报仇雪恨。

拉康对故事的陈述很长，不过明显不同于传统弗洛伊德式批评对坡的阐释，后者最典型的代表见于弗洛伊德20世纪30年代的学生玛丽·波拿巴（Marie Bonaparte）的文章（其节选也收入了《被窃的坡》)。在波拿巴的文章中，这个故事以及坡的所有故事都被解读为作者神经质内心生活的病征。波拿巴跳出文本，进入作者的生活，以作者的故事内容为基础，在他身上发现恋母情结和恋尸癖。与波拿巴不同，拉康根本不谈作者本人的心理状况，而是以故事为隐喻，照亮心理分析的本质，也照亮无意识和语言的方方面面。我们可以做以下总结：

1. **被窃的信就是无意识本身的象征**。故事中，我们对信的内容一无所知，仅仅看到它影响着故事中人物的行为。与之类似，无意识的内容，依其定义，也无从知晓，却影响着我们的一切。通过观察它的效应，我们可以猜测其内容的性质，正如从王后的焦虑中我们大致也可以猜出那封信内容的性质。弗洛伊德自信地宣称，可以判断出无意识内容的确切性质，拉康对此则持怀疑态度。如同那封信，构成我们内心世界的东西已被窃走，我们必须学会生存于缺席中。也就是说，我们必须学会使用代码，却没有解码本。

2. **杜邦对窃信罪行的调查就是心理分析的过程**。心理分析师使用重复和替换：他让病人说出以往的痛苦经历，使其在语言中重现，意识状态下的语言陈述替换了无意识中被压抑的记忆。一旦那段记忆进入意识之中，被陈述出来，就不再具有昔日的威力，心理健康也就得到恢复。与此类似，故事中杜邦的调查也是以重复和替换为核心：他从大臣那里偷走了信，重复了大臣从王后那里偷信的行为，两次偷信行为都是通过替换而实现，都是以一封假信替代真信。

3. **内容不明的信象征着语言性质的方方面面**。语言上演着能指的无限游戏，但是同语言之外的所指内容并没有简单联系。所指总是丢失了，或者说，被窃了。同样，故事中我们看到了那封信的作用，可始终不知道信里面到底所指为何。信是意指本身的一个例证，不是具体内容的象征。所有的词语都是一封封被窃的信，我们无法打开它们，毫无歧义地阅读它们的内容。我们拥有能指，它们就好像套在概念外面的信封，可这些信封无法打开，因此所指永远隐而不现，就像故事中那封信的内容。

对比一下本章中列举的弗洛伊德式批评和拉康式批评，立刻就能发现两种方法存在着巨大的差距，又源自同一个母体——弗洛伊德的理论。

## 文献选读

### 心理分析批评通论

Ellmann, Maud, ed., *Psychoanalytic Literary Criticism* (Longman,1994). 有用的选集，显示出弗洛伊德和拉康对文学批评的影响。

Felman, Shoshana, ed., *Literature and Psychoanalysis—The Question of Reading: Otherwise* (Johns Hopkins University Press, 1982). 重要的论文选集。费尔曼自己的文章《对〈螺丝在拧紧〉的阐释》（“Turning the screw of interpretation”）分析了亨利 · 詹姆斯的小说《螺丝在拧紧》（*The Turn of the Screw*），它是最早被用心理分析批评加以阐释的文本之一。

Jefferson, Ann and Robey, David, eds, *Modern Literary Theory: A Comparative Introduction* (Batsford, 2nd edn, 1986). 可阅读第五章“现代心理分析批评”，有用的通论，不仅限于弗洛伊德。

Kurzweil, Edith, ed., *Literature and Psychoanalysis*(Columbia University Press, 1983). 很有用的选集，附带的编辑按语写得也很好。第一部分关于早期心理分析理论；第三部分关于心理分析在文学中的应用，包括关于对济慈、亨利·詹姆斯、卡夫卡、路易斯·卡罗尔的批评文章；最后一部分关于法国的心理分析理论。

Wise, Inge and Mills, Maggie, eds, *Psychoanalytic Ideas and Shakespeare* (Karnac Books, 2006). 该书“将诗人的世界同心理分析理论和实践联系起来”。

Wright, Elizabeth, *Psychoanalytic Criticism: Theory in Practice* (Polity Press, revised edn, 1998). 篇幅不大，但覆盖面很广，涉及弗洛伊德方法和拉康方法，以及其他一些本书没有提及的方法，不过并不是一本易读的书。

**弗洛伊德**

我个人一直使用企鹅版《弗洛伊德全集》，共24册，出版于1955—1967年间，翻译者为英国著名心理学家詹姆斯·斯特拉齐（James Strachey）。斯特拉齐努力把弗洛伊德展现为一位科学家和临床医生，故而译文中喜好用深奥难懂的词语，例如“本我”“自我”“超我”，其实弗洛伊德的德文原文用的词都比较接近日常生活用语。2010年1月1日弗洛伊德著作过了版权保护期，企鹅书局立即组织了一个翻译组，由亚当·菲利普领衔，重新翻译了弗洛伊德的全部著作，新译本列入“企鹅现代经典丛书”，现在依然在版。

Bernheimer, Charles and Kahane, Claire, *In Dora's Case: Freud, Hysteria, and Feminism* (Columbia University Press, 1990). 书中收录了许多评论家对弗洛伊德这个案例的批评，如杰奎琳·罗斯、托里尔·莫伊、简·盖洛普，也包括拉康的批评（简短但深刻）。这本书超出女性主义和心理分析的传统对立，走向拉康理论，并对弗洛伊德理论进行后结构主义重新解读。

Freud, Sigmund, *The Interpretation of Dreams* (first published in 1900.

Volume four in the Penguin Freud). 产生“20 世纪感”的一本关键之作，解释了梦的基本机制——浓缩和移置、俄狄浦斯情结，并在此基础上对《哈姆雷特》提出解释。

Freud, Sigmund, *The Psychopathology of Everyday Life* (first published in 1901. Volume five in the Penguin Freud). 虽然书名有些吓人，可内容很有趣，可读性很高。初读弗洛伊德，要么由这本书，要么由《案例史》开始。

Freud, Sigmund, *Case Histories I: "Dora" and "Little Hans"* (Volume Eight in the Penguin Freud). 详细记录了弗洛伊德的阐释，其精巧性和复杂性在这些阐释中体现地十分明显。

Roudinesco, *Elisabeth, Freud: In His Time and Ours* (Harvard University Press, 2016). 一本十分有趣的新传记，或许可以令你在许多方面重新理解弗洛伊德。

Thurschwell, Pamela, *Sigmund Freud* (Routledge, 2000). 该书为“批判思想家”系列丛书中一本，相当有用。

Timpanaro, Sebastiano, *The Freudian Slip: Psychoanalysis and Textual Criticism* (Verso Paperback, 1985). 这是本很迷人、可读性很高的著作，作者是位意大利共产主义者。之所以要列出这本书，部分原因是它体现出马克思主义同弗洛伊德理论的传统对立。作者“解构”了弗洛伊德在《日常生活中的精神病理学》中给出的许多例子，表明它们实际上都可以由偶然性语言相似加以解释。

Wolheim, Richard, Freud (Fontana Press, 2nd edn, 1991). 迄今为止介绍弗洛伊德最好的著作。不过在读本书之前，最好还是先读一读弗洛伊德的原著。

### 拉　康

Billy, Lionel, Lacan: *A Beginner's Guide* (Oneworld Publication, 2009).

语言清晰，结构合理，书后提供的术语表很有用。

Homer, Sean, *Jacques Lacan* (Routledge Critical Thinkers, 2005). 整个系列，颇有用处。

Lacan, Jacques, "Desire and the Interpretation of Desire in *Hamlet*", rpt. in *Literature and Psychoanalysis: The Question of Reading:Otherwise*, ed. Shoshana Felman (Johns Hopkins University Press, 1982), p. 11–52.

Lacan, Jacques, "The Insistence of the Letter in the Unconscious", rpt. in *Modern Criticism and Theory*, ed. David Lodge (Longman, 1988), p. 79–106.

Lacan, Jacques, Seminar on "The Purloined Letter", rpt. in *The Purploined Po: Lacan, Derrida, and Psychoanalytic Reading*, ed. John P. Muller and William J. Richardson (Johns Hopkins University Press, 1988), p. 28–54, with extensive editorial commentary and annotations.

Lacan, Jacques, *Ecrits* (Routledge, 2001). 本书为劳特里奇公司“大师经典”系列中一部，非常精彩，入选著作均为 20 世纪关键文本。

Mitchell, Juliet and Rose, Jacqueline, eds, *Feminine Sexuality: Jacques Lacan and the Ecole Freudienne* (Macmillan, 1982). 本书翻译了拉康的一些重要文本并展开讨论。

Rabaté, Jean-Michel, ed., *The Cambridge Companions to Lacan* (Cambridge Companions to Literature, 2003). 如果读者对拉康思想已有所了解，想做更深入的研究，可阅读本书。

Roudinesco, Elisabeth, *Jaques Lacan: An Outline of a Life and a History of a System of Thought* (Polity Press, 1999).

Sarup, Madan, *Jacques Lacan* (Harvester, 1992). “现代文化理论家”系列丛书中一本，作者善于将艰深内容解释清楚。该书始于弗洛伊德思想，终于对拉康和女性主义的讨论。

# 女性主义批评

# FEMINIST CRITICISM

# 女性主义与女性主义批评

20 世纪 60 年代的“妇女运动”并非女性主义的起点，而是一种历史悠久的思想与行动的更生。这一思想与行动早已有了自己的经典著作，点明了妇女在社会上的不平等遭遇，（有时也）提出解决方案，包括玛丽·沃斯通克拉夫特（Mary Wollstonecraft）在 1792 年出版的《妇女权益辩护》（*A Vindication of the Rights of Women*），书中也讨论了弥尔顿、蒲柏、卢梭等男性作家；奥利芙·施赖纳（Oliver Schreiner）在 1911 年出版的《妇女和劳动》（*Women and Labour*）；弗吉尼亚·伍尔芙在 1929 年出版的《一间只属于自己的房间》（*A Room of One's Own*），书中生动细致描写了那些寻求教育，寻求为人妻、为人母之外的其他选择的女性所遭遇的不公；西蒙·德·波伏瓦（Simone de Beauvoir）1949 年出版的《第二性》（*The Second Sex*），书中一个重要部分关于劳伦斯小说中的妇女描写。男性对这一传统也并非毫无贡献，包括约翰·斯图亚特·密尔（John Stuart Mill）在 1869 年出版的《妇女的屈从地位》（*The Subjection of Women*），以及弗里德里希·恩格斯（Friedrich Engels）在 1884 年出版的《家庭、私有制和国家的起源》（*The Origin of the Family, Private Property and the State*）。

今日的女性文学批评是20世纪60年代“妇女运动”的直接产物，从一开始就带有浓厚文学色彩，意识到了文学塑造妇女形象所产生的作用，进而挑战妇女在文学中的传统形象，质疑其权威性和连贯性，将其视为自身的核心任务。从这一意义上说，妇女运动从根本上同图书和文学相关，因此不能把女性主义批评视为与妇女运动的终极目标无关的女性主义的支流或副产品，而应视其为影响人们日常行为和态度的实践方式之一。

与此相关有好几个关键术语——**女性主义**（feminist）、**女性的**（female）、**具有女性特征的**（feminine），它们的区别体现出对“条件设定”和“社会化”的关注。莫伊解释道，第一个代表了“政治立场”，第二个是“生物特性”，第三个则是“一系列文化界定特征”（参阅莫伊的文章，收入 *The Feminist Reader*, ed. Catherine Belsey and Jane Moore），尤其是第二、第三个术语的区别体现出女性主义的力量。

妇女在文学中的表现被视为最重要的社会化形式之一，塑造出女性的“标准角色”，向女性，还有男性，暗示哪些构成了广为接受的“女性特征”，女性的哪些目标和期盼可为人们所接受。女性主义批评指出，比如说19世纪小说中，绝少有女性为生计工作，除非形势使然，不得不如此。人们兴趣的焦点总是女主人公的婚姻和伴侣选择，这将决定她最终的社会地位，人生的幸福与圆满等等完全仰仗于此。

进入20世纪70年代，女性主义批评的主要努力是暴露所谓父权机制，也就是男性和女性普遍持有、维系不平等性关系的文化“思维定式”。批评家把注意力投向那些塑造了典型或有广泛影响的妇女形象的男性作家的作品，随之而来的批评不可避免火药味浓烈，引起强烈争议。到了80年代，在女性主义以及其他一些批评方法中，风气又悄然一变。**首先**，女性批评越来越趋于**折中**，越来越多地借用其他批评方法的成果，如马克思主义、结构主义、语言学等等。**其次**，其重心由抨击男性的世界观转向探索女性世界观的性质，重构被遗忘、遭压抑的女性体验。**最后**，把注意力投向建构女性文学新正典，重写那些忽视了女性文学的诗歌史和小说史，让过去被忽视的女性作家重新回到人们的视线之中。

兴趣和活动分为不同阶段，界线分明，这似乎是女性主义批评的特色。例如，伊莱恩·肖瓦尔特（Elaine Showalter）就把20世纪70年代末的转变形容为由“男性文本”（androtexts，男性撰写的图书）向“女性文本”（gynotexts，女性撰写的图书）的转变，她还生造出“妇女批评”（gynocritics）这个术语，意指对女性文本的研究。不过，所谓“妇女批评”是个广阔而纷杂的领域，无论谁试图对其做一番总结，都得小心为之。按照肖瓦尔特的说法，“妇女批评”包括“女性写作的历史、风格、主题、体裁和结构；女性创造力的心理动力因素；某个或某群女性作家的职业轨迹；女性文学传统的演化或规则”。

肖瓦尔特还把女性的写作史划分为**女性特征阶段**（feminine phase）、**女性主义阶段**（feminist phase）和**女性阶段**（female phase）。“女性特征阶段”从19世纪40年代到80年代，其间女性作家模仿占主导地位的男性艺术规范和美学标准；“女性主义阶段”从19世纪80年代到20世纪20年代，其间女性作家常常持激进甚至分离主义立场；20世纪20年代以后至今进入“女性阶段”，开始特别关注女性经验和女性写作。女性主义批评之所以如此喜欢“分期”，原因复杂：部分是因为，有一种观点认为，女性主义批评如果要在理论上获得尊重，就必须创立自己的一套术语；更重要的原因是，和其他任何学术一样，女性主义也需要建立起一种进步感，让早期较为粗糙的女性主义批评得到公正、恰当的评价，同时又毫不含糊的表明，它们所代表的方法已经不是实践的模式。

20世纪70年代以来，女性主义因其内部存在广泛不同的立场而引人注目，分歧和争论聚焦于三大具体领域：其一，理论的作用；其二，语言的本质；其三，心理分析有价值与否。下一部分将对这三个问题逐一讨论。

## 女性主义批评与理论的作用

女性主义批评究竟应当运用什么样的理论？又应当用多深？在这两点上意见很不统一，成为女性主义批评的主要分歧之一。所谓“盎格鲁-美利坚派”（Anglo-American）女性主义批评对近年来的批判理论很是怀疑，就算运用也小心谨慎。相比之下，“法国派”女性主义者对理论的态度更为开放，她们已经接纳并改造了主要是后结构主义批评和心理分析批评的许多内容，以之作为她们进行批评的基础。“盎格鲁-美利坚派”女性主义者（并非都是英美人士）的主要兴趣还是在于传统的批评概念，如主题、母题、性格刻画等。她们似乎接受了文学现实主义的传统，把文学视为女性生活和经验的一系列表征，可同现实进行比对和评价。在她们看来，女性主义批评的主业是具体文学文本的细读和解说。总体而言，这一派女性主义批评在观点和程序上同自由人文主义文学研究方法有很多共同之处，不过也非常注重使用历史资料和非文学材料（例如日记、回忆录、社会和医疗史）来加深对文学文本的理解。美国批评家肖瓦尔特常常被视为这一派的代表人物，其他还可列举出桑德拉·吉尔伯特（Sandra Gilbert）、苏珊·古巴尔（Susan Gubar）、帕特里夏·斯塔布斯（Patricia Stubbs）、蕾切尔·布朗斯泰因（Rachel Brownstein）等。

其实这些人大多数来自“美利坚”，而非“盎格鲁”，故而也应当质疑“盎格鲁-美利坚”这个广泛使用的术语到底有没有用。英国的女性主义批评常常同美国的有着显著区别：在方向上，更倾向于“社会主义女性主义”，同马克思主义或文化唯物主义结盟，将其纳入“非理论”

的门类很难让人信服。英国女性主义批评有着自己独特的存在，这一事实却常常遭到模糊，一些广为流传的著作在总结女性主义批评时，根本就没有就英国的女性主义批评做单独的讨论，我能想得到的例子包括鲁思文（K. K. Ruthven）的《女性主义文学研究导论》（*Feminist Literary Studies:An Introduction*）和莫伊的《性与文本政治》（*Sexual/Textual Politics*）。如果要列举出一些英国女性主义批评的例子，包括特里·洛弗尔（Terry Lovell）1987年出版的《消费小说》（*Consuming Fiction*），朱莉娅·斯温德尔斯（Julia Swindells）1985年出版的《维多利亚时代写作和工作女性》（*Victorian Writing and Working Women*），以及科拉·卡普兰（Cora Kaplan），一位在英国工作多年的美国女性，1986年出版的《沧海桑田：文化和女性主义》（*Sea Changes: Culture and Feminism*）。卡普兰是一个重要的组织，即马克思主义女性主义文学联合会的成员，那个组织的存在本身就表明了这个类别的女性主义批评对于理论和政治的强烈兴趣。另一个类似的重要团体是文学教育政治联合会，该团体组织了一系列会议，联合出版一份期刊，与该组织关系密切的一个重要人物是凯瑟琳·贝尔西（Catherine Belsey），其著作如1985年出版的《悲剧的主题》（*The Subject of Tragedy*）和1988年出版的《约翰·弥尔顿：语言、性别、权力》（*John Milton: Language, Gender, Power*）同样属于英国的社会主义女性主义传统。构成所谓“盎格鲁–美利坚”女性主义基础的著作大都出现于20世纪70年代末，而英国的社会主义女性主义代表作大都出现于80年代中，并且活跃至今日，有着很大的影响。

同美国女性主义批评家相比（即使不与英国女性主义批评家相比），“法国派”女性主义明显注重理论得多，常常以主要后结构主义思想家的洞见为自己的起点，尤其是拉康、福柯和德里达的思想。在这些女性主义批评家看来，文学文本从来不是现实的基本表征，也不是对表达个人经验细节的个人话语的复制。实际上，“法国派”女性主义批评所关心的议题常常超出文学之外：她们探讨语言、表征、心理学本身，常常在进入文学文本之前，首先要对一些主要的哲学问题做一番深入详尽的探索。“法国派”的代表人物是朱莉娅·克里斯蒂娃（实际上是保加利亚人，不过常常被认为法国知识界的代表，对此她自己虽然感到有点悲哀，却也无可奈何）、埃莱娜·西苏（Hélène Cixous，出生于阿尔及利亚），还有露西·伊利格瑞（Luce Irigaray）。

当今各种女性主义文集中都能见到上述三人的身影，例如马克斯和德·库蒂夫龙（Marks and De Courtivron）主编的《新法国女性主义》（*New French Feminisms*）收录了克里斯蒂娃 1974 年的访谈录《女性永远无法得到界定》（*Woman Can Never Be Defined*），西苏的《美杜莎的笑声》（*The Laugh of the Medusa*），还有伊利格瑞的专著《并非单一的性》（*The Sex Which Is Not One*）的节选。麦基·哈姆（Maggie Humm）主编的《女性主义读本》（*Feminism: A Reader*）也收入了西苏和伊利格瑞的文章。

莫伊在她的《性与文本政治》中大篇幅讨论了“盎格鲁–美利坚”女性主义和“法国派”女性主义的区别，不过书中观点大大偏向于后者。如果读者想了解最近的陈述，可以读一读安·罗莎林德·琼斯（Ann Rosalind Jones）的文章《想象的花园和真实的青蛙：女性主义高潮和法美分歧，1976—1988》（“Imaginary Gardens with Real Frogs in Them: Feminist Euphoria and the Franco-American Divide, 1976–1988”），该文收入格林和卡恩（Greene and Kahn）合编的《改变中的主题：女性主义文学批评的诞生》（*Changing Subjects: The Making of Feminist Literary Criticism*）。法国女性主义批评尤其关心语言和心理，下面两部分将对此一一介绍。

## 女性主义批评与语言

另一个基础议题是：是否存在着一种具有内在女性特质的语言形式。在这一问题上意见也是两极分化，女性主义内部就这一问题的争论已持续了许久。例如，伍尔芙在她的论文集《一间只属于自己的房间》的第四部分、第五部分就提出，语言的运用有性别之分，女性从事小说创作时，发现“她没有现成的通用句式可用”。那些伟大的男性小说家都写得“一手行云流水似的文章，节奏快而不乱，表现力强但不矫揉造作，具有各自的风格，但又不会不为大众所接受”。伍尔芙引用了一句话作例子，然后说：“这是男性的句式。”“男性句式”究竟有哪些特征，伍尔芙并未详述，不过她引用的那句话似乎有一个特点：精心平衡和结构一致的辞藻华丽的组合句。不过，“这样的句式并不适合女性作家”，那些试图使用此类句式的女性作家（如夏洛蒂·勃朗特、乔治·艾略特）成效惨淡，简·奥斯汀排斥这种句式，“独创了一种完全适合她自己的句式，自然、工整”。不过，奥斯汀的语言风格究竟如何，伍尔芙既没有做详细描述，也没有拿出例证。或许可以说，在典型的“女性句式”中，分句间的连接松散，而非像男性文章语言那样，结构紧凑、讲求平衡。

总体而言，人们认为女性作家苦于不得不使用充当男性工具、服务于男性目的的语言媒介。从这个意义上说，语言是“男性的”。戴尔·斯彭德（Dale Spender）在1981年出版的专著《男人制造了语言》（*Man Made Language*）中继续发展了这一观点，她辩称，语言并非中性媒介，所包含的许多特征反映出工具性，父权正由此得到表达。不过在女性主义内部，吉尔伯特和古巴尔挑战了男性创造了语言的观点，读者可阅读二人的文章《性语言学：性别、语言和性》（“Sexual Linguistics: Gender, Language, Sexuality”），该文收入凯瑟琳·贝尔西和珍妮·莫尔（Jane Moore）主编的《女性主义读本》（*The Feminist Reader*），麦克米兰公司1989年出版。如果认为规范性的语言在某种程度上偏向男性，一个问题随之而生：是否存在某种形式的语言，它没有这种偏向，或者甚至在某种程度上偏向女性？“法国派”的女性主义批评家提出存在着所谓“女性书写”①（écrilure féminine），与女性特征紧密相关，在松散的语法架构中，加速意义的自由游戏。西苏特色鲜明的语言既解释了何谓“女性书写”，又可视为其现实例证：

> 我们不可能给女性书写实践下一个定义，而且这种不可能还将继续存在下去，因为这一实践无法被理论化，无法被封闭起来，无法被符码化。但这并不意味着女性书写实践就不存在。实际上，它将永远超越规范着阳具中心（男性主导）体系的话语，它将发生在不受哲学–理论所统辖的领域。它将被那些突破无意识机械行为的人、那些任何权威都无法降伏的边缘人物，构想和创造出来。（Marks and de Courtivron, *New French Feminisms*, p. 253）

这段文字表示，“女性书写”的实践者仿佛存在于逻辑之外的空间，她们被视为不懈的自由斗士，生存于永远的对立和混乱之中，不时向权力中心放冷枪冷炮。在西苏看来（尽管别的理论家并不这么看），这种写作是女性躯体的某种独特产品，女性也应当在自己的写作中对自己的身体加以颂扬：

> 女性必须通过她们的身体来写作，她们必须创造出那种不

① 这一术语由法国女性主义者西苏在她的文章《美杜莎的笑声》中最先提出。——原注

> 可攻破的语言，这语言将摧毁隔阂、等级、花言巧语和准则规范。她们必须盖过、穿透并且超越那最终的保留话语，包括对于念出“沉默”一词的念头都要嘲笑的话语……这就是女性的力量，这种力量横扫句法，切断那条著名的线（人们说这只是条极细的线），对于男人们，这条线就是他们的代用脐带。

“**女性书写**”从本质上来说是违反准则、超越规则、令人迷醉的，不过显而易见，西苏所提出的这个“女性书写”概念引出了许多问题。比如说，这个概念把身体视为不受社会和性别调控的领域，从而能够释放出女性特有的纯粹本质。这种“本质论”很难同强调女性气质是一种社会构建而非神秘地“在那儿”的既有性质的女性主义和平共处。而且，如果女性气质是由社会构建的，那就意味着不同文化中的女性气质不一样，也就根本不可能对女性气质做出上面那种包罗一切的概括。或许，人们会问：究竟是哪些女性必须用身体写作？又是谁把“必须”强加到她们身上？而且（更重要的是）为什么？

对“女性书写”的进一步表述出现于克里斯蒂娃的著作中。克里斯蒂娃使用两个术语——象征性（the symbolic）和符号性（the semiotic），以表示语言的两个不同方面。在她的论文《系统和言说主体》（“The System and the Speaking Subject”）中，语言的象征性方面同权威、秩序、父亲、压抑、控制相联系（她写道：“家庭、常态，以及规范的典型心理倾向话语，所有这一切不过是同一种法西斯意识形态的诸多特征。”），语言的象征方面维持着自我固定、统一的幻象（她写道：“这种语言有着被排除的主体，或者说具有超验性的主体-自我。”）；与之形成对比，话语符号性方面的特点不是逻辑和秩序，而是“移置、脱节、凝缩”，虽然它也要产生联系，但其方式更为松散和随机，从而扩大了可能的范围。她引用柏拉图在《蒂迈欧篇》（*Timaeus*）中的话，柏拉图提到一种语词之前的语言状态，称之为“科拉”（chora，不断变化、永不静止的流动空间或者容器，它存在于创世之前，先于事物之名称和语音之音节）。同样，同这种语言状态联系密切的是母性，而非父性。克里斯蒂娃的论述相当抽象，不过她从诗歌性语言中发现语言的符号性方面（与之相对的是散文性语言），也着手从具体诗人的作品中检查语言的这一方面。虽然从概念上它同女性联系在一起，然而体现出它的诗人并非都是女性，实际上克里斯蒂娃引用的主要诗人都是男性。

应当强调，所谓象征性和符号性并非两种不同的语言，而是同一种语言的不同方面。在同一个例证中，总是能发现二者共同存在。克里斯蒂娃所使用的依旧是意识和无意识的模式，此外还有拉康对这一理论的重塑。象征性代表着秩序井然的语言表层，区分严格、结构固定，语言凭它们运行。语言的这一方面是结构主义者所强调的一面，是索绪尔的门徒们所说的“差异网络”（network of differences）。可与此同时，还存在着一片语言“无意识”，一片能指漂浮不定的领域，不知何时就有关联发生，新意义随时可能出现，随时会出“状况”和“脱节”，这就是后结构主义语言观所包含的一切。实际上，描述解构过程（矛盾的意义之流由此在文本中被发现）的方式之一就是将其视为文本的“无意识部分”出现于并瓦解“意识部分”或“表层”意义。这种对理性、先前稳定结构的破坏性入侵在扭曲语言表层的梦境、诗歌、现代派和实验性作品中都能见到，例如卡明斯（E. E. Cummings）的诗歌，无论作者多么苦心孤诣、谨小慎微，还是无法摆脱语言“随机”的一面。显然，语言从根本上说带有创新性和即席性，如果切除了克里斯蒂娃所说的符号性一面，就会立即死亡。

克里斯蒂娃所说的象征性和符号性的基本对立其实还是来源于拉康对想象界和象征界的划分。想象界是婴幼儿在前语言、前俄狄浦斯阶段的世界，自我尚未从外界剥离出来，身体上也尚未出现独立于外部世界的感觉。那时，婴幼儿仿佛生活在伊甸园中，既感受不到缺失，也感受不到欲望。语言的符号性被视为具有内在的政治颠覆性，时刻威胁着闭合性象征秩序，这种秩序体现于政府、通行的文化价值，以及标准语言的文法之上。

在部分女性主义批评家看来，西苏和克里斯蒂娃对“符号性”女性世界和语言的前瞻为可能性的出现搭建起至关重要的舞台，其价值在于保存想象，展望一个不同于当前实际，尤其是不同于女性当前实际的世界。不过也有人认为这是把理性世界拱手让给男性，仅为女性保留了传统的情感、直觉、超理性和“私人化”空间。因此，语言问题始终是女性主义批评领域争论最激烈的问题之一，这就不足为奇了。

## 女性主义批评与心理分析

女性主义同心理分析的关系看似齐整，实则存在着许多细微差别。可以说，一切始于凯特·米利特（Kate Millett）在 1969 年出版的专著《性政治》（*Sexual Politics*），米利特在书中抨击弗洛伊德是父权态度的主要源泉之一，女性主义者必须同他做斗争。直至今日，这种观点在女性主义者中的影响依旧不小，不过不少女性主义批评家后来也出版了一系列重要著作，为弗洛伊德辩护，最为知名的是朱丽叶·米切尔（Juliet Mitchell）在 1974 年出版的《心理分析与女性主义》（*Psychoanalysis and Feminism*）。这本书实际上用米利特自己的术语和概念为弗洛伊德辩护，尤其用到了对于女性主义来说至关重要的一个区分，即性（sex）和性别（gender）的区分，前者属于生理范畴，后者是“建构”而非“自然”，是通过学习习得的。波伏瓦在其著作《第二性》的第二部分开头有句著名的话：“女人不是天生的，而是**养成**的。”《性政治》的作者认为，自己正在延续波伏瓦在《第二性》中规划出的目标。米切尔为弗洛伊德辩解时说，弗洛伊德本人并未把女性描述为“既定的自然”，女性的性取向（实际上，所有的异性恋取向）并非一开始就存在的“自然”，而是通过早期经验和校正养成的。弗洛伊德尤其在《性爱三论》（*Three Essays on the Theory of Sexuality*）中具体展现了这种性取向的构建过程，由此得出的结论是：性别角色流动易变，并非生来使然、不可更易。

米切尔继续辩白道，“男根嫉妒”这一观念不应该被视为仅仅涉及这个男性生理器官本身，而应被视为涉及这个器官所象征的随之而来的社会权力和优势。（我想到一幅已被禁的广告，画面中是一个裸体女性，上面的大标题写着“男性世界中，女性需要什么才能成功”。于是观众注意到，在画中裸女的生殖器上面，又粗糙地画了一根男性生殖器。）下一部分讨论的阅读材料中，吉尔伯特和苏珊·古巴尔用到了“社会性阉割”（social castration）这个概念，说的也是同一个意思，女性缺乏社会权力，以“阉割”作为象征。“阉割”存在于男性的领地，但在任何意义上都不是一种男性属性。

简·盖洛普（Jane Gallop）1982年出版《女性主义和心理分析》（*Feminism and Psychoanalysis*），继续为心理分析正名，不过从弗洛伊德理论转向了拉康理论。部分原因是有些问题弗洛伊德引而未发，拉康的理论体系则说得明白透彻：男根并非仅仅是生物器官，更是与其相伴而生的权力的象征。在拉康的著作中男性的地位比女性更为优越，可在拉康笔下，男根亦有无可奈何之处。拉康的著作中，男根象征着意指的充实，可这种充实谁也做不到，无论是男性还是女性。此外，拉康的文风以晦涩、戏谑出名，好用双关语，超出逻辑之外，这些似乎也代表着语言的“女性”或“符号性”一面，而非其“男性”或“象征性”一面。

在给弗洛伊德正名方面，另一个响当当的名字是英国批评家杰奎琳·罗斯（Jacqueline Rose），她的著作《西尔维娅·普拉斯的幽灵》（*The Haunting of Sylvia Plath*）是女性主义–心理分析应用型方法的典型代表。罗斯的目标是融合女性主义、心理分析和政治学的洞见，她和朱丽叶·米切尔合作编纂了《女性之性：雅克·拉康和弗洛伊德讲习班》（*Feminine Sexuality: Jacques Lacan and the école freudienne*），书中的论证与拉康和弗洛伊德的观点相同，再次指出性身份认同是一种“文化构建”，而且作为女性，她们做了一系列具体的“局内人”的描述来说明这种构建是怎样进行的，并且提供了抵抗这种构建的事例。

这就造成了一种非常复杂的立场（伊莎贝尔·阿姆斯特朗曾就此问题写过一篇文章，载于 *The Times Higher Education Supplement,* 16 July 1993, p. 15）。通常而言，英法女性主义者要比美国的女性主义者更倾向于维护弗洛伊德和拉康的理论（很有意思，这又一次颠覆了所谓盎格鲁–美利坚学派和法国学派这种二分法）。例如，肖瓦尔特在关于奥菲利亚的文章中对拉康颇有微词（她的文章收入牛顿主编的 *Theory into Practice*），因为拉康显然忽视了奥菲利亚这个人物。在关于哈姆雷特的讲座上，拉康先说要讨论奥菲利亚，后来又自食其言。杰里·艾琳·弗利格（Jerry Aline Flieger），这位给《改变中的主题：女性主义文学批评的诞生》这部文集撰稿的美国女学者，也发出过类似的怀疑：

> 拉康把男根形容为“能指之能指”，又说“从不存在性关系”“女性并不存在”。对于他令人不齿的言论，我既着迷，又感到不安。20 世纪 70 年代末 80 年代初，像杰奎琳·罗斯和珍妮·盖洛普那样的女性主义者对拉康做了巧妙且令人信服的解读，说明拉康是在批判，而不是在宣扬男权主义。我心中疑云尽释，还要感谢她们。（Greene and Kahn, p. 267）

这段话实际上要人们注意到，就算是拉康的理论，同样需要巧妙的辩护。

斯蒂芬·希思（Stephen Heath）在一篇文章中引用巴特的话，大意是说："心理分析的纪念碑式著作须得全面分析，不可忽视越过。"（该文收入 *Feminist Literary Criticism*, ed. Mary Eagleton）可以说，女性主义者开始时想忽视越过，后来改变了策略，改为全面分析。美国的女性主义者之所以没有被对心理分析的正名所说服，这种倾向或许可以从这样一个事实得到解释：在美国，心理分析早已成为中产阶级所接受的生活方式的一部分，其普及程度远远高于欧洲，因此美国人很难从中看到"激进思想"，妇女尤其如此。而且，进入 20 世纪 90 年代以后，人们越来越强调心理分析随文化而异，更加不愿意宣称心理分析具有普遍效力。在罗斯自己的著作中，以及在别人的著作中，可以发现越来越强烈的兴趣，去聆听迄今为止被排斥的**他者**（Other）的声音，尤其是那些在弗洛伊德和拉康的理论中并无一席之地的种族和文化他者的声音。

## 停一停，想一想

**一般性问题**：女性主义极力强调女性气质的"建构性"（constructedness），即强调熏陶和社会化的作用，以及文学和文化中女性气质的形象和表现所带来的影响。所有这些阐释是为了避免"本质主义"（essentialism），即认为存在着某种天生的、既定的女性本质，举世皆然，万古不变。

反本质主义（anti-essentialism）成为文学批评主流已经不是最近一两年的事儿了，不过人们也越来越意识到，它同样也带来某些难题。比如说，反本质主义让人们无法就女性总结出任何共性，那它岂不是也让女性难以团结为一个政治性群体？反本质主义是不是容易将身份还原为社会环境因素的总和，尽管我们的“直觉”认识是身份比环境要深刻、复杂得多？我们持有这一“直觉”认识这个事实会被本质主义者与反本质主义者的任何一方接受为证据吗？而且，更重要的，什么能够被认为是本质主义观点或反本质主义观点的证据呢？

**具体问题**：在下面讨论的例证中，女性主义批评在观点上和程序上同非女性主义有何区别？你可以同下面实例的开头部分提到的两篇文章做一番对比，也可以同麦克米兰公司 1970 年出版的《〈呼啸山庄〉资料汇编》中所收录的文章做一番对比。

## 女性主义批评在做什么

1. 重新思考正典，重新发掘女性作家文本。

2. 重新评价女性体验。

3. 审视文学中的女性和男性作家笔下的女性表征。

4. 挑战视女性为“他者”“匮乏”，为“自然的一部分”之类观点。

5. 审视文本和生活中的权力关系，希望能够打破这种关系，视阅读为政治行为，揭示父权的范围。

6. 认识到在将社会性、建构性的事物改造成透明“自然”的过程中语言所起到的作用。

7. 提出质疑，男性和女性的区别究竟在于生理，或在于社会建构。

8. 探索是否存在着女性语言，如果存在，是否也能为男性所使用。

9. “重读”心理分析，进一步探讨男性和女性的身份问题。

10. 质疑流行的“作者之死”观点，提出这样一个问题：是否仅仅存在着“构建于话语中的主体位置”，或者与之相反，体验（例如，黑人作家、同性恋作家）才是一切的核心。

11. 弄清所谓“中性”或“主流”批评的意识形态基础。

## 女性主义批评：实例一则

我将以吉尔伯特和古巴尔对《呼啸山庄》（*Wuthering Heights*）的论述为例，说明女性主义批评。这段论述出自二人合作的专著《阁楼上的疯女人》（*The Madwoman in the Attic*），也收入了里克·赖伦斯（Rick Rylance）主编的《文本争论》（*Debating Texts*）一书中。在《文本争论》中，赖伦斯还收录了另两位批评家对同一部小说的评论，一篇出自 Q. D. 利维斯，可视为自由人文主义式批评，另一篇出自弗兰克·克默德，可视为后结构主义式批评。还可进一步比较伊格尔顿在《权力的神话：勃朗特姐妹马克思主义研究》（*Myths of Power: A Marxist Study of the Brontës*）一书中对这部小说的评论，吉尔伯特和古巴尔在她们的论述中也提到了伊格尔顿的著作。

吉尔伯特和古巴尔将《呼啸山庄》视为男性成长小说的女性版本。在男性成长小说中，作者通常追踪主人公成长的轨迹，视其为一个“成功的自我发现”的过程。最后主人公认清了自己的身份，看到了人生的使命，投身进去，乔伊斯的《一个青年艺术家的画像》（*A Portrait of the Artist as a Young Man*）就是一个典型例证。然而，对于女性主人公情况全然不同，像《呼啸山庄》这样的女性成长小说所记录的是主人公一连串的“焦虑和自我否定”，这恰恰是“女性教育的最终结果”。吉尔伯特和古巴尔说道：“无论是凯瑟琳，还是任何一个小姑娘，她们必须知道，她们并没有自己的姓名，因此也不可能知道自己是谁，将要成为什么样的人。”两个人把这种自我否定过程称为“社会阉割”。凯瑟琳必须割舍以山庄（the Heights）为代表的一切本能喜好，而接受以画眉田庄

（Thrushcross Grange）为代表的陌生态度。在这里，“阉割”这个词的意思是为了被环境所接受，成为公认的“女性”，凯瑟琳必须放弃那些男性习以为常的权力，也就是掌握自己命运的权力。凯瑟琳刚到画眉田庄，就遇上那只看门狗，“猩红的舌头拖出嘴外，有半英尺长”，还没进门就被它咬伤了脚，作者们指出，这是“阉割”的象征。要成为画眉田庄的一员，她还要经历囚禁仪式，类似的仪式也可见于神话和童话中，如古希腊神话中冥后波瑟芬妮的传说和白雪公主的童话故事。

画眉田庄是藏头露尾、两面三刀之地。如勃朗特所说，凯瑟琳在那里“学会言行不一，两面三刀，虽然她并不想欺骗谁”。也就是说，吉尔伯特和古巴尔说道，她必须学会“压抑自己的冲动，用‘理性’的铁笼来约束自己的能量”。如此的“两面教育”导致真正的双重人格或人格分裂，她不得不把希斯克利夫，她“富于反抗精神的另一个自我”从自己的生活中驱逐出去。在自我否定中，凯瑟琳答应嫁给埃德加，可当她提到希斯克利夫时，她说“他比我更像我自己”。在这一过程中，希斯克利夫同样遭到贬低，可也无可奈何，于是“凯瑟琳意识到，做女人已低人一等，可要像个女人更要低人一等”。吉尔伯特和古巴尔反对《呼啸山庄》的通常评论，认为埃德加并非柔弱的形象，同希斯克利夫的男性气质在小说中形成对比。相反，他无情地运用自己的社会特权和性别特权，正是父权的典型代表。这桩婚姻把凯瑟琳“锁入拒绝给她自由的社会关系中”，于是希斯克利夫的回归，用弗洛伊德的话来说，代表着“被压抑者的回归”，“属于她真正自我的欲望重新燃起，却难以激活昔日的活力”。之后，她不可避免地堕入自我拒斥之中（凯瑟琳认不出镜子中的自己），随之而来的则是疯狂和死亡。“她身上复杂的精神-神经症状几乎总是与女性暴怒又无力的感受相关”，小说中的事件被读解为性别身份构建的强烈象征。

## 文献选读

### 读 本

Belsey, Catherine and Moore, Jane, eds, *The Feminist Reader: Essays in Gender and the Politics of Literary Criticism* (Palgrave, 2nd edn, 1997). 导论精彩、篇幅适中，收录了重要问题的重要文章。

Cavallaro, Dani, *French Feminist Theory: An Introduction* (new edn, Continuum, 2006). 目前该领域中最好的选集，收录的文章十分关键。、

Eagleton, Mary, ed., *Feminist Literary Criticism* (Routledge, 1991). 相当有趣的一个选集，其中文章两两对应，反映同一个问题上的对立观点，编者按部分写得很精彩。

Eagleton, Mary, ed. *Feminist Literary Theory: A Reader* (Wiley-Blackwell, 3rd edn, 2010). 包括了黑人女性主义，以及后现代主义对女性主义的冲击。

Freedman, Estelle B., ed. *The Essential Feminist Reader* (Modern Library Classics, 2007). 全面的选集，内容包括历史经典、创作文章，以及批评材料。

Humm, Maggie, ed., *Feminism: A Reader* (Routledge, 2013). 很精彩的一本书，内容涵盖广阔，又易于掌握；自伍尔芙始，直至今日，包括了黑人女性主义和同性恋女性主义。

Marks, Elaine and de Courtivron, Isabelle, eds, *New French Feminisms* (Harvester, 1981). 一本开风气之先的书，向英语国家的读者介绍了此方面的大多数材料。

Moi, Toril, *French Feminist Thought: A Reader* (Blackwell, 1987).

Rooney, Ellen, ed. *The Cambridge Companion to Feminist Literary Theory* (Cambridge Companions to Literature, 2006). 包括了一些最新的文

章，极为有用，内容涵盖女性阅读美学、女性主义和小说阅读、女性主义和心理分析、女性主义和后殖民主义等。

**通　论**

Brownstein, Rachel, *Becoming a Heroine* (Penguin, 1982; rpt. Columbia University Press, 1994). 一本具有较高可读性和思想内涵的著作，讨论如何才能成为"经典"小说中的女主人公。

Christian, Barbare, *New Black Feminist Criticism*, 1985-2000 (University of Illinois Press, 2007). 一位重要的理论家和实践者的文集，在其去世后由 Gloria Bowles、M. Giulia Fabi 和 Arlene Keizer 整理成书。

Federico, Annette R., ed., *Gulbert and Gubar's The Madwoman in the Attic After Thirty Years* (University of Missouri Press, 2011). 为该文集撰稿的作者来自广泛的研究领域，讨论十分深入。

Gilbert, Sandra and Gubar, Susan, *No Man's Land: The Place of the Woman Writer in the Twentieth Century* (Yale University Press, 1988). 十分有趣。读者可阅读第七章"妇女、文学和大战"，将其同下一章要介绍的同性恋批评做一番比较。

Gilbert, Sandra and Gubar, Susan, *The Madwoman in the Attic: The Woman Writer and the Nineteenth Century Literary Imagination* (Yale University Press, 2nd edn, 2000). 非常著名的专著，对奥斯汀、勃朗特姐妹、乔治·艾略特均有专门的章节论述。

Greene, Gayle, and Kahn, Coppelia, eds, *Making a Difference: Feminist Literary Criticism* (Routledge, 1985).

Greene, Gayle and Kahn, Coppelia, eds, *Changing Subjects: The Making of Feminist Literary Criticism* (Routledge, 1993). 有趣的选集，收入该领域内一些主要人物的学术自传。

Jacobus, Mary, ed., *Women Writing and Writing about Women* (Croom Helm, 1979). 可阅读书中关于乔治·艾略特、伍尔芙、易卜生的诸章节。

Jacobus, Mary, *Reading Woman: Essays in Feminist Criticism* (Methuen, 1986). 可阅读书中关于“弗罗斯河上的磨坊”的一章，以及关于弗洛伊德的案例的一章。

Mills, Sara, *et al.*, *Feminist Readings: An Introduction to Feminist Literature* (Prentice Hall, 1996). 讨论了女性主义的主要种类，以及在经典文本中的应用，可读性、实用性和信息性都很高。

Minogue, Sally, ed., *Problems within Feminist Criticism* (Routledge, 1993). 饶有趣味，书中提出的一些问题确实令人头痛。

Moi, Toril, *Sexual/Textual Politics* (Routledge,2nd edn,2002). 颇有影响力，不过书中关于女性主义理论和批评主流的观点正面临挑战。

Moi, Toril, *What is a Woman?* (Oxford University Press, 2001). 非常有趣，从基础开始重新思考女性主义的方方面面。

Ruthven, K. K., *Feminist Literary Studies: An Introduction* (Cambridge University Press, 1984). 有用的纵览，不过偏向“盎格鲁–美利坚”式女性主义。

Showalter, Elaine, *The New Feminist Criticism: Essays on Women, Literature, and Theory* (Pantheon, 1985).

Showalter, Elaine, *A Literature of Their Own* (Virago, 1999). 这一最新版本在开头和结尾各增加了一章，分述该书初版后社会各界的反响，以及女性主义批评所留下的遗产。

Stubbs, Patricia, *Women and Fiction: Feminism and the Novel 1880–1920* (Routledge, new edn, 1981).

# “酷儿”理论

QUEER THEORY

# 导 论

直到20世纪90年代，酷儿理论（Queer theory）才成为一门独立的研究方法。例如，伊格尔顿的《文学理论导论》（*Literary Theory: An Introduction*）在1983年出版时就没有提到这种方法，拉曼·塞尔登（Raman Selden）的《当代文学理论导读》（*A Reader's Guide to Contemporary Literary Theory*）的第一版在1985年问世时对其也只字未提。如同20年前女性主义批评的遭遇一样，人们正逐步意识到这一新研究领域的意义，许多大型主流书店和出版商的在版图书目录中也出现了"酷儿理论"这个门类。与此同时，也出现了相关的本科课程，并在1993年出版了一本课程读本——《女性和男性同性恋研究读本》（*Lesbian and Gay Studies Reader*）。

指代这一领域的明确的术语名称还在流动、变化之中，原因是想让这个名称包含尽可能广泛的范围。当前（21世纪20年代之前）使用最多的术语是由首字母缩写而成的LGBT（即女同性恋Lesbian，男同性恋Gay，双性恋Bisexual，变性者Transgender），或者LGBTQ，增加的这个Q指"酷儿"（Queer）或"怀疑"（Questioning）。通常后面会跟着一个名词，比如"社区"（community），或者"研究"（studies）、"理论"

（theory）。LGBT 研究指的是一个相当广泛的领域，包括医学伦理、国际法、公民权利、社会历史、宗教史等等，而 LGBT 理论意味着偏重文学、文化和哲学问题。在这两种名称中，这一领域的研究重点都在于与性取向、性别认同相关的问题。在英国，开风气之先的酷儿研究学术组织是萨塞克斯大学（Sussex University）的性异议中心（the Centre for Sexual Dissidence，简称“SexDiss”），由阿兰 · 辛菲尔德（Alan Sinfield）和乔纳森 · 多利莫尔（Jonathan Dollimore）于 1990 年创办，其开设的“性异议”硕士课程具有里程碑意义。《文本实践》（*Textual Practice*）杂志曾用一期专刊（Vol. 30, No. 6, 2016）来介绍辛菲尔德的研究。到 2017 年，该研究中心和它的研究生课程，除了进行酷儿研究的全领域研究，已经有了浓厚的多学科氛围，跨入了媒体研究、文化研究和社会学等领域。1990 年，格雷格 · 伍兹（Greg Woods）被任命为诺丁汉特伦特大学（Nottingham Trent University）讲师，讲授“当代女同性恋和男同性恋文化”“战后男同性恋文化”以及“现代酷儿理论”等课程。1998 年擢升为当代女同和男同文化教授，这是英国首次设立这一职位。2014 年后他成为该机构的男同与女同研究终身教授。在美国，加利福尼亚大学洛杉矶分校（UCLA）于 1976 年开设了男同与女同文学课程，一个重要的开课文本便是伊芙 · 科索夫斯基 · 塞吉维克（Eve Kosofsky Sedgwick, 1950—2009）1990 年出版的著作《暗柜认识论》（*Epistemology of the Closet*）。也是在这一年，朱迪斯 · 巴特勒出版了她的开创性著作《性别麻烦：女性主义与身份的颠覆》（*Gender Trouble: Feminism and the Subversion of Gender Identity*）。因此，1990 年是该研究领域的关键立根之年，虽然不是其肇始之年（即使是在大学之内），但的确是其获得当前所享有的卓越学科声名的开始。

在给这个研究领域下定义之前，不妨先将其同女性主义批评做一番比较。显然，并非女性作家撰写的所有文学批评和所有关于女性作家的著作都可划入女性主义之列，而女性主义著作的作者也不必都是女性，女性主义批评也不单单以女性为读者对象。同样，关于同性恋作家的著作，或者同性恋批评家撰写的作品并不一定就是同性恋研究的一部分，而属于这一研究领域的著作既非仅仅以同性恋者为读者对象，也非仅仅与同性恋有关。

那么同性恋批评的目的究竟何在？根据《女性和男性同性恋研究读本》，“同性恋研究为性和性取向所做的大致相当于女性研究为性别所做的”。就在这句话的前面几行，该读本将女性研究为性别所做的工作描述为：“将性别中心性确立为历史分析和理解的基本范畴”。同性恋批评的最显著特征就是让性取向问题成为“分析和理解的基本范畴”。同女性主义批评一样，同性恋批评有着自己的社会和政治目标，尤其体现出针对社会的“对抗性设计”。因为正是在“对抗同性恋恐惧，对抗异性恋……以及在对抗赋予异性恋以特权的意识形态上和制度上的举措中，同性恋研究日益成长”。

## 酷儿理论与同性恋女性主义

然而，酷儿理论并非一个单一的统一的领域，女性和男性同性恋理论有着不同的着重点，即使在女性同性恋理论内部也存在着两股重要思想。其一是**同性恋女性主义**（lesbian feminism），要理解它的话，最好将其放在它是从女性主义中起源这一背景中来看待，因为女性同性恋研究在 20 世纪 80 年代出现时，在获得学术独立之前，是女性主义批评的某种附属内容。实际上，对 20 世纪 90 年代学术状况的一种解读认为，女性主义大获成功而迈向制度化，于是同性恋女性主义占据了女性主义撤出的激进思想阵地。这种读解认为，女性主义发现很难顾及各种差异，无论是种族差异、文化差异，还是性倾向差异，于是将白人、中产阶级、城市异性恋女性的经验高举为典型和一般。此类对女性主义的批评出自非裔美国批评家之口，她们指出学术上的女性主义把黑人女性的声音和体验拒之门外，在其内部复制了男权的不平等结构。例如，贝尔·胡克斯（Bell Hooks）在1982年出版的《我就不是女人吗：黑人女性和女性主义》（*Ain't I a Woman: Black Women and Feminism*）给人留下深刻印象。女性同性恋批评家对女性主义提出类似的指责，她们说女性主义认为存在着某种本质上的女性特质，为所有女性所共有，无论其种族、阶级，也无论其性取向如何。波尼·齐默尔曼（Bonnie Zimmerman）在一篇著名的文章《从未有过：同性恋女性主义批评纵览》（“What has never been: an overview of lesbian feminist criticism”）对这种“本质主义”加以挞伐，她指出，异性恋主义的感知过滤，把关于同性恋问题的任何讨论都排除于女性主义先锋著作之外。因此，桑德拉·吉尔伯特和苏珊·古巴尔在《阁楼上的疯女人》这部女性主义文学批评的经典著作中对女性同性恋仅有寥寥数语。

“经典”女性主义要么把同性恋放逐到边缘，要么轻描淡写，一带而过。反对意见认为，与“经典”女性主义的做法恰恰相反，女性同性恋应视为女性主义的最完整形式，提出这一观点的是女性同性恋批评发展史上另一篇关键文章《女人抱女人》（“The woman identified woman”），作者是一个称为“激进同性恋”的组织，文章最早发表于《激进女性主义》（*Radical Feminism*, ed. Anne Koedt et al, Quadrangle, 1973）之上。这篇文章中的观点把女性同性恋推入女性主义核心，因为女性同性恋避开了种种依旧带有男权剥削的形式，仅仅由女性之间的关系构成。从根本上说，同性恋女性主义既反抗了现存的社会关系，又是对其的激进改造。

异性恋女性主义者与同性恋女性主义者之间日益公开的分歧在另一篇文章中又得到弥合，文章名是《强制性异性恋与女同性恋的存在》

（"Compulsory Heterosexuality and Lesbian Existence"，该文收入 *Blood, Bread and Poetry: Selected Prose*, 1979–1985, Virago, 1987），作者是阿德里安·里奇（Adrienne Rich）。在这篇文章中，里奇提出所谓女同性恋连续体（lesbian continuum）这一概念：

> 我所说的女同性恋连续体指的是在广阔的范围内——在历史上，也在每个女性的生活中——女人与女人相偎依的感受，并不仅仅指某个女性业已或者公开表达希望同另一个女性建立性关系。（Quoted by Zimmerman in Greene and Kahn's *Making a Difference*, p. 184）

女同性恋连续体这个概念所包含的行为范围非常广阔，既包括特定行业和机构内由女性建立起来的非正式互助网络，也包括相互帮持的友谊关系，最后当然也包括同性恋关系。齐默尔曼评价道，女性可以以各种方式抱成团，"女同性恋连续体"这个概念的优点就在于指出了各种方式间的内在联系。不过保利娜·帕尔默（Paulina Palmer）也指出，如此看待同性恋会抽出其中的性因素，于是同性恋完完全全成了一种政治行为，而非性取向，从而被"净化"和改造为别的什么东西。（参阅其著作 *Comtemporary Lesbian Writing* 的第 2 章）此外，这种观点的自然延伸就是谴责异性恋，认为出卖了女性的利益，言下之意就是只有通过同性恋女性才能团结一致。

"女人抱女人"和"女同性恋连续体"有许多交叠之处，作为思想，二者都既有着明晰确定的内涵，又灵活多变，故而长期以来始终是个人和学术的参照点。二者将选择和忠诚引入性和性别问题中，故而性倾向不再被视为"自然的"和不可更易的，而是一种社会建构，处于变化之中。

随着这些批判观点的出现，女性同性恋批评同主流女性主义在20世纪80年代渐行渐远，不过直到90年代才正式批判女性主义中的本质主义倾向。在《这样、那样的女性同性恋：90年代女性同性恋批评札记》(“Lesbians like this and that: some notes on lesbian criticism for the nineties”)这篇文章中，齐默尔曼在十年之后再次纵览女性同性恋批评，回顾十年前的那篇文章，其中有些观点令她自己都感到吃惊：女性同性恋是一个稳定范畴、“超验能指”、外在现实、跨历史常量，而非19世纪末期的社会建构。进入20世纪90年代，在现在被称为“酷儿理论”的领域中，出现了一种不那么偏向本质主义的女性同性恋批评。

## 酷儿理论与自由女性主义

前面，我们讨论了女同性恋女性主义思想的性质与发展历程。此外还有一类女同性恋思想，保利娜·帕尔默称之为自由主义女同性恋思想，同女性主义决裂，转而同男性同性恋结盟，而不是与女同性恋之外的女性结为同盟。此类女性同性恋思想认为自己是所谓“酷儿理论”(queer theory)或“酷儿研究”(queer studies)的一部分。虽然“酷儿”这个词在英语中原本对同性恋有着强烈的恐惧心理和侮辱意味，但现在，越来越多的男性同性恋者也开始使用这个名称。这个称谓的起源(至少在学术界的接受)可追溯到1990年在加州大学圣克鲁兹分校召开的“酷儿理论会议”。前面我已经提到，“酷儿理论”这个名称不像同性恋女性主义那样以女性为中心，拒绝女性的自我孤立，反而同男性同性恋者在政治和社会问题上结为同盟。对于任何选择了二者之一的人来说，关键问题是：对于个人身份而言，性别和性取向孰者更重要？如果选择后者，自然就强调女性同性恋是一种性取向，而非女性间的纽带，或对父权的反抗，往往在同性恋女性间推广种种“实验性”性行为，例如性虐待和模仿异性恋的角色扮演。不过，也有人认为，如果接受“酷儿理论”这个综合性名称，最终可能延续父权结构，把女性的权益维系于男性身上。

从理论的角度来讲，“酷儿理论”同同性恋女性主义究竟有什么区别？答案是：同当代许多流行的批评方法一样，“酷儿理论”范围内的同性恋研究尤其依赖于20世纪80年代以来的后结构主义思想。后结构主义思想的目标之一就是“解构”二项对立，比如说，口语与书面语。首先，后结构主义显示二项之间的对立并非绝对，二项中的任何一项都要借助于对方才能得到理解和界定；其次，有可能扭转二项的次序，从而偏向第二项，而非第一项。因此，在同性恋研究中，异性恋与同性恋的二项对立如此这般遭到解构。首先，此二项之间的对立被视为具有内在的不稳定性，戴安娜·法丝（Diana Fuss）在《柜内 / 柜外：女同性恋理论，男同性恋理论》（以下简称《柜内 / 柜外》）（*Inside/Outside: Lesbian Theories, Gay Theories*）的导言中说，当今该领域内大多数研究的目标都是“质疑异性恋与同性恋对立的稳定性和不可更易性”（p. 1）。在收入这本书的另一篇文章中，有一个我们能视为证明这种二分法能够被解构的实际案例。该文作者理查德·迈耶（Richard Meyer）谈到影星洛克·哈德逊（Rock Hudson），此君一度是荧幕上异性恋男性魅力的典范，可实际上，哈德逊是位同性恋者。开始这的确有点儿让人震惊，可更让人震惊的是，人们感到哈德逊形象中吸引女性影迷之处竟然恰恰同他是同性恋有关：“哈德逊会让异性恋女性有性安全感，在家里，他会默默从事家务而不会坚持男性特权。”（Diana Fuss, p. 282）

同样，直男观众也松了口气，发现“标准男人”无须精疲力竭地彰显自己的大男子气概，也一样可以散发出男性的魅力（p. 282）。如此解构异性恋和同性恋之间的对立有着深远的寓意，实际上所有此类对立都有着类似的结构，挑战其中一个就是挑战全部。

在挑战性身份的本质主义思想方面，有些批评家走得更远。《柜内/柜外》一书中一位著名的撰稿人朱迪斯·巴特勒（Judith Butler）在自己的文章中指出，像“同性恋”“异性恋”这样的身份范畴“大都是规范行为的工具，既可以令压迫性结构惯常化，也可以成为集结点，唤醒解放性力量，以抗争压迫”（p. 14-15）。巴特勒认为同性恋这个名称本身就是反同性恋话语的一部分。实际上，“同性恋”（homosexual）原本是个医学-法律术语，最早出现于1869年的德国，在其出现11年之后，才出现“异性恋”（heterosexual）这个称谓。从这个意义上说，异性恋这个概念恰恰是同性恋概念凝结成形之后的结果。因此，女性同性恋也并非稳定，不具有本质身份，而用巴特勒的话来说，“身份也可以成为竞争和修正的场所”（p. 19）。

更进一步，巴特勒说道，所有的身份，包括性别身份，都是“**一种拟人的近似说法……没有原本的摹本**”（p. 21）。这就开辟出一条道路，通向视“身份”闪烁不定的后现代主义思想，认为“身份”源于包含着无限可能的资料库，不停在一系列不同角色和立场间跳转。更进一步说，这里所质疑的区分正是自然给定、已为习常的“异性恋之我”同遭拒斥压抑的“同性恋之我”之间的区分。“他者”既在“自我”之外，又是“自我”的一部分，“自我”和“他者”互为条件、相反相成。正如基础心理学所显示，所谓外在的“他者”其实大都是“自我”中遭到拒斥，从而投射出去的部分。

另一位为身份的流动性，包括性身份的流动性辩争的批评家是伊芙·科索夫斯基·塞吉维克，其著作《暗柜认识论》影响十分广泛。塞吉维克所考虑的是，“出柜”（公开自己的同性恋性取向）往往并非毕其功于一役之举，同性恋者或许会向家人和朋友公开自己的性取向，对自己的雇主和同事所能公开的内容就没那么多了，对银行和保险公司则可能完全保密。因此，所谓“柜内”和“柜外”并非简单对立，一目了然，同一个人的人生中，不同程度的公开和隐蔽完全可能同时并存。性取向这个单一特征也不会让一个人完全成为社会的局外人，不沾染上父权制度和剥削制度的污点。同性恋者也完全可能是位年薪丰厚、生活舒适的学者，在小城市工厂里做工的人看来，他根本就是体制内的特权者，管他是不是同性恋。塞吉维克的观点表明，主体的身份是一个复杂的混合体，要看你的社会位置如何，职业角色如何，选择与谁为伍，并没有一成不变的内在本质。

此类观点无论对政治，还是对文学批评，都产生了深远的影响。首先，让我们来看看其政治影响。借助于对索绪尔思想的后结构主义式解读，我们已表明，一些看上去泾渭分明的基础范畴，如异性恋和同性恋，其实并没有一成不变的本质，它们都仅仅是差异系统的一部分，没有固定的值项，恰如索绪尔的能指（见本书第 2 章）。于是，我们构建起一种反本质主义、后现代主义式的身份观，视其为一系列面具、角色、可能，是各种偶发、临时、即席要素的集合。在政治上所造成的影响是：我们宣称同性恋或黑皮肤，仅仅是滑动的能指，并非一种固定的本质，因此也很难构想如何才能发起有效的政治运动争取权益。在“反本质主义”的大旗下，我们取消了一系列“身份政治”（identity politics）赖以存在的基础性概念。（所谓身份政治指那些由各种弱势群体参与，以他们的利益为旨归的政治活动，所有这些群体都因自己的身份而身处困境，如性别、种族、性取向等。身份政治的对立面是阶级政治，这种政治活动代表着那些因**境遇**而身处困境的人群的利益，比如，收入微薄的矿工。）

文学–批评上，“反本质主义”有着双重影响。首先，确定哪些才是同性恋文本不再是件容易事。下面，我列出了同性恋文本的诸种可能（参照了齐默尔曼的论述，略有改动）：

1. 由同性恋者完成的文本（可在“反本质主义”大潮的席卷下，如何才能确定什么才叫同性恋呢？）

2. 关于同性恋的文本（作者可以是同性恋，也可以是异性恋，可以是女性，也可以是男性，同样都会遇到如何才能确定同性恋的难题。）

3. 表达了“同性恋”观点的文本（什么叫“同性恋”观点？现有的表述还难以令人满意。）

上面第一、二条还有很大的不足，仅仅由同性恋作家完成，或者内容关于同性恋，显然还不够，因为同性恋按其定义并非有着内在、固定、本质的范畴，而是由许多因素构成的复杂体系的一部分。解决方法之一，采取历史特定的方法，因此 20 世纪 20 年代小说中的同性恋不同于 80 年代或 90 年代，把这种差别讲明白也是批评的一部分。至于第三点，批评家还需要知道同性恋和一种临界状态之间的联系。“总体而言，同性恋批判性阅读要求模糊各种边界——自我与他者、主体与客体、爱与被爱。”（Zimmerman，“Lesbians like this and that”, p. 11）随着各种范畴不断分崩离析，同性恋批评也在理论上同模棱两可的意识的观点拉上了关系。

然而，第三条也有很大的风险，同性恋将背负过重的象征负担，往往被浪漫化，成为各种抵抗和破坏的文本象征。齐默尔曼引用了近年来的一些批评文章，表明将同性恋浪漫化 / 理想化的趋势并非空穴来风，同性恋被说成对抗“僵硬界定和两极对峙”的力量，表现于“空白、空间、裂缝、实验、质询”等等之中（“Lesbians like this and that”, p. 4）。此类字句被浪漫冲昏了头，代表了一种“超级本质主义”，居然想以一种反抗代表所有的反抗，把种种社会和政治重负都加到性取向之上，这无疑毫无道理。

最后，反本质主义给文学-批评还带来一个更为具体的影响，就是贬低现实主义的倾向，因为现实主义更多依赖固定不变的身份观和稳定的视角。比如，一部典型的现实主义小说会借助于全知的叙述者，从固定的道德和理智立场上呈现、解释事件，按照线性时间顺序展开事件，人物也被描绘为具有固定本质，性格的发展循序渐进。因此，当同性恋批评进入“酷儿理论”阶段，就更青睐那些颠覆人们早已熟悉的现实主义的文本和体裁，比如说惊悚故事、戏剧性故事、戏仿性故事、性幻想等。因此，像珍妮特·温特森（Jeanette Winterson）的《橘子不是唯一的水果》（*Oranges Are Not the Only Fruit*, 1985, Vintage edition 1991）那样的作品能引起同性恋批评家的兴趣，不仅因为其同性恋主题，更因为其浓厚的反现实主义色调。该书1991年版的序言中作者说：“这是一本实验性小说，主要兴趣就是反线性叙事。”对于有人提问“这是不是一本自传体小说”，作者的回答是：“是，也不是。”她说，自己的书在结构、风格、内容上不同于以往任何一本小说（或许有点儿夸张），其叙事方式刻意把注意力吸引到自身之上，所借助的手段是“复杂的叙事结构……浩瀚的词汇、具有欺骗性的简单句法”。小说在年轻姑娘发现自己的性身份这一主题之外，又掺入各种喜剧成分和细节，叙事之流不止一次被神话和幻想打断。保利娜·帕尔默自己说：“各种叙事的互动突出了青春期心理构建过程中幻想所起到的作用，同常见的自白式小说相比，这种呈现方式更为复杂，也兼顾到更多的方面。”（*Contemporary Lesbian Writing*, p. 101）可以说，这部小说及其批评正是同性恋批评中反现实主义倾向的明证。

## 酷儿理论家在做什么

1. 寻找、确立堪入“正典”的同性恋作家，以他们的作品形成独特的传统，主要包括20世纪的作家，例如弗吉尼亚·伍尔芙、维塔·萨克维尔–韦斯特（Vita Sackville-West）、多萝西·理查森（Dorothy Richardson）、罗莎蒙德·莱曼（Rosamond Lehmann）、雷德克利芙·霍尔（Radclyffe Hall）等。

2. 在主流文学作品中寻找与同性恋有关的章节（例如，《简·爱》中简和海伦的关系），就其本身展开讨论，而不是把同性伴侣关系搪塞过去，将其说成同一个人身上两个方面的代表。

3. 建立起“同性恋”的比喻性拓展意义，以之表示跨越边界、模糊范围的行为。这些临界行为反映出的自我认同具有同性恋特征，故而也必然是对成规定界的公然反抗。

4. 暴露出主流文学和批评中的“同性恋恐惧”，比如，无视或者贬低主流经典作家作品的同性恋方面。例如，在对奥登（W. H. Auden）诗歌的讨论中，许多具有赤裸裸同性恋主题的诗歌就被删除。

5. 突出主流文学中过去被刻意忽略的同性恋一面，比如，许多“一战”诗歌具有强烈的同性恋情感。

6. 突出那些过去未能引起人们的重视，然而在塑造男性 / 女性典型形象方面举足轻重的文学体裁，如 19 世纪以大英帝国为背景的冒险小说，例如吉卜林（Rudyard Kipling）和赖德（Rider Haggard）的小说。参阅约瑟夫·布里斯托（Joseph Bristow）在《帝国小子》（*Empire Boys*, Routledge，1991）中就此所做的讨论。

## 停一停，想一想：回顾你的文学学习

**一般性问题**：下面一部分将要给出的例子涉及上面的第二、四、五条，它们表明，就性态度而言，第一次世界大战同第二次世界大战有着很大的区别。你觉得这么说有道理吗？你是否同意“一战”常常出现同性爱恋，而“二战”则很少？带着这个问题，比较一下两部选集，如乔恩·西尔金（Jon Silkin）主编的《企鹅一战诗歌选》（*The Penguin Book of First World War Poetry*）和《可怕的雨》（*The Terrible Rain :The War Poets, 1939–1945,* ed. Brian Gardner, Methuen, 1977）。

**具体问题**：“一战”诗人常常会在诗中描写洗澡这个场面，在其中加入同性恋色彩。格林韦（R. D. Greenway）在《洗澡的士兵》（“Soldier Bathing”）中写道：“健壮、毛茸茸的中士/张开赤裸的身躯，遮住天空。”普林斯（F. T. Prince）也写过一首同名的诗，常常被评为“二战”中最著名的诗之一。想想看前面我们的讨论，你该如何总结这两首诗呢？后一首诗收入《可怕的雨》中。

“一战”诗中，尸体也常常会引起同性情感。“二战”诗中，基思·道格拉斯（Keith Douglass）也有一首同尸体有关的诗《勿忘我》（“Vergissmeiinnich”），也很著名，也收入了《可怕的雨》。对比并讨论这首诗同“一战”诗的区别。

## 酷儿理论：实例一则

作为此类批评的例证，可以选用马克·李利（Mark Lilly）主编的《20世纪男性同性恋文学》（*Gay Men's Literature in the Twentieth Century*）中“一战情诗”一章。这一章中，作者从同性恋批评的视角总结了一系列“一战”诗歌，所引用的诗歌都收入马丁·泰勒（Martin Taylor）主编的《小伙子们：战壕情诗选》（*Lads: Love Poetry of the*

*Trenches*）中。在这一章的开头，作者首先总结了战地环境下男性之间表现出的强烈情感，可人们通常而言既不愿意承认这种情感具有同性恋色彩，更不愿意承认此类关系。要承认这种关系本已不易，令情况更复杂的是，战争期间军队成了国家男性特征的特定表达，用泰勒的话说，是“社会活动、力量与自我控制的集体性象征”（Taylor, p. 65）。因此，“异性恋者极力压制此类看法，**对面的人看来像嗜血怪兽，可易时易地，未尝不能招来钦佩的目光**”（Taylor, p. 65）。无论怎么说，自己这边在提到军队时通常都会特别强调其年轻气盛、血气方刚。海湾战争期间，英国《太阳报》有一期的标题就是“咱们的小伙子们打进去了”。

除了战地环境下身体上的剧烈接触，那一时代的战争诗成了获得特许的领域，可以用罕见的直白来表达男性间的情感（到“二战”爆发时，这种情况已变）。因此，“一战”诗中不乏向战友（通常已战死沙场）表达爱意的作品，不过通常都不是很清楚其“爱意”究竟有什么样的内涵（或者说，作者表达的究竟是什么样的爱）。最可能的情况是，一首诗同时存在于好几个层面上，当异性恋读者读到这种“爱意”时，诗歌仅仅是对亡友的悲痛哀悼，这也使得这些诗在当时可以公开印刷，广为流行，而无丑闻之虞。很可能即便对于诗作者本身，诗歌也同时存在着好几个层次，绝非所有此类诗歌作者都坦承自己是同性恋。“表达传统有时令兄弟之情、身体柔情和性欲望听起来都是一个音调”（Taylor, p. 66）。想想看，里奇所说的“同性恋谱带”或许不仅存在于女性之间，同样也存在于男性之间，尤其在可怕的战地环境之中，我们或许应当强调上述情感其实混为一体，不分彼此。李利也指出了这一点，不过角度有所不同。他指出，上述三个常用的词汇在语义上略有不同，因此同性间模糊朦胧的感情叫作“同性情爱”，强烈具体的性欲望叫作“同性恋”。自然，这就超出了“那些确定无疑的同性恋诗人（如沙逊），也超出几乎确定无疑为同性恋的诗人（如欧文）”（Taylor, p. 66）。李利指出，此类诗中常见的一个主题就是视“同性之爱超出异性之爱”，其中一首是随军牧师斯塔德特·肯尼迪（Studdert Kennedy）以普通士兵的口吻写的《超越女性之爱》（“Passing the Love of Women”）。

也曾
面对夏日夕阳
怀中
拥着位好姑娘
脑海中
几度上下沉浮
却是
昔日火线班长
想去
吻他的双唇
双唇
却如岩石冰冷
苍白
几经转手的故事
消散
在风中

结尾处，肯尼迪写道：“有一种爱更强烈 / 那就是男人对男人的爱”。有趣的是，此类诗同时在好几个层次上表现出罕见的直白，不仅道出两性之间的身体柔情，也道出宗教难以给人以安慰。或许，我们会期待诗人在结尾处写下这样的诗句：“这就是上帝之爱。”（考虑到该诗作者是位牧师，这种期待就更加有理由。）不过，这样的诗句很少见。

这种同时突破多重疆界的倾向也引发同性恋研究中一派观点：打破性常规总是具有打破一般常规的象征性意义。

然而，也不能简单认为此类诗歌颂扬了社会以之为耻的情爱形式，此类诗歌中，爱慕的对象通常都是死者。一方面，此类诗歌表达了对男性躯体的爱慕；可另一方面，那具躯体（在我看来，通常是敌人的躯体）已成死尸。这种倾向如此之强烈，令李利从此类诗歌中看出恋尸癖的成分。有时性欲的公开表达中掺杂进了恋尸癖的成分，如赫伯特·里德（Herbert Read）的诗《我的伙伴》（“My Company”）。

> 我的伙伴
> 挂在铁丝网上
> 任由尸虫吞噬
> 由嘴唇开始
> 那也是曾被吻过的唇
> 热烈而温暖的唇
> 吻在我的唇上
> （*Gay Men's Literature in the Twentieth Century*, p. 78-79）

为了表达同性恋情感，诗人首先为这种情感的实现设置了一道障碍，这种情感根本不可能在现实的身体接触中表达，因为两个人已阴阳相隔，人鬼殊途。一个例外是在许多诗中，对象尚未断气，而是身负重伤、血迹斑斑。李利将此类同性恋情爱诗同19世纪美国诗人沃尔特·惠特曼（Walt Whitman）所描写的南北战争期间的战地医院做了对比。“一战”诗中，之所以创伤可以带有情爱色彩，因为它令男性间的温柔身体接触成为可能，战争反倒成了表达平时遭到压抑之情感的“安全岛”，战地惨烈的环境意味着此时此地唤起的情感不同于平时。李利将之与足球赛场做了番对比，在足球场上运动员可以在公众面前激烈拥抱、相互亲吻，可换作平时，如果有谁去大街上做出这些行为，可能会被逮捕（当然，这指的是战前的英国）。

因此，只有将这些诗放入其具体语境，才能充分了解它们。毕竟军方在“一战”之初利用了这种情感，组建起所谓“兄弟团”，把整个街区的小伙子征召入同一个部队中。军方的原意是利用地域认同，在士兵间建立起信赖和忠诚的关系（这个实验草草收场，因为攻势一开始，整个街区就哀鸿遍野，一片悲戚之声）。正如李利所言，此类诗其实得到了军方的许可，因为它们可以提高士气。当然，战争诗在报纸、诗刊、杂志上发表的机会要大得多。于是，表达于此类诗之中的情感谱带，以及程度不一的自知与自欺，最终将“解构”公众对于同性恋的看法，同性恋不再被视为具有稳定独特身份的“他者”。

## 文献选读

Abelove, Henry, Barale, Michele, Aina and Halperin, David, eds, *Lesbian and Gay Studies Reader* (Routledge, 1993). 一部庞大、全面的选集，第一部分第二章节选自影响广泛的《暗柜认识论》，而同文学有关的章节主要集中于第七部分中，其中包括多利莫尔论王尔德和纪德的文章。

Bristow, Joseph, ed. *Sexual Sameness: Textual Difference in Lesbian and Gay Writing* (Routledge, 1992). 其中部分章节讨论了福斯特、惠特曼、西尔维亚 · 唐森德 · 沃纳等文学大家的作品中对同性情爱的呈现。

Butler, Judith, *Undoing Gender* (Routledge, 2004). 该书中，作者重新思考自己早先在性别问题上的观点。

Dollimore, Jonathan, *Sexual Dissidence: Augustine to Wilde, Freud to Foucault* (Clarendon, 1991). 第三部分第三章到第五章讨论了本书中提到

的本质主义问题。

Elliot, Patricia, *Debates in Transgender, Queer, and Feminist Theory*□ *Contested Sites* (Routledge, 2016). 本书为跨学科研究丛书“酷儿干预”中的一本，其“导言 探索缝隙：变性、酷儿、女性理论”提出这一领域内的一些基本问题。

Fuss, Diana, ed., *Inside/Out: Lesbian Theories, Gay Theories* (Routledge, 1992). 我觉得，该书导论和第一部分第一章（由朱迪斯·巴特勒执笔）非常有用，不过剩下的部分同文学就没多大关系了。该书第十章是关于雷德克利芙·霍尔的同性恋小说《孤独之井》(*The Well of Loneliness*)，可实际内容却是该小说出版以来用过的不同封面。

Hall, Donald E., *Queer Theory* (Palgrave, “Transitions” series,2003).

Hall, Donald E., and Jagose, Annamarie, eds, *The Routledge Queer Studies Reader* (Routledge, 2012). 1993 年，阿贝尔纳芙（Abelove）等编辑出版《劳特里奇同性恋研究读本》，堪称该领域内开山之作，本论文集可视为其后继。

Lilly, Mark, ed. *Lesbian and Gay Writing* (Macmillan, 1990). 该书第五章、第六章、第十章讨论同性恋诗歌，对于一个为散文所主导的研究领域，该部分内容十分珍贵。

Lilly, Mark, *Gay Men's Literature in the Twentieth Century* (New York University Press, 1993). 一本可读性较高的书，并不需要多少理论知识的功底。第一章纵览主流批评中的同性恋作家，余下各章分述主要同性恋男性作家，包括拜伦、王尔德、福斯特、“一战”诗人、田纳西·威廉姆斯、詹姆斯·鲍德温、乔·奥顿、克里斯托弗·伊舍伍德。

Morland, Iain, and Willox, Annabelle, eds, *Queer Theory* (Palgrave, “Readers in Cultural Criticism” series, 2004).

Munt, Sally, ed., *New Lesbian Criticism: Literary and Cultural Readings*

(Harvester, 1992). 其中包括一些有用的通论性文章，以及主要人物的批评文章，如关于黑人同性恋女诗人和理论家奥德雷·洛德的文章。此外，还包括了关于同性恋流行文化、同性恋乌托邦小说、同性恋色情文学的材料。

Palmer, Paulina, *Contemporary Lesbian Writing: Dreams, Desire, Difference* (Open University Press, 1993). 该书在第一章中列出一系列理论视角，之后各章中讨论了各种相关的体裁，包括政治小说、惊悚小说、滑稽小说、幻想小说。

Salih, Sara, *Judith Butler* (Routledge Critical Thinkers, 2002).

Sedgwick, Eve Kosovsky, *Between Men: English Literature and Male Homosexual Desire* (Columbia University Press, 1985). 这本书，以及作者的下一本书，为澄清当今同性恋批评的理论基础做出了很大的贡献。

Sedgwick, Eve Kosovsky, *Epistemology of the Closet* (University of California Press, 2nd edn, 2008).

Sinfield, Alan, *Cultural Politics-Queer Reading* (Routledge, 2nd edn, 2005). 文字鲜活、观点犀利，该书初版之时，在这一领域内堪称先锋。

Sullivan, Nikki, *A Critical Introduction to Queer Theory* (Edinburgh University Press, 2003). 这本书并不试图定义什么是酷儿理论，而是提供了一个关于酷儿理论的概述，以及由此产生的各种影响。

Taylor, Martin, *Lads: Love Poetry of the Trenches* (Duckworth, new edn, 1998). 这是一部诗集，其引言对所选诗歌"重新定位"。读者可将这部诗集中所选作品，以及编选者的评论，同更传统的选集做一番比较。例如，乔恩·西尔金编选的《企鹅一战诗歌选》。

Wilchins, Riki, *Queer Theory, Gender Theory* (Magnus Books, 2014). 文笔简洁直接，可以一次读完，关于德里达、福柯、巴特勒的章节写得很棒。

Woods, Greg, *A History of Gay Literature:The Male Tradition* (Yale University Press, 1999). 详述从古至今的男性同性恋文学。

Zimmerman, Bonnie,“What has never been: an overview of lesbian feminist criticism”, reprinted in Gayle Greene and Coppelia Kahn, eds, *Making a Difference: Feminist Literary Criticism* (Methuen, 1985). 一篇很有影响的文章，对截至文章发表时的女性同性恋研究做了回顾，对于初涉这一领域的人来说，是个好的起点。

Zimmerman, Bonnie, “Lesbians like this and that: some notes on lesbian criticism for the nineties”, in Sally Munt(see above). 又一篇对该领域进行回顾的文章，写于上一篇十年后。

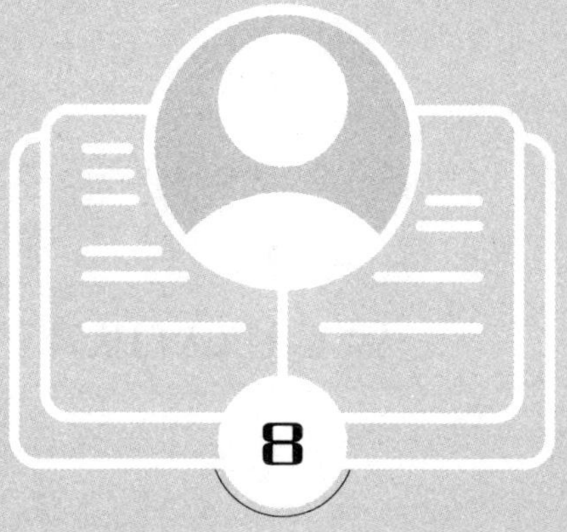

# 马克思主义批评

# MARXIST CRITICISM

# 马克思主义入门基础

卡尔·马克思（Karl Marx，1818—1883）是一位德国哲学家，弗里德里希·恩格斯（Friedrich Engels，1820—1895）是一位德国社会学家，二人共同创立了此派思想。马克思是位律师的儿子，一生中大部分时间穷困潦倒，在1848年这个“革命之年”被德国驱逐出境，之后作为政治流亡者寄居英国。1842年，恩格斯已离开德国，在曼彻斯特他父亲开办的纺织公司中工作。马克思在杂志上读到了一篇恩格斯写的文章，他自己也为那家杂志撰稿，于是两个人见了面，开始了一生的友谊。两个人称自己的经济理论为“共产主义”（而非“马克思主义”），二人坚信工业、交通等应由国家控制，而不是掌握在个人的手中。1848年，马克思和恩格斯共同撰写、发表了《共产党宣言》，预言共产主义的到来。

马克思主义的目标是缔造一个无阶级社会，其基础是生产、分配、交换资料的共同拥有。马克思主义是**唯物主义哲学**（materialist philosophy），也就是说不相信自然界以及我们所居住的社会之外还存在着其他什么世界或力量，对万事万物的解释皆始于此。对于可观察的事实，它寻求具体、科学、符合逻辑的解释。唯物主义的对立面是**唯心主义哲学**（idealist philosophy），确信精神世界的存在，相应对人生和行为提供具有宗教色彩的解释。别的哲学只想认识世界，马克思主义却力图改造世界，在马克思主义者看来，正是不同社会阶级对社会权力的竞争带来了社会进步。这一观点将历史看成阶级间的斗争，而不是，比如，王朝的更替，或者说，获取民族认同与主权独立的缓慢过程。根据此种观点，推动历史前进的动力就是对经济、社会、政治利益的争夺。进入现代工业化资本主义社会后，一个阶级对另一个阶级的剥削日益显著起来，尤其彰显于19世纪毫无节制的资本主义之中。剥削的结果是**异化**（alienation），劳动同技术脱节，工人们在一连串工序中只重复其中很小一部分，对劳动全过程的性质和目的全然不知，就出现了“异化”。与之相比，在更早的“前工业化”和“家庭手工业”生产体制中，生产地和居住地合二为一，工人完成生产的全部工序，同消费者有着面对面的接触。异化的工人又经过**物化**（reification）过程，“物化”是马克思在其经典著作《资本论》（*Das Kapital*）中提出的一个概念，其实际出现其实比那更早，这个概念说的是：资本主义对利润的追逐成为最高目标，工人的人性被剥夺，成为“人手”或“劳动力”。换而言之，人变成了东西。

除了两位创始人的政治经历外，早期的马克思主义受到了多方面的影响，其中也包括德国18世纪哲学家黑格尔的著作，尤其是黑格尔关于**辩证法**（dialectic）的思想，即相反的力量或思想带来新局面和思想。马克思主义的基础还包括法国大革命时期出现的社会主义思想，也反转了一些早期经济理论，尤其是认为个人经济利益的追求会为全社会带来经济和社会利益的看法（这种看法至今依旧是资本主义的理论依据）。

最简单的马克思主义社会模式认为社会由两个部分组成，一部分是**经济基础**（base），即生产、分配、交换的物质手段；另一部分是**上层建筑**（superstructure），是由思想、艺术、宗教、法律等组成的“文化”世界。马克思主义关键在于认为上层建筑难以做到不偏不倚，而是取决于

“经济基础”的性质，称为**经济决定论**（economic determinism），是传统马克思主义思想的核心。

## 马克思主义文学批评通论

实际上马克思和恩格斯二人并没有提出全面的文学理论，在文学艺术方面，二人观点松散，没有形成思想信条：优秀的艺术总是享有一定程度的自由，不会完全受制于主导的经济状况，虽然经济因素最后还是要起到决定作用。恩格斯在1888年4月致英国小说家玛格丽特·哈克奈斯（Margaret Harkness）的信中写道：“我绝不是责备您没有写出一部直截了当的社会主义的小说……作者的见解愈隐蔽，对艺术作品来说就愈好。”作为两位受过优良教育，拥有高尚文化趣味的德国人，马克思和恩格斯尊崇代表了他们那个阶级的“伟大”文学作品，也迫切地想强调艺术和宣传之间的区别。

不管怎么说，马克思主义文学批评坚持认为，作家的社会阶级属性，其主流意识形态（人生观、价值观、隐藏的观点或隐约的意识等）对于其创作有着深刻的影响。因此，马克思主义首先不是把作家看作凭借天才创见完成艺术作品的自律个体，而是把他们看作社会环境不断作用的产物，尽管此种作用的方式作家本人通常不会承认。其作品不仅在内容方面如此，甚至在形式方面也是如此，乍看上去毫无政治色彩，最终也不能逃脱其阶级属性的影响。例如，英国著名的马克思主义批评家特里·伊格尔顿（Terry Eagleton）提出：“语言中共有的定义、语法规则既反映出秩序井然的政治局面，又是其构成要素之一。”（William Shakespeare，1986, p. 1）同样，凯瑟琳·贝尔西（Catherine Belsey），英国另一位著名的左派批评家，也宣称现实主义小说的**形式**暗中确证了现存的社会结构，因为现实主义从根本上说完全延续了传统的观察方式，阻止批评家去深入观察现实。不过，这里所说的“形式”包括了小说的所有传统特征——按时间顺序的叙事、正式的开头和结尾、深入的人物心理刻画、复杂的情节、确定的叙述视角等等。“碎片化”“荒诞主义”的文学形式，如20世纪作家卡夫卡的小说、贝克特的戏剧，被看成是对晚期资本主义社会所固有的矛盾和分裂的回应。

不过，正如有的批评家所说，传统的马克思主义批评常常以相当抽象、宽泛的方式来处理历史，所谈论的总是社会阶级之间，以及宏观历史力量之间的矛盾和冲突，很少去探讨具体历史境遇中的细节，更不会将其同特定文学文本的阐释紧密结合起来（Ken Newton, *Theory into Practice*, p. 244）。牛顿认为，这是20世纪六七十年代的马克思主义批评同20世纪80年代崭露头角的文化唯物主义批评和新历史主义批评（见本书第9章）之间的主要区别，后二者更多着眼于具体历史资料，以近乎考古的精神去再现特定历史时刻的“精神状态”。

## “列宁派”马克思主义批评

官方的马克思主义文艺路线实际上比马克思、恩格斯两个人的看法强硬得多，这一状况至少维持到了20世纪60年代。20世纪20年代，在俄国十月革命刚刚胜利之后的岁月里，苏联政府对于文学艺术的态度相当开明，甚至具有实验性，鼓励具有典型现代主义风格的艺术形式。进入30年代，苏联社会中反动之潮席卷而来，政府开始直接控制社会上的一切，当然也包括文学艺术。在1934年召开的全苏第一届作家大会上，自由派观点被禁止，新的正统出现，基础是列宁的思想，而非马克思和恩格斯。列宁在1905年说，文学必须成为党的工具，他说：“文学必须成为党的文学……文学应当成为社会民主党有组织的、有计划的、统一的党的工作的一个组成部分。”文学实验被禁止，乔伊斯和普鲁斯特这样的作家被打上“资产阶级颓废文学”的烙印（1934年的全苏作家大会就称乔伊斯的《尤利西斯》是“一坨爬满蛆的大粪”），简单现实主义，又称为社会主义现实主义，成为正统。按照乔治·斯坦纳[①]（George Steiner）的话，如此一来，文学就永远只能停留在《汤姆叔叔的小屋》（*Uncle Tom's Cabin*）这一层次上了。斯坦纳认为，马克思主义批评包含有两大流派，其一是“恩格斯派”，强调艺术要享有必要的自由，避免政治的直接控制；另一是“列宁派”，坚持文学应听命于左派的政治事业。[②]

苏联以外，同情共产主义事业的人士在所有问题上都追随莫斯科的路线，只要党在这个问题上已定下官方政策。因此，1934年全苏作家大会上形成的列宁主义文艺观在国际上产生了巨大的影响。这种后来被称为“庸俗马克思主义”的思想在文学和经济间建立起了直接的因果关系，所有作家都被视为困于自身所属阶级的局限中，难以脱身。此类机械的马克思主义文学批评如今常被提到的一个例子是克里斯托弗·考德威尔（Christopher Caudwell）的《幻象与现实》（*Illusion and Reality*），该书成稿于20世纪30年代，出版于1946年。一方面，考德威尔的写作十分抽象，对于所讨论的作品几乎没有具体的文本讨论；可另一方面，这本书又超级具体，把某位作家的各个方面都同他或她的阶级地位的某个方面联系了起来。谈到维多利亚时代诗人时，考德威尔说道：“勃

---

① 乔治·斯坦纳（1929—2020），美国著名文艺批评大师与翻译理论家，当代杰出的人文主义知识分子，熟谙英、法、德等数国语言与文化，执教于牛津、哈佛等著名高校。主要研究语言、文学与社会之间的关系及“二战”大屠杀的影响。美国文理学院荣誉会员，曾获法国政府荣誉团骑士级奖章、阿方索·雷耶斯国际奖等多项殊荣。代表作有《语言与沉默》《悲剧之死》《巴别塔之后》等。——编者注

② 以上关于恩格斯和列宁的论述出自斯坦纳的专著《语言与沉默》（*Language and Silence*）中“马克思主义和文学批评”（Marxism and Literary Critic）一章，第271—290页。——原注

朗宁好用语义含糊的词，好故弄玄虚，这反映出他在思想上的不诚实，不愿意面对他那一时代的真实问题。”（引自牛顿主编 *Twentieth Century Literary Theory*）于是，一种特别的用词风格成为中产阶级作家逃避社会敏感问题的直接后果。所有的诗人都以自己的方式逃避现实，例如丁尼生（Tennyson）堕入济慈式的梦幻世界中，勃朗宁（Browning）则反复以中世纪的意大利为创作题材。“丁尼生投向济慈式的浪漫世界，勃朗宁则投向春意盎然的意大利。两人都在向后看，试图以此来逃避阶级矛盾，他们正是这一阶级的代言人。”（Newton, p. 87）结果，文学沦为政治斗争的传声筒，完全失去了自由。

## “恩格斯派”马克思主义批评

从 20 世纪 30 年代开始，出现了斯坦纳所说的“恩格斯派”马克思主义批评，其成分多种多样，有的处于政治流亡之中，有的受到压制，还有的在地下秘密发展。现今所说的“俄国形式主义者”（Russian Formalists）在 20 世纪 20 年代一度昌盛，直到被政府强行解散，这里也应当提到他们几句，虽然他们的著作并不严格符合马克思主义的精神。这一派别最著名的代表人物是维克多·什克洛夫斯基（Victor Shklovsky）、鲍里斯·托马舍夫斯基（Boris Tomashevsky）、鲍里斯·艾亨鲍姆（Boris Eichenbaum），他们的文章收入莱蒙（Lee T. Lemon）和马里昂·J. 雷斯（Marion J. Reis）合编的《俄国形式主义论文四篇》（*Russian Formalism: Four Essays*）。俄国形式主义的思想要求对文学做细致的形式分析（该派别之名由此得来），确信文学语言的程序与效果有自身特色，绝非日常语言的翻版，还有什克洛夫斯基提出的“陌生化”（defamiliarisation）概念。[这一概念出现于《作为手法的艺术》（“Art as Technique”）这篇文章中，也收入莱蒙和雷斯的选集。] 根据这一概念，文学语言最主要的效果是令熟悉的世界重新具有新意，给人们初次相识的感觉，在重新评价的目光前打开世界的门户。此外，托马舍夫斯基也做出了一个非常重要的区分，就是区分了故事（story，俄语称之为 fabula）和情节（plot，俄语称之为 sjuzhet），前者是事件发生的真实次序，后者是真实次序的艺术化呈现，其中可能会有次序的调整、并置、重复等，以加强文学作品的艺术效果。和“陌生化”概念一样，故事和情节小心区分了现实和现实在文学中的表征，指出文学绝非仅仅以纪实的方式提供现实的镜像。到了 20 世纪五六十年代，早期结构主义者对俄国形式主义者的思想产生了浓厚的兴趣，原因之一是他们强调语言和现实之间的区分，之二是他们强调文学具有系统性，由一整套程序和结构构成。

有些同俄国形式主义有关的学者，如米哈伊尔·巴赫金（Mikhail Bakhtin）留在了国内，另一些人流亡国外，继续自己的研究，从而为 20 世纪 60 年代新马克思主义批评的出现播下种子。其中一位流亡国外的学者是语言学家罗曼·雅各布森（Roman Jakobson，1896—1982），他流亡到布拉格，参与组建了布拉格语言学派（Prague Linguistic Circle），韦勒克也是该学派的成员之一。“二战”前夕，和雅各布森一样，韦勒克也去了美国，对美国的“新批评”运动产生了很大的影响。“新批评”发展了一系列俄国形式主义思想，尤其是对文本严密的语言分析，还有将文学语言视为特殊载体，同日常语言具有截然不同的性质。

在苏联受到压制的俄国形式主义思想也影响到了德国法兰克福学派（the Frankfurt School）的马克思主义美学。该学派成立于 1923 年，起初是从属于法兰克福大学的一个政治研究所，此派的批评综合了马克思和弗洛伊德的思想，也包括了俄国形式主义的一些方面。该派最著名的人物包括瓦尔特·本雅明（Walter Benjamin，1940 年在逃离纳粹魔爪的途中自杀）、赫伯特·马尔库塞（Herbert Marcuse，20 世纪 60 年代的激进思潮中最有影响力的人物）、西奥多·阿多诺（Theodore Adorno）。被迫逃离德国的还有剧作家布莱希特（Bertolt Brecht），又一位社会主义现实主义之简单粗暴教条的反对者。布莱希特提出戏剧中的“间离效果”（alienation effect），即运用各种手段令观众意识到，舞台上的一切不过是构造出来的文学影像，并非现实。例如，他会安排一个人扮演“导演”，整出剧期间都坐在舞台边，核对台词（就像在他的《伽利略》一剧中那样）。这种安排同俄国形式主义的“陌生化”思想有着密切联系，同样也突出了文学同现实之间的分野和转换。

## 阿尔都塞的影响

近来，马克思主义文学思想大都受到了法国马克思主义理论家路易·阿尔都塞（Louis Althusser，1918—1990）的影响。只要列出他所提出的一些概念和术语，其贡献就一目了然。其中之一是**多元决定论**（overdeterminism），这个术语借自弗洛伊德，是说某个结果来自一系列起因，也就是说，多个起因的共同作用而非单个因素（在马克思主义这里是经济因素）的作用导致了某一结果的出现。这一概念强调不同原因的联系与互动，旨在化解在经济基础和上层建筑间寻找一对一的简单做法。与此相关的一个概念是相对自主性（relative autonomy），也就是说，尽管文化同经济间存在着联系，艺术依旧具有一定程度的独立性，这同样也批判了那种认为上层建筑完全取决于经济基础的简单观点。

无论对于阿尔都塞，还是对于马克思，**意识形态**（ideology）都是一个关键概念。马克思主义对意识形态的定义十分广泛，阿尔都塞的定义是：

> 意识形态是一个（具有自己的逻辑与严密性的）表征体系（依赖于该体系的形象、神话、观念或概念），它存在于特定社

会的核心中，并作为历史而起作用。

（Philip Goldstein, *The Politics of Literary Theory: An Introduction to Marxist Criticism*, p. 23）

我们可以把上面这段话简化为“特定社会核心中的表征体系”，这段简短的定义令文化（包括文学）成为支撑着社会现状的价值观的关键性载体，这些价值观和看法通常隐而不现，在人们的意识之外，可在特定历史阶段的所有产品中，在文化空间中，它们无所不在。这个定义抛弃了简单粗暴的经济基础／上层建筑模式，在这个模式中，前者决定后者，如**戈尔茨坦**所说：“经济基础设施对于意识形态实践依旧拥有影响力，但这种影响仅仅体现于最根本意义上。”（Goldstein, p. 23）

**去中心化**（Decentering）是阿尔都塞提出的一个关键概念，表示没有本质、焦点、中心的结构。部分意义上，这还是在避免以经济基础为社会本质，而上层建筑仅仅是其次级反映的看法。去中心化思想表示：并不存在什么总体整合性，艺术拥有相对自主性，只有在“最根本意义上”才受到经济因素的左右。这些倾向于“恩格斯派”的言论并非取消马克思主义将艺术紧闭于经济之内的倾向，不过可以说，至少令文学得到了假释，准予其更高程度的自由。

阿尔都塞对我们所说的国家权力和国家控制做了有用的区分。国家权力维系于阿尔都塞所说的**暴力结构**（repressive structure），包括法院、监狱、警察、军队等机构，从根本上说，它们从外部施压。不过，维系国家权力亦有更绵柔的方法，通过阿尔都塞所说的**意识形态结构**（ideological structures），或**意识形态国家机器**（state ideological apparatuses），国家权力似乎可以获得其成员发自内心的支持。各种团体，政治性的、党派性的、宗教性的，还有学校、媒体、教会、家庭、艺术（也包括文学）都在培育意识形态，也就是一整套同情政权的目标，支持政治现状的看法和态度。虽然我们每个人都觉得自己在做出自由决定，可实际上我们的决定都是被强加给我们的。

阿尔都塞的意识形态国家机器概念同另一个概念，即著名的意大利共产党人安东尼奥·葛兰西（Antonio Gramsci，1891—1937）提出的**霸权**（hegemony）概念有着紧密的联系。葛兰西对比了**统治**和**霸权**两个概念，前者指直接政治控制，必要时可诉诸暴力；后者根据雷蒙·威廉斯（Raymond Williams，1921—1988）的解释，是“基本上由种种具体的、主导的意义、价值和信念所组成的整个活生生的社会过程，可以被抽象统称为‘世界观’或‘阶级观’”（Williams, *Marxism and Literature*, Oxford University Press,1977, p. 101）。威廉斯将霸权同文化在一般意义上相联系，在特定意义上同意识形态相联系，它犹如内置的社会控制形式，令某些观点显得“出于自然”，或干脆彻底隐形，仿佛事物“原本就是如此”。

我们感到自己在做出抉择，可实际上根本就没有抉择的余地，阿尔都塞称此种“伎俩”为唤询（interpellation）。阿尔都塞说，资本主义正是因此种“伎俩”而繁荣，它让你感觉自己是个自由的个体（你可以选你喜欢的任何颜色），可实际上却不给你任何选择的余地（只要是黑色就行）。民主让我们觉得自己在选择政府，可实际上无论什么政党，一旦当政，它们之间的差别远比政治辞令要小得多。阿尔都塞用唤询这个术语表示，个体受到鼓励，视自己为自由实体，不受各种社会力量的控制，唤询解释了无须暴力维持的控制结构的运作，因此也解释了让财富和权力集中于少数人手中的社会机制的永久性。

阿尔都塞思想的总体目的是比传统的马克思主义更细致地观察社会如何运行。根据传统马克思主义的表述，力量来自一点，仿佛撬动杠杆；阿尔都塞则描述出多方式的复杂合力，意识形态力量最终更超出物质性力量，文学本身极为重要，不仅仅是被动、无助地反映经济基础。

阿尔都塞的思想对近年来的马克思主义批评家有着很强的吸引力，他找出一条道路绕过了粗糙的经济基础 / 上层建筑模式，又不至于彻底放弃马克思主义立场。阿尔都塞的思想代表着所谓马克思主义修正思想，也就是说，他对马克思的基本概念做了重新思考和包装，令其更加灵活、细密。总体上说，阿尔都塞并不是一个灵活多变的思想家，相反他相当教条，鼓吹“理论”是超出经验、实践和行动之上的独立王国，常常为左派所诟病，可参见英国马克思主义历史学家汤普森（E. P. Thompson）的文章《理论的贫困》（“The Poverty of Theory”）。不过他提出的术语和思想框架适逢其时，在思想大解放的 20 世纪 60 年代，原本铁板一块的马克思主义出现了松动，令其可为激进思想所接纳。要不是这些“松动”的出现，马克思主义或许仅仅被当作又一种刻板教条的传统思维而被排斥，而此类思维正是那个时代的“反主流文化”“打倒”的目标。

雷蒙 · 威廉斯去世之后，英国最著名的马克思主义批评家是伊格尔顿，他的思想来源广泛，一度也受到阿尔都塞的影响。马克思主义批评似乎在根本看法上同后现代主义和后结构主义相冲突，不过进入 20 世纪 80 年代和 90 年代，一些最重要的马克思主义著作同前二者有了复杂的互动。传统上，马克思主义批评反对以心理分析来解释行为，认为心理分析错误地将个人从其身处的社会结构中孤立了出来，不过美国马克思主义批评家弗雷德里克 · 杰姆逊（Fredric Jameson）在其著作《政治无意识：作为社会象征行为的叙事》（*The Political Unconscious: Narrative as a Socially Symbolic Act,*1981）中试图调和二者，将最基本的心理分析概念，如“无意识”和“压抑”拓展到政治领域。在杰姆逊看来，文学常常试图“压抑”历史事实，不过通过分析，可以揭露出其背后的意识形态（也就是无意识）。要了解伊格尔顿、杰姆逊，以及这整个领域中的论证，第一步可阅读杰姆逊的文章《理论政治学：后现代论争中的意识形态立场》（“The Politics of Theory: Ideological Positions in the

Postmodernism Debate"）和伊格尔顿的文章《资本主义、现代主义和后现代主义》（"Capitalism, Modernism, and Postmodernism"），两篇都收入戴维·洛奇主编的《现代批评与理论读本》（*Modern Criticism and Theory: A Reader*）中。

## 停一停，想一想

**一般性问题**：马克思主义批评的主旨是文学的本质受到产生它的社会和政治环境的影响。这本是显而易见的，大家马上就能接受。

困难和争议在于影响究竟有多大。你会接受"决定论"，认为文学是社会–经济力量的被动产品，还是接受更自由的路线，认为社会–经济力量的影响相当微弱、难以察觉？

主要困难在于如何呈现经济力量对一部具体文学作品的影响，无论你所认可的是"强力模式"，还是"弱力模式"。文学作品中，社会–经济影响，无论其起到直接还是间接作用，究竟是何等模样？

**具体问题**：抽象层次上存在着诸多难题，或许你会觉得在具体背景和例证中来思考更有帮助。下面的例证中，作者所采取的是"决定论"还是"自由"立场？有何显示？作者所看到的社会–经济影响在于何处？是在于情节内容中、人物描写中，还是文学形式中？有何表现？

## 马克思主义批评家在做什么

1. 马克思主义批评方法之一：区分文学的表层直接内容和深层隐蔽内容（在这一点上，很接近于心理分析批评），然后将深层隐蔽主题同马克思主义基本主题相联系，如阶级斗争，又如历史不同阶段的演进，等等。因此，《李尔王》(*King Lear*) 中的实际矛盾被视为上升阶级（资产阶级）同下降阶级（封建地主阶级）之间的利益冲突。

2. 马克思主义批评方法之二：把作品的背景同作者的社会–阶级状况相联系，认为作者本人并不清楚地意识到自己在揭示什么（在这一点上，再次接近于心理分析批评）。

3. 马克思主义批评方法之三：以历史分期揭示整个文学体裁的性质，认为正是特定分期“造就了”特定的体裁。例如，伊恩·瓦特（Ian Watt）的《小说的兴起》(*The Rise of the Novel*) 将小说在 18 世纪的发展同那一时期中产阶级的扩大相联系。小说为中产阶级“代言”，犹如悲剧为王公贵族“代言”，民谣则为农民和工人阶级“代言”。

4. 马克思主义批评方法之四：将文学作品同“消费”这一作品的时代认识联系起来，这一方法尤其为文化唯物主义这一马克思主义批评后来的变体所采用（见本书第 9 章）。

5. 马克思主义批评方法之五：将“文学形式政治化”，也就是说，宣称文学形式本身为政治状况所左右。例如，在某些批评家看来，现实主义默许保守的社会结构；在另一些批评家看来，形式与韵律安排精巧的十四行诗和抑扬格五音步律诗反映出安定平静，注重礼仪和秩序的社会环境。

## 马克思主义批评：实例一则

我将以埃利奥特·克里格（Elliot Krieger）1979 年出版的《莎士比亚喜剧的马克思主义研究》（*A Marxist Study of Shakespeare's Comedies*）第五章为例，说明马克思主义批评。该章讨论的是《第十二夜》（*Twelfth Night*），主要显示出上面五条中的第一条。剧情围绕男女主人公，奥西诺大公和奥利维亚之间的爱情故事展开，大公对奥利维亚情意浓稠，表白不懈，可奥利维亚开始时一再拒绝他，为父亲的去世而陷入漫长的哀痛中。后来，她爱上了维奥拉，一位女扮男装的贵族小姐，化名西撒里奥，假装是大公的仆人，实际上帮助大公与奥维利亚穿针引线。剧中，奥利维亚还有一位仰慕者，是苛刻古板的管家马尔沃里奥，马尔沃里奥误信了奥利维亚的叔叔托比·贝尔奇爵士的鬼话，以为对自己女主人的爱意能得到回报。

文章首先列举了关于该剧的主流批判观点，认为该剧呈现了不同形式的极端自我放纵，如奥西诺大公沉溺于爱情的浪漫幻想中，托比·贝尔奇爵士则纵情于声色犬马，与之形成强烈反差的是马尔沃里奥的极端清心寡欲、抵制享乐。该剧倡导一种中庸之道，防止种种极端，从而令人的适度的满足感成为可能。克里格指出，这种批评回避了该剧所表现的阶级问题：该剧的最后，秩序恢复，所有贵族角色都没有遭遇厄运，不过命运对于马尔沃里奥则要残酷得多。其实，马尔沃里奥追逐自我利益的行为同沉溺于自恋而不能自拔的奥西诺大公和奥利维亚，还有自私自利、纵情声色的托比爵士并没有多大区别，但当时的社会礼制禁止他那一阶层的人“放纵自己”（p. 99），“只有特权阶级才有享乐的权力”。实际上，从根本上来说，“统治阶级正是从暴饮暴食、美味珍馐中建立起自己的身份”（p. 100）。

克里格接着说，贵族阶级的每个成员都有个人的“私隐世界”。对于托比爵士来说，那就是酒后无拘无束的世界，因为“喝得酩酊大醉，不省人事，就逼着所有人来照顾自己，却免除了自己关心他人的义务”（p. 102）。与托比爵士类似，奥利维亚也逃避关心他人的义务，躲入悲戚的个人世界中；还有奥西诺，他堕入为爱而意乱情迷的世界，一切都成为“大公心理状态的附庸”（p. 104）。在这些“个人化”的私隐世界中，每个人都不是社会的一员，而是“自己的主宰”（p. 103）。维奥拉也想过退入此类私隐世界中，不过虽然她也是贵族出身，却临时扮演着一个非贵族的角色，于是她成为“奥西诺、奥利维亚和托比爵士私隐世界中的对象”（p. 107），一个他们以为可为自己利用、操纵的人物。

该剧对仆佣的描写相当强调“升迁”：新仆人西撒里奥 / 维奥拉代替了瓦伦丁和库里奥，成为大公身边的新宠，时时能接近大公；在奥利维亚的宅邸内，玛利亚和马尔沃里奥时时为首席仆人的位置而争夺。实际上，两个人都攒足了劲，要通过婚姻，打进这个贵族家庭。在狠狠奚落了马尔沃里奥后，玛利亚终于得偿所愿，成了托比爵士的太太。克里格在她身上看到该剧的一个重要成分：

> 玛利亚这个人物很难算得上是资产阶级的原型，因为她的私心支持和确证了贵族特权，而非向其发出挑战。然而，她又能撇清自我和职业，在承担的职责之外表达自我，以自身的行动提升了社会地位。因此，全剧中只有在玛利亚身上才能看出资产阶级和清教徒所看重的独立和竞争精神，以及德行同社会地位的关联。（p. 121）

与玛利亚不同，马尔沃里奥在代表社会秩序的变动方面逊色许多。他极度尊崇贵族阶级的各种骗人把戏，以为自己也能跨入这一阶级的大门，更把一切都归于自己“吉星高照”。因此，剧中的“命运”和“自然”一样，给世袭罔替的贵族特权制度披上合理的外衣。对于马克思主义批评家来说，该剧既呈现出主仆之间的鸿沟，也呈现出各个阶级所特有的心态。这篇文章的马克思主义批评特色就在于将社会阶级的概念引入剧情的阐释：这是这篇文章在一大堆对于该剧的评论著述中展现的特别“干涉”，因为该剧中完全没有提出阶级这个主题。关于创作该剧的具体历史时代的细节，作者并没有说上什么，代之以一种微妙、有创见的读解，居于这种读解中心的是一系列抽象思想，如社会–阶级冲突、阶级特权，以及今日人们所说的向更高社会阶层攀升的进取心。

## 文献选读

Dowling, William C, *Jameson, Althusser, Marx: An Introduction to The Political Unconscious* (Routledge, 2016). 介绍杰姆逊的《政治无意识》，将其置入其历史背景中，简洁而透彻，是研究当今马克思主义思想，以及其对德里达、拉康、后现代主义思想的吸收与改造的最佳起始点。

Eagleton, Terry, *Marxism and Literary Criticism* (Routledge Classics, 2002). 对该领域做了介绍，简短但全面。

Eagleton, Terry, *Ideology: An Introduction* (Verso, 2nd edn, 2007). 代表了伊格尔顿近年来的思想。

Goldstein, Philip, *The Politics of Literary Theory: An Introduction to Marxist Criticism*. (Florida State University Press, 1990). 在一些具体领域上相当有用，例如：法兰克福学派、后结构主义马克思主义、伊格尔顿、阿尔都塞、德里达、福柯。

Goldstein, Philip, *Post-Marxist Theory: An Introduction* (State University of New York Press, 2005). 若要了解马克思主义批评最近的发展，本书颇为有用，尤其是第四章“朱迪斯·巴特勒的女性主义后马克思主义”。

Howard, Jean E., and Shershow, Scott Cutler, *Marxist Shakespeares* (Routledge, 2000). 该书为“聚焦莎士比亚”系列丛书中的一本，丛书主编为特伦斯·霍克斯。该丛书继承了众神公司“新焦点”丛书的使命，即将文学理论应用于文学文本之上。

Jameson, Frederic, *The Political Unconscious: Narrative as a Socially Symbolic Act* (Cornell University Press, 1981). 杰姆逊的关键著作，不过毫无疑问，并不好读。

Krieger, Elliot, *A Marxist Study of Shakespeare's Comedies* (Macmillan, 1979). “应用型”马克思主义批评。

Mulhern, Francis, ed. *Contemporary Marxist Literary Criticism* (Longman，1992). 导论范围广阔、思想深刻，收录了一些关键文献。

Prawer, S. S, *Karl Marx and World Literature* (Verso, 2nd edn, 2011). 对马克思不同阶段的文学思想做了深入介绍和讨论。

“Ruis”, *Marx for Beginners* (Pantheon Books, 2003). 以漫画的形式总结了马克思的主要思想，如果你过去从来没有接触过马克思，不妨看一看。

Williams, Raymond, *Marxism and Literature* (Oxford University Press, 1977). 对马克思主义的一些基础概念做了有益的介绍，威廉斯也对其做了一定的改造。可阅读以下各节：1.4，“意识形态”；2.1，“经济基础和上层建筑”；2.6，“霸权”；2.8，“主因”、“残余和偶发因素”；2.9，“情感结构”。

# 新历史主义和文化唯物主义

# NEW HISTORICISM AND CULTURAL MATERIALISM

# 新历史主义

“新历史主义”（new historicism）这个名称出自美国批评家斯蒂芬·格林布拉特（Stephen Greenblatt）之手，他在1980年出版的专著《文艺复兴时期的自我塑造：从莫尔到莎士比亚》（*Renaissance Self-Fashioning: from More to Shakespeare*）公认是“新历史主义”开山之作。不过，20世纪70年代一系列其他批评家的文章和著作中也能看出类似的倾向，如利弗（J. W. Lever）在1971年出版的《国家的悲剧：詹姆斯一世时期戏剧研究》（*The Tragedy of State: A Study of Jacobean Drama*）。这本书虽然简短，却具有划时代意义，挑战了关于詹姆斯一世时期戏剧的传统保守观点，比以往的批评家更密切地将那些剧作同当时的政治事件联系起来。

简单地说，所谓新历史主义是一种建立于文学文本和非文学文献平行阅读基础之上的方法，两种文本通常属于同一历史时期。也就是说，新历史主义拒绝给予文学文本优先地位（至少在表面上如此），不再把文学视为“前景”，把非文学文本视为“背景”，而是在文学研究实践中赋予文学与非文学两种文本同等重要性，时时以一方去补充、质询另一方。美国批评家路易斯·蒙特罗斯（Louis Montrose）对新历史主义的定义中就提出这种“一视同仁”的思想，根据他的定义，新历史主义就是对“历史的文本性和文本的历史性”的兴趣，二者合二为一，不分彼此。按照格林布拉特的话说，这涉及“带着强烈的意愿，以传统上仅仅赋予文学文本的细致入微去阅读历史的所有文本遗迹”。因此，新历史主义中存在着一个悖论（正如其名称所隐含，亦是其常常为人所诟病之处）：它是一种研究文学的方法，却又不优待文学（不过后面我们将会看到，这句话还要做些修正）。

典型的新历史主义论文将文学文本置于非文学文本的“框架”中，从文学研究的角度来看，格林布拉特的主要革新是将文艺复兴时期的戏剧同“那一时代欧洲所有强权所奉行的恐怖殖民政策”（Hugh Grady, in *The Modernist Shakespeare*）放在了一起，把读者的注意力引向“对他者非人道的排斥和压迫”。通常，在文章开头首先分析一篇与所分析戏剧时代相同、在主题上有很大重叠的历史文献，格林布拉特将此称为“轶事”。典型的新历史主义论文打破学术常规，略去通常出现于开篇部分的文献综述，代之以更强有力、更富戏剧性的轶事。例如，蒙特罗斯在其文章的第一句就讲道：“这里，我想讲述一个伊丽莎白时代的梦，不是莎士比亚的《仲夏夜之梦》，而是西蒙·福尔曼（Simon Forman）在1597年1月23日做的梦。”如此极具戏剧性的开头提到了具体的时间和人名，具有历史文献的一切细节特征，唤起人们强烈的感受，以为自己正在读的是活生生的生活，而非历史。这些历史文献并非居于次要位置的背景材料，不妨称之为“共存文本”（co-texts），人们认为文学文本和“共存文本”共同表现了某个历史时刻，也由此而得到阐释。理查德·威尔逊（Richard Wilson）和理查德·达顿（Richard Dutton）合作编辑了论文集《新历史主义和文艺复兴戏剧》（*New Historicism and Renaissance Drama*），该书的导言写道：

> 早期批评把莎士比亚神话为英语口语的化身，新历史主义发现，莎士比亚戏剧中也嵌入了许多其他**书面文本**，如惩罚令、医疗文献、殖民文献等。在这些广博浩瀚的档案资料中，我们读到的不是和谐，而是清教徒对食人蛮族的暴力、奴隶制度的施行、父权的崛起、对异己的逐黜，还有监狱大门关上时刺耳的咣当声。那正是福柯所说“囚禁时代的开端，监狱社会的降临”。（Wilson and Dutton, p. 8）

这段描述入木三分地表达出了新历史主义的语气与抱负，“在广博浩瀚的档案资料中”阅读文学正是这种方法生动而准确的描述。

## 新旧历史主义的区别

我们说，新历史主义对文学和非文学文本做平行研究，“平行”这个词点出了这种方法同利用历史材料以研究文学的早期方法的关键区别。这些早期的方法在文学文本与历史性的“背景资料”之间做了等级区分，把文学文本视为有价值的、珍贵的研究对象，而把历史性的“背景资料”仅仅定义为背景，其价值要低得多。

给予文学和非文学文本同等关注成为新历史主义区别于旧历史主义的第一个地方。我将以蒂利亚德（E. M. W. Tillyard）1943 年出版的《伊丽莎白时代的世界图景》（*The Elizabethan World Picture*）和 1944 年出版的《莎士比亚的历史剧》（*Shakespeare's History Plays*）为旧历史主义的典型代表，新历史主义也常常以这两部著作为反例，界定自身。这两部著作描述了一整套关于社会、神灵、宇宙等的保守观念，蒂利亚德认为，它们构成了伊丽莎白时代的世界观，反映于莎士比亚的戏剧中。直到 20 世纪 70 年代，“传统的”莎士比亚研究方法就是将这一历史框架与“细读”方法和“意象结构”分析结合在了一起。

新旧历史主义的第二个主要区别体现于“档案”（archival）这个词上，这个词表示，新历史主义是一次**历史主义**（historicist）运动，而非**历史**（historical）运动。也就是说，新历史主义感兴趣的是记载和呈现于文献中的历史，是作为文本的历史，而历史事件本身，它辩论道，早已一去不复返了。新历史主义强调历史不可还原，从中我们也可以看到一种悠久的文学观点：作家的真实思想、情感、意图永远无法还原、重建，那个活生生的人已经完全被传递至我们手中的文本所替代。实际上，往昔的语言替代了往昔的世界，在新历史主义者看来，往昔的事件和看法仅存于文献之中，故而以过去仅用于文学文本的细致去阅读、分析它们，倒也不无道理。

在这种对文献记载的偏爱中也能看出解构的影响，新历史主义接受了德里达的观点，文本之外无他物，并将其运用到自己的特定领域中，认为只有通过文本的形式，以往的一切才能为人所接触。文本经过了“三重处理”：首先，经过当时的意识形态，或曰世界观，或曰话语实践；其次，经过我们这个时代；最后，还要经过造成畸变的语言之网。因此，文本中的一切都已经过改造，新历史主义论文本身也是对历史的改造和变形，将诗歌或戏剧同选中的历史文献放在一起，从而形成一个新的整体。也有人提出反对意见，认为所选的文献可能同作品本身“没有关联”，可这种反对意见完全没有切中要害，因为作者的目的根本就不是重现历史原貌，而是重构历史，呈现新的现实。

## 新历史主义和福柯

新历史主义坚决反对墨守成规，总是毫无保留地站在自由主义一边，捍卫个人自由，接受、颂扬各种形式的差异和“异端”。可与此同时，在压制性国家的权力面前，新历史主义对这些理想能否延续又感到悲观，因为压制性国家总是显得有能力渗透和破坏个人生活最隐秘的领域。这种视国家为无所不能，在其面前无所遁形的看法出自法国后结构主义文化历史学家福柯，在他的笔下，国家就是全角度、无缝隙监控。全角度、无缝隙监控原本用于监狱设计中，出自 18 世纪英国功利主义哲学家杰里米·边沁（Jeremy Bentham），这种设计中圆形监舍环状排列，中间的高塔上，一个人就可以监视所有监舍。国家不是凭借有形力量来维持其全角度、无间隙的监控，而是凭借“话语实践”（discursive practices）的力量，让其意识形态流遍整个政治躯体。

话语（discourse）并非仅仅是说话或写作的方式，而是一整套“思维定式”，是圈住全体社会成员之思维的意识形态。话语也并非单数，总是存在着多种话语，无论家庭之中，还是各级政府之中，权力结构的运转具有同样的重要性。权力的争夺不仅带来政党政治的更替，也会带来性别政治的改变。因此，个人生活圈也可能成为政治行动的领域，或许女性主义批评家对此会感兴趣。在这一点上，可以看到政治乐观的基础。可另一方面，政治力量又充斥着如此广泛的领域，发挥着作用，做彻底改变显得遥不可及。

总体而言，新历史主义强调这种广泛的“思想控制”，言下之意是，“离经叛道”的思想或许会变得“无法想象”（也或许只能是想象罢了），国家被视为单一结构，令改变无法实现。福柯在自己的著作中审视了维持着这种权力的各种机制，如国家处罚、监狱、医疗职业，还有有关性的立法。与阿尔都塞不同，福柯对“暴力结构”和“意识形态结构”的区分没有那么严格（见本书第 8 章），不过二人的思想，再加上葛兰西的“霸权”论（见本书第 8 章），三者还是明显能看出类同之处。三者都涉及权力如何根植于统治对象的内心，因而无须时常动用暴力手段。

应当强调的是，新历史主义虽然相当强调“历史主义”这个头衔，可还是文学研究的一种拓展，因为它以文学批评中常用的“细读”方法去阅读非文学文本。所选中的非文学文本很少以完整的面貌出现，而是抽取其中一段，然后做深入解读（对材料之历史背景的交代降到最低限度，这也是写作安排的一部分，以增强其冲击力）。更进一步说，也很少注意之前关于同一文本的已有著作，仿佛新历史主义的出现把先前的学术印记一扫而空。这实在是一种只重“白纸黑字”的研究方法，先把背景材料剔除干净，然后孤立地研究材料，实质上同理查兹在20世纪20年代提出的诗歌研究方法大同小异，解释的重心过于集中于单一材料之上，故而历史学家对这种方法的评价不高，甚至颇有微词。可以说，这是一种对非历史专业人士颇具吸引力的历史“搞”法。

## 新历史主义的优劣

由于多种原因，新历史主义无疑具有很强的吸引力。**首先**，虽然其基础是后结构主义思想，新历史主义的文章要易读得多，尽量避免了典型的后结构主义式黏稠难明的文风和艰涩深奥的词汇。新历史主义呈示资料，得出结论，如果说资料的阐释常常会遭受挑战，这也部分说明了其阐释的经验基础一目了然，便于审视。**其次**，其选用的材料十分有趣，在文学研究的背景中显得特色鲜明。新历史主义的文章给人的感觉完全不同于其他任何文学研究方法，立刻就令文学研究者感到，自己正在步入一片新的天地。新历史主义文章尤其给人以不受羁绊、简约明快的感觉，由于很少引用其他的文学研究，给人一种开门见山、富于戏剧性的感觉。**最后，**虽然新历史主义论著都有着锐利的政治锋芒，却又避开了“言辞直接的”马克思主义批评所常遇到的一些问题，似乎没那么好斗爱辩，更情愿让历史证据自己发言。

## 停一停，想一想

“搞”新历史主义，就必须把同时代的文学材料和非文学材料放在一起。可要是你自己亲手来做，而不仅仅是读一读套用这一程式的已发表论文，你打算如何着手？

例如，你打算用新历史主义方法写一篇文章，比如关于莎士比亚喜剧的文章，哪里能找到合适的历史材料？材料找到之后，文章格式又如何定？

这其中有许许多多的困难，我不打算将它们一笔带过，不过这里有个建议：莎士比亚的喜剧大都以“家庭生活”为主题，涉及两性伦理、求爱、男女间关系、隔代冲突等。因此，我们应当去寻找社会和家庭史方面的材料。

这方面很著名的一本著作是劳伦斯·斯通（Lawrence Stone）的《1500 年至 1800 年间英国的家庭、性和婚姻》（*The Family, Sex, and Marriage in England*, *1500–1800*, Pengnin, 1979）。该书第五章的标题是“父权的巩固”，其中就包含了许多有用的材料，例如该章第三节“丈夫和妻子”，又进一步分为“驯服妻子”和“女性教养”两个部分。该书第七、八章的内容是求爱和婚姻。

还有一本书，书名叫《米德尔塞克斯的性：1649 年至 1699 年间马萨诸塞州一个县的流行民俗》（*Sex in Middlesex: Popular Mores in a Massachusetts County, 1649–1699*, University of Massachusetts Press, 1986），作者是罗杰·汤普森（Roger Thompson）。虽然这本书的名头没有上一本那么响，包含的材料却相当类似，常常为主要的新历史主义批评家所用到。可参阅第一部分“青少年民俗”，还有第二部分“婚姻民俗”。

此类社会史著作应当可以为新历史主义方法提供“共存文本”之源。你无法避开这种方法相关的种种问题，你至少可以获得一些新历史主义方法的“第一手经验”，并将其应用于批评实践之中。

## 新历史主义批评家在做什么

1. 将文学和非文学文本放在一起，在后者的协助下解读前者。

2. 尝试将经典文学文本“陌生化”，把它们从之前累积的大量文学学术中剥离出来，以全新的眼光去看待它们。

3. 无论是在文学文本，还是在其非文学的“共存文本”中，都把焦点放在国家权力及其维系方式之上，放于父权结构及其延续之上，放于殖民化过程，以及与之相伴而生的“思维定式”之上。

4. 运用后结构主义思想的某些方面，尤其是德里达认为现实之方方面面都已文本化的思想，还有福柯认为社会结构由主导性“话语实践”所决定的思想。

## 新历史主义：实例一则

我们仔细读一读这篇文章，它是新历史主义的一个实例，文章的作者不是格林布拉特，而是蒙特罗斯。文章标题为《〈仲夏夜之梦〉和成就伊丽莎白时代文化的幻想：性别、权力和形式》(“*A Midsummer Night's Dream* and the Shaping Fantasies of Elizabethan Culture: Gender,

Power, Form”），最早刊登于美国刊物《表征》（*Representation*，该刊物堪称新历史主义的“大本营”）上，后收入威尔逊和达顿合编的论文集。蒙特罗斯对新历史主义下过一个著名的定义：新历史主义关注文本的历史性，以及历史的文本性。这篇文章践行了他的主张。文章的总体观点是：该剧“所创造出的文化和幻想反过来又令该剧成形”（p. 130）。因此，对童贞女王伊丽莎白一世的崇拜既成形于文学之中，如斯宾塞（Edmund Spenser）的长诗《仙后》（“The Farie Queene”），以及一系列的宫廷面罩和盛装游行，同时又产生出此类文学，文学和生活相互影响、相互促进。伊丽莎白女王可能将自己展现为童话女王，其贞洁具有无穷魔力，因为这一形象流行于宫廷化装舞会、喜剧，以及田园史诗中；可反过来，伊丽莎白女王的这一形象又激发了此类作品的产生。从这种意义上来说，历史被文本化，文本同时也被历史化。再举个简单的现代例子，电影中男性气质和女性气质的典型形象充斥着我们的生活，引导我们如何展现自己，我们可能会陷入电影所定下的“典型角色”，在真实生活中模仿电影对生活的表征。

蒙特罗斯的文章表现出新历史主义兼收并蓄的一面，他在文章中应用到了心理分析，尤其是弗洛伊德的释梦理论，还有女性主义的一些思想。文章开篇之处就引用了前面我已经提到的西蒙·福尔曼的梦，梦中，福尔曼同业已老迈的女王有着富含色情色彩的遭遇，整个梦的核心在于一句双关语，wait upon her（服侍她），其发音同 weight upon her（压在她身上）相同。梦中，福尔曼赶走了一个骚扰女王的家伙，一个长着一脸红胡子的高个子，蒙特罗斯将此解释为俄狄浦斯三角关系。他联系到，女王将自己表现为整个国家的母亲，是个圣女，可又爱打情骂俏，挑逗男子。蒙特罗斯引用了当时法国驻英国大使的一段话，说明女王的着装极具挑逗性（她长裙的整个前胸都敞开着，整个乳房都看得到）（p. 111）。然后，他将此引向当时英国的独特处境所产生的张力：

英国是个极端讲究父权的社会，所有权力差不多都掌握在男性手中，可偏偏却有位女性君主，对所有的臣民拥有至高无上的权力，自然也有权推进或终结她那些男性朝臣的仕途。莎士比亚的戏剧中，有不少出女王被“制服”因而被回归女性化的戏，例如，亚美尼亚女王希波吕忒被忒修斯所打败，不得不嫁给他，听从他的号令；又如，精灵女王提泰妮娅爱上了会变化的少年，令自己的丈夫奥伯龙蒙羞，于是奥伯龙让精灵仆人帕克给她抹上魔法药水，让她爱上醒来后看见的第一个人，从而令她受辱。《仲夏夜之梦》中，时常可以看到父亲对女儿，丈夫对妻子行使权力，男性欲望实现的前提就是女性的顺从，而“圆满”的结局也正依赖于父权的巩固：

> 《仲夏夜之梦》的结局皆大欢喜，有情人终成眷属，这完全是因为成功地压制了女性的尊严和权力，将她们的尊严和权力置于丈夫或主人的掌控之中。在遁世绝俗的勇士、占有欲强盛的母亲、不循规蹈矩的妻子、一意孤行的女儿身上，清楚地显示出这种尊严和权力。（p. 120）

文章暗示，该剧含有反叛之意。因为：

> 如果一位保有童贞的统治者表面上是其臣民的圣母，那么男性生殖力、单性生殖、制伏女性这类思想就会获得强烈的响应。在王室盛典上，女王永远是人们目光的焦点，她的童贞是魔力之源。然而，在《仲夏夜之梦》中，这样的魔力被赋予了国王。

因此，莎士比亚的戏剧“表面上向宫廷效忠，可骨子里却淡化了王室的力量”（p. 127）。实际上，虽然高坐权力之巅的是位女性，父权却依旧得到了维系，因为它反复强调这个女性不同于其他所有的女性。即使今时今日这种做法也屡见不鲜，把一位女性推上党魁之位并不会改变保守党对女性社会角色的看法。恰恰相反，在“铁娘子”（在这一语境中的一个有趣的称谓）的治国之下，反动思想不退反进，得到了加强。“伊丽莎白的统治并不会改变文化中男性的霸权地位，实际上，强调女王不同于其他所有女性，反而可令男性的地位得到巩固。”（p. 124）盛典及颂词中，伊丽莎白女王被反复称颂为“集少女、女王、母亲于一体”，这时她已不再是真实的女性，成了宗教神话。整篇论文中，与戏剧的论述纠缠合一的是男性如何接受一位女性君主，同时又要维系严格的父权结构。对于那些男性朝臣来说，“俯首帖耳”于圣洁女王似乎少了些“男子气概”，而那些从女王手中谋求高官厚禄的人又仿佛是讨这位国家之母欢心的孩子。这一切显示出，在批评实践中坚持文本的历史性和历史的文本性意味着什么。

## 文化唯物主义

英国批评家格雷厄姆·霍尔德内斯（Graham Holderness）将文化唯物主义（cultural materialism）形容为“历史学的政治化形式”，我们可将其解释为在政治化的框架中研究历史材料（其中也包括文学文本），这一框架包含着我们的现实，而文学文本对现实的成形也起到了推波助澜的作用。1985 年，乔纳森·多利莫尔（Jonathan Dollimore）和辛菲尔德（Alan Sinfield）合作编辑了论文集《政治的莎士比亚：文化唯物主义新论》（*Political Shakespeare: New Essays in Cultural Materialism*），将“文化唯物主义”定为论文集的副标题，“文化唯物主义”这一术语也随之流行起来。论文集的前言中，二人将文化唯物主义定义为一种具有四项特征的批评方法：其一，重历史背景；其二，重理论方法；其三，重政治取向；其四，重文本分析。

下面，让我们逐条简评一番。**首先**，重**历史背景**“削弱了传统上赋予文学文本的超验意义”，这里“超验”这个词的意义大致上相当于“不朽”。要采取这样的立场，就必须面对显而易见的反对意见：今天我们依旧在阅读、研究莎士比亚的戏剧，这足以说明它们毫无疑问地超越了所创作时代的环境的限制，因此它们已经证明了自己的“不朽”。但是，这是一个程度上的问题：在这一方面，文化唯物主义的目标就是发掘以往为研究者所忽视的文学文本的历史。要重新发掘历史，就必须联系到事件，例如“农村的圈地运动，贫困农民的反抗，国家权力，对国家权力的反抗……巫术、狂欢放纵的挑战，以及对其的压制”（Dollimore and Sinfield, p. 3）。**其次**，**重理论方法**意味着摆脱自由人文主义，吸收结构主义、后结构主义，以及其他自20世纪世纪70年代以来广为流行的理论方法。**再次**，**重政治取向**既意味着马克思主义和女性主义视角的影响，也意味着摆脱此前一直主导着莎士比亚研究的保守-基督教框架。**最后**，**重文本分析**意味着“在批评不能被忽视的地方对传统方法展开批评”。也就是说，文化唯物主义不仅致力于拿出一种抽象的理论，更致力于将其运用于经典文本之上，这些经典文本依旧是大量学术研究的焦点，依旧引起学术界的高度关注，成为耀眼的民族文化符号。

文化唯物主义这个术语的两个部分也需要做进一步的解释。“文化”包含各种文化形式（电视、流行音乐、流行小说都包含在内）。也就是说，这种方法并不把文化局限于“阳春白雪”，如莎士比亚的戏剧。“唯物主义”则代表着“唯心主义”的反面，“唯心主义”认为高雅文化代表着个人天才心灵的自由、独立的创造，唯物主义则认为文化不能超越物质力量和生产关系，文化并不是经济-政治体系的简单反映，但也不能独立于其外。这些实际上都是马克思主义批评的标准观点，这或许表明要区分“简单”马克思主义和文化唯物主义并非易事。不过，文化唯物主义又补充说，莎士比亚的历史并非四百年前的现实，而是莎士比亚的戏剧不断被创造、再创造出来的历史，其中也包括我们的当代。因此，文化唯物主义强调种种社会机制所起的作用，正是通过这些机制，莎士比亚的戏剧呈现在我们面前——皇家莎士比亚剧团、电影工业、为中小学和大学出版教科书的出版商，还有国家课程，规定哪几部莎士比亚戏剧为所有学生的必读篇目。

文化唯物主义的许多观点（也包括其名称）来自英国的左派批评家雷蒙·威廉斯。福柯提出“话语”概念，威廉斯则提出“情感结构”（structures of feelings）这个术语，所涉及的是“鲜活感受之中的意义和价值”。情感结构常常同表层的价值和信仰系统，以及社会中主导的意识形态相矛盾冲突，最典型体现出情感结构的就是文学作品，文学作品中情感结构同时代现状相抗争（例如，狄更斯，还有勃朗特姐妹的小说所表现出来的价值就不同于维多利亚时代英国的唯利是图的价值）。文化唯物主义对于变革要乐观得多，有时也愿意把文学看成一种对抗力量，文化唯物主义尤其会运用“以古论今”，通过呈现过去我们强调什么，又压制什么，揭示出当今社会的政治现实。在英国，莎士比亚被奉若神明，许多文化唯物主义著作的目标就是削弱莎翁的偶像崇拜角色，“新焦点”丛书中就有三部此类文化唯物主义典型著作：格雷厄姆·霍尔德内斯的《莎士比亚神话》（*The Shakespeare Myth*），约翰·德拉卡基斯（John Drakakis）主编的《不一样的莎士比亚》（*Alternative Shakespeare*），以及特伦斯·霍克斯的《莎士比亚式的欢闹》（*That Shakespearean Rag*，书名实在有点儿出奇，来自艾略特的长诗《荒原》中的一句）。1988 年，《伦敦图书评论》（*London Review of Books*）曾刊登对《莎士比亚神话》一篇评论的读者来信，长达一年之久，栏目的标题就是“莎士比亚崇拜”。

## 文化唯物主义与新历史主义有什么区别

文化唯物主义时常同新历史主义放在一起讨论，新历史主义是文化唯物主义在美国的同类思潮。虽然二者可划入同一门类之中，彼此间的争吵也不断。《政治的莎士比亚：文化唯物主义新论》中也包括新历史主义文章，在该书的导言中，编者解释了二者间的一些区别。

首先，多利莫尔和辛菲尔德引用马克思的话，对文化唯物主义和新历史主义做了简洁明了的区分："人们自己创造自己的历史，但并不是在他们自己选定的条件下创造。"（p. 3）二位主编说，文化唯物主义倾向于强调人们创造他们自己历史的干预作用，新历史主义则把重心放于人们创造自己的历史时所处的不够理想的环境之上，即限制着人们的"社会和意识形态结构的力量"。由此两者呈现出明显的差异：一个是政治乐观主义，一个是政治悲观主义。

其次，文化唯物主义认为新历史主义接受了一种特定的后结构主义思想，对能否获得可靠的知识持极端怀疑态度，故而也脱离了实际的政治立场。后结构主义思想的兴起令知识、语言、真理等都成了问题，这种观点被新历史主义所吸收，成为一个重要组成部分。新历史主义者为自己作辩护时说，意识到所有知识内在的不确定性并不意味着放弃建立真理的努力，仅仅意味着在追寻真理时对可能的危险和局限要有更清醒的意识，从而令自己的学术探索获得特殊的权威性。这就犹如明知山有虎，偏向虎山行，可事先必须做好各种准备。新历史主义者说，福柯令他们在文本的历史主义研究中闯入一片"没有真理导向的天地"，并不是说他们自己都不相信自己所说的话，而是说他们很清楚，宣称确定了真理，这要冒着多么大的风险。

新历史主义和文化唯物主义还有第三个区别：前者使用与莎士比亚同时代的文献为"共存文本"，后者则可能使用皇家莎士比亚剧团当代演出时使用的表演指南，海湾战争中某位飞行员引用过的一句莎士比亚的台词，或某位政府部长就教育的某段言论。换言之，新历史主义将文本置于当时的政治处境之中，文化唯物主义则将之置于当代的政治环境之中，这也再次暴露出两种方法在政治上的不同重心。实际上，完全可以说，这种政治区别是上面所介绍的三条区别的共同基础。

### 停一停，想一想

我花了不少时间来说明新历史主义和文化唯物主义之间的区别，这也恰恰从反面说明了二者有着非常广泛的重叠话题。二者是同一种方法在两个国家的变体吗？或者，二者间的区别确实如所说（尤其如英国的文化唯物主义者所强调）的那样深刻？

或许，只有去阅读、对比两种方法的文章，才能真正找到问题的答案。按照通行的说法，二者的区别主要体现于两个方面：其一，政治观点；其二，对后结构主义视角的强调程度。首先，让我们比较本书所给例证中的不同态度，然后请根据本章后列出的文献选读，再多读和比较两篇。

当然，之所以这两种方法之间存在着差异，部分原因是它们所使用的思想框架不同。新历史主义深受福柯影响，在福柯看来，“话语实践”常常对主导意识形态起到巩固加强的作用。与新历史主义不同，文化唯物主义深受雷蒙·威廉斯的影响，认为“情感结构”中包含着反抗主导意识形态的萌芽。对两种方法都持怀疑态度的人会指出，新历史主义者很难解释英国内战（1642 年至 1651 年英国议会派与保皇派之间的一系列武装冲突与政治斗争）何以发生，因为在新历史主义者看来，无所不在的国家权力令反抗难以成为实现；文化唯物主义者也难以解释这场内战何以会结束，因为他们所说的“情感结构”不断抛起新思潮，令静止和停滞不可能出现。现实中，两种方法间的政治分歧变化多端、难以捉摸，远非上述截然两分的对立所能涵盖。

## 文化唯物主义批评家在做什么

1. 解读文学文本，通常是文艺复兴时期的剧作，“重新发现其历史”，也就是说，产生作品的背景。

2. 与此同时，强调文本在当下的传播中，适应当下环境从而令历史被遗忘的要素（比如说，“文化遗产工业”对莎士比亚的包装，尊其为民族诗人、文化符号等）。

3. 综合马克思主义和女性主义方法，尤其在完成上述第一点时，尤其希望以此打破之前支配莎士比亚批评，具有保守主义色彩的社会、政治、宗教观点。

4. 使用文本细读的技巧，但经常采用结构主义和后结构主义技巧，尤其以此标志着摆脱了与细读传统相伴而行的保守主义社会和文化思想框架。

5. 与此同时，他们的著作主要集中于传统正典之上，理由是名望不那么显赫的文本难以构成有效的政治干预（例如，可以引发学校课程设置或民族个性的讨论）。

## 文化唯物主义：实例一则

这里给出的例子是特伦斯·霍克斯的文章《特尔马赫》（“Telmah”，

收入其专著《莎士比亚式的欢闹》中），可算是文化唯物主义方法的一种非正式变体。该文是全书第四篇，而书中每一篇都围绕20世纪早期某位主要莎士比亚批评家的著作，各篇都服务于同一个主题，显示莎士比亚戏剧在接触读者和观众之前，经过了怎样的中介。这一章的对象是约翰·多弗·威尔逊（John Dover Wilson），此人以其20世纪30年代出版的著作《〈哈姆雷特〉中发生了什么》（*What Happens in Hamlet?*）而著名。霍克斯在文章的第一部分中对《哈姆雷特》的方方面面加以思考，特别强调剧中循环和对称的要素，如开局如何与结局相呼应，相同的处境在剧中又如何反复出现，等等。同时，他也提出，任何演出的开头和结尾无固定模式可言，因为观众在实际看到表演之前，已经对剧作进行了文化定位。《哈姆雷特》中一个反复出现的主题是“向后看”，过去总是胜过当前，这令霍克斯想到，是否可能把整部剧作首尾颠倒过来，于是有了这篇文章的标题——《特尔马赫》（Telmah，即Hamlet之倒文）。

文章第二部分的标题是“到桑德兰车站”（To the Sunderland Station），暗指那本关于俄国革命众所周知的历史的著作《到芬兰车站》（*To the Finland Station*）。这部分讲述了约翰·多弗·威尔逊1917年乘火车前往桑德兰时的事，他受政府的委派到那里调停一家弹药工厂的劳资矛盾。他面前放着一篇格雷格（W. W. Greg）关于《哈姆雷特》的文章，文章说国王没有对哑剧公开做出反应，说明他是个有着复杂内心的人物，远非故事书上的大恶棍。传统上，至少自浪漫主义以来，批评家就仅仅关注哈姆雷特一个人，可是如果国王确实如上所述，是个具有复杂内心世界的人物，就同样值得批评家的关注。这一观点令威尔逊勃然大怒，这也绝非偶然，在他发表的关于俄国的文章中，威尔逊同样表达出对于秩序近乎痴狂的渴望。他以优美的笔调把俄国描绘成一个风景如画的封建国度，一个“有机整体”，就如同他这一阶级所怀念中的英国。

在他对格雷格文章的回应中，以及后来所撰写的关于《哈姆雷特》的著作中，多弗·威尔逊急切地为哈姆雷特这个受到威胁的文化符号进行辩护，这也被视为上述思想的表现。“一战”后不久，威尔逊成为向政府汇报教育状况的纽波特委员会的一员，认为英语语言文学教育为社会提供了一剂黏合剂，可令英国免于重蹈俄罗斯之覆辙。威尔逊还引用了张伯伦（Neville Chamberlain）赞扬《〈哈姆雷特〉中发生了什么》的一封信，并由此创造出一种平息和控制分歧的模式，于是对《哈姆雷特》的解释置于来自 20 世纪生活的几个共存文本之侧，戏剧本身的文化蕴含也发生了变化。霍克斯最后对该剧的结尾做了番解读，在其中加入了一段表演指南，他的这种批评模式就像爵士乐乐手的演奏，并不表演一个标准的文本，而是改变他所表演的东西。或许，我们可以将此视为文化唯物主义批评此类批评的典型特征。

这种文章很难归于某一类，其文笔生动活泼，语气亲密贴近，没有学术写作的大多数形式。开篇总是富于戏剧性，转折处总是峰回路转、起落跌宕，关键信息总是含而不吐，直至积聚到最大动能时才骤然释放。结构上，文章似乎由一系列不相关的事件或情景组成，可最后发现它们之间其实有着绵密而精巧的联系。所有这些都是小说的典型特征，完全有理由说这已属“创意写作”之列，批评和文学之间的分界已被擦拭得淡不可见。和新历史主义一样，文学和历史融为一体，难分彼此。不过作者观察问题的角度，以及他对历史的重述更接近于当代现实，而非新历史主义者那样满足于历史自身。

## 文献选读

Chase, Cynthia ed., *Romanticism* (Longman Critical Readers, 1993). 该文集中收入三篇运用这一时期新历史主义方法的文章，分别是卡伦·斯

旺（Karen Swann）论柯勒律治的诗歌《克里斯特贝尔》(Christabel)，玛乔丽·莱文森（Marjorie Levinson）论济慈，杰尔姆·克里斯坦森（Jerome Christensen）论拜伦的戏剧《萨丹纳帕路斯》(*Sardanapalus*)。

Dollimore, Jonathan and Sinfield, Alan, eds, *Political Shakespeare: New Essays in Cultural Materialism* (Manchester University Press, 2nd edn, 1994). 该书导论对新历史主义的介绍非常有用，解释了它同文化唯物主义的区别之所在。该书中也收入了格林布拉特的文章《看不见的子弹》("Invisible Bullets")。

Drakakis, John, ed., *Alternative Shakespeares* (revised edn, Routledge, 2002). 该书中收入的文章并没有使用“文化唯物主义”这个术语，不过总体而言，它们还是代表了这种方法。

Gallagher, Catherine and Greenblatt, Stephen, *Practicing the New Historicism* (University of Chicago Press, 2000). “凯瑟琳·加拉格尔和斯蒂芬·格林布拉特文风明晰透彻，避开学术术语，重点探讨了新历史主义的五个方面：反复使用叙事，关注表征的本质、痴迷于身体的历史、重拾被忽视的细节、以怀疑的精神分析意识形态。”(出版商语)。

Grady, Hugh, *The Modernist Shakespeare* (Oxford University Press, new edn，1994). 该书第225—235页讨论新历史主义。很棒的一本书，总是思想锐利，有着很强的可读性，关于蒂利亚德的第四章“旧历史主义”非常有用。第五章讨论了当代莎士比亚批评的各种趋向及其应用。

Greenblatt, Stephen, *Shakespearian Negotiations: The Circulation of Social Energy in Renaissance England* (California University Press, 199). 该书中的文章《虚构和磨损》讲的是莎士比亚喜剧中女扮男装的现象，是开始新历史主义的好起点，而《看不见的子弹》则是该书中最著名的一篇文章。

Hawkes, Terence, *That Shakespearian Rag* (Methuen, 1986). 文化唯物

主义的实例，通书活泼有趣，将莎士比亚同我们的某些境遇奇异地放在一起。

Holderness, Graham, *The Shakespeare Myth* (Manchester University Press, 1988). 研究“产生于文化、决定于历史的莎士比亚神话”，同时也邀请“教育界、表演界、出版界、电视界重要的莎士比亚专家”做访谈。

Levinson, Marjorie, ed., *Rethinking Historicism: Critical Readings in Romantic History* (Blackwell, 1989), 将新历史主义应用于浪漫主义研究之上。

Sinfield, Alan, *Shakespeare, Authority, Sexuality: Unfinished Business in Cultural Materialism* (Routledge,“Accents on Shakespeare” series, 2006). 这是本激动人心的书，其作者是文化唯物主义先锋之一。尤其请阅读该书第一章“未完成的事业：文化唯物主义中的问题”，以及第十一章“未完成的事业”第二部分。

Veeser, H. Aram, ed., *The New Historicism* (Routledge, 1989). 作为资料汇编，其价值颇高。

Veeser, H. Aram, *The New Historicism Reader* (Routledge, 1994). 涵盖广泛的英美文学作品，不仅限于文艺复兴。

Wilson, Richard and Dutton, Richard, eds, *New Historicism and Renaissance Drama* (Routledge, 1992). 有用的选集，收入了关键性的文章，导论优秀。

# 后殖民批评

# POSTCOLONIAL CRITICISM

# 背　景

作为独立的门类，后殖民批评（postcolonial criticism）直到 20 世纪 90 年代才出现。塞尔登的《当代文学理论导读》（*A Reader's Guide to Contemporary Literary Theory*）在 1985 年出第一版时没有提到这个名称，霍索恩在 1992 年出版的《简明当代文学理论词典》（*A Concise Glossary of Contemporary Literary Theory*）也没有收入它。后殖民批评的传播与流行归功于以下一些著作：佳亚特里 · 斯皮瓦克在 1987 年出版的《别样世界中》（*In Other Worlds*），阿希克罗夫特（Bill Ashcroft）在 1989 年出版的《逆写帝国》（*The Empire Writes Back*），霍米 · 巴巴（Homi Bhabha）在 1990 年出版的《民族与叙事》（*Nation and Narration*），还有萨义德（Edward Said）在 1993 年出版的《文化与帝国主义》（*Culture and Imperialism*）。收录相关文章的一本重要选集是 1986 年出版的《"种族"、书写与差异》（*"Race", Writing and Difference*），不过这本论文集中的文章还没有用到"后殖民主义"（postcolonialism）这个术语，文章的来源是《批评探索》（*Critical Inquiry*）的两期特刊，主编是小亨利 · 路易斯 · 盖茨（Henry Louis Gates, Jr），他是美国在这一领域最著名的人物之一。

后殖民批评的一个重要结果是进一步削弱了自由人文主义批评家曾经代表文学做出的普世主义断言，如果说伟大文学的意义放之四海而皆准，任天荒地老不会改变，我们就会忽视经验和世界观中的文化、社会、宗教、民族差异，转而设想出一种单一普世的标准，以此来评判文学。比如，一提到托马斯·哈代小说的“威塞克斯”风貌，就说那犹如一张画布，哈代在上面描绘出的是人类共同的基本处境。于是，哈代的小说不再被视为某个地域，或某个历史阶段，或男性、白人、工人阶级的产物，它们就是小说，这种态度背后的看法是：如此呈现现实乃“自然之道”，毋庸置疑，呈现出的情景可代表人类交往的所有可能形式。后殖民批评拒斥这种普世主义，每当有人声称某某作品具有普世价值时，紧接着就会看到他手腕一转，把那顶桂冠戴到以欧洲白人为中心的规范之上，其他一切则被贬为附庸，放逐到边缘。

后殖民批评的始祖可追溯到弗朗茨·法农（Frantz Fanon）在1961年出版的《全世界受苦的人》(*The Wretched of the Earth*)，对法国在非洲的殖民政策发出“文化抵抗”之声。法农是法属马提尼克岛上的一名心理医师，他说殖民地人民要找到自己的声音和身份，第一步就是要寻回自己的历史。数世纪以来，欧洲的殖民力量贬低殖民地的过去，把殖民者到来之前的时代说成未开化的混沌，甚至是历史的虚无。孩子们，无论肤色是黑还是白，所接受的教育都要求他们把欧洲殖民者的到来视为历史的开端，文化和进步的起点。如果说迈向后殖民的第一步是寻回自己的历史，第二步就是削弱贬低非洲历史的殖民主义意识形态。

另一部重要著作正式开始了后殖民批评，这就是萨义德在1978年出版的《东方主义》(*Orientalism*)，该书具体揭露出普世主义的欧洲中心主义色彩。一方面，欧洲，或曰西方的优越被视为天经地义；另一方面，西方以外的一切理所当然被视为低西方一等。萨义德从西方的传统中发现一种“东方主义”，这是一种有着悠久历史的思维方式，把东方视为劣于西方的“他者”。他说，在西方人眼中，“东方代表着一种他性，甚至是‘隐秘’自我”(*Literature in the Modern World*, ed. Dennis Walder, p. 236)。这实际上意味着东方成了一个大废物库，西方人把自己所不愿承认的一切，如残忍、好色、颓废、懒惰，统统投射到其中。具有讽刺意味的是，东方同时又被视为魅力无穷之地，充满神秘诱惑和异域风情；东方也被视为同质的整体，那里的人民都是无名的大众，不是鲜活的个体，决定他们行为的是本能情感（如贪婪、恐惧、愤怒），不是有意识的抉择。他们的情感和反应总是取决于各种种族思维（他就是如此，因为他是亚细亚人、黑人，或东方人），而不是取决于个人的位置与处境（例如，她恰好是某人的姐姐，他恰好是某人的叔叔，或者是个古陶器收藏家）。萨义德引用了某位殖民地官员在 1907 年就大马士革的生活说的一段话，随后说：“这些言论中，我们立即注意到，阿拉伯人被刷上一层与众不同、确定无疑、集体一致的色彩，从而抹去了个体阿拉伯人的一切痕迹，也抹去了任何值得叙说的人生历史。”

## 后殖民阅读

从“东方主义”视角去阅读文学要求我们，比如，在阅读叶芝的两首拜占庭诗时（1927 年的《驶向拜占庭》和 1932 年的《拜占庭》），以批判的眼光看待诗中对伊斯坦布尔，这座古罗马帝国东都的描述。诗中，这座城市笼罩于麻木、感性和东方神秘之中，此时的叶芝站在种族中心主义或欧洲中心主义的立场上，把东方看成“异域他者”，仿佛一面镜子，反射回他自己的关注和追求。萨义德曾就叶芝写过一篇文章，在后殖民的语境中对他的诗进行解读，后收录入他的著作《文化与帝国主义》。萨义德认为，叶芝作品中常常表达出重拾过去富于神秘色彩和民族情感的爱尔兰的愿望，而这恰恰是持后殖民立场作家的典型特征，同法农所说的寻回历史的需要有着密切的联系。此类作家的典型做法是唤起，或创造自己的国家在沦为殖民地之前的景象，拒绝具有殖民地色彩的现代和当代，这是后殖民批评的第一个特点：意识到欧洲以外的地域被表征为异域，或无道德观念的“他者”。

无论是叶芝，还是后殖民作家们，都明显表现出对殖民者语言的不安。叶芝呼吁爱尔兰诗人要勤习诗艺，言下之意要谦虚好学。这种在语言面前的谦逊态度或许会令我们想起乔伊斯的《一个青年艺术家的画像》（在 1914—1915 年间连载发表）中的主人公斯蒂芬·戴达罗斯关于英语的一连串思考，尤其在小说前面的一个场景中，斯蒂芬因为用了一个爱尔兰方言词而受到牧师的鄙视和怜悯。斯蒂芬心想：“我们两人现在交谈用的这种语言是他的语言，后来才变成了我的语言……我的灵魂在他的语言的阴影中坐立不安。”（《一个青年艺术家的画像》，第五章）最近，爱尔兰诗人谢默斯·希尼[①]（Seamus Heaney）在一首标题为《恐怖部》（“The Ministry of Fear”）的诗作中也回想起，幼时常常为自己的英语发音而忐忑和尴尬（“那些来自山外的平头钉靴子 / 老天做证，正踩踏着 / 演说术的雅致草坪”），他还感叹：“乌尔斯特是英国的，但无权 / 写英语抒情诗。”乌尔斯特即爱尔兰。语言上的遵从发展至如此地步，以至于语言仿佛是别人的家具，不经过允许不可随意改动。有些后殖民作家得出结论，殖民者的语言永远带着殖民色彩，用其来写作就是在默认

① 谢默斯·希尼（1939—2013）爱尔兰诗人，文学批评家。生于爱尔兰北部德里郡毛斯邦县一个虔信天主教、世代务农的家庭。希尼自小接受正规的英国教育，1961年以第一名的优异成绩毕业于贝尔法斯特女王大学英文系。1966年，以诗集《一位自然主义者之死》一举成名。1966年到1972年，希尼在母校任现代文学讲师，亲历了北爱尔兰天主教徒为争取公民权举行示威而引起的暴乱。希尼不仅是诗人，还是一位诗学专家。1995年获得诺贝尔文学奖。他的诺贝尔奖演讲《归功于诗》（Crediting Poetry，1996）也是一篇重要诗论。——编者注

殖民主义结构。于是，语言本身成了后殖民批评所关注的第二个领域（关于如何从后殖民角度去看待诗歌、语言，可参阅 Stan Smith 的文章 "Darkening English: Post-imperial Contestations in the Language of Seamus Heaney and Derek Walcott",《英语》，1994 年春季刊）。

这意味着叶芝作为爱尔兰新教统治阶级的一员身具双重身份，既是殖民者，又是被殖民者，而后殖民思想力量的源泉之一正是意识到了此种双重身份的存在。尼日利亚小说家钦努阿·阿契贝（Chinua Achebe）在 1958 年出版了第一部小说《这个世界土崩瓦解了》（*Things Fall Apart*），一位早期的批评者说，他摆出一副同非洲农村人民站在一起的姿态，可实际上他接受了大学教育，在首都拉各斯[①]做电台播音员，这一切都令他同欧洲人带到非洲的"文明"价值站在一起（参阅阿契贝的文章 "Colonialist Criticism"，收入 *Literature in the Modern World*, ed. Dennis Walder, Oxford University Press，1990）。强调身份的双重性、混合性和不稳定性，这是后殖民方法的第三个特点。

从一个层面上说，阿契贝所描写的非洲农村相当于叶芝在其诗作中再现的沦为英国殖民地之前，充满英雄神话的爱尔兰；另一个层面上，双重或混合身份也正是后殖民处境所带来的。20 世纪 80 年代至 90 年代，风向在改变，作家们愈发转向使用亚洲、非洲形式为主，辅之以欧洲形式，而非以欧洲体裁为主（如小说），仅仅加入一些富于异域色彩的非洲化描写。可以说，所有的后殖民文学都经历了这一转变。开始时，他们完全接受了欧洲的文学模式（尤其是小说），完全没有质疑其权威，并雄心万丈，要创作出堪称不朽的杰作，名列那一传统之中。这一阶段可称为殖民文学的**拿来**阶段，因为作家照原样拿来，认为形式之效力无论到哪里都不会改变。第二阶段可称为**改造**阶段，改造源于欧洲的形

① 尼日利亚旧都，1991年首都迁往阿布贾。——编者注

式，以适应非洲的主题，故而对欧洲的体裁部分行使了干预的权力。最后阶段，非洲作家们发出文化独立的宣言，形成自己独特的形式，不再以欧洲的规范为参照，可称为**娴熟**阶段，其特点是认为非洲的作家已娴于技巧，获得独立，不再像第一阶段那样，仅仅是卑微的学徒，或者像第二阶段那样，仅仅得到许可。强调“跨文化”互动是后殖民批评的第四个特点。

对身份的双重性，或曰分裂性，或曰流动性的认识是后殖民作家们的鲜明特征，这也解释了后结构主义和解构思想何以会对后殖民批评产生如此巨大的吸引力。后结构主义思想的焦点是呈现个人和性别身份的流动性和不确定性，显示出文本中意义的变化多端，矛盾冲突的流动，也显示出文学如何可以上演意识形态斗争。这一思维定式非常适合于表现后殖民作家和评论家不断意识到的多种矛盾和多重效忠，在一些代表性的后殖民作家的作品中，如小亨利·路易斯·盖茨、佳亚特里·斯皮瓦克、霍米·巴巴等人的著作中，都能看到后结构主义视角。三人的著作明显能看出德里达的文本思想和福柯的话语思想的结合，同样有着艰涩难懂的表面文字，要抵达最终的政治行动（或立场），同样要经过蜿蜒曲折的路径。此类后殖民批评大致上对应于以克里斯蒂娃和西苏为代表的理论化“法国派”女性主义批评。下面的例证来自萨义德，他对理论的强调不如前三位那么重，似乎接受了一些自由人文主义思想，因而他的政治立场也更鲜明（他站在巴勒斯坦阿拉伯人一边）。从这个意义上说，他的著作有些类似于女性主义批评的“英美派”，因为后者同样有着鲜明的政治立场，文字也同样通俗易懂。

如果说上面提到的三个阶段（拿来、改造、娴熟）为审视后殖民文学提供了一个渠道，那么要审视后殖民批评的各个阶段，不妨将其同女性主义批评的各个发展阶段一一对应。早期阶段，也就是说，在后殖民批评自身得到承认之前，其主要对象是白人对殖民地国家的描写，对其中所表现出来的局限和偏见提出批评。例如，批评家们会探讨康拉德（Joseph Conrad）在《黑暗之心》（*The Heart of Darkness*）中对非洲的描写，或福斯特（E. M. Forster）在《印度之行》（*A Passage to India*）中对印度的描写，或加缪（Albert Camus）在《局外人》（*The Outsider*）中对阿尔及利亚的描写。这对应于20世纪70年代早期的女性主义批评，其主要对象是男性作家对女性的表现，如劳伦斯（D. H. Lawrence）和亨利·米勒（Henry Miller），此类女性主义批评的经典之作是米利特的《性政治》。第二阶段，后殖民批评转向后殖民作家对自身及社会的探索，占据核心地位的是对多样性、混合性、差异性的探究和颂扬。借用这一领域中颇具先锋性的著作 *The Empire Writes Back* 这个书名，这是"帝国逆写"的阶段，相当于女性主义批评的"女性文本"阶段，即转向女性作家著作中对女性经验和身份的探索。这两种批评方法的类比甚至可以探究得更深一点。前面我们已经提到女性主义批评中"理论性批评"与"经验性批评"之分，同样，在后殖民主义批评中，我们既能见到直接受后结构主义和解构思想影响的一支，如霍米·巴巴，也能见到以萨义德为代表的另一支，更多接受了自由人文主义思想，文风平易近人，对政治的参与也更为直接。

**停一停，想一想**

后殖民批评把读者的注意力引向文学文本中的文化差异这一问题，是聚焦于具体议题的几种批评方法之一，我们在前面已经介绍了这几种批评方法，它们聚焦的议题包括：性别问题（女性主义批评）、阶级问题（马克思主义批评），以及性取向问题（酷儿理论）。

这就导致有可能出现一种超级读者，他们能够在阅读同一个文本时均等且充分地对待所有这些议题。在实践中，对于大多数读者而言，选择其中之一就会遮盖住其他议题。以女性主义批评为例，吉尔伯特和古巴尔的《阁楼上的疯女人》(见第6章)在评述《呼啸山庄》时就并没有涉及那些可能会令后殖民批评家感兴趣的方面，例如希斯克利夫被作者描绘成“种族他者”(一个吉卜赛人，一个印度水手，一个落魄的美国人或西班牙人)。吉尔伯特和古巴尔把希斯克利夫说成凯瑟琳的“第二自我，或本我”，他黝黑的皮肤同管理着画眉山庄的埃德加的金发白皮肤形成对比，但是讽刺的是，画眉山庄被描绘成“极乐”“高贵”“理性”之地。吉尔伯特和古巴尔这是将种族他性与可能被视为无意识的本我或潜意识的非理性力量融合在一起。

我们通常应该努力成为有着多层次观点和意识的超级读者吗？还是，这样做只会让我们的阅读平淡乏味、浮泛浅薄？

显然，任何人都不可能为别人来回答这个问题，这个问题只能由自己来回答。我自己的感觉是，虽然均等对待所有这些议题在理论上并非不可能，可如果这样做仅仅为了追求不偏不倚的政治立场，那几乎肯定会导致平淡浅薄。对某个议题的真正兴趣只能兴起于自己的生活感受。你的观点不可能像衣服一样穿了又脱。只有当真正感到某种迫切需要时，它们才会出现，发出自己的声音。

## 后殖民批评家在做什么

1. 拒斥西方文学正典的普世主义诉求，力图展现其局限，尤其是未能跨越文化、种族差异界线而共情的总体缺陷。

2. 为达到这个目标，审视文学对其他文化的表征。

3. 揭示在涉及殖民主义和帝国主义问题时，文学时常避重就轻，或干脆装聋作哑。

4. 突出文化差异和多样性问题，审视它们在不同文学作品中的遭遇。

5. 颂扬混合性和“文化多层性”，也就是说，个人和群体可以同时属于不同文化（例如，通过殖民教育制度而属于殖民者的文化，通过当地和口头传统而属于被殖民者的文化）。

6. 发展出不仅属于后殖民文学的视角，更可通过这种视角把边缘、多样和“他者”视为力量之源泉、改变之潜能。

## 后殖民批评：实例一则

让我们来看一看萨义德关于简·奥斯汀的《曼斯菲尔德庄园》（*Mansfield Park*）的一篇文章，这篇文章已经确立了其在文学批评领域的权威地位。马尔赫恩的《当代马克思主义文学批评》、牛顿的《从理论到实践：现代文学批评读本》、伊格尔顿的《雷蒙·威廉斯：批判视角》，以及萨义德自己的《文化与帝国主义》都收录了这篇文章。文章的标题是《简·奥斯汀与帝国》（“Jane Austen and the Empire”），文章中萨义德小心翼翼地“把小说的背景重新推上前台”。所谓背景，也就是托马斯·贝特兰爵士在安提瓜拥有的产业，正是依靠这些产业，曼斯菲尔德庄园才能得到维持。极大的讽刺之处在于，英国庄园代表着理想中的秩序和文明，却维系于另一个远在海角天涯的产业之上。因此，“离开了奴隶贸易、榨糖业，以及殖民地农场主阶级”（Mulhern, p. 111），曼斯菲尔德庄园根本就不可能存在。萨义德说：“托马斯爵士远在加勒比海的产业肯定是甘蔗园，由奴隶劳动所维系（那里的奴隶制度直到19世纪30年代才废除）。”（p. 106）萨义德把这部小说的“道德地理”置于关注的中心，把奥斯汀视为一条线索的开端，这条线索向后延伸，一直发展到康拉德和吉卜林审视殖民过程的小说之中。如同马尔赫恩所说，其结果是“英国文化的帝国主义阶段的起始时间必须大大向前推，从帝国开始正式形成前推至18世纪”（p. 97）。在小说中，托马斯爵士回到故国，迅速恢复秩序，压根儿没有想到过自己的观点和本能或许会有错误，他正是个标准的殖民主义者，视自己为文明之规范，用萨义德的话来说，他是个“建立秩序的鲁滨逊”。萨义德说道：“我们完全有理由相信，在安提瓜，他的所作所为同鲁滨逊如出一辙，不过规模更大……要抓住、控制曼斯菲尔德庄园，就必须抓住、控制与之相关的帝国庄园。”（p. 104）

这种解读方法填补小说没有直接言明的一个维度，这并不是说所有这些内容存在于小说的“某处”，而是说这是阅读小说的正确方式。不过萨义德强调这些内容确实在“某处”：“所有这些与引入的外部事物有关的问题，在我看来，都明确无误地存在于小说间接与抽象的语言暗示里。”萨义德招来“细读”以为自己的援军，大部分都令人信服，不过最后，他似乎诉诸白人中产阶级读者的**良知**：

> 我们一定不能说，由于《曼斯菲尔德庄园》是一部小说，它和一种特别肮脏的历史牵连在一起这一事实就是无关紧要的，它就是超然的。这不仅因为这样说不负责任，而且因为我们了解得太多，这样说也是不诚实的。（p. 112）

在我看来，阅读萨义德的这篇文章无疑会产生效果。对于小说《曼斯菲尔德庄园》中的这个方面，我们可能曾经“天真无知”，但读过萨义德的文章之后，这种无知消失了：从此以后，我们再读这本小说时，就可能常常意识到这些在小说中缺席的殖民者-种植园主。在某种意义上，殖民者-种植园主居于一切的中心，但在另一个意义上，他们又总是被抽离和边缘化。萨义德的解读也把小说的中心确立于缺席的事情中，确定于那些没有说出和没有具体明确表达的事情中。从这一意义上说，这也可以说是一种受到后结构主义思想影响的马克思主义批评，同克里格“更忠实的”马克思主义批评形成对比。它也像新历史主义一样，差不多就要明确指出社会/殖民地情境的具体细节（缺席者——18世纪安提瓜的种植园主-地主阶级），而不仅仅是提出殖民剥削的抽象概念。

## 文献选读

Ashcroft, Bill and Ahluwalia, Pal, *Edward Said* (Routledge, 2nd edn, 2008). 该书为劳特里奇公司“批判思想家”系列中一部，颇有用处。

Ashcroft, Bill, *et al.*, *The Empire Writes Back: Theory and Practice in Post-colonial Literature* (Routledge, 2nd edn, 2002). 全面、可读性高，是这一领域的优秀入门读物。

Ashcroft, Bill, *et al.*, *The Post-colonial Studies Reader* (Routledge, 2nd edn, 2005). 涵盖极其广泛。

Ashcroft, Bill, et al., *Post-colonial Studies: The Key Concepts* (Routledge, 3rd edn，2013). 该书的写作团队与《逆写帝国》相同，话题按字母顺序排列。

Bhabha, Homi K., ed.，*Nation and Narration* (Routledge, 1990). 在这

一领域的早期选集中，该书具有权威性地位，收入了几位重要人物的文章。

Bhabha, Homi K., *The Location of Culture* (Routledge, 1994). 该书审视“性别、种族、阶级、性等领域中的文化和政治疆界”，就莫里森、戈迪默、拉什迪展开讨论。霍米·巴巴并非一位易读的作者，不过按照托尼·莫里森的说法，“离开巴巴先生，任何后殖民／现代的学术讨论均难以想象”。

Césaire, Aimé, *Return to My Native Land* (Penguin Poets, 1969). 这本和下一本都是早期后殖民主义文本，堪称这一领域中的经典，其地位可比女性主义《女太监》(*The Female Eunuch*) 和《女性神话》(*The Feminine Mystique*)。

Fanon, Frantz, *The Wretched of the Earth* (Penguin, 1961).

Gates, Henry Louis, Jr, ed., “Race”, *Writing and Difference* (University of Chicago Press, 1987).

Loomba, Ania*, Colonialism/Post-Colonialism* (Routledge, New Critical Idiom series, 3rd edn, 2015).

McLeod, John, *Beginning Postcolonialism* (Manchester University Press, 2nd edn, 2009）. 非常棒，可读性很强。

Said, Edward, *Culture and Imperialism* (Vintage, new edn, 1994). 对欧洲文化的“帝国主义之根”做了广泛地论述。

Said, Edward, *Orientalism* (Penguin, new edn, with new preface, 2003). 萨义德的著作是这一领域中的主要影响，同时也是有益的入门读物，因为他的文风直接明晰，可读性高。

Spivak, Gayatri Chakravorty, *In Other Worlds: Essays in Cultural Politics* (Routledge Classics, with a new introduction by the author, 2006). 斯皮瓦克是另一位主要人物，不过她受后结构主义影响很深，使得她

的著作对阅读者的要求很高。入门读物可选她的文章《德拉乌帕蒂》（“Draupadi”）（关于她翻译的一篇孟加拉短篇小说），文章收入牛顿的《从理论到实践》中。

Walder, Dennis, ed., *Literature in the Modern World* (Oxford University Press, 2004). 收入了阿契贝的文章《殖民主义批评》，以及其他相关的重要材料。

Zabus, Chantal, ed., *The Future of Postcolonial Studies*（routledge, 2015）(Routledge, 2015). 这是一本令人印象深刻的书，涉及宗教（迄今为止是一个后殖民主义的禁区）、生态学、酷儿理论和乌托邦的章节。

# 文体学

# STYLISTICS

# 文体学：理论还是实践？

文体学（stylistics）是应用语言科学的方法和成果，完成文学文本分析的一种批评方法。所谓“语言科学”（Linguistics），这里指的是对语言整体及其结构的科学研究，而非个别语言研究。文体学发展于20世纪，目标是展示文学作品的语言学技术特征，例如其句法结构，以之服务于作品的整体意义和效果。

下面的介绍将把重点放于批评实践，而非批评理论上。一开始我们就应当回答一个问题：文体学能不能称得上是一种批评理论？现今大多数文学理论导论的编者不这么认为，在自己的著作中对文体学只字不提，不过这种看法究竟有什么理由，却很难看出来。文体学当然是一种批评方法，并且已经产生了大量的批评实践著作，无论在风格上，还是在方法上，都同我们所熟悉的“文学批评”大相径庭。这一实践群体是关于文学语言及其运行方式的具体理论的产物，那些理论的教学也常常需要结合批评实践进行。

或许，把文体学排斥于批评理论之外的理由在于这个学科背后的理论框架，文体学同自由人文主义在许多问题上不谋而合。**首先**，二者都强烈偏向经验，也就是说，偏向具体经典文学文本的详细词语分析，而不是建立一般的理论立场。**其次**，二者在融合马克思主义、女性主义、结构主义、后结构主义的折中主义大潮前均静作壁上观。**最后**，二者都拒斥“漂浮的能指”（floating signifier）这种说法，也就是说，拒绝语言中的意义具有内在的流动性和不确定性这种观点。

二者有这么多相似之处，或许我们会以为，文体学和自由人文主义是天生的盟友。可实际上，二者在20世纪60年代斗得十分厉害，而这比自由人文主义同一般意义上的理论的对峙至少早了十年。文体学同其他形式的批判理论也有不同之处，它强烈反对充斥着其他理论话语的相对论论调。文体学以外，不确定性一统天下，所有理论家都小心翼翼地避免总体论论调，都承认不存在全景，只存在不同的视点，每个视点都有自身的局限。与之相较，文体学坚持实证主义世界观，也就是说，文体学依旧相信以无功利的探索对外部世界展开经验性研究，可以增进我们的知识。在我看来，有理由把文体学视为一种与众不同的批评理论，不应把它排除于批评理论行列之外。对于理论入门者来说，文体学的优点在于可为文学阐释提供广泛而新颖的实践模式，其中许多便于实践，尤其便于在课堂上进行分组教学。

应当补充，文体学并不限于文学文本的分析，同样也可应用于论说文、政治演讲、广告等。文体学认为文学语言并非“特例”，相反文学语言可以和其他类型的语言一样分析，解释其效果如何产生。文体学不认为文学语言具有任何神秘特殊的品质，也没有什么神圣之处，仅仅是其分析方法可分析的对象。今时今日，没有哪个令人信服的文学批评家还可以用半神秘的语言，说诗歌是灵感所至，不可磨灭，超出理性的范围，分析永远不能解释其全貌。可另一方面，也没有几个人会走向另一个极端，说文学语言中并不包含任何令其凌驾于日常语言之上的超验维度。

## 历史简述：从修辞学，到语文学，到语言学，到文体学，到新文体学

一定意义上说，文体学是古代称为“修辞”（rhetoric）的学科的现代版，教学生如何组织论点，如何有效使用各种修辞方式，更一般地说，如何在一段演讲、一篇文章中谋篇布局，以取得最强烈的效果。中世纪，修辞学在培养教会、法律界、政治界、外交界人员方面起到重要作用。脱离了职业培训的目标后，这门学科迅速退化，变得机械、刻板，仅研究语言的表面结构，例如判别修辞方法，对它们进行分类，等等。从事这门学科的人一身学究气，比如热衷于使用让人不明觉厉的称谓，常遭到乔叟、莎士比亚等人的讽刺，直到不久前学校教育中还能找到这门业已退化的学问的痕迹。

整个 19 世纪，中世纪意义上的修辞学逐渐被吸纳入语言学中。这一时期的语言学实际称为“语文学”（philology），重心几乎完全在于语言的历史形式上，包括语言的演化，不同语言之间的联系，也思考语言自身如何起源这个问题。进入 20 世纪，语言研究开始离开历史重心，转而研究语言作为一个系统有着什么样的结构，意义如何确立、传承，以及组织句子可以有什么样的选择，也正是在这里，修辞学得到了新生。第一次世界大战前不久，对文学风格及其效果的兴趣兴起，随之出现了一系列具有创新性的著作，如俄国形式主义者的著作（见本书第 8 章），以及俄裔语言学家雅各布森的著作（捷克布拉格学派的领导者之一，“二战”后定居美国，见本书第 8 章）。1958 年，在美国印第安纳大学召开了一次著名的“文体研究会议”，会议论文集名为《文学中的风格》（*Style in Literature*），由托马斯 · 西比奥克（Thomas Sebeok）主编，麻省理工学院出版社 1960 年出版。那次会议之所以声名远扬，一个原因就是雅各布森在会议闭幕时致的闭幕词（Closing Statement）。这篇讲

话中，雅各布森似乎宣布，文学研究从此由语言学全面接手：

> 诗学研究语言结构问题，而语言学是研究语言结构之整体的科学。因此，诗学应当被视为语言学的有机组成部分（诗学这里指的是文学整体的研究，而不局限于诗歌）。

西比奥克论文集的主旨就是宣扬语言学可为文学研究提供更为客观的方法，该书的出版似乎在语言学和文学研究之间产生出两大对立阵营。罗杰·福勒（Roger Fowler）认为，这种对立有百害而无一利，于是在 1966 年编辑出版了《文体和语言论文集：文学研究中的语言学方法与批判方法》（*Essays on Style and Language: Linguistic and Critical Approaches to Literary Studies*），以弥补他所说的“语言和文学之间毫无必要的分裂”所带来的伤害。可结果却是分歧进一步扩大，对立进一步加剧。诗歌评论家海伦·文德勒（Helen Vendler）在《批判论文》（*Essays in Criticism*）刊物上发表了一篇文章（1966，p. 457–463），对富勒的论文集进行评论，她认为，虽然语言学研究确实大有潜力可挖，可现阶段的语言学家们“在诗歌的解读方面还没有毕业”，“他们没有能力理解、吸收他们所阅读内容的基本意义和价值”（Vendler, p. 460）这段话刺痛了福勒，他奋起反击，由此引发了他同《批判论文》主编 F. W. 贝特森（F. W. Bateson）之间一场常被提到的论战（*Essays in Criticism*, 1967, p. 332–347 和 1968, p. 164–182）。结果，语言和文学之间的两极分化进一步加剧。

那之后，直到 20 世纪 80 年代，文德勒所说的“语言学所缺乏的东西”，即“话语分析”（discourse analysis）得到发展，从而令语言学可以分析、评论整篇作品的结构，而非像过去那样仅限于孤立的词句。这意味着非语言学专业的人士也开始对语言学取得的成就产生了兴趣，而这一领域中的语言学家也意识到了请教和融合非语言学材料的必要性。这导致在 80 年代期间出现了后来所说的“新文体学”（new stylistics），它在一定程度上体现出折中主义（借用其他批评方法的成果，如女性主义、结构主义、后结构主义等），也不大会宣称只有自己才能对文学做出客观研究。

实际上，文学和语言还在继续宣称自己方为正道。例如，福勒在 1986 年出版的《语言学批评》（*Linguistic Criticism*）中就把语言学批评形容为“文本的客观描述”（p. 4），与之相比，传统批评“术语使用前后不一，仅会使用不完整的语法术语，完全是业余水平”（p. 3）。他在 20 世纪 80 年代的写作中依旧用上了 20 年前对付贝特森时的观点。1986 年，他说，对手说语言学是铁板一块的整体，可实际上其内部存在着许多不同的技术，有些适合文学分析，有些完全不适合。同样的观点也见诸他 20 世纪 60 年代的文章中：“并不存在什么单一的语言学……不对‘语言学’做出具体界定，最后什么结论也不会得出。”（*Essays in Criticism*, 1967, p. 325）即便在 20 世纪 60 年代，并非所有的文体学研究断然宣称只有自己方为正道，故而所谓更为宽容的新文体学态度在 20 世纪 80 年代之前就已经出现了，福勒再次强调，并非任何语言学家都够格搞诗歌批评。相反，“虽然文学是语言，可就其做出一般形式语言学的研究……同其他拥有鲜明形式特征的文本一样，它具有独特的语境。对此，语言学家和文学批评家一样要刻苦研习”。（*Essays in Criticism*, 1967, p. 325）

由此可见，没有充分的理由来设一个“旧文体学”让位于“新文体学”的时间顺序。火药味浓重的“旧”文体学观点仍然普遍存在，在这个领域的许多研究中曾经清晰可见。例如，奈杰尔·法布（Nigel Fabb）和阿兰·杜兰特（Alan Durant）在 20 世纪 80 年代中期描述文体学同文学批评的区别时就说：“后者常常不会对自己的方法和观点进行系统、明晰的检视。”（*The Linguistics of Writing: Arguments between Language and Literature*, Manchester University Press，1987, p. 228）确实可以说，当今的文体学较之以往在接受其他领域的研究成果方面要开放许多，可要说在文体学前面加上一个“新”字，就意味着同昔日的强硬路线彻底决裂，恐怕还是夸大其词。近年来，合作气氛出现于劳特里奇出版社出版的“融汇”系列丛书（“Interface” series），其目标就是“在分裂的两大传统学科语言研究和文学研究之间架起一座桥梁”（丛书主编罗纳德·卡特语）。应当补充，昔日反对文体学的强硬态度今日无疑也依旧存在，不过多年来，被认为对批评的传统价值构成重大威胁的已经不是文体学，而是结构主义和后结构主义，结果是，大多数自由人文主义争鸣性文章或著作都指向了这两个靶子。

## 文体学与标准细读有什么区别

文体学尝试以具体、可量化的资料为基础，经过系统分析，为文本提供科学、客观的评论。传统细读在文体学家眼中，或多或少带有印象性、直觉性、随机性。无论如何，如果不深入考究，二者的区别似乎流于表面，这里不妨做一番详细陈述。

首先，细读强调文学语言同普通言语交往的**区别**，倾向于把文学文本孤立出来，视其为纯审美艺术，或称其为“语言图像”（verbal icon），文体学则强调文学语言同日常语言的**联系**。关于文学语言的这种歧见实际上是旧争论的延续，例如柯勒律治和华兹华斯的分歧就在于，华兹华斯相信最朴实无华的语言恰恰是最具诗意的语言，当诗人的语言最接近“民众”实际使用的语言时，诗意最浓。与之不同，柯勒律治相信诗歌语言的效力在于诗人的增强、加剧（通过布局、凝缩、重复等手段），诗歌语言远离日常语言的结构，具有特殊性。

其次，文体学所使用的专业术语和概念来自语言科学，例如“及物性”（transitivity）、“词汇化不足”（under-lexicalisation）、“搭配”（collocation）、“衔接”（cohesion）等，此类术语是特定研究领域使用的技术性词汇的一部分，在那一领域之外并不通行。除非同本专业的同学聊天，否则要把那些术语引入日常交谈之中，少不了一番口舌周折。与之不同，细读所使用的词汇和术语没那么专业化，即便“外行”也一样能听懂，虽然依旧不免酸腐之嫌，却没有超出日常语言的范围，其常用术语包括“细致意义差别”（verbal nuance）、“反讽”（irony）、“含混”（ambiguity）、“悖论”（paradox）等。要是你在日常交谈中特意去解释这些术语的内涵，反而给人居高临下之感，虽然这些术语在批评中的用法同日常语言中的用法并非完全吻合。最重要的是，作为技术性术语，它们的专业化程度远低于“词汇化不足”那样的术语。

最后，同细读相比，文体学更强调科学性和客观性，强调方法的可习得性和程序的普遍适用性，文学和批评这两方面的“去魅化”是其目标的一部分。在文学方面，文体学志在显示文学语言同其他书面语言交往形式的连续性；在批评方面，文体学志在拿出一套任何人都能加以理解和运用的程序步骤，而细读倾向于强调批评家应当培养对文学文本的“领悟力”和“敏感性”，而不是说出一套可以套用的方法或步骤。例如利维斯就拒绝拿出自己的批评方法的细节，这在批评界已是尽人皆知。同样，读者也时常说，文学语言何以会具有其效果，个中原因绝非单凭分析便可窥视，文学核心犹如不透光的物质。如果确如许多人所想，一首诗所表达的独特思想情感寓于诗人所使用的特定语言形式中，那就意味着，对这首诗进行批评性探究能够另外带来什么样的新意，就有了严格的限制。

## 文体学的抱负

首先，**文体学家尝试为已有的对一部文学作品的“直觉”提供“硬邦邦的”支持资料**。文体学的目标并非总是具体作品的阐释，不过要是涉足文本直接阐释，就会以语言学的数据来支持一般读者的印象与直觉。例如，在阅读海明威的短篇小说时，我们会说他的小说给我们留下深刻印象，“其朴实无华的文风令其十分独特”。文体学家则要具体得多，他们或许首先会发问：“何谓‘朴实’？”或许，我们无需接受过语言学训练，也能看出海明威尽量避免使用修饰性的词语，如形容词和副词。换一位作家，或许会说：“史密斯故意在大雨中奔跑。”可海明威会删去“故意”和“大”两个修饰词，更希望这些语义从上下文中隐然释出，在他看来，这样写可收到更强的效果。文体学家或许会统计某篇短篇小说中海明威的独特语言用法，然后写道：“海明威的某某小说中，73% 的名词没有形容词和副词修饰。”此外，还会把海明威同那些公认不那么朴实无华的作家做番比较，指出那些作家笔下，没有形容词和副词修饰的名词仅仅只占总数的 30%。当然，文体学家可能只对作品的一部分做计算和统计，或许是人们凭直觉认为最能代表每位作家的一篇小说。这样的分析并不会带给我们新信息，任何一位读者凭借直觉很快就能意识到疏朗、简约的风格是海明威最突出的特征，但能从语言学的角度上解释这样一种效果是如何达到的。

其次，**文体学家基于语言学证据，对文学作品提出新的阐释**。文体学家运用自己的专业知识，去审视文本某方面的语言特征，发掘出一般读者难以察觉的维度，这一维度中所包含的内容很可能会改变人们对文本的阐释。例如科林 · 麦克凯比在一篇文章中提出，莎士比亚历史剧中的福斯塔夫这个人物在性取向上存在着含混不明之处，福斯塔夫反复提到那个令自己无缘于英勇的大肚子，可他所用的词不是 stomach（肚子）

而是 womb，现代英语中，其含义是子宫。麦克凯比说，莎士比亚创作历史剧时，womb 这个词正处于语义变动中，也就是说，这个词的意义正在从旧的意义慢慢变成新的意义：在旧的意义中，womb 与 stomach 是通用词，既可以用于女性也可以用于男性，还可以交替使用。但也正是在那个时期，这个词正在获得其更为专门的现代意义，具有了具体的性别指向，只代表女性的身体器官。由于在变化期这两个意义都会出现，福斯塔夫使用这个词，表明他在性取向上具有模糊性。只有当读者拥有词汇语义历史变化的专业知识时，才会意识到这一点。其他读者刚读到这个词时或许会迷惑不解，接着去翻阅词汇表，最后得出结论：作者在这里使用了一个现今已经废弃的古意，故而对文本的描述和阐释不会产生影响。

不过，我觉得麦克凯比的例子还是存在着几个问题，他认为正处于语义变动中的词汇在每次使用中都带有新旧两种含义，我倒是觉得更可能的情况是，该词在具体使用中会带有新旧两种语义之一，**非此即彼**，而非**亦此亦彼**。举例而言，disinterested 这个词现在也处于语义变动中，具体使用中它要么表示“公正，没有利益冲突”的意思，要么表示“不感兴趣”的意思，不会同时兼具这两种含义。由此引出一个更为一般的问题：如果当门槛很高，专家之外的一般读者难以涉足，如何才能确定专家拿出的证据有效与否？回到刚才的例子，所谓“模糊不定的语义”是如何跑到文本中去的？作者刻意为之吗？看来不像。要是这种语义模糊除了少数专家一般读者根本察觉不到，那作者在几百年前又如何能预计到几百年后的今天出现这么一群专家？如此一来，又如何才能确定那种语义确实存在呢？不过就总体而言，语言学家凭借自己的专业知识不仅支持已有的观点，同时也提出新的观点。

最后，**文体学家尝试就文学意义产生的方式提出普遍性观点**。这里重要的是，同所有文学研究的新方法一样，文体学不仅对具体的文学作品感兴趣，而且对文学如何运作的一般性问题感兴趣。例如，语言学家提出文学效果同时出现于形式和内容之中，在托马斯·哈代的小说《德伯家的苔丝》（*Tess of the D'Urbervilles*）中，苔丝屈服于阿列克斯所代表的躯体和社会强权，这不仅体现于小说的内容中，更体现于小说“诱奸”一章中所使用的语法结构中。这一部分中，阿列克斯时常是句子的主语，从而加强了阿列克斯的力量感；苔丝则时常是句子的宾语，从而加强了她的柔弱感。如果接纳这种分析，它就会对文学效果的产生与运作方式产生影响。这种影响就是：强有力的文学效果是“多因素决定的”，也就是源自各种因素的结合。因此，内容被一系列要素无形地加强，如语法结构、整体的“话语结构”、词汇选择、意象等。这就是说，文学意义一直深入到语言的根部，在语法和句子结构层面被反映出来。因此，语言中没有哪方面是中性的，无论是音素、词素，还是句法和语法结构，所有这些都参与到文学意义的生产中。我觉得这一观点作为一般性观点也并非没有问题，比如说它似乎把作者塑造成凭借灵感创作的天才，仅凭“直觉”就能通晓现代语言学的内容。不管怎么说，主要观点还是确定的：文体学尝试提出普遍适用于文学的作用方式的观点。

**停一停，想一想**

要是你没有学习过形式语法，可能会对文体学的词汇望而生畏。不过，接触标准的文体学之前，先去学一学形式语法，这似乎也并非明智之举。更好的办法是准备几本好的工具书放在案头，以备不时之需。我的推荐是凯蒂·威尔士（Katie Wales）主编的《文体学词典》（*A Dictionary of Stylistics*），劳特里奇出版社 2011 年第三版，再辅之以一本内容既新且全的语法书。我觉得，那种专为英语高级学习者编撰的语法书最有用，例如迈克尔·斯旺（ Michael Swan）主编的《牛津英语用法指南》(*Practical English Usage*)，牛津大学出版社 2016 年第四版。

随着你在这个领域涉足日深，需要集中精力去克服一个难题，也就是斯坦利·费什（Stanley Fish）在其文章《何谓文体学，为何又有人对它口诛笔伐？》(“What is Stylistics and Why are They Saying such Terrible Things About It?”）中所突出的问题。费什说，文本的语言学特征和文体学家对其所提出的阐释之间总存在着差距，或许可称此为“阐释性差距”(hermeneutic gap)。

例如，或许文体学家会提出，某段话中大量使用了被动语态，这就是其语言学特征。然后文体学家接着又说，大量使用的被动语态显示出文本中某种程度的闪烁其词、模棱两可，这就是对语言学特征的阐释。

可难点在于，如何才能确定大量使用的被动语态与闪烁其词之间确实存在着联系？能不能说，被动语态通常都包含着某种程度的言辞闪烁，例如隐藏相关人的身份，再进一步说，既想隐藏，又想做得不露马脚。如果被动语态只是有些时候才会显得闪烁其词，又是什么样的具体原因令其如此？

阅读下面的例子，找出何时批评家由描述语言学材料转向材料阐释，这个时候就是“阐释性差距”出现的时刻，并且想一想，这个差距如何得到了令人信服（或者不能令人信服）的弥合。

## 文体学批评家在做什么

1. 描述文本语言的技术性方面，例如其语法结构，然后在文本阐释中使用这些材料。

2. 之所以这样做，有时只是要拿出客观的语言学材料，以支持对某文学文本已有的解读或直觉感受。

3. 也有时，文体学家可能仅仅或主要根据这些语言学材料，拿出新的解读来质疑或反对已有的解读。

4. 从技术角度解释文学意义的产生模式，而这又是一个整体规划的一部分，要显示文学并没有分析难以企及的神秘内核，而是共同“话语世界”的一部分，使用着同其他语言一样的技术和资源。

5. 为了实现这个目的，文体学并不仅限于文学文本分析，时常把文学文本分析同其他类型的文本分析放在一起，例如，对比诗歌和广告中的语言用法。

6. 文体学超出“句法”和“篇章文法”范畴，进而思考文体如何获得其整体效果（例如，幽默、悬念、说理等），检视哪些语言特征对其做出贡献。

## 文体学批评：实例一则

这次我不是深入探讨一个例证，而要简要介绍三个例证，每个例证在批判阐释中都关注到语言的某个技术性方面。第一个例子用到了“及物性”和“词汇化不足”这两个术语。它们是什么意思呢？“及物性”指句子中动词出现的不同模式。传统上说，当动词所表示的行为有明确的“目的”“对象”或“承受者”时，这个动词就是及物动词。例如，在“她关上门”这个句子中，“关”这个动作由“门”来承受。因此，

“关”这个动词就是及物动词，而及物的意思相当于“传递”，也就是说，动作“传递”到门上，上面这个句子中，门是动词的“宾语”。与之不同，在“她消失了”这个句子中，“消失”是不及物动词，因为这个动作不必传递到任何物体之上，可以说具有自足性。上面两则例子代表了“及物性”的两种模式。作为语法范畴，及物和不及物来自传统语法，最早用来描述拉丁语的结构；“及物性”则是个抽象概念，表明一系列可能的动词模式，来自语言学家韩礼德（M. A. K. Halliday）在20世纪六七十年代的一系列著作。继韩礼德之后，罗杰·福勒也用到这个概念。

“词汇化不足”是福勒最早提出的一个概念，指的是“缺乏足够的词汇以表达特定概念”的情形（K. Wales）。当我们不知道某物叫什么时，就称之为“东西”或“玩意儿”。也有时，我们突然忘了某件物品的名称，例如，“门把手”，于是代之以模糊地描述性语言，如“抓手的东西”。这两类例子有些许不同。

下面，让我们看看批评家如何运用这两个概念，来评论威廉·福克纳（William Faulkner）的小说《喧哗与骚动》（*The Sound and the Fury*）的开头部分（以下评论出自福勒的论文集 *Essays on Style and Language*，1966年版）。小说开篇由班吉的视角叙述，班吉是个33岁的男子，心智却如儿童，当时他正在观看一场高尔夫球比赛：

> Through the fence, between the curling flower spaces, I could see them hitting. They were coming towards where the flag was and I went along the fence. Luster was hunting in the grass by the flower tree. They took the flag out, and they were hitting. Then they put the flag back and they went to the table, and he hit and the other hit.

> 透过栅栏，从缠绕的花的空隙，我能看到他们在打球。他们朝小旗这边走过来，我顺着围栏往前走。拉斯特在那棵开花的树边的草地上找着什么。他们把小旗拔出来，击球。接着他们又把小旗插回去，走到发球台，一个人击球，另一个接着击球。

福勒写道：

> 这段文字在及物性方面自始至终显得十分反常，几乎没有带宾语的及物动词，绝大多数都是不及物动词（coming, went, hunting, 等等），有一个及物动词（hit）反复出现，却没有带宾语，不符合语法规矩。

这构成了语言学材料，下面福勒要向前再走一步，对这些描述性材料做出阐释。这段文字在及物性方面的反常，比如用了 hit 这个词但没有说被 hit 的是什么，显示出班吉意识不到行为和行为对其对象产生的结果。在我看来，这似乎有点儿过于具体了，不过我们还是能留意到班吉语言的反常之处，将其视为其心智反常的表征。所谓语言反常，在这里同及物性模式有关，福勒的言下之意是，作者选择打破这个语言特征是有深意的，因为毫无疑问，从理论上说，心智反常完全可以通过打破任何语言特征来加以表现。其次，班吉的词汇化不足还表现于他常以描述性语言绕弯去表达，而非使用恰当的词语直接陈述。例如上面这段话他从头到尾没有用 golf（高尔夫）这个词来表现他所看到的场景，而且把灌木丛称为“开花的树”。这依然是材料，对这个材料加以阐释，就会推测出，这个行为表明这个人物无法像大多数人一样，按照可为社会接受的方式去观察周围世界。因此，文体学家分析班吉所使用的语言，表明这个人物与周围环境隔绝。

另一个例子是文体学家罗纳德·卡特（Ronald Carter）对奥登的诗歌《首都》（Capital）的分析（Carter and Burton, eds, *Literary Text and Language Study*, Edward Arnold, 1982）。这篇文章中，卡特使用到了“搭配”这个概念，指“某些词汇习惯性、可预期性的共同出现”。这指向一种现象：一些词汇，即使没有形成固定的词组却总是一起出现，也常常以群组的形式出现，故而一定程度上具有可预测性。例如，您可以用一个词来完成下面的词组（每次使用一个不同的词，填入您最先想到那个）：

A box of（一盒……）
A black（黑色的……）
An uninvited（未受邀请的……）

在本章最后一段我会说出你填这三个空可能会用的词汇。这些词组并非固定表达方式，不像as white as a sheet（苍白如纸）这样的固定表达，仅仅是一个表达中的每个词会逐步缩小紧随其后的词汇的选择范围的结果。如果我说：“It's a fine…（真是个好……）。”你会预测到，我下面要说的要么是 day（天），要么是 afternoon（下午），或者其他类似的词。其实，上面那句话的后半段也可以是“way to calculate the height of a steeple（办法，给尖塔测高方便极了）”，只不过其出现的概率实在太低。诗歌语言的特点之一就是打破习惯性搭配方式，平时极少会同时出现的词突然比肩而出。诗人先把词汇从惯常的搭配关系中剥离出来，再给它们配上一个读者难以预料的新伙伴。卡特显示，奥登如何在自己的诗中避开意料之中的搭配方式，比如不会说人们在 waiting patiently（耐心等待）。当奥登讲到大城市中那些饱食终日的富人时，他说他们 waiting **expensively** for miracles to happen（**昂贵地**等待奇迹发生）（着重部分为我所加)。奥登提到城市中政治流亡者居住的地区时(那些人在这里聚会计划着如何重归故国,如何重掌大权),称之为"malicious village(恶意村)"。通常,我们在"village(小村)"这个词前面会用上一些褒义形容词,如"friendly village(好客的小村)""picturesque village(风景如画的小村)""sleepy village(沉睡中的小村)"等。卡特的总体观点是,这些搭配突变起到了指示的作用,指明诗人的诗作中哪些部分蕴涵深意,需要进一步深究。

文体学家所用的第三种语言学材料涉及"衔接"。衔接通过"词汇项目"跨越句子与句子间的分界,把它们融合到一起组成一个连续的整体表达,即使这些句子在语法上是分离的。缺少衔接,文章会显得干瘪开裂,仿佛幼儿早教读本中的文字:

这是曼迪。曼迪是我的朋友。曼迪和我一起去看电影。

使用了代词之后,上面的话就取得了衔接,从而去除了那种一顿一顿的感觉:

这是曼迪,**她**是我的朋友。**我们**一起去看电影。

请注意,在语法上,它们依旧是独立的句子,可现在它们流动了起来,形成了一个关联的话语整体。现代作家对于扭曲衔接所产生的特殊效果兴趣颇浓,意识到这一点,有助于我们理解下面这段话何以会写成这样,这段话出自美国实验小说家唐纳德·巴塞尔姆(Donald Barthelme)的一篇短篇小说:

爱德华在餐刀上看看自己的红胡子。然后,爱德华(不

> 是用的代词“他”）和皮亚一起去了瑞典的农场。皮亚在邮箱里发现了一封瑞典政府寄给威利的支票，票面金额2300瑞典克朗，看上去皱巴巴的。皮亚（不是用的代词“她”）把支票放进自己棕色大衣的口袋。皮亚怀孕了。在伦敦，皮亚天天呕吐。

上面这段文字中，除了我在括号中标明的应该出现的衔接被扭曲，还有许多其他语言学效果，其中之一是内容和形式不和谐。当我们在语法连贯的话语中放入逻辑、概念和情感扭曲破碎的内容时，这种不和谐感随之而生。其二，上述例子中，用词简单、句子短小，像是儿童读物的语气，但是其主题与这种语气非常不协调，完全属于成人领域，带有创伤性。因此，用特定的方式运用语言，会产生出特定的文学效果，在这些情况下，我们可以合理地运用语言技术进行文本探索。

## 注 释

我在课堂上多次便因同一组例子，以显示搭配的机制，学生回答时不得讨论，也不得慢慢思考。大多数学生会写下：“A box of chocolates（一盒巧克力）”或“A box of matches（一盒火柴）”。也有学生会写下：“A box of hankies（一盒手帕）”“A box of tricks（一盒牌或一个魔术箱）”。这四种答案通常涵盖了20岁年龄组的全部回答。在“黑色的”后面学生们通常会写上“猫”或“盒子”，在“未受邀请的”后面，学生们通常会写上“客人”。可以绝对肯定地说，如果给20个学生做这种测试，绝不会得到20种不同的答案。

## 文献选读

Birch, David, *Language, Literature, and Critical Practice: Ways of Analysing Text* (Routledge, 1989).

Braford, Richard, *Stylistics* (Routledge, New Critical Idiom series, 1997). 非常有用，论述十分新颖。

Butler, Lance St John, *Registering the Difference: Reading Literature Through Register* (Manchester University Press, 1999). 以语言学为基础的文学研究，十分生动活泼，稍稍有点超出主流之外。

Carter, Ronald, ed., *Language and Literature: An Introductory Reader in Stylistics* (Allen & Unwin, 1982). 该书第五章讨论海明威的短篇小说《雨中的猫》。

Carter, Ronald and Simpson, Paul, eds, *Language, Discourse and Literature: An Introductory Reader in Discourse Stylistics* (Routledge, 1988).

Carter, Ronald and Burton, Deirdre, eds, *Literary Text and Language Study* (Edward Arnold, 1982). 请参阅第二章"对诗歌语言的反应"。

Carter, Ronald, and Stockwell, Peter, eds, *The Language and Literature Reader* (Routledge, 2008). 覆盖面广，权威性高。

Chapman, Raymond, *Linguistics and Literature: An Introduction to Literary Stylistics* (Edward Arnold, 1974). 简短，基础。

Fabb, Nigel, *et al.*, eds, *The Linguistics of Writing: Argument Between Language and Literature* (Manchester University Press, 1987). 有用的材料，尤其请参阅导论部分，以及玛丽·路易丝·普拉特、莫里斯·哈利、亨利·威多森所撰写的章节。

Fish, Stanley, *Is There a Text in This Class?* (Harvard University Press, 1980). 请参阅第二章、第十章两章。

Fowler, Roger, *Linguistic Criticism* (Oxford Paperback, new edn, 1996). 导论部分写得精彩。

Jeffries, Lesley, and McIntyre, Dan, *Stylistics* (Cambridge University press, 2010). 一本优秀的教科书，展示了当前语言学的全部内容。

McRae, John, *The Language of Poetry* (Routledge, 1998). 一本简短，有用的小书，属于“文本间”系列。

Tambling, Jeremy, *What is Literary Language?* (Open University Press, 1988). 其附录“批判和修辞术语”十分有用。

Toolan, Michael, *Language in Literature* (Arnold, 1998).

Toolan, Michael, ed., *Language, Text and Context: Essays in Stylistics* (Routledge, 1992). 有趣的选集，尤其强调语境的作用，代表了近年来文体学的发展潮流。不过，把一切诉诸语境是否足够？亦有人提出不同看法。参阅该书中萨拉·米尔斯撰写的章节“自知之明：马克思主义式女性主义文体分析”。

Toolan, Michael, *Narrative: A Critical Linguistic Introduction* (Routledge, 2nd edn, 2001). 包含文学和非文学文本，如电影、电视、互联网等。

Widdowson, H. G., *Stylistics and the Teaching of Literature* (Longman, 1975). 简明易懂的入门读物。

# 叙事学

# NARRATOLOGY

# 说故事

本章讨论“叙事学”（narratology），也就是叙事结构的研究。叙事学是结构主义的一个分支，不过在一定程度上已脱离其母体，成为一个独立的学术理论，为其单独安排一章也不是没有道理。该学术理论的许多特征和术语皆来自语言学，故而在介绍完文体学之后再介绍它似乎是合理的安排。叙事学研究的对象是故事，不妨让我先说一个我自己的故事。

几年前，我去了一家叫“贝蒂斯”的餐厅，那里的菜单词句绚丽，简直不输于诗歌。例如，上面写的不是“鳕鱼薯条”，而是“新鲜多汁的北海鳕鱼，上面抹了一层金黄色的黄油，佐以松脆可口的炸薯条”。饮食行业中，这就叫作“叙事”。可他们也担心顾客会太较真，抗议黄油并非金黄色，而是暗黄色，令餐厅受到弄虚作假的指责。于是，菜单底部都印着一行小字：“以上文字仅供参考，实物与之或有出入。”

这让我想到了叙事和叙事理论，想到了**叙事学**。如果进一步定义，可以说叙事学就是研究所有的叙事行为中意义的产生机制和叙事的基本程序的学问，叙事学不是对**个体**作品的阅读和阐释，而是试图研究“故事”（作为一种概念，也作为一种文化实践）自身的性质。**真实的**鳕鱼薯条同其**陈述**之间的差距，在很大程度上就相当于叙事学中所谓“故事”（story）同“情节”（plot）之间的差距。“故事”是事件发生的实际次序，“情节”则是事件经过编辑、排序、包装后呈现出来的样子，我们称之为“叙事”。这是一个关键性区分。“故事”，作为实际发生的事件，必然“从头开始”，按时间顺序发展，无所遗漏。“情节”则完全可以从事件链条的中间任何一点开始；也可以从后向前回溯，以所谓“闪回”（flashback）手法把之前发生的事情提供给读者；“情节”还可以向前跳跃，暗示将来要发生的事情。因此，“情节”仅仅是故事的一个描述版本，不能按照其表面来理解，就像那些菜谱的描述。

“故事”与“情节”的区分是叙事学的关键，不过叙事学内部也有许多流派相互竞争，各派都喜欢用自己的一套术语。你会发现这同一种区分会有不同的表达方法，例如戴维·洛奇在其名文《现实主义文本的分析与阐释》（“Analysis and Interpretation of the Realist Text”，该文收入其论文集 *Working with Structuralism*, RKP, 1980）中就更热衷于俄国形式主义者使用的术语 fabula 和 sjuzhet，前者相当于故事，后者则相当于情节，我倒看不出那对俄语术语有何优点。时下在北美，大多数叙事学著述也使用“故事”这个术语，不过他们不用“情节”，而代之以“话语”（discourse）。我觉得，这倒有道理，因为要讨论的并非狭义的“情节”，也包括风格、视点、节奏等，也就是说，令叙事产生全部效果的“整体包装”。法国的热奈特使用另一套术语——histoire 和 recit，不过它们的内涵同“故事”和“情节”基本相同。

## 亚里士多德

同叙事学有关的第二个故事是叙事学自己的故事。如果要写一部《叙事学简史》，必然以三个人物为核心，第一个就是亚里士多德。亚里士多德在《诗学》中把“人物”和“行动”确立为故事的关键成分，并说人物应当显现于行动之中，也就是说应当显现于情节的方方面面。他确立了情节的三个关键成分，它们是（这三个词是亚里士多德用的希腊词，经过了简单的英国化，并不是对希腊词的英语翻译）：

1．hamartia
2．anagnorisis
3．peripeteia

hamartia 的意思是“过失”或“弱点”，在悲剧中指人物在性格上的致命缺陷，也叫作“悲剧性缺陷”（tragic flaw）；anagnorisis 的意思是“认识”或“发现”，指故事中主人公意识到真相的那一刻，常常是“自我认识”；peripeteia 的意思是“逆转”或“突转”，指命运的逆转，在古典悲剧中，常指由高位向低位跌落，比如主人公从伟大的神坛跌落。确定这三个关键成分时，亚里士多德的做法同当代叙事学家没有什么区别，即审视一系列不同的故事（对他而言，是古希腊悲剧），发掘它们的共有元素，这有点类似于化学家的研究方法：化学家研究不同的物质（山、湖、火山等），发现它们都是由相同的、数量有限的化学元素所构成。对于两门学科来说，最关键的其实都一样，即以训练有素的眼光穿透表面的差异，洞悉内部的相似与一致。

即便在最简单的叙事材料中，我们也能发现亚里士多德所说的三个成分。例如，下面的一组卡通组成了一个完整的故事（源于“Brekkies”，英国一个猫粮品牌）。要强调的是，亚里士多德认为所有三个成分都集中在“主人公”身上，但在我下面的介绍中，三个成分分属于三个不同的“人物 / 形象”。原因之一，在使用文学理论时，不必对创始者亦步亦趋；之二，这也兼顾到了弗拉基米尔 · 普罗普（Vladimir Propp）的方法，也就是我在下一部分中将要重点介绍的第二位核心人物。

这组卡通故事中，“缺陷”是小猫在桌布上留下了脏爪印，受到了主人的责骂，于是命运发生“逆转”，或说猫从优雅的行为上跌落，因此不再为主人所宠爱。跌落这个意义以猫从桌子上落到地板上这个行动为标志。可后来在喝茶的时候，来访的姑姑愉快地注意到，铺在桌上的桌布就是自己当初送给侄女的礼物。她当然并不知道这张桌布并非她侄女的首选，可我们知道，因为我们旁观到了事情的整个过程。实际上，我们可以说，说故事的关键不在于信息的披露，而在于信息的保留和抑制。读者常常知道人物不知道的事情，反之亦然，而叙事者对双方皆有所保留。故事的核心机制就是“延滞”（delay），更具体地说，就是延滞信息的披露。维多利亚时期小说家威尔基·科林斯（Wilkie Collins）有句很著名的话：写一部成功的小说的公式就是“让他们哭，让他们笑，让他们等”。

在上面的卡通故事中，所谓“认识”就是猫主人略带内疚地意识到，自己差点就错过了一个向姑姑表示谢意的大好机会，这再次引发

"逆转"，也就是小猫再次得到主人的宠爱。我们既可以从画面上表示内心想法的泡泡中得知（"谢谢了，鲍勃"），也可以从小猫扬扬自得的神情上，以及它又上到了侄女的怀中这样一个高的位置而得知。

亚里士多德的三个关键成分讨论了故事的隐含主题和道德目的，同所谓"深层内容"有着深刻的联系，因为它们涉及"内部事件"（例如，道德弱点、自我认识、产生的后果）。在许多叙事中，此三者并不难辨认，它们构成了叙事的道德力量，它们常常是心理"原料"或"佐料"，然后被"烹饪"成具体的叙事"佳肴"，即我们所看到的"情节"。尽管如此，在实践中，各种各样的故事可能有着各种各样的情节。要把这些情节描写出来，我们需要一种与亚里士多德的体系不同的体系，一个可以给我们更多种类可能的行为、在运作上更接近叙事表层的体系。下面我们要谈到的三位标志性人物就为我们提供了这样的体系。

## 弗拉基米尔·普罗普

近世的叙事学家拿出一张范围更广的清单，其中包含了更多从变化无穷的表层叙事结构中抽取出来的常项。叙事学的第二位核心人物是弗拉基米尔·普罗普，一位"俄国形式主义者"，从俄国民间故事中找出反复出现的主题和情节，在 1928 年出版了专著《民间故事形态学》（*The Morphology of the Folktale*）。普罗普在该书前言中表示，"形态学"这个词的意思是"形式的研究"，整本书就是关于民间故事的结构与情节构成，对其历史和社会意义丝毫不会提及。1928 年时，苏联的社会气氛已转向不利于这种"形式主义"研究，该书出版后不久即销声匿迹，直到 20 世纪 50 年代才被结构主义者重新挖掘出来，尤其是法国的人类学家列维–斯特劳斯把普罗普的思想应用到自己的神话研究中。《民间故事形态学》的英语版最早于 1958 年由得克萨斯大学出版社出版，1968 年再版。

普罗普的研究基于一百个民间故事之上，根据他得出的结论，所有这些故事都形成于31项“功能”（即可能的行为）所构成的素材库。没有哪个故事包含所有31项功能，但所有故事的构成实际就是在各项功能中做选择。下面列出全部31个功能：

1. 一位家庭成员离家外出。
2. 给主人公下一道禁令。
3. 禁令被打破。
4. 反派主角试图打探消息。
5. 反派主角得到关于主人公或受害者的消息。
6. 反派主角试图欺骗受害者，以占有他或他的财产。
7. 受害者上当受骗，无意中帮助了自己的敌人。
8. 反派主角伤害家庭的一个成员，或者8a，家庭的一个成员缺少什么，或渴望得到什么。
9. 灾难或匮乏公之于众，向主人公提出请求或发出命令，允许他或派遣他出发。
10. 寻找者（即处于“探寻者”状态的主人公）应允或决定反抗。
11. 主人公离开家。
12. 主人公经受考验、遭到盘问、遭受攻击，等等，以此为他获得神物或相助者做铺垫。
13. 主人公对未来赠予者的行动做出反应。
14. 主人公获得神物（一件东西，或一只动物，等等）。
15. 主人公被转移、送到或引导到所寻之物的所在之处。
16. 主人公与反派主角正面交锋。
17. 主人公被败坏名声。
18. 反派主角被打败。

19. 先前的灾难或匮乏解除。

20. 主人公归来。

21. 主人公被追捕。

22. 主人公从被追捕中获救。

23. 主人公以让人认不出的面貌回到家中或到达另一个国度。

24. 假冒的主人公提出非分要求。

25. 主人公被要求完成艰难的任务。

26. 任务被完成。

27. 主人公被认出。

28. 假冒的主人公或反派主角被揭露。

29. 主人公改头换面。

30. 反派主角被惩处。

31. 主人公成婚并登上王位。

以上便是普罗普所分析的所有故事整体的基本构成要素。要创造任何一个故事的情节，只要从其中选出一些要素，然后再把它们搭建起来。当然一个故事并不需要使用所有的 31 个功能项，只是从中选出一些。再进一步，各个功能项总是以表中的次序出现，例如某故事可能以 5、7、14、18、30、31 这样的次序构成：反派主角得到关于主人公或受害者的消息（5），欺骗了他（7），但是主人公得到一个有神力的动物的帮助（14），打败了反派主角（18），让他得到惩处（30），然后结婚并成为国王（31）。没有哪个故事可以打乱这样的次序，例如让 30 出现于 18 之前，因为反派主角在被打败之前不可能得到惩处。之所以功能项的次序固定，按照普罗普的说法，部分原因是事件本身有着一定的次序。例如目击者可能对看到了什么争论不休，却很少对看到的次序有不同意见，只有先破门而入，才能洗劫房子，等等。民间故事的分析方法就是要显示，虽然各种故事“表面上五花八门，令人惊叹”，其实“更令人惊叹的是它们在深层次上的一致”，再用刚才用过的比喻，它们是用相同的材料做出的不同菜品。

显然，这里我们谈论这些故事时，是以更为“表层”的方式看它们，而非像亚里士多德那样注重其“深层”。不过，由于表层事件的种类远远超出深层主题的种类，普罗普手中就有比亚里士多德多得多的变量。哪怕简单审视一番普罗普的基本功能项表，也能发现其中的一些问题，例如功能项 6 和 7 都涉及反派主角对主人公 / 受害人的欺骗，可显然实际发生的事件只有一个。有人去骗，就有人受骗，欺骗行为的成功总需要双方，这里的两个事件实际上是从不同视角叙述同一个事件。类似的是，功能项 10 和 11 也不是两个单独的事件，因为在 10 中主人公下决心去做什么，在 11 中他确实去做了。①

对全部 31 种功能项及其变体的描述占据了《民间故事形态学》一书的大部分篇幅，将近 50 页，差不多占主体内容的一半。与之相比，书中对角色类型的讨论则要简略许多（第六章中，仅用了 4 页）。对于普罗普来说，人物仅仅是故事中编排功能的机制。他注意到，所有 31 项功能都有着组群的自然倾向，例如追捕、俘获、惩处构成了一个自然群组。因此，把由此出现的七大“行动范围”（spheres of action）视为角色（roles）而非人物（characters）似乎更合理些，因为这样就体现出行动对人物的统辖作用（以行动统辖人物也是亚里士多德的叙事理论的特点，根据他的论述，叙事中的人物在行动中得到表达）。普罗普提出的

---

① 许多重要的结构主义者都指出了这些缺陷，并提出自己的修正。参阅 Claude Lévi-Strauss, *Structural Anthropology*, vol. 2, (Allen Lane, 1977), 第八章“Structure and Form: Reflection on or Work by Vladimier Propp”; 亦可参阅读Tzvetan Todorov, *The Poetics of Prose* (Basil Blackwell, 1977), 第十四章“Narrative Transformation”。——原注

七大“行动范围”包括：

1. 反派主角
2. 赠予者、供养人
3. 相助者
4. 公主（追求的目标）和她的父亲
5. 分配者
6. 主人公（寻找者或受害人）
7. 假冒的主人公

使用 31 项“功能”和 7 大“行动范围”，可以生成出任何一个俄罗斯民间故事的具体情节，就好像有了英语的语法、句法和词汇（用索绪尔的术语，就是“语言”），就能够生成出任何可能的英语句子（即“言语”）。当然，民间故事的结构相对简单，但罗伯特 · 斯科尔斯（Robert Scholes）在他的《文学中的结构主义》一书中也提醒读者，这一图示的适用范围十分广泛，“一个人物在故事中可能扮演不同的角色，例如反派主角可能也是假冒的主角，赠予者可能也是分配者；同一个角色也可以有几个人物，例如同时出现多个反派主角。它们是这类叙事所需要的全部角色，也是许多虚构叙事的基础角色，即使这些虚构叙事与童话故事在其他许多方面大相径庭”（p. 65）。强烈的可复制性为普罗普的方法开辟出新的空间，不仅可用于分析相对简单的叙事，也开始触及构成心理小说、现实小说基础的复杂动机和人物构造。现实主义小说中，人物从属于行动的关系逆转了过来，角色难以截然分为“英雄”和“恶棍”，超一流的心理小说家亨利 · 詹姆斯说过，他写的不是善与恶，而是“善且恶”，在他的故事中人物可能原本意在帮助，结果却成了阻碍，甚至人物自己都不清楚自己在扮演什么样的角色。[①] 普罗普的方法似乎表明，从简单叙事中凝练出的人物原型能为复杂的现实主义小说提供神秘莫测的深刻基础，例如灰姑娘原型，这个在世界不同文化中以不同形式出现的童话故事，就是小说《曼斯菲尔德庄园》和《简·爱》的基础。不过普罗普的体系也有不足之处，它对故事的具体**呈现**方式，如视点和风格只字未提，这些成为要介绍的第三位标志性人物所关注的焦点。

## 热拉尔·热奈特

继罗兰·巴特之后，最著名的叙事学家是热拉尔·热奈特（Gérard Genette），他所关注的焦点并非故事本身，而是叙说的方式，也就是说，说故事这一过程本身。只要看一看热奈特在其《叙事话语》（*Narrative Discourse*, Basil Blackwell，1972）一书中所讨论的六个领域，这种区别就清晰呈现出来。下面部分，我将就叙事行为提出六个基本问题，每个问题下简要介绍热奈特所确立的一系列可能，也补充我自己的一些发现。

1. 叙事的基本方式是“模仿”还是“叙说”？

热奈特在第四章讨论了这一问题，这一章的标题是“语式”。“模仿”（mimesis）的意思是“展示”或“上演”，叙事中以模仿方式呈现的部分就“具有戏剧性”。也就是说，以“布景”的方式呈现，有着具体环境，使用包含直接引语的对话。模仿是“慢说”方式，把所说、所做的一切统统“上演”于读者面前，创造出我们正在“听”正在“看”的幻觉。

---

① 我曾经发表过一篇文章，采用普罗普的方法审视一组詹姆斯的短篇小说。文章名为“Embarrassments and Predicaments: Patterns of Intenaction in James' Writer Tales”，刊登于*Orbis Litterarum*, 46/1, Spring 1991, p. 87–104。——原注

与之不同，“叙说”是“讲述”或“转述”，叙事中以这种方式进行的部分节奏迅速，具有“全视角”或“总结性”的效果，目的在于以最有效的方式向读者提供关键信息，不必营造事件就在眼前发生的幻象。叙述者仅仅说发生了什么，不是试图呈现事件的发生情形。[①]

实践中，作家交替使用这两种叙事方式，从模仿到叙说。原因之一，小说如果完全以模仿的手法叙事，可能会长得令人难以忍受，而完全采用叙说的方法则根本不成其为小说，至多也就是个内容提要。当然，也存在所谓独幕短篇小说，几乎完全以模仿的方式写成，海明威的许多短篇小说就属于这个类型。例如，《白象似的群山》就仅仅包含一个场景，讲述一对美国夫妇在西班牙偏远的小站等待火车时所发生的故事，二人的思想、言辞、行为暴露出两个人之间的危机。读者听到两个人所说的，看到两个人所做的，仅此而已。不过较长的小说结构都要求综合模仿与述说两种方式，下面这段描述显示出二者的过渡：

> 五年时间里，马里奥每天早晨上班走同一条线路，可再也没有见过塞尔玛。接着，一天早晨，发生了一件非常奇怪的事儿。他走出地铁车站，沿查令十字街向上行。那天阳光明媚……

上面第一句是叙说，它对一长串事件做迅速回顾，所有这些事都发生于“舞台之外”。显然，如果没有这样的衔接段落，根本不可能有效推动情节向前发展。剩余的部分是模仿，“迅速回顾”之后，作者在下一个场景放慢速度，开始搭建“布景”，告诉读者故事发生的具体地点，

---

① 热奈特在其著作的162页指出，柏拉图在《理想国》第3卷中最早提出了模仿和叙说的区别。因此，当代叙事学同亚里士多德的叙事理论一样，都根源于古典希腊哲学。——原注

当时天气如何，从而令读者在自己的心眼中“看到”那一幕。模仿和叙说相互需要，常常相互合作，融为一体，难分彼此，但它们的基础作用显而易见，因为它们就像搭建叙事大厦的砖瓦。

2. 叙事如何聚焦？

聚焦（focalisation）[1]意味着“视点”（viewpoint）或“透视”（perspective），也就是说故事从什么视点展开叙事。这存在着各种可能，例如可以使用“外部”聚焦法，把视点放在所描述人物的**外面**，我们只被告知人物外部的或可被观察到的事情，例如人物**说了**什么、**做了**什么，如果你处在这个描述的场景中，你就能听到和看到。与之相反，使用内部聚焦法时焦点聚集于人物**所思**、**所感**之中，就算你当时在场，也不可能直接感受到这些。因此，在“塞尔玛站了起来，向马里奥高喊”这个句子是对这个时刻的外部聚焦呈现，因为如果你在场你就会听到和看到这件事；与之相反，在“塞尔玛突然着急起来，马里奥可能看不到她，会不自觉地沿着查令十字街的另一边走去”这句中，则使用了内部聚焦法，展现出塞尔玛看不见、摸不着的思想感情，就算当时你就站在她身边，也毫无察觉。如果故事通篇主要以塞尔玛的内部聚焦来讲述，她就叫作故事的“聚焦者”（focaliser）[2]，虽然她并不是在用第一人称讲述自己的故事，读者还是要从她的视角去了解事件，例如《傲慢与偏见》中的聚焦者是伊丽莎白·贝内特。有时小说家会自由进入不止一个人物的心灵和情感世界，仿佛洞悉那里的一切，这就叫作“零聚焦”（zero focalisation）。根据杰拉尔德·普林斯（Gerald Prince）在《叙事学词典》（*A Dictionary of Narratology*, University of Nebraska Press,1987）中

---

① 对这一问题的讨论参阅《叙事话语》第189—194页。——原注

② 按照另一叙事学传统，她也可称为故事的“反射点”（reflector）。——原注

的解释，之所以会发生这样的情况，是因为“缺少系统性的思想或感知限制，以决定哪些可以呈现，哪些不可以”。普林斯说，零聚焦是“传统”或“经典”叙事的特征，有一个更为大家熟知的名字——“全知型叙事”（omniscient narration）。

3．谁在说故事？

当然是作者在说故事，但未必是以他或她自己的口吻或身份。有一种叙事者（零聚焦叙事中的叙事者）完全不是独立的人物，既无姓名，也无个人历史，仅仅是一个声音、一种语气。或许，我们可以称之为具有智慧的意识，记录下所发生的事情，仅仅是一个“叙事媒介”，力图做到中立、透明。此类叙事者有时也叫作“隐蔽叙事者”，或“销声匿迹的叙事者”，或“非侵入性叙事者”，或“非戏剧化叙事者”。或许，我们会不耐烦地说，这不就是作者在向我们直接发声吗！不过必须牢记，这并非作者真实的声音，他或她不过是利用这个声音、步调、细节披露程度，以完成一部虚构作品。要是我们在聚会上或酒吧中碰上作者本人，而他或她也用这种口吻和我们说话，我们可能根本忍受不了几分钟。还是应当把这位没有具体形体的叙事者视为“作者角色”（authorial persona），而非作者本人。

另一种叙事者同独立的人物紧密关联，既有名有姓，也有着个人的经历、性别、社会地位、喜好、厌恶等。此类叙事者或者目睹，或者听说，甚至亲身参与了所叙述的事件，可称为“显露”或“戏剧化”或“侵入性”叙事者，例如艾米莉·勃朗特的《呼啸山庄》中的洛克伍德先生，约瑟夫·康拉德的《黑暗之心》中的马洛船长，斯科特·菲茨杰拉德（Scott Fitzgerald）的《伟大的盖茨比》（*The Great Gatsby*）中的尼克·卡拉维。戏剧化叙事者可以有各种不同的类型：“外述型”（heterodiegetic）叙事者没有参与到他所叙说的故事中去，例如《呼啸山庄》中的洛克伍德；“内述型”（homodiegetic）叙事者则“参与到所叙说的故事中，是其中的一个人物”（Genette, p. 245），例如简·爱。注意，第一人称叙事者既可以是外述型，也可以是内述型，因为他们也可以说别人的故事，而不是自己的。全知叙事者无一例外都是外述型。上述内容在热奈特著作的第五章“语态”的一个小节“人称”中得到讨论。

4. 故事中的时间是如何处理的?

叙事中常常包含前瞻和回顾，因此叙述的次序同事件发生的次序并不一致。有时故事会“闪回到”过去，陈述之前发生的事情，这部分叙述可称为“回溯式”（analeptic）叙述或倒叙；故事也可以“向前跳跃”，陈述、预期某个将来发生的事情，这部分叙述可称为“前跃式叙述”或预叙（proleptic）。例如在劳伦斯的短篇小说《普鲁士军官》（*The Prussian Officer*）中，上菜时洒了一瓶红酒，预示着故事结尾的流血。狄更斯的《双城记》（*A Tales of Two Cities*）的开篇同样具有预示作用，一桶红酒洒在路上，预示着革命所带来的流血。虽然略显粗略，上面两个例子还是可以显示出两种方式在建立和前推主题时所起的作用。作家时常利用这两种方式，因为通常开局并非最精彩之处，真正的故事大都从中间开始，利用这两种方式，既可以概述之前发生的事情，又可以暗示之后会发生什么，从而吸引读者，产生出叙事的动感。这部分内容在热奈特的第一章“顺序”中的“叙述时间”这个小节得到讨论。

5. 故事如何包装?

故事常常并非“直出”，作者通常会使用“叙事框架”（frame of narratives），也称为“初级叙事”（primary narratives），在其中再嵌入叙事，也称为“次级叙事”（secondary narratives）。例如亨利·詹姆斯的小说《螺丝在拧紧》中的主体故事就嵌入在一个“叙事框架”中：圣诞节，乡村大屋，一群人围着炉火讲鬼故事，其中一位男士讲的鬼故事构成了小说的主体。注意，这里所谓“初级叙事”仅仅意味着时间上在前，并无“主要”的含义，实际上它通常都不是故事的主体。“次级叙事”随后出现，嵌入“叙事框架”之中，通常它才是故事的主体。在詹姆斯的小说中，我们先读到一群人聚在乡下过圣诞节，然后读到在这个情境中讲述的一个长得多的故事。同样，《黑暗之心》中，“叙事框架”是几位水手在船上讲航海故事，等待涨潮，故事的主体则嵌入这个框架之中。热奈特把嵌入的故事称为“元叙事”（meta-narrative），他说：“所谓元叙事就是叙事中的叙事。”（Genette, footnote 41, p. 228）《坎特伯雷故事集》（*The Canterbury Tales*）中各个独立的故事都是元叙事，叙事框架则是朝圣者去坎特伯雷朝圣的旅途。

叙事框架还可以做进一步区分，分为“单结局型”（single-ended）、“双结局型”（double-ended）和“侵入型”（intrusive）。所谓“单结局型”，就是嵌入的故事结束时没有回到框架情景，故事就此戛然而止。《螺丝在拧紧》属于这一类型，女家庭教师和孩子们的故事一讲完，故事再没有回到其框架情景（圣诞节讲鬼故事的情节背景），去讲述听众有什么反应。这个故事之所以选择使用单结局型，因为如果再回到炉火旁的叙事者和听众，故事中许多含混不明之处要么需得到解释，要么会引起争论，可正是这些含混不明之处构成了故事的精髓。与之不同，《黑暗之心》属于双结局型，嵌入叙事结束后，故事重新回到其主框架上，回到那群听众上，故事中的戏剧化叙事者马洛船长，一直向他们讲述了自己在刚果的经历。当然，康拉德并非试图“解决”或阐释构成故事之主体的道德困境，仅仅意图把故事中已经十分瞩目的形象（例如，半明半暗的天空，四周的黑暗）再呈现一次，令双结局结构起到加强小说主题的作用。

最后，也存在着所谓“侵入型”框架，意思是说嵌入的叙事有时被打断，回到框架情景。《黑暗之心》中，马洛船长一度打断自己的故事，说了一段十分著名的话："当然……你们比我那时要见多识广。我这个人你们知道……"这段话提醒读者，要意识到所有叙事在视点上都有局限，也显示出康拉德对传统零聚焦叙事（全知叙事）的厌恶。他刻意选择了一个世界观有明显局限的叙事者，这段"侵入型"叙事话语强调听众所处的黑暗与隔绝（"天已变得漆黑，我们几个听故事的人都看不到对方的脸"）。那位不知名的听众（正是他记录下马洛船长的故事）道出了这个故事所引起的道德不安，仿佛在代表读者说话，提醒读者要保持警惕之心："我一直在听着，留心着每一句话和每一个字，这样会让我弄清楚，为什么这个故事引起我隐约的不安。故事似乎没有经过人的嘴唇，而是在河流上空的沉沉夜色中自己说出来的。"（Penguin edition, ed. Robert Hampson, p. 50）显然，作者使用"侵入型"框架有着策略上的考虑，似乎插入另一个"间离化"的声音，刻意打破叙事的魔力，提醒读者叙事所包含的道德错综复杂，从而令读者既不会身陷故事之中，失去独立的判断，也不会把它当成一个冒险故事去读，忽视其殖民主义背景。

6. 言语和思想如何呈现？

热奈特在该书"语式"一章的"话语叙事"一节讨论了这个问题 。这一领域中作者有多种选择，最简单的方法就是以"直接引语 + 标识说话者"呈现对话。例如：

> "你的名字？"马里奥问道。"塞尔玛。"她回答。

这就是人物的直接对话，因为实际所说的话（在引号中）被呈现出来，在后面加上标识短语，以表示说话人是谁。如此呈现的对话也可以"直接引语 + 不标识说话者"来表述，如下例：

"你的名字？"
"塞尔玛。"

显然，要是超过两个人物同时加入对话，或者对话并非简单的一问一答时，这种呈现方式很容易造成混乱。因此，更好的办法是直接引用+选择性地标识说话者，例如：

"你的名字？"马里奥问道。
"塞尔玛。"

之所以说是有选择性的标识，因为第一句话标识了说话者（"马里奥问道"），第二句则没有，由此产生的区别乍看上去可能显得微不足道，可说话者标识每出现一次，都提醒着读者叙述者的存在，会磨钝模仿的锋芒，把"呈现"推向"叙说"。另一种选择是间接引用，附加表示说话者身份的词语。例如：

他问她叫什么名字，她回答是塞尔玛。

上例中，话语是"报告"的形式，没有呈现真实说出的话。而且，说话者标识是话语的"组成部分"。这种报告式话语，给人一种拉远读者同所陈述的事件之间距离的感觉。作者还有最后一种选择，也许可以稍微弱化这种距离拉远的效果，也就是使用"自由间接话语"（free indirect speech）。例如：

她叫什么名字？塞尔玛。

上例中的话依旧是报告式的，间接的，这种风格有着微妙的效果，其优点之一就是似乎适合内聚焦式叙事，因为由此滑入人物的内在思想感情似乎显得更“自然”。例如：

> 她叫什么名字？塞尔玛。塞尔玛，是吗？不够响亮，不是那种能为大轮船命名的名字，更像是乡下人的名字。

上例中，对名字的沉思显然出自询问姓名的男性，而非全知型的叙事者。自由间接引语也便于向另一方向发展，就行为和反应给出外部指示，对于作者来说它是件灵活有用的工具。

热奈特表示叙事中对话呈现的术语实际上比上面的介绍更抽象些，包含三个层次，一层比一层更偏离实际说出的话。例如：

1. “我得走了”，我对她说。（模仿话语）
2. 我告诉她我得走了。（转换话语）
3. 我告知她我必须得离开了。（叙述化话语）

热奈特指出（p. 172），转换话语与自由间接话语并不完全相同，准确地说，转换话语确实间接却并不自由，因为仍旧要用到“我告诉”这个陈述性的动词短语，这也是标识说话者的一种形式。转换话语与叙述性话语的根本区别在于，前者还可以令读者推测出说话者实际使用的语言“我得走了”，后者仅仅提供了所说的内容，至于其真实的话语形式已无从得知（也可能是“我得走了”“不得不走了”“不走不行了”，等等），这就将活生生的话语变成事件转述，从而在读者与所说话语的直接语重和语气之间设置了最大的距离。

## “整体的”叙事学

本章所讨论的内容为你提供一套叙事学基础工具。首先，我们了解了故事和情节的关键区分，从而令我们了解到叙事应当如何安排，能有什么样的安排。其次，亚里士多德的区分指向叙事的一些深层心理基础。再次，普罗普的系统为思考情节的表层细节提供了资料。再次，热奈特把我们的注意力引向故事如何叙述之上。最后，我们还可以补充，本书在前面曾介绍过罗兰·巴特的五种“符码”，它们可以对上述的一切加以补充。如果说亚里士多德主要关注主题，普罗普主要关注情节，热奈特主要关注叙事，那么可以说巴特主要关注的是读者，因为叙事所动员的一切要素要起作用，就都必须经过读者的“解码”。上述几个系统合在一起，进行适当的调和，就会产生一种“整体的”叙事学，叙事中能够在一个系统中加以分析的方面，也必将得到别的系统的关注。

### 停一停，想一想

叙事学最醒目的一个方面就是一个现象会有多个术语，每个术语来自一个不同的“流派”（例如，“零聚焦”又叫作“全知叙事”）。或许我们会说这毫无意义，因为英语词汇原本就有着多个“层次”，同一个概念可以由多个词语表达。例如，“blessing”（赐福）一词源于古英语，它还有两个同义词，一个是“benison”，源于北方语言；另一个是“benediction”，源于拉丁语。这三个词各有“风味”，“blessing”给人感觉朴素，“benison”有点古旧，故弄玄虚的味道，“benediction”则明显带有宗教意味。同样，当前通行于叙事学中的术语也各有独特的“学术风味”，它们大都源于古希腊语和拉丁语（比如 mimesis，diegesis），而非更让人感到踏实的古英语。当作家自己从 19 世纪起开始讨论创作理论时，他们更喜欢使用平直的词语，例如，乔治·艾略特和亨利·詹姆斯就说“呈现”（showing）和“讲述”（saying），而不是“模仿”（mimesis）和“叙说”（diegisis）。福斯特在《小说面面观》（*Aspects of the Novel*）一书中也喜欢使用朴实无华的词语，例如“扁平”（flat）人物与“立体”（rounded）人物，其意义一目了然，从不试图以技术性词汇或博闻多识去吸引读者。有没有可能为叙事学家们热衷于学究气息浓厚的术语做出令人信服的辩护呢？

在这个问题上，当然仁者见仁，智者见智，你应当找到自己的答案。我是如此看的：我觉得，浓厚的学究气息进一步拉开叙事学家同讲述故事的行为之间的距离。究其根本，原因就是，他们自己通常并非创意写作者。其实别的领域中也有与此类似的现象，艺术家、工艺师自己使用的语言就十分平实，反映出他们同自己的技艺熟悉无间，仅需日常语言即可。音乐圈之外的人会把一位音乐家称为交响乐团中的小提琴家，可要是音乐家本人跟你交谈，他会说自己是在一个乐队拉小提琴。换言之，叙事学术语的学究气息是意料之中的，因为这只是反映出叙事学家与叙事这门技艺的一定距离。叙事学家们希望用这种术语来吸引人的努力不能说是徒劳无功，相反这些简洁而精准的术语自有其魅力，尤其同后结构主义那些精确性低得多的术语放在一起时，更显得如此。

## 叙事学家在做什么

1. 审视具体叙事，寻找所有叙事中反复出现的结构。

2. 把批评焦点从故事内容上移开，转而投向说故事的人和方式。

3. 主要通过短篇叙事的分析得出一系列范畴，然后将其扩大、提炼，以适应复杂长篇小说的分析。

4. 强调行动和结构，以平衡传统批评强调人物和主题的趋势。

5. 从所有叙事的密切联系中，而非从少数被看重的典型叙事的独特性和原创性中，获得阅读乐趣和兴趣。

## 叙事学：实例一则

我将再次使用爱伦·坡的短篇小说《椭圆肖像》，给大家总体介绍一下“整体的”叙事学在批评实践中会是什么样子。上面介绍过的四个方面（情节与故事的区分、亚里士多德、普罗普、热奈特）都将有所触及，不过是综合起来讲，而非讲完一个再讲下一个。当然也不会用到所有我在前面介绍过的范畴，有效使用文学理论几乎总是需要有所选择，而非无所遗漏。巴特的五种“符码”这次也不会再涉及，因为第二章已经有了详细介绍。

故事中的事件叙述分为两大块，两块的时间次序正好相反，情节与故事的区分显得一目了然。按照情节，我们先知道内战，叙事者的伤势，他到荒郊古堡避难，然后发现了那幅肖像画。然后，我们读到肖像画中那个女人的故事，而那一切都发生于多年之前。如果严格按照时间次序来叙述，效果将大为不同，两部分间的转换也将困难得多（故事中，军官拿起书那一刻成为自然的转换点）。

故事的这两大块构成“初级”或“框架”叙事（关于受伤军官的那

部分）和“次级”或“嵌入”叙事（关于肖像的那部分）。现在有了这些更为专业的术语，在本书第一章对这篇故事的分析中，我曾直接称之为“故事中的故事”。应当注意，框架和嵌入其中的故事通常处于一种特殊的平衡中，通常框架部分要小于嵌入部分。在情感上二者间也有着一种隐含的对等。叙述者的伤势，以及他观赏肖像时的蕴含，同另一个悲剧故事有着同等的分量。或许作者在第一部分中已经有所暗示，故事发生于一个为追寻理想反致生灵涂炭的国家，可视其为与嵌入的故事在更广阔范围上的对等。

这提出一个问题：框架究竟起到什么作用？回答是：它令嵌入故事的主题得到回应，从而扩大了其适用范围。框架也是一种延滞叙事的手段，可以唤起某种情绪或氛围（有点类似于歌剧中的序曲）。如果故事是民间故事或童话，传统上这两种类型会免去这一框架，而代之以“曾经有个才华横溢的年轻艺术家……”这样的开头，其效果也将大不相同。还可以补充一点，这里的框架有着开放性的结局，故事最后并没有回到军官和他的随从，而是在最高潮，即艺术家意识到自己的妻子已死的那一刻戛然而止。显然，双结局型框架会冲淡这种“戏剧性效果”，而叙述者也不得不做出几句道德评价，或许会说就算追求艺术，以生命为代价也太过高昂了之类的话，难免落入俗套。

这篇故事中，普罗普式的分析材料出人意料地丰富，揭示出这个嵌入的故事之所以能感动人，是因为融合了两个童话主题原型。第一个是被恶魔囚禁于高塔之上的公主，或许还被喂了迷药，或者中了诅咒，长睡不醒。之后，英雄发现和拯救了她，与她结为夫妇。另一个童话主题似乎同蓝胡子传说有关，他假装求婚，然后把新娘一个个杀害，尸体藏在地窖里。坡的故事中，新郎已有“妻子”（“他已经有了个新娘，就是他的艺术”），因此将杀死他的新娘。这里出现了罗伯特·斯科尔斯所说的“角色重合”，主人公和反派主角由一人担当，艺术的魔力——主人公的艺术才能——原本应提升生命，这里却成了生命的杀手。请注意，这里我们对普罗普的功能项 14（主人公获得魔力）做了较大的改造，以适应坡的故事。

我们再转向热奈特的范畴。首先，我们可以看到，框架和嵌入故事都主要是模仿，不过显然模仿的程度不一。故事的开局部分，“城堡一个偏僻的塔楼”这样的用语，仍保持了一定程度的抽象叙述，例如叙事者说随从“贸然强行进入”城堡，其措辞中就带有一丝抽象色彩，这种色彩更常见于叙说，而非呈现中。“贸然强行进入”这个表达已略显“叙事化”（narratised，这是热奈特的术语中一个有用的术语），也就是说，由叙事者做了一番总结，而我们并不知道实际的场景如何：随从是用斧子劈开门上的锁，还是用肩膀反复撞门，直到把门撞开，或者捡来一块残破的日晷，临时当锤子用，把门砸开？显然，只有上述描写方堪称“完全模仿”或“完美模仿”（full mimesis），而“强行进入”只能算得上“部分模仿”（partial mimesis）。具体如何“强行进入”，就只有叙事者自己知道了。

屋内的描写更接近于完全模仿，屋内的装饰“富丽堂皇，不过已陈旧破损”。装饰究竟是什么样呢？那些“形状不一的绘有纹章的战利品”到底是什么呢？是盾牌、剑、头盔、甲胄，还是别的什么？数量有多少？又是怎样摆放的？这些问题在这种“中等模仿”（我们姑且这样称呼）中找不到答案，因为其作用并非像摄影机一样缓缓绕屋子一周，呈现屋子中的一切，而是就屋子的自然状态，以及其中的气氛给我们一系列生动的印象。从第三段开头“但是这个行动产生了……”，故事转入“全面模仿”，叙述的节奏进一步放慢，开始与军官的感觉步调一致。我们得到十分精确的舞台指南，使我们身处军官的位置，与他一起观察，仿佛一切就在眼前发生。之后，故事一直处于“全面模仿”之中，直到军官拿起那本书，嵌入叙事开始，而嵌入叙事也经历了从部分模仿到中间模仿再到全面模仿的同样过程。

故事中两段叙事的聚焦方式也很有趣。框架叙事为第一人称“同叙述”（homodiegetic），或称“同故事叙述”，叙述人在所讲述的故事之内，由一个显露的，或者说，“戏剧化”的叙事者叙述，他有着独立的个性和经历。虽然我们并不知道他姓甚名谁，但还是可以推断出关于他的一些细节。他受过教育（知道18世纪的哥特小说家安·拉德克利夫，也知道“晕笔画”这种绘画技巧，似乎对感知的过程和阶段有着浓厚的兴趣），家境也不错（有个随从）。嵌入叙事的叙事者问题多一些：枕头边的小本子上的文字意在批评和描述屋内“数量惊人的”画作，这表明要在今时今日，应该称他为鉴赏家，或艺术批评家。可除此之外，我们对他就一无所知了。我们估计，他应该是一个外述型叙事者（heterodiegetic narrator，或称“异故事叙述者”，叙述人在所讲述的故事之外，不参与故事），不是他所讲述的故事的一部分，可故事又说“最后当绘画即将完成之时，其他人不再被允许上那座塔楼”。那么他那些信息又是从哪儿来的呢？这是个未解之谜。要么他是个全知型的叙事者，能自由出入故事中人物的心灵；要么他同画家本人有着某种非同一般的亲密关系。或许，他就是画家本人；无疑，我们可以认为墙上“数量惊人的”现代绘画都出自一个人的手笔，因为显然它们画风一致，或许都产生自类似的情景中，每一幅都夺走了画中模特的生命，强迫性地重复上演艺术与生命争夺主导权的“原初场景”。有意思的是，这些起初关于叙事者基本特征的思考，完全是技术层面的，但它们似乎很快就把我们引入内容的最深层。

这把我们引向隐含的亚里士多德层：导致悲剧的原因（推动故事发展的罪恶或过失）当然是那位天才艺术家的道德缺陷，他视自己为神灵，去**创造**生命，又必须以他人的生命为**代价**。他既**无自知之明**，更无**先见之明**，看不到自己对艺术的痴迷会产生什么样的后果。奇怪的是，就艺术家而言，他也缺乏同情心和想象力，难以复制有生命的东西，只能拿出摹本，一种阴森的全息图像，全然不见人的精神实质。自我认识［或亚里士多德所说的“发现”（anagnorisis）］的一刻到来的太迟了，他从未想到“她的生命在流逝”，等到他意识到“她死了”时，已太迟了。亚里士多德所说的突转（peripeteia），即命运的转折，也发生于故事中两个人物的身份上：新郎由“声望卓著的”艺术家沦为吸血鬼和杀人犯，新娘从起初的生命力量化身变成逆来顺受的牺牲者，她对爱欲的渴求令她眼睁睁看着自己的生命被抽干而无能为力（这也是坡的故事中大多数女性的命运）。

叙事学的这些技术性范畴确实可以为研究故事开拓出一条新的道路，以揭示叙事中意义如何产生，同时又给我们带来意外收获，给予我们新的思想，来理解这个故事，以及这个故事所蕴含的那个老生常谈的主题——生命的主张与艺术的主张之间的冲突与对立。

## 文献选读

Bal, Mieke, *Narratology: Introduction to the Theory of Narrative* (University of Toronto Press, 3nd edn, 2009). 原著以荷兰语写成，英语版最早于 1985 年出版，迅速成为标准教材。它精确、简明、明晰，最好地体现出了叙事学的精神，与其他叙事学的重要著作一样，不是一部大部头著作，既可以愉快地阅读，也可当作叙事学的工具书使用。

Cohan, Steven and Shires, Linda M., *Telling Stories: A Theoretical Analysis of Narrative Fiction* (Routledge, 1988). 书中的叙事涵盖整个当代文化，包括电影、广告等。包含了许多有用的材料，不过写得有些拘谨。

Genette, Gérald, *Narrative Discourse* (Cornell University Press,1983).

该书中的五章——“顺序”“时距”“频率”“语式”“语态”——是当代叙事学思想的主要源泉之一。各章均下辖许多小标题，如果这些小标题能以极简的语言就其中内容做一番提要，将更利于读者阅读。不过该书的索引做得十分出色，一定程度上弥补了上述缺陷，也便于读者把该书当作一本“叙事学百科全书”来使用。

Herman, David, ed., *The Cambridge Companion to Narrative* (Cambridge University Press, 2007). 该书中关于“故事、情节和叙事”“时间和空间”“人物”“对话”“聚焦”的诸章皆颇有用处。总体而言，该书更多迎合了初次接触叙事学这一领域的读者的需求。

Onega, Susana and Angel, José，eds, *Narratology* (Longman, 1996). 很棒的选集，强调叙事学同解构、女性主义、心理分析，以及电影和媒体研究之间的相互影响。

Prince, Gerald, *A Dictionary of Narratology* (University of Nebraska Press, rev. edn, 2003). 该书所给的各种定义最为简练。该书虽篇幅不大，在讲述叙事学内的各个派别之争时却最为全面。每当我在叙事学方面遇到什么问题，要查阅的第一本工具书一定是它。

Propp, Vladimir, *Morphology of the Folktale* (University of Texas Press, 2nd rev. edn, 1968).

Puckett, Kent, *Narrative Theory: A Critical Introduction* (Cambridge University Press, 2016). 无论在文笔简洁性上，话题范围上，还是在专业深度上，该书均堪称上乘。

Rimmon-Kenan, Shlomith, *Narrative Fiction* (Routledge, 2nd edn, 2002). 比较难啃的一本书，不过极具先锋性，内容涵盖也十分广泛，只是过于简短。

# 生态批评

ECOCRITICISM

# 是生态批评还是绿色环保研究?

“简单地说，生态批评（ecocriticism）就是研究文学同物理环境之间的关系”，切里尔·格洛特费尔蒂（Cheryll Glotfelty）如此定义。但我们应称之为“生态批评”，还是“绿色环保研究”（green studies）？两个名称都指向这个20世纪80年代末和90年代初分别于美国和英国兴起的批评方法，应当简要回顾一下它发展至今的历史。在美国，这种批评方法公认的创始者是格洛特费尔蒂，她和哈罗德·弗洛姆（Harold Fromm）合作，编辑了一部关键性的论文集《生态批评读本：文学生态学中的里程碑》（*The Ecocriticism Reader: Landmarks in Literary Ecology*, University of Georgia, 1996），其中所收录的文章界定了这种批评方法的基本领域。1992年，她参与发起了文学与环境研究协会（ASLE, Association for the Study of Literature and Environment），并从1993年起出版自己的刊物《文学与环境跨学科研究》（ISLE, *Interdisciplinary Studies in Literature and Environment*）。到20世纪90年代初，生态批评作为一种学术运动在美国已经生根发芽，有了自己的学术期刊和正式组织，建立起了职业性基础设施。文学与环境研究协会的另一位重要成员是厄休拉·海斯（Ursula Heise），加州大学洛杉矶分校英语系文学研究首席教授，同时任职于该校环境与可持续发展学院，是《劳特里奇环境人文研究指南》（*The Routledge Companion to the Environmental Humanities*）的编者之一。在美国，生态批评在西部大学中的影响似乎最大，也就是说，是偏离大城市，偏离东、西海岸的学术权威，也可以预期它代表着一种“去中心”的理想。

作为一个学术概念，生态批评最早出现于20世纪70年代美国西部文学协会（WLA, Western Literature Association）的会议上。迈克尔·布兰奇（Michael Branch）曾写过一系列表明自己立场的短文，都以《何谓生态批评》命名。在为这一系列短文所撰写的前言中，他把“生态批评”这个术语追溯到威廉·吕克特（William Rueckert）在1978年发表的文章《文学和生态学：生态批评实验》（“Literature and Ecology: An Experiment in Ecocriticism”）[①]。据称，与之相关的另一个术语“生态”（ecological）则在1974年出现于美国著名生态批评家卡尔·克罗伯（Karl Kroeber）的文章中，文章名为《格拉斯米尔之家：神圣的生态》（“‘Home at Grasmere’: Ecological Holiness”, *PMLA*, 89, 1974, p. 132–141）。之后，这两个术语（“生态批评”和“生态”）蛰伏于美国的批判词汇库中，直到1989年在西部文学协会召开的会议上再次爆发。那一年，格洛特费尔蒂还是康奈尔大学的研究生，后来她成为内华达大学文学与环境系的教授。在1989年的那次会议上，她不仅唤醒“生态批评”这个术语，更促使它容下原先称为“自然写作研究”（study of nature writing）的广大批评领域。

当前美国的生态批评深受三位19世纪美国作家的影响，这三位作家都颂扬自然、生命和美国荒野。三位作家的名字分别是拉尔夫·沃

① 布兰奇的十二篇短文，以及他的前言，都可在ASLE的网站上查到，网址为：www.asle.org/site/resources/ecocritical-library/intro/defining。——原注

尔多·爱默生（Ralph Waldo Emerson，1803—1882）、玛格丽特·富勒（Margaret Fuller，1810—1850）、亨利·戴维·梭罗（Henry David Thoreau，1817—1862）。三位都是新英格兰作家、散文家和哲学家群体的“成员”，人们把这个群体统称为“超验主义者”（transcendentalist）。“超验主义”是第一个令美国摆脱欧洲模式，取得“文化独立”的运动。爱默生的首部著作篇幅短小，就取名为《自然》（*Nature*），首版匿名出版于 1836 年（现收入 *Ralph Waldo Emerson: Selected Essays*, ed. Larzer Ziff, Penguin, 1982），其中的文章反思了自然界对作者的影响（哲学色彩并不浓厚），常有简洁直接，充满戏剧性力量的段落。例如下面这段：

> 薄暮时分，天上阴云密布。我走过一片荒地，在一个一个积雪的小坑中穿行。完全没有将会遇上什么好运的念头，但我的内心满是深深的喜悦。在恐惧的边缘，我感到快乐。（chapter 1, p. 38）

富勒的第一部作品是《1843 年的湖光夏日》（*Summer on the Lakes, During 1843*）（包含于 *The Portable Margaret Fuller*, Viking/Penguin, 1994），这是一部极具感染力的游记，记叙了她在成为哈佛大学史上第一个女性毕业生后，畅游美国所领略到的景色。例如，在尼亚加拉大瀑布，她写道：

> 在这里，在永恒造物的威力之中，你无可遁逃。各种景象来来去去，变化无穷。河水一浪接着一浪，涌起来，又退下去；风攒足了劲，一阵一阵，呼啸而过。它们当真是不知疲倦，片刻不停。它们不停地从你身边、透过你的躯体，奔涌而过，无论你醒着睡着，都逃无可逃。正是由此，我感受到自然之伟大；

这种伟大，即使不是无限无穷，也近乎永恒不朽。（p. 71）

梭罗的《瓦尔登湖》（*Walden*, Oxford University Press, World's Classics, 1999）记叙了他在瓦尔登湖边的一段岁月。瓦尔登湖在他的家乡马萨诸塞州的康科德，距他家有几英里远，1845 年他在瓦尔登湖旁搭建了一间木屋，在那里度过了两年的时光。该书堪称经典，记叙了一种远离现代生活，“回归自然”以更新自我的生活方式，对读者有着强烈影响。上述三本书构成了美国“生态核心”写作（ecocentered writing）的基础。

与美国不同，英国的生态批评，或者说绿色环保研究主要受 18 世纪 90 年代的英国浪漫主义的影响。在英国这一边，创始人物是批评家乔纳森·贝特（Jonathan Bate），其著作是《浪漫主义生态学：华兹华斯与环境传统》（*Romantic Ecology: Wordsworth and the Environmental Tradition*, Routledge, 1991）。英国生态批评家们提出，在生态批评这个术语出现之前，许多问题已经见于雷蒙·威廉斯的著作《乡村与城市》（*The Country and the City*, Chatto & Windus, 1973）中。英国这边，生态批评的基础设施建设不如美国完善，没有本土的期刊，也没有一个正式机构，只有一个 ASLE 的英国与爱尔兰分会，和它的内部刊物《绿信》。但是本科教育阶段相关课程越来越广泛，尤其在一些新设立的大学和学院中。当然，研究者同学术机构的关系处于不断变化中，不过在我写作本书时，除了贝特（他任教于牛津大学）外，英国大多数活跃的生态批评家都以这些机构为基地，比如，劳伦斯·库佩（Lawrence Coupe）任教于曼彻斯特城市大学，理查德·科尔里奇（Richard Kerridge）和格雷格·加拉尔德（Greg Garrard）都任教于巴斯斯巴大学，特里·吉福德（Terry Gifford），现为巴斯斯巴大学环境与写作中心访问学者。《牛津生态批评手册》（*The Oxford Handbook of Ecocriticism*，2014）的编者加勒德如今远赴加拿大的不列颠哥伦比亚大学任副教授；哈丽雅特·塔洛（Harriet Tarlo），曾编辑一部重要选集《倾斜的地平线：激进风景诗歌选集》（*The Ground Aslant: An Anthology of Radical Landscape Poetry*），如今专心于诗歌创作，同时任教于谢菲尔德哈勒姆大学的创意写作中心。英国具有学科界定作用的论文集是劳伦斯·库佩编辑的《绿色环保研究读本：从浪漫主义到生态批评》（*Green Studies Reader: From Romanticism to Ecocriticism*, Routledge, 2000）。

同一种批评方法，在两个国家却出现了两个不同的变体，这一情形同第九章中介绍的情形有些类似（那一章中，我们看到，英国文化唯物主义和美国新历史主义虽然在研究方法和目标上颇多相近之处，却有着不同的起源，各自所强调的重点亦不同）。总体而言，美国批评家多用“生态批评”，而“绿色环保研究”在英国用得更多些。此外，美国批评家的语气中更多对自然的“颂扬”，英国批评家则更倾向于强调“威胁性”，提醒人们地方政府、工商业、新殖民力量对环境造成的伤害。例如，贝特在最近出版的《地球之歌》（*Song of the Earth*, Picador, 2000）中提出，殖民主义和伐木毁林常常同时出现。[①] 不过过去 15 年中，英美两地的生态批评无论在理论上还是在实践上都有颇多合作和融合。

## 文化与自然

无论国别，哪种态度堪称生态批评的代表？就自然与文化之间的关系这个核心问题，生态批评内部有着什么样的争论？其涉及范围有

---

① 他写道：“罗伯特·波格·哈里森（Robert Pogue Harrison）的《森林：文明的阴影》（*Forests: The Shadow of Civilization*）是部引人注目的著作。正如他在该书中所说，帝国主义总是伴随着乱砍滥伐，以及自然资源的消耗。”（p. 87）——原注

多广？本部分将对这些问题做一番介绍。或许，最重要的一点就是要指出，生态批评反对一切都构建于社会/语言中这一观点（本书中介绍的其他理论大都采纳了这一观点）。在生态批评者看来，自然真实存在于我们之外，根本不必在这个词上面加引号将其变成一个反讽的概念。自然就是一个实体，它影响着我们，也受到我们的影响，如果我们不正确对待自然，甚至会对我们造成致命伤害。自然不能简化为一个概念而被视为我们文化实践的一部分（比如，我们尽可以想象出某个神灵，然后把它投射到宇宙之中，可自然并非这样的神灵）。大多数理论都认为外部世界构成于社会和语言之中，认为它们“总是业已”卷入生存话语的文本之中，可生态批评对这种长期以来的学术正统提出挑战，有时语气颇为急躁。例如，凯特·索珀（Kate Soper）有句常被引用的话：“臭氧层上出现了个空洞，可语言并没有。”（*What Is Nature?* p. 151）生态批评驳斥当今大多数文学理论视为基石的“建构性”思想，当然对于社会建构性囊括一切这种思想，很容易被反驳：如果确实如此，那根本就不可能意识到建构性的存在（因为所谓“一切”也包括“社会建构性”这种思想本身）。20 世纪 80 年代，所谓“社会建构帮”无所不在，到处挖学术的墙角，时至今日依旧是人文研究的主流，要修正这种观点，证明它有错误，难度可想而知，生态批评的精髓就是对此提出挑战。

当然，这并不意味着生态批评在自然问题上就持天真的“前理论”立场。在这个问题上有过不少次精心策划的交锋，对其做一番研究会有所收获，而其重要性也绝不亚于本书中提到的其他一些文学理论基础问题上的重要争论，例如利维斯和韦勒克之间在 20 世纪 30 年代就文学批评原则进行的争论（见第 1 章），还有贝特森和罗杰·福勒就文学批评和语言问题在 60 年代所做的争论（见第 11 章）。在生态批评方面，最激烈的交锋出现于美国的华兹华斯评论家阿兰·刘（Alan Liu）和其他生态批评家之间，例如乔纳森·贝特（文章见于 *Romantic Ecology*）、卡尔·克罗伯（文章见于 *Ecological Literury Criticism*）、特里·吉福德（文章最早刊登于 *ISLE*，1996 年刊，后收入库佩主编的 *The Green Studies Reader*, p. 173–176）。刘认为，把什么都称为“自然”，视为“既定”，这通常都是在逃避令其所以然的政治。情况当然可能如此，例如 19 世纪著名的儿童诗作家亚历山大（C. F. Alexander）的诗歌《万物有灵且美》（“All things bright and beautiful”）的最初版本就有几句臭名昭著的句子（大多数版本都删除了这几句）：

富人住城堡
穷人住寒窑
有高就有低
全由主安排

显然，社会不公在这里被“自然化”，或者说披上自然的外衣，被视为“主的安排”，不可更易，可实际上是具体政治和权力结构的产物（马克思在 1843 年写下名篇《黑格尔法哲学批判》，其中有这样一句话：宗教就是人民的精神鸦片。或许他当时的心情也正如此）。左派长期以来一直认为，一旦唤起自然这个概念，就会产生掩盖政治，从而令不公正合法化的副作用。对刘来说，“**并不存在自然**……换言之，‘自然’不过是华兹华斯以及其他人出于自己目的的拟人化虚构”（Coupe, p. 171）。刘的观点时时成为生态批评文章攻击的目标，但出乎意料的是，它有力地促进了各种生态批评观点的清晰化和精炼性（例如，可参阅克罗伯的著作《生态文学批评》中的一章“为自然而惊叹：生态和冷战批评”）。吉福德直接引用刘的观点，认为“我们用自然这个不属于人类的名称来证明人类的价值，是设置了一个中介，能够让人类更为轻松自在”（Coupe, p. 175）。吉福德的意思是，“刘把自然看成一种‘中介’，这固然没错，可否认居于‘中介’的一边的普遍物质世界的存在，那就大错特错了”（Coupe, p. 175）。实际上，自然一词的含义，对于本书中所介绍过的大多数理论家来说，都是个关键，在威廉斯影响很大的《关键词》（*Keywords*）这部介绍文化史重要术语和概念的著作中，“自然”是个最长的条目。[①]

或许，在一本导论性著作中，大部分理论业已介绍完毕后，终于可以如此说了：在理论教学中，现实的社会和语言构建性问题（有时也称为“真实问题”）正是造成混乱的几个问题之一。当然，各人对自然的看法不一，有些差异更是文化环境所决定的，可即便不同的文化对于某一现象有着不同的看法，这也并不意味着可以对这一现象的“真实性”提出质疑。像吉福德一样，我也会指着自己日渐稀疏的头发，说这不就是自然无所不在的宏大叙事的明证吗？我们谁又不处于生老病死的自然周期之中呢？我也可以像利奥塔一样，对这一叙事“满腹狐疑”，可这于事无补。“衰老”无论是作为概念，还是作为事实，在不同的文化中有着不同的特征。有些文化简直视其为耻辱，于是年老者模仿年轻人的说话腔调、衣着打扮、饮食口味、行为方式；另一些文化和时代则视其为一种荣耀和尊贵，是理解力和智慧的标志。苏格拉底和上帝的传统形象都是长者，灰白长须的父亲形象，身着飘动的长袍，而非身着亮晶晶的时髦服装的年轻男女，仿佛年长和男性是智慧的自然属性。虽然不同文化对“衰老”有着不同的看法，我们依旧应当意识到衰老并非社会建构的概念，并非文化的一部分，这是不争的事实。当然，我们应当清

---

① 我还能记得，在20世纪80年代的一次文学理论会议上，威廉斯恼怒不已，因为发言者只要一提到“自然”这个词就立马精神紧张，几次三番为之做出解释。甚至一些语义单纯的短语，如“问题的本质”（英文中，“本质”和“自然”皆为nature。——译者注），居然也成了禁忌，或者在广为使用前要精心厘定清楚。——原注

楚，此类说法是一种比喻，阐明了真理的**某些成分**，但决不能被视为**真理本身**而全盘接纳。这就像有时在电影广告中看到的对演员的评语，例如，“马龙·白兰度是教父”。在文学理论教学中，我们或许没有把这一点以及其他同类的问题点明，而这本应当点明。生态批评一个不招人讨厌的副作用就是让人们重新注意到这个至关重要的问题，迫使我们澄清自己的观点，或许为时还未晚。

生态批评所突显的另一个相关问题是：当区分并非绝对和明晰时（就像自然与文化的区分），是否必然会分解为自相矛盾的悖论？从一个层次上说，回答很简单：虽然同时存在着模糊不清的地带，可区分的存在并不会因此就动摇。灰色地带确实存在，可这并不会动摇黑和白之间的区分。如果用这种思路来看待与生态批评直接相关的问题，我们可以说既存在着自然和文化，也存在着二者兼而有之的地带，而且这三者都真实存在。试想一下，我们把一连串相互连接重叠的地域称为“室外环境”，沿着下面的线索，由自然向文化延伸：

地域一：荒野，例如沙漠、海洋、无人居住的陆地。

地域二：壮美的景色，例如森林、湖泊、高山、悬崖、瀑布等。

地域三：乡村，例如小山、原野、树林等。

地域四：人造景观，例如公园、花园、小巷等。

我们的思绪沿着这样的线索流动，很显然由第一项的纯自然移向主要属于文化范畴的第四项。当然，荒野也受到全球变暖的影响，即文化的影响，属于文化的公园、花园也需要自然力量，例如阳光，但这并不影响到各自的概念（“文化”和“自然”）。更进一步说，中间两项不同程度上同时包含了自然和文化两方面。有时，我们也怀疑某些成分的排列是否得当（高山是否应排入第一项，小山是否应排入第二项），但不能认为这种疑虑就影响到了自然与文化的根本区分。即便可以证明，上述四项其实都属于文化，只不过程度和类型不一，也不能证明自然就不存在（同样，小雨是雨的一种，可这并不意味着小雨就不存在，也不能意味着“下雨”和“下小雨”意思完全一样，没有任何区别）。

再回到四种环境类型上，很明显大多数所谓“自然写作”发生于中间的两种类型上。18 世纪，英国的风景文学钟爱类型三，其代表作包括詹姆斯·汤姆森（James Thomson）的《四季》（*The Seasons*，1730）、托马斯·格雷（Thomas Gray）的《墓园挽歌》（*Elegy Written in a Country Churchyard*，1751）、威廉·柯珀的《任务》（*The Task*，1785）。之后的浪漫主义文学，如华兹华斯的《序曲》（*The Prelude*，1805），主要集中于类型二，不过美国 19 世纪超验主义文学的兴趣主要在于类型一（山脉、草原、大瀑布，还有空间自身）[1]。类型三和类型四常常成为家庭小说和抒情诗的场景，二者的焦点都在于人际间的关系，前两个类型则常常出现于传奇和史诗中，所强调的是人同宇宙力量（如命运、神灵等）的关系。有时，也会出现所谓“普罗米修斯式叙事”，人类在其中探索自己能力之极限，如弥尔顿（John Milton）的《失乐园》（*Paradise Lost*）、玛丽·雪莱（Mary Shelley）的《弗兰肯斯坦》（*Frankenstein*）、赫尔曼·梅尔维尔（Herman Melville）的《莫比·迪克》（*Moby Dick*）。那些志在发现自我的人都会本能地走进荒野，摩西走上高山之巅，接受上帝的十诫，耶稣走进荒野中祈祷，土著人接受成人礼时也要到丛林中去“溜达”，马克·吐温笔下的哈克贝利·费恩“奔向荒野”等等。荒野空间似乎有着特殊作用，对人类的福祉至关重要。当然，这样想有人类中心论之嫌，仿佛荒野为了人类才存在，这是“深绿”生态批评者无论

① 例如，梭罗的文章《漫步》（“Walking”）就讨论到了此类问题。他写道：“许多诗句为人们所传世吟诵，可这些传世名句中，我还没见过哪一句充分表述出这种对荒野的渴望。”——原注

如何都要反驳的观点。[①]生态批评者反复强调的一点是，这个星球上第一次没有了真正意义上的荒野，每一片土地都受到全球变暖的影响，此外还有其他一些完全由人类制造的问题，例如有毒废弃物、核物质泄漏等。对此人们的感受可能不一，但是我们无疑须得承认，至少性别、种族、阶级这类议题再也不能占据文学和批评所应该关注的全部。当然，“社会生态论者”和“生态女性主义者”完全可以尝试把他们的关注点与生态主义目标和观点结合起来。批评家和理论家们努力为纠正性别、种族、阶级等领域的不公尽己所能，当然值得称赞，但我们不应该忽视这样一个事实，那就是，要在这些领域做出改变，前提是我们先得努力避免环境灾难，否则就如同《泰坦尼克号》中那样，在船加速撞向冰山的时候，却在想方设法地改善船员们的工作条件。

## 把批评反转

对文学文本进行生态批评解读，简单地说，就是对本书一直在讨论的那类议题和关注点以某种方式进行思考。但是，我们已经说过，完全不存在某种我们只需要学习并应用即可的普遍接受的模式。通常，生态批评就是用生态维度这个新意识来分析那些可能已经非常熟悉的文本。而这个维度也许一直就在那些文本中徘徊，只是从来没有得到充分的关注。拉尔夫·布莱克（Ralph W. Black）在他的短文《当我们谈论

---

① 贝特区分出所谓“浅绿”和“深绿”（*The Song of the Earth*, p. 37）。前者是环境保护主义者，他们珍视自然，因为自然“环抱”人类，对人类的福祉做出贡献。他们坚信，只要人类在生产和消费中承担起更多责任，就可以“拯救”地球。所谓“深绿”派则采取了激进得多的立场，他们认为现代科技才是万恶之首，断然不可以之解决问题。一定程度上，我们应当“回归自然”。此派人士厌恶“环境”这个带有人类中心色彩的词，更偏爱“自然”一词，视自然为自在，并非为人类而存在。——原注

生态批评时，我们在谈论什么》（“What we talk about when we talk about ecocriticism”）的开篇部分写道：

> 不久前，我又看了场《李尔王》，李尔一角由奥利维尔出演。同以往一样，我称叹于李尔王的暴怒与悲怆。当他抱着考狄利娅的尸体走过舞台时，我又一次热泪盈眶。不过这次，开局的一幕更加触动我。一张王国的地图徐徐展开，地图绘制在晒干的小鹿皮上。老君王用手中的剑把王国象征性地分给三个女儿。甚至在女儿们说出对父亲的爱，或者拒绝说出爱的话语之前，大错就已经铸成：土地成为商品，被分割成一块块的小片，给予最会说甜言蜜语的人。有那么一会儿，我琢磨着这部悲剧的意义，什么样的傲慢令老李尔堕入无底深渊，剧中的自然又有着什么样的意义，清醒的时刻似乎都发生在野外，一次是在暴风雨中，一次是在荒野上，一次是在海滩上。

这段导论性文字预示了一种明显与众不同的对《李尔土》的解读，并非是因为这部剧被还原为生态思考，而是因为在诸多传统的批评方法从本剧所看到的别的议题之外，首次加入了这些议题。这种解读提醒我们注意，只要考狄利娅说出老父亲爱听的，就能获得王国的一小块土地。这块土地是真实的，是有人居住的土地，有山峦、田野、河流、农场、村落，这一切都会因君主的心血来潮被随意切割，好像它们没有自己的主张和完整性。同样，李尔王疯癫之后奔跑于其上的那片“荒凉的旷野”也是真实的，位于国土的某处，或许（以其荒凉）象征着李尔的荒唐行为所导致的政治混乱使得国土被忽视和践踏。那场暴风雨，不仅与李尔王陷入疯癫有着象征意义的关联，而且这一真实的天气现象，代表着他不肯接受自然过程而做出违背自然的行为，比如他正日益衰老这个自然过程，以及他终究要被下一代人取代而靠边站这个自然过程（托尔斯泰说过，“所有老人都是李尔王”，弗洛伊德也认为《李尔王》是部典型的家庭剧）。生态批评可以为经典文本加入不同于以往的视角，而这也并不仅限于同自然直接相关的作品。

上面对《李尔王》的读解还有一个特点，这里要特别提一提，就是它倾向于将传统的解读方式反转过来。这是说，这种批评方法将批评之焦点由作品之内转向作品之外，于是原本仅仅被视为“布景”的成分由边缘移到批评的中心（例如《李尔王》中的暴风雨是真实的暴风雨，不再是李尔狂乱心灵的隐喻）。我将再举个例子，再多费些笔墨，来说明这一重要转变，以强调这种做法并非简化。复杂性原本就是文学研究的血液，而这种转移并未让血液稀释，反而令其更为丰富。我要用的例子是爱伦·坡的短篇小说《厄舍府的倒塌》（*The Fall of the House of Usher*）。故事中，哥哥罗德里克·厄舍和妹妹玛德琳出于自愿，把自己囚禁在与世隔绝、摇摇欲坠的厄舍老屋中，老屋旁就是一座凶险的小湖，湖水“如死般沉寂，泛着黑色的凶光”。罗德里克的妹妹得了一种怪病，生命在一日日耗尽，罗德里克自己则有着“崇高理想和精神追求”，“一种病态的敏锐感觉”让他备受折磨，完全无法忍受同自然界的接触——“所有花的芬芳都让他窒息，甚至一点微光也令他的眼睛难受”。他同身外世界的唯一接触就是艺术，叙事者刚见到他时，他身边“摊满了书和乐器，可丝毫没有带来一点儿生气”。

在对这个故事的解读中，关注的通常是罗德里克的心理病态，同时也关注叙事者如何会来到这里，又引发了玛德琳的病情；叙事者如何帮助罗德里克把还没有咽气的玛德琳钉进地窖里的棺材，地窖就在他住的房间的下面；最后，玛德琳如鬼魂般再次出现时，叙事者向罗德里克大声朗读一个令人毛骨悚然的恐怖故事，其中情节正好配合二人脚下的地窖中正在上演的一幕。见到妹妹死而复生，罗德里克在无比震惊中当场断了气。这个无名无姓的叙事者的出现引发了这一切，普遍的解读都视罗德里克和玛德琳为叙事者的一部分，即他理智之下的潜意识，这是文学批评的惯常做法，把外在因素（人物、物品、情景、事件）读解为内在因素（在这个例子中，是解读为潜意识的一部分）。

生态批评则把焦点放于**外在**因素上，放在屋子及其周边环境之上，而非住在屋子里的人及其心理之上，使用到能量、熵（entropy）、共生（symbiosis）等概念。熵是系统内导致崩溃和瓦解的负能量，共生是指相互维护、共存的系统。故事中的厄舍府是个孤立的熵系统，同四周的生态圈没有任何共生关系，死寂的湖水象征着屋子本身静止的形象。屋子呼吸的是其自身的腐败气息——“逐渐但确实凝聚起来的湖水和屋墙自身的气息”。厄舍府有它自己封闭的小气候，随着故事步步走向高潮，被困于屋内的能量在翻滚。当罗德里克和叙述者向屋外望去，“云层厚得出奇，低低压在屋子尖顶的上方，依旧能看出云从各个方向上飞速飘过，却没有消失在远方”。那时，厄舍府已不再属于任何有生命的系统，没有任何新鲜成分从外部加入进来，给它带来哪怕一丁点儿活力，使它能为别的系统做出最微薄的贡献。它是行将熄灭之光，沉滞腐朽之水，无以为继之火，自恋而冷漠，远离四周的生命激流，把自己变成一个黑洞，继而形成一个旋涡，把它的能量吸入其中并摧毁。叙事者向窗外望去，看到“一场旋风显然早已在我们周围集聚起它的力量”。最后，厄舍府消失在漆黑的湖水中。最离奇的莫过于罗德里克的心灵，“从他的心中，一种似乎与生俱来的品质——黑暗，在永不停歇地辐射出的忧郁中，倾泻到这个精神与物质世界的所有对象之上”。罗德里克辐射出的不是能量，而是熵，就像一颗内爆的星球，快速瓦解。可怕的是，罗德里克代表着纯粹的“文化”，身上没有丝毫东西属于“自然”。他有“畏光症”（对光极度敏感），完全不能忍受自然光照，更喜欢画布上的光；他也无法忍受自然界的声音，只有经过处理的音乐之声才能接受。从罗德里克的形象中看到的正是一个积重难返、行将就木的生态系统，这是渐渐失去活力的星球上的生命，这个系统已被自己的污垢所阻塞，没有任何源泉来涤净更新。在这样的解读中，故事核心不再是心灵的黑暗，以及黑暗中升起的本体焦灼，而是自食恶果的生态灾难后的永夜，是核子寒冬，甚至是太阳的衰竭。这比惯常的解读更可怕，当叙事者冲出即将崩塌的厄舍府时，却发现已无处可去。

### 停一停，想一想

我把系办公室门上的把手称为“直觉反向”，关门时，你得把锁朝内拧，而非朝外。每次开门时，你都得有意识地反转直觉中显而易见的程序。批判理论为我们配了一串钥匙，去开不同的门，其中不少都属于“直觉反向”。我的意思是，它们推出的看法似乎违反了日常生活中我们凭直觉以为对或真的东西。就生态批评而言，我们要逆转的直觉是长期以来深深浸入西方文化传统的人类中心主义态度，这种态度既体现于人文之中，也体现于宗教之中，常常在一些被人们挂在嘴边的讲法中奉为圭臬。例如，公元前 5 世纪，古希腊早期哲学家普罗泰戈拉（Protagoras）就说“人是万物的尺度”，自信地将人放在万物的中央。《创世纪》中，人被授权统领“海中游的鱼，天上飞的鸟，地上爬的走兽”。同样，达·芬奇的名画《维特鲁威人》中将人的身体比例视为几何图形的基础（这个画面众所周知：一个裸体的男人站在一个圆圈和正方形中，男人的双臂水平伸开，或斜上伸开），成为所有为双眼带来愉悦的图形比例的基础。18 世纪的英国诗人蒲柏（Alexander Pope）在《论人》

（*An Essay on Man*）中写道："须当认清自己，究诘上帝则属逾分；人适合探究的对象，只能是人本身。"这一切，还有其他无数形象和语言，似乎默许我们在文化上走向人类中心，而非生态中心。

19世纪维多利亚时期，著名的艺术批评家约翰·罗斯金（John Ruskin，1819—1900）在其《现代画家》（*Modern Painters*）的第三卷中新创了一个词——"情感谬误"（pathetic fallacy，或译作"情感误置"），以表示人们以环境反映心境的直觉倾向。这似乎又一次习惯性地把我们自己放到了一切的中心。罗斯金说："所有强烈的情感都会产生相同的效果，令我们对外物的印象产生错误，我将此统称为'情感谬误'。"像"残暴的大海"这样的话就犯了"情感谬误"，因为它将人类特有的品质投射到自然之上。罗斯金有很强的生态意识，作为英国历史上一位重要作家，他第一个表达出自然自我恢复的能力并非无限，现代的生产和消费形式可能给自然造成致命伤害。在讲评"19世纪的风暴云"的讲座中，罗斯金又称之为"现代的瘟疫云"，忧心忡忡地表示工业污染正在令大气遭受永久性伤害。我们可以说，这是人类"支配"自然，对自然予取予求带来的环境恶果。经过20年的观察，罗斯金确信，无论是云层构成、大气条件，还是气候模式，在那20年中都已发生改变（被改变）。

有趣的是，爱默生丝毫不为"情感谬误"担心。"自然总是染上精神的色彩。"他在《论自然》的第一章如是说，我们很难不对他的话表示赞同。如果说他们两位在这个问题上的区别预示了日后英美生态批评的区别，是否有生拉硬扯之嫌？如果把两种态度分别标上环境悲观论和环境乐观论的标签，是否又显得简单粗暴？是不是说，像英国和日本这样地窄人多的岛国会从心底里战栗，发出自然正在被文化所吞噬的哀叹；另一方面，像美国和澳大利亚那样地广人稀的国家则确信，自然最终会挺过来，无论有多少全球变暖和臭氧层消失的证据摆放在他们面前，也不能改变他们的看法。不管我们本能地倾向于哪一种观点，我们在这个问题上的良好愿望有作用吗？要改善现状，世界秩序要做出多么大的变革，而我们的自由会不可避免地因之而受到限制吗？毕竟，令罗斯金能自由写作，表达出对工业污染之忧虑的究竟是什么（就在他写作之际，别人正在为生计而挥汗如雨）？其基础不就是他的家庭财富吗？不就是来自雪利酒的进口生意吗？而那门生意不也和其他任何一门生意一样，同现代工业污染有着密切联系吗？我们自己的生活、书本、课程，还有互联网，是否就更干净一些？

## 人类世与物

近 12000 年（与地球年龄相比，不过是眨眼之间）一直处于称为“全新世”的地质时代（Holocene，这个词的希腊词根的意思是“完全最新”），涵盖了石器时代晚期和后石器时代。新千年的头二十年，有学者提出，一个新的地质时代业已到来，应称之为“人类世”（Anthropocene，大致意为“人类时代”）。之所以用这个词，是因为地质记录中可以找到人类活动的大量证据，其中大部分对环境有害。这个术语目前依旧处于

“非正式”状态（也就是说，“临时流行”），反映了“人类现在是地球地质变化主要驱动力”的观点。“人类世”这个术语最早由保罗 · J. 克鲁岑（Paul J. Crutzen）于 2000 年在墨西哥的一次会议上提出，克鲁岑是一位杰出的大气化学家，因其在“人类驱动臭氧破坏机制”方面的研究而于 1995 年获得诺贝尔奖。该术语以书面形式最先出现于克鲁岑和尤金 · F. 斯特默（Eugene F. Stoermer，密歇根大学）合作发表的一篇短文中（《全球变化通讯》，2000 年 5 月，第 17—18 页），同年的《自然》杂志发表了一篇相关文章，名为《人类地质学》。之后的十年里，“人类世”这个术语引发热议，很快流行开来。2009 年成立了“人类世工作组”（Working Group on the Anthropocene，WGA），由莱斯特大学古生物学教授扬 • 扎拉斯维奇（Jan Zalasiewicz）担任主席，工作组向 2016 年南非开普敦国际地质大会报告了其发现，建议科学界正式采用“人类世”这个术语。工作组报告引用的证据是，人造矿物质在“正在形成的沉积地层中发生明显作用”，所谓人造矿物质包括制砖过程中产生的“闪变岩石”（“全球每年大约制造一万亿块砖”）和“新岩石”——混凝土，“迄今为止已经生产了大约 5 万亿吨”。其他经常提到的地层学特征 [ 即“正在形成的沉积（岩石）地层” ] 包括（1）核试验导致放射性元素全球扩散；（2）塑料污染；（3）发电站烟尘；（4）全球数量激增的饲养鸡所留下的骨头；（5）人为因素导致二氧化碳排放加速；（6）极地冰盖收缩导致海平面上升；（7）毁林开发改造土地；（8）相关的全球物种大灭绝。

或许，这些数据对于人类和星球的生存至关重要，但也有理由去问一问：我们阅读文学的方式如何会受到影响？深层心理隐喻中，岩块和石头似乎意味着永恒不可改变，例如人们说某个决定不是“刻在石头上”，意味着这个决定仍然可以改变，有时人们将永恒的神想象为“跨越时代的巨石”。《呼啸山庄》（第九章）中，凯西如此说：她对林顿的爱可能会随着时间的推移而改变，但她对希斯克利夫的爱不会改变，为了表达这种感觉，凯西用石头做比喻：

> 我对林顿的爱，就像林子里的树叶，时光会改变它，我很清楚，冬天一来，树就变了。我对希斯克利夫的爱，好比是地底下永恒的岩石，从那里流出很少的、看得见的快乐，可是却必不可少。

同样，华兹华斯在他的《露西组诗》之一《这睡眠尘封了我的灵魂》中，将人的短暂与岩块和石头等原始力量的“永恒”作对比，因为死去的露西“与岩石，石头，树林融为一体，/随世界周流运转，日夜不息”。有趣的是，上面两个例子中树木的寓意似乎沿着截然相反的两个方向运行，但岩石都代表着永恒、非人和不变的东西。然而，我们对于岩石的了解表明，它们实际上总是处于不断变化之中，唯有变化永恒不变。虽然岩石看起来和摸上去让人感到永恒而无情，但它们承受了岁月的风霜，从一种状态到另一种状态，从不动到运动，从液体到固体，弯曲、移动、变质、筛选、下沉、上升，等等。最粗浅的地层学知识告诉我们，在这个“人类世”我们也终于知道，甚至不能将岩层视为完全非人类，因为人类存在和影响的证据保存于其中。

人类世概念对生态批评产生了强烈的影响，其属性和后效值得讨论。目前（2017 年）的共识似乎是，人类世始于 1950 年左右，但这似乎有点武断，把核弹、核试验和核事故影响视为决定性事件，却淡化了至少延续了数百年的蒸汽工业时代污染的影响。罗斯金终其一生系统观察自然，他确信自他的童年时代——19 世纪 20 年代以来，空气和光线的质量发生了很大的变化。

自本书上一版（2009）以来，另一个动向是蒂莫西·莫顿（Timothy Morton）的人类中心生态研究影响力日益突出。莫顿出生于英国，是研究浪漫主义时期文学的学者，在撰写本书时莫顿是得克萨斯州休斯顿莱斯大学英语系教授。莫顿的早期代表作包括《雪莱与口味革命：身体与自然世界》（*Shelley and the Revolution of Taste: The Body and the Natural World*, 1995）和《香料的诗学：浪漫主义文学中的消费主义与舶来品》（*The Poetics of Spice:Romantic Consumerism and the Exotic* , 2000），在浪漫主义文学研究中融入了后结构主义 / 后现代主义 / 马克思主义。大约在 1995 年至 2005 年的十年间，文学批评出现了所谓“商品性”（commodification）转向，出版了大量关于文学中物体、物质描述的书籍，后来发展成为更为普遍的“客体研究”（object studies）或“物质文化”（material cultures）研究，再后来发展成为一种全面的理论，可称之为“物理论”（Thing Theory）。这一理论借鉴了让 · 鲍德里亚（Jean Baudrillard）、皮埃尔 · 布迪厄（Pierre Bourdieu）、布鲁诺 · 拉图尔（Bruno Latour）和其他一些人的理论，兴趣点主要集中于“对物性和物质性的强烈关注”，并且将注意力转向人类与客体的互动，以及人对客体的影响，或人受到客体的影响。

所有这些都代表了文学研究的一个重大“转向”，过去文学研究的焦点主要集中在人类与人类的关系和互动上，地点、物体、商品等仅仅是人类戏剧中的“道具”，或者提供了表演的“背景”。如果沿用上面的戏剧比喻，可以说“新物质主义”（New Materialism）或“后人文物质性”（post-humanist materiality）方法所代表的“转向”把聚光灯转向了别的地方，或者更准确地说，让聚光灯也照到了别的地方。所有这些都可以视为以新的方式继续将人性和人的力量去中心化，这种去中心趋势在前面讨论过的大多数理论中都以各种不同的形式出现。在马克思主义中，历史本身成为一种超越个人意愿的力量；在结构主义和后结构主义中，语言影响着我们，决定我们能想什么，能说什么；在叙事学中，“故事”本身是一种超出作者个人控制的力量，有自己的潮流和模式，作者必须学会与潮流同行。

在所有这些“新物质主义”中，“物”不仅仅是一个客体，而是一种具有“生命”、能量和自身能动性的力（我再次发现河流比喻有助于表达此类概念）。莫顿在早期著作中突出“新物质主义”，已经预示了他后期著作中的一个主导概念——“超客体”（hyperobject），它已经成为一个极具影响力的观念。莫顿在《生态思想》（*Ecological Thought*, 2010）一书中最先介绍了超客体概念，并在《超客体：世界末日后的哲学与生态学》（*Hyperobject: Philosophy and Ecology after the End of the World,* 明尼苏达大学出版社，2013）一书中充分发挥这个概念，这部著作一开始就对超客体做了概念界定和举例说明，下面全文引用：

> 在《生态思想》中，我新造了“超客体”一词，用来指相对于人类，大规模分布的各种事物。超客体可能是一个黑洞，可能是厄瓜多尔的拉戈阿格里奥油田，或佛罗里达大沼泽地；超客体可能是生物圈，或整个太阳系；超客体可能是地球上所有核物质的总和，也可能只是钚，或者铀；超客体还可以是人类直接制造出来的非常耐久的产品，例如聚苯乙烯泡沫塑料或塑料袋，或资本主义所有呼呼作响的机器的总和。超客体相对于其他实体其特点在于“超”，至于是否直接由人类制造无关紧要。

这一系列的例子有一些明显的问题：如果所有这些事物在时间和空间上广为分布，那么拉戈阿格里奥油田怎么可能成为其中之一，因为它只“在厄瓜多尔”？如果塑料袋是超客体，意味着要么每一个塑料袋都是超客体，要么所有塑料袋的全体是超客体，那么可不可以说一切物理之物都是超客体呢？事实上，莫顿后面也承认“虽然有一点奇怪，但每个物体都是超客体”（p. 201）。如果界定不能辨别指定的范畴中有什么，没有什么，那么就根本算不上界定。

莫顿在2011年上传了一段长达7分钟的YouTube视频，名为“超客体来临”，开场白列出了一长串超客体例子，其中有“地质板块、全球变暖、核辐射、演化”，将超客体界定为“至少相对于人类世界而言，在时间和空间上大规模分布的实体”。很难看出莫顿的例子如何构成任何类型的“群组”，第一个（地质板块）和最后一个（演化）是全球性的自然现象，而中间两个（全球变暖、核辐射）是人为现象（莫顿反对“气候变化”一词，坚持认为全球变暖是人类世的独特产物）。这些例子“在时间和空间上的分布”似乎并不是特别“有规模”（无论其确切含义是什么），“至少相对于人类世界而言”，因为所有这些现象都局限于地球，局限于这个时代，若是与整个星系，甚至跨星系的事物规模相比，何异于沧海一粟，就好像你跟住同一楼层的同学比年龄，上下相差也不过就是几个月，不值一提。2011年，南伊利诺伊大学卡本代尔分校有人在莫顿讲座后提问：“上帝是超客体吗？”莫顿立即回答“是”，同时又说自己既不是无神论者，也不是有神论者。无论是在印刷品上还是在视频上，这场表演都很有趣（风格即兴、口语化、非正式，更像是闲聊，脱口而出的随意表述），和齐泽克式风格颇有类同之处，但缺乏逻辑性和严谨性，似乎也没有任何重要的科学知识基础。

厄休拉·K. 海斯为莫顿的《超客体》写了书评，海斯是加州大学洛杉矶分校（UCLA）英语系和环境与可持续性研究所主任，曾任文学与环境研究协会主席，是该领域最杰出的学者之一，她的评论令我获益匪浅。她认为莫顿探讨的是一个规模问题，这个问题很重要，在很多“当代人文讨论”中都能看到，比如她提到大数据（big data）、深度时间（deep time）、慢暴力（slow violence）、物种思维（species thinking）以及人类世（Anthropocene）① 等概念，但她觉得莫顿这样做并没有真正把问题说清楚，因此"很难弄清楚莫顿说的规模到底是什么"。我认为，部分原因是莫顿提出超客体的五个特征（黏着性、非局域性、时间波动性、相位性和客体间性）似乎或多或少都是相同的，当然这可能自有其意义，但如果是这样，我和海斯一样，看不出这个概念能做出什么有用的工作。如果你只是在寻找一些简单、古怪、刺激的东西，这些东西可能会以某种间接的方式"让你思考"，那么你可能会在莫顿的方法中找到一些东西；但如果你志在探索科学上或文化上的理解，或是寻找争论性概念，以对抗环境危机怀疑论，我认为你不会在他的著作中找到你想要的东西。

另一位关注环境的著名英国作家是剑桥大学伊曼纽尔学院的罗伯特·麦克法伦（Robert Macfarlane）。麦克法伦的重点是广泛的野外工作、徒步旅行和绳索攀登（如同攀岩者），讲述了一系列旅程，并没有严密的主题。他最著名、最成功的著作是《心事如山：恋山史》（*Mountains*

---

① 18世纪苏格兰地质学家詹姆斯·赫顿(James Hutton, 1726—1797)认为，真正的地质时间远远超出了人类的想象，地球的历史就像大海那样深不见底，用"深邃"(deep)这个词来形容才是最恰当的。后来一位名叫约翰·迈克菲(John McPhee)的美国作家发明了"深度时间"(deep time)这个词，很好地概括了赫顿的理论。

生态批评学者罗伯·尼克森(Rob Nixon)在其论著《慢暴力与穷人环境主义》(*Slow Violence and the Environmentalism of the Poor*)中提出了"慢暴力"的概念，指的是那些弥散于空间内部的、需要长时间累积才释放的伤害，而在崇尚壮观、追求瞬时的媒介文化和注意力稍纵即逝的时代，这样非即时非突然的伤害往往不被看见。

物种思维是指把地球上所有物种看作一体，人与其他动物乃至生物是平等存在的，并无高低贵贱之分。

人类世是指地球的最近代历史，人类世并没有准确的开始年份，可能是由18世纪末人类活动对气候及生态系统造成全球性影响开始。这个日子正与詹姆斯·瓦特(James Watt)于1782年改良蒸汽机时间吻合。一些学者则将人类世拉到更早的时期，例如人类开始务农的时期。——编者注

*of the Mind: A History of a Fascination*, 2003），以高度想象力记录了攀登高山和前往极端纬度地区旅行的英勇事迹，其中既有他自己，也有他之前整整几代人的故事；《荒野之境》（*The Wild Places*, 2007），反驳了在英国和爱尔兰等小国无处可去的观点；《古道》（*The Old Ways: A Journey on Foot*, 2012）讲述的是“铁轨、凹地、公路和海上小道构成了庞大古老道路网络的一部分，纵横交错于不列颠群岛内外”；《地标》（*Landmarks*, 2015），内容是关于语言的力量，这种力量塑造了我们对景观和环境的反应。麦克法伦的书的成分是以观察者为中心，强化“厚描述”，其细致程度与经典人类学的人种学田野研究不相上下，以训练有素的“眼睛”提供证据，“阅读”地形，解释其过去的用途和意义，预测其仍在发展的未来。麦克法伦的写作风格与莫顿正好相反：莫顿的笔下只有少量的数据和经验观察，剩下都是雄心勃勃的理论；相比之下，麦克法伦提供了大量的数据和经验观察，结合了不那么让人挠头的些许理论，有时他的理论出现在文章中，而不是大部头的图书中。例如，麦克法伦在综述文章《人类世一代》（“Generation Anthropocene”）中指出了一种人类世艺术形式，“痴迷于失去和消失”，他引用了澳大利亚哲学家格伦 · 阿尔布雷克特（Glenn Albrecht）的术语“乡痛”[1]（solastalgia），该术语描述了“环境变化引起的（本地化的）心理痛苦”。乡痛是乡愁的对立面，乡愁是移居到另一个地方引起的精神痛苦，乡痛则居住地保持不变，患者因环境陌生化而产生疏离和漂泊感。

① “乡痛”(Solastalgia)是澳大利亚哲学家格伦·阿尔布雷克特提出的一种“身在家乡的乡愁”——由于故土的环境被迫改变，或者文化传统发生中断(比如新一代人的思想发生改变之后，无法再与传统的文化产生联结)，以至于人们虽然身处家乡，却觉得和家乡的联结断裂了。家乡逐渐变得陌生，人们产生了疏离感，并因为丧失了寻回家乡的希望而情绪低落。——编者注

## 生态批评家在做什么

1. 从生态中心的角度重读主要文学作品，特别注意文学作品中自然的表征。

2. 扩大了一系列生态概念的应用范围，将其应用于非自然世界中。此类概念包括增长、能量、平衡、失衡、共生、共存，以及能量和资源的可持续性和非可持续性使用。

3. 特别注意那些以自然为主要主题的作家，如美国的超验主义者、英国的浪漫主义者约翰·克莱尔（John Clare）的诗歌、托马斯·哈代的作品，以及20世纪早期英国乔治时代诗人的作品。

4. 拓展了文学与批评实践的范围，重新关注相关写实作品，尤其是具有反思性的风景描写，例如散文、游记、回忆录、地方文学等。

5. 摆脱"社会建构论"和"语言决定论"这样的主流文学理论，转而强调细微观察的生态价值和集体性道德责任，以及世界并非只有人类的观点。

## 生态批评：实例一则

1915年，衰老的哈代目睹"一战"战事绵延，心中充满了文明行将崩溃之感，写下了下面这首小诗——《万国决裂之时》（"In Time of 'The Breaking of Nations'"）：

一

一个人，扶着犁耙<br>
沉默中迈出迟缓的步伐<br>
一匹马，老迈鲁钝<br>
边走边晃着半梦的脑袋

二

几堆干草，不见火光
却有轻烟升起
王朝几度易帜
此景永不变易

三

远处少女和恋人走过
绵绵情话低语
战争的黑夜终会过去
他们的故事永远流传

王朝易帜，国破家亡，诗人绝望地环视四周，找寻不变的迹象，想告诉自己，就算身处世界大战的灾难中，有些东西依旧一如往昔，未曾改变。他所选中的是农耕文明中常见的一幕——一位农人驾着一匹老马，犁开脚下的土地。

不过，说这首诗写于 1915 年并非完全正确。更准确地说，该诗最终完成于 1915 年，因为诗中的农人实际源于哈代的记忆，可追溯到 1870 年，他在康沃尔的教区花园中向第一位妻子爱玛求婚时所看到的景象。从广义的生态角度来看，可以说，诗人个人遥远的记忆中，埋下一粒种子，一幅画面，随岁月而成长成熟，多年后终于瓜熟蒂落，满足了诗人的需要。因此，一首诗成形的过程与诗中描写的漫长的种植和生长过程相映照。根据由他的第二任妻子捉刀的自传，哈代向爱玛求婚时，欧洲大陆也有战事发生，那是 1870 年至 1871 年间的普法战争。1915 年写就的诗中的农人实际出现于 1870 年 8 月 18 日，那天也正是血腥的格拉沃洛特战役之日，普鲁士军队获得了战役的胜利，普鲁士士兵伤亡2万，法国士兵伤亡1.3万人。那天哈代正和爱玛一起在屋外读丁尼生的诗。自那以后，一切都已改变或消失——古老的欧洲秩序，他的小说中记录的农耕方式，自己青春的流逝，他与爱玛疏远而分居的痛苦岁月，以及爱玛的突然离世——可哈代还是相信永恒的存在，相信自然力量无穷无尽，无始无终。那位“永恒”的农人在他心底存在了45年，丝毫没有褪色，代表了哈代所追求的抵御时间的力量。与此不同，“远处的少女和恋人”并非哈代看到的人物（不管是在1870年还是在1915年），而是一种回顾式的“反向投射”，将1870年的哈代和爱玛投射其中。当二人同“永恒的农人”一起出现时，也列于不朽。正是在“永恒的农人”这个形象中，对上帝的存在持不可知论的诗人看到了一点保证：明天还将继续，自然和人类不会走向毁灭。

按照本章前面提到的四种风景分类（见298页），诗中那位悠然自得的叙述者／观察者处于环境类型三和四之间，在花园中向外眺望（花园中种满观赏性花卉，其目的在于激发审美和感官愉悦，故而一向是休闲和求爱的好去处）。眼前山谷中的一片良田属于类型三，是耕种以获得生存资料的场所，在此上演一幕幕劳作的场面，以收获美好的生活。这两类环境——农耕和园艺——彼此相邻。诗中，哈代把热恋中的青年男女放在远处，也就是在花园之外，表示两类环境已完美融为一体，令二者带有相同的特征。赶马耕地的人迟缓无语，睡眼惺忪；少女和恋人喃喃低语，步履同样缓慢。整幅画面移动缓慢，仿佛中了催眠术。然而这并非一幅结合得天衣无缝的画面，因为中间插入了一节，其中的形象要低沉许多。干草堆上不见火光，却升起轻烟，仿佛发出不祥之兆，打破了景观的和谐与融合。人类毁灭性的行为时刻悬停于画面的上方，破坏拆散画面中的两部分（标题中的“万国决裂”引自《圣经·耶利米书》，同时也指哈代自传中提到的普法战争）。可以说，战争与屠杀之熵威胁着诗中前后两部分，也威胁着人生不同阶段、不同方面的共生。

战争的重压之下，我们或许可以问：两位年轻人又从丁尼生的诗歌中获得什么样的安慰呢？两人读的会是写作《冲锋陷阵的轻骑兵》(“The Charge of the Light Brigade”）时那个满腔爱国热忱，虽然身陷轮椅依旧雄心不已的丁尼生吗（据丁尼生之子记载，诗人看到《泰晤士报》上描述轻骑兵冲锋的那篇报道时，激动异常，在屋里转来转去，手中还挥舞着报纸，仿佛在挥舞着马刀）？还是《洛克斯利大厅》(“Locksley Hall”）中那个为技术创新和铁路的出现而欢呼雀跃，却丝毫没有为环境操过一点儿心的丁尼生？还是《挽歌》(“In Memoriam”）中那个忧伤的丁尼生？在这首诗中，他似乎对生命永恒已失去信心，因为他已意识到，灭绝物种的化石（这些化石正逐渐为维多利亚时代的地质学先锋们所解释，他们中许多人同时也是兼职神职人员）所传达的信息让人们不再笃信自然的良好延续，倒是栩栩如生地刻画出一股横冲直撞的力量，即便万千物种就此绝迹也不屑一顾。“自然张着红牙血爪”，推动它的并非爱，而是冷酷无情的猎食本能。此时的丁尼生已像哈代一样陷入不可知论，认为山脉和陆地都失去了固定的形态和特征，而且从漫长的地质年代的范围看，它们就像云彩一样在不断变换。看来，要从丁尼生的诗中找到安慰还真不容易，于是诗人（哈代）的目光离开手中的诗，投向身边的世界，停留在耕地的农人的身形之上。

从当今的视角来看，以耕作农人的永恒形象来重塑信心，这似乎有些过于乐观，甚至可以说是自欺欺人。哈代眼中永恒不变的象征，在我们眼中却成了脆弱的象征，代表着手推肩扛的人力劳作，代表着农业还没有因过度补贴而产能过剩的遥远过去，那时没有疯牛病和口蹄疫，鸟儿的歌声和路边的篱笆也尚未成为人们的记忆。如此做出反应，实际上就是在构建一个以生态为中心的解读框架，焦点不再是诗人个人的人生际遇，而是一个足以令人哑然失语的巨大反差：一方面，诗人珍藏了一个诗歌意象，走过大半个人生，仿佛拥有无穷无尽的时间；另一方面，却是如此脆弱的生态平衡。这就是那个形象传达给我们的含义。

归根结底，此类生态解读究竟有何特征？我希望凭借生态解读能做到下面的内容，可实际是否能做到，尚属未知。**第一**，上面的评述展开了一种广义的生态思维。例如，它对一首诗的成形过程展现出敏锐的意识，意识到一首诗成形于跨越整个人生的数个层次之上，绝非电光火石之间的灵感闪现，如羚羊挂角，不着痕迹。**第二**，上面的评述也意识到，促使一首诗缓慢成形的材料既多且杂，有些是生活中的真人真事，既来自以往，也来自当下，也有些是想象的投射。因此，不能简单讨论诗歌“真实”与否，但诗歌必定“真实于生活”。**第三**，上面的评述中也包括了与生态直接相关的内容（比如前面提到的环境的四个地域划分），它对于该诗的讨论当然也有着相当的分量。**第四**，上述的评述中加入了一种回顾性的尖锐反讽（就在哈代写下这首诗不到一百年之后，诗中用来象征永恒的事物今天已不能再象征永恒），而这种反讽出自当下我们对生态危机的切肤之痛。**第五**，上述评述具有折中性，包含了许多方法和观点，并非只着眼于某一个问题（找出一个类似的讽喻，或者一个隐秘的象征手法），而是努力做到在方法上保持平衡、开放，从而使其可以利用广泛的材料，而非像大多数批评方法那样，把自己限制于某一种证据之上（例如，“形式主义”者仅仅着眼于文本，马克思主义者主要着眼于历史，解构者则主要依赖能带来反直觉的语言材料，等等）。通常，生态批评中折中的痕迹都很重，不过未必常常引起人们的注意，似乎这一派批评家很少因批评方法而心烦。这让我想起美国生态批评家斯科特·斯洛维奇（Scott Slovic）所说的话，他的这段话很好地体现了这种态度。他先是引用了诗人惠特曼的长诗《自我之歌》（“Song of Myself”），诗中的“我”宣称：“我辽阔广大，我包罗万象。”斯洛维奇用这句话来描述生态批评这个学术共同体，说：“在生态批评中，并不存在某一种世界观可以主导一切，不同的批评和教学所采用的策略也不尽相同。”（Coupe, p. 160）当然，大多数的批评理论和理论运动都会说自己兼备众家之长，即便是那些灵感主要来自某一个人物（例如，弗洛伊德、拉康、福柯、德里达等）的流派也会如此说。不过在生态批评领域，没有任何一个人物有这样的主导地位，这实在令人啧啧称奇。可以说，生态批评本身就是个多姿多彩的生态圈。

## 文献选读

### 读 本

Branch, Michael P. and Slovic, Scott, eds, *The ISLE Reader: Ecocriticism: 1993–2003* (University of Georgia Press, 2003). 堪称库佩读本的“官方”竞争对手。

Coupe, Laurence, ed., *The Green Studies Reader: From Romanticism to Ecocriticism* (Routledge, 2000). 这是英国出版的一本具有学科界定意义的选集，但它同时体现了英美两国学术界的主要声音，此外还收录了自浪漫主义时期以来的一些早期材料。全书 50 章，分为六大部分，结构合理，且每一部分都有一篇优秀的导言。全书的规模控制在 300 页左右是明智之举。

Gerrard, Greg, ed., *The Oxford Handbook of Ecocriticism* (Oxford University Press, 2014). 该文集分四部分，标题分别是“历史”（讨论生态批评发展历史）、“理论”（分别讨论生态批评和科学、后殖民主义、后人类论）、“体裁”（讨论新兴领域，包括音乐、儿童书籍、生态电影）、“观点”（讨论不同国家的生态批评，包括日本、印度、中国、德国等）。一部非常优秀的论文集。

Glotfelty, Cheryll and Fromm, Harold, eds, *The Ecocriticism Reader: Landmarks in Literary Ecology* (University of Georgia Press, 1996). 美国出

版的具有学科界定作用的选集，精彩，但并非庞然大物（在生态批评中，简约、明了是美德）。

Heise, Ursula K., Christensen, Jon, and Niemann, Michelle, eds, *The Routledge Companion to the Environmental Humanities* (Routledge, 2017). 本书第一部分讨论人类中心论，第二部分讨论后人类论和多物种研究，第三部分讨论环境公正问题，第四部分讨论环境叙事，第五部分讨论环境艺术、环境媒介，以及环境技术，第六部分就环境研究的现状做出整体综述和评价。一部思想新颖、话题广泛的文集，不过对读者要求较高。

Hilter, Ken, ed., *Ecocriticism:The Essential Reader* (routledge, 2014). 分为第一波生态批判（20 世纪 60 年代至 90 年代）和第二波生态批判（90 年代以来）。

Kerridge, Richard and Sammells, Neil eds, *Writing the Environment* (Zed Books, 1998). 十五篇文章，均由英美两国该领域中的主要人物写成。全书分三部分——“生态批评理论”“生态批评历史”“当代生态批评”。即便在库佩的选集出版之后，该书的作用依旧不可低估。

**通　论**

Barry, Peter, and Welstead, William, eds, *Extending Ecocriticism: Crisis, Collaboration and Challenges in the Environmental Humanities* (Manchester University Press, 2017). 本文集将生态批评引入新的领域，部分章节讨论文学和视觉艺术的合作，也有章节讨论公共环境项目。

Bate, Jonathan, *Romantic Ecology: Wordsworth and the Environmental Tradition* (Routledge, 1991). 该书已成为经典，为英国当代生态批评奠基之作。语言简洁，发人深思。

Bate, Jonathan, *The Song of the Earth* (Picador,2000). 该书范围之广，

文本解读种类之多，给人印象深刻。书中的文章显示，生态批评写作完全可以用上各种技巧和学识，但也可以一概不用。

Buell, Lawrence, *The Environmental Imagination: Thoreau, Nature Writing, and the Formation of American Culture* (Harvard University Press, 1995). 该领域中一本极具影响的著作，也是被生态批评家引用最多的著作之一。

Egan, Gabriel, *Green Shakespeare: From Ecopolitics to Ecocriticism* (Routledge, "Accents on Shakespeare" series, 2006). 堪称生态批评的一个"增长点"，属劳特里奇公司出版的"聚焦莎士比亚"系列丛书中的一部。

Garrard, Greg, *Ecocriticism* (Routledge, "New Critical Idiom" series, 2nd edn, 2011). 简明扼要的入门读物，颇有用处。

Gifford, Terry, *Green Voices: Understanding Contemporary Nature Poetry* (Manchester University Press, 1995). 作者在所谓"反田园传统"的名目下讨论了 R. S. 托马斯、乔治·麦凯·布朗、约翰·蒙塔古、诺曼·尼科尔森、帕特里克·卡瓦纳；又在所谓"后田园"的名目下讨论了两位诗人：希尼（视其为华兹华斯的继承者）和修斯（视其为布莱克的继承者）。

Gifford, Terry, *Pastoral* (Routledge, "Critical Idiom" series, 1999). 颇有用处的一本著作，进一步发展了上一部著作中提出的三阶段模式，即田园、反田园、后田园。

Krober, Karl, *Ecological Literary Criticism: Romantic Imagining and the Biology of Mind* (Columbia University Press, 1994). 又一本简语、有趣的著作，同前面提到的贝特的著作堪称绝配。

Macfarlane, Robert, *Mountains of the Mind: A History of a Fascination* (Granta Books, 2003).

Macfarlane, Robert, *The Wild Places* (Granta Books, 2008).

Macfarlane, Robert, *The Old Ways: The Journey on Foot* (Penguin, 2013).

Macfarlane, Robert, *Landmarks* (Penguin, reprint edn, 2016).

Morton, Timonthy, *The Ecological Thought* (Harvard University Press, 2012).

Morton, Timonthy, *Hyperobjects: Philosophy and Ecology after the End of the World* (University of Minnesota University Press, 2013).

Murphy, Patrick D., ed. *Literature of Nature: An International Sourcebook* (Fitzroy Dearborn, 1998). 这本参考书探索了多种多样的体裁、方式和方向，它们既体现于自然的文学表征中，亦体现于人类与周围世界的交互影响的文学表征中。

Plumwood, Val, *Feminism and the Mastery of Nature* (Routledge, 1993). 该书探索了生态女性主义的出现，既解释了这一女性主义理论分支同其他女性主义理论之间的关系，也解释了它同激进绿色理论，例如深绿生态学之间的关系。

Schama, Simon, *Landscape and Memory* (Harper Collins, 1995). 环境如何影响历史……该书尝试回答这些问题，描绘出环绕着我们，塑造着我们的那些力量。

Soper, Kate, *What is Nature? Culture, Politics, and the Non-Human* (Blackwell, 1995). 20 世纪 90 年代中期的又一部基础著作，可读性强，奠定了当今生态批评的基础。

# 文学理论史十件大事

# LITERARY THEORY—A HISTORY IN TEN EVENTS

当今有些文学理论导论性著作以关键词、时间线或百科辞典的形式介绍主要理论家的思想和特色。本书中我不打算做类似的安排，因为前面的分主题论述已经综合了此类信息。不过，讲述文学理论的故事还有一种方式，就是把笔墨集中于一系列已成为公共思想史一部分的事件之上。这种写法有个好处，就是可以把许多潜藏的主题凸显出来，从而使文学理论崛起和式微的轨迹清晰可见。当然，我这里所说的文学理论是狭义上的文学理论，也就是说，我的论述始于 20 世纪中期文学理论的复苏，至于此前的文学理论史就不涉及了，因为本书第 1 章已有所论及，尽管有局限，我们还是可以由十个关键事件讲述理论的故事。

## 印第安纳大学“文体学会议”，1958

阅读：会议论文集 *Style in Language*, ed. Thomas A. Sebeok, MIT Press, 1960。

早期的文学理论是语言学发展的直接产物（见本书第 2 章）。1958 年，在印第安纳大学召开了跨学科的“文体学会议”，可视为一个重要里程碑，标志着人文学科越来越意识到语言学的重要性。会议召集人是托马斯 · 西比奥克（1920—2001），匈牙利籍语言学家，1944 年成为美国公民。在其学术生涯之始，他的博士论文得到了罗曼 · 雅各布森的指导，雅各布森为此次会议所致的“闭幕词”（语言学和诗学）也成为此次会议对文学理论最为深远的影响。这次会议最富新意之处在于其跨学科性，它从三个相关学科的角度来讨论文体问题（如何界定、如何描述、如何探究其成效），分别是语言学、文学批评、心理学。会议上的文章总体上偏向语言学，后来编撰的会议论文集分为九部分，其中四部分把焦点集中于音位学、格律学、语法学和语义学之上，都属于语言学范畴。第五部分的标题是“语言艺术的语言学研究方法”，第六部分则是三大领域各自的开幕词、闭幕词。人们强烈感到，语言学正在侵入其他两个领域，其影响尤其渗透进文学批评中，语言学正步入一个影响最盛、声望最隆的时代。此次会议标志着人文研究中权力重心的转移，标志着科学研究方法大举开拓其疆域，不仅在科学与社会科学中已成为公认的模式，更突入到人文研究领域之中。在收录入会议论文集的论文中，满纸都是表格、图示、统计数据和分析，随手翻阅。你肯定会以为手里拿的是一本科学论文集。文章作者的目的更在于**展示**，而不在于**说服**读者接纳他们的观点，他们不仅仅**讨论**某些观点，更要**证明**它们真实无误，这正是科学方法的精髓。

当然，这次会议也没能解决这些问题。很多人以为会议的闭幕词就是雅各布森所做的那个，可实际上会议有三篇闭幕词。代表文学评论致闭幕词的是著名批评家韦勒克，他对语言学家们的论断持深深的怀疑态度。可不管怎么说，文学批评中以新批评为代表的人文研究方法一统天下的日子已日薄西山，语言学的声望日渐高涨，出生于 1928 年的美国语言学家诺姆 · 乔姆斯基（Noam Chomsky），就像半个世纪前的索绪尔一样，即将成为他这一代语言学思想的主导，此时他已出版了自己的第一本著作《句法结构》（*Syntactic Structure*, 1957），这本书在与会者的发言中也得到讨论。很快，运用来自语言学的概念几乎就成为搞理论研究的默认方式，这也部分归功于乔姆斯基的巨大成功。乔姆斯基提出，句法与语义不可分，深层句法结构最终确定语义。

雅各布森在自己的闭幕词中并没有对会议上出现的各种观点做一番总结，而是以自己极为技术化的诗歌分析对语言学研究方法做了一番展示，其论点十分简单：诗歌也是语言，诗歌研究必须成为语言研究的一部分，“语言学家的研究领域包括**任何**类型的语言，必须把诗歌纳入其中”（p. 377，着重部分为我所加）。最后，雅各布森引用评论家约翰·霍兰德（John Hollander）之语，说道：“把文学同语言学之整体分开，这似乎是毫无道理的做法。”他继而大声宣称：

> 无论是对语言的诗学功能装聋作哑的语言学家，还是对语言学问题漠不关心、对语言学方法一无所知的文学学者都同样已经极其明显地过时了。对此，我们大家心知肚明。（p. 377）

由此开始，文学评论挣扎着“讲科学”，讲方法，仅以智力加上对文学的敏锐感受不再足够。欢迎来到后印第安纳的美丽新世界！

## 约翰·霍普金斯大学国际研讨会，1966

> 阅读：*The Structuralist Controversy*, ed. Richard Macksey and Eugenio Donato, Johns Hopkins University Press, 1970 (fortieth anniversary edition, 2006)。这是会议论文集，其中文章包括德里达的《结构、符号和游戏》以及德里达发言后的提问。

1966 年 10 月，美国的约翰·霍普金斯大学组织了一次名为“批评的语言与人的科学”的国际研讨会，会议题名两部分的次序表明，会议的重心依旧落于语言学之上，不过这也是一次希望跨越单一学科的会议。可以说，研讨会是一次与巴黎高等研究院“人的科学”部门的合作，这里正是结构主义的摇篮。“人的科学”这个术语指向一个新的研究领域，将传统所称的人文科学同社会科学联系到一起，涵盖人类学、哲学、文学、语言学、心理学、历史学等学科，这些学科也是受结构主义影响至深的核心地带。这次研讨会宣告了结构主义思想的出现、发展和确立，许多论文来自结构主义的重要人物，有勒内·基拉尔（Rene Girard）、乔治·普莱（Georges Poulet）、吕西安·戈德曼（Lucien Goldmann）、茨维坦·托多罗夫、罗兰·巴特。会议上，结构主义思想得到加固，超越了语言学一家独大的局面，人们越来越意识到，语言学并不能兑现当初的承诺，“为理解所有人类现象提供普遍有效的模式”（p. xi）。重心再次转移，德里达也在这次会议上展现出他的影响，对结构主义的胜利发出质疑之声，由此掀开“后结构主义”时代的大幕。

德里达发言的内容在前面第三章已做过具体讨论。如今，那篇发言最令我们惊叹之处在于，和大多数重要会议发言一样，它根本不理会会上其他发言的观点以及会议议题，只是满腔热情与自信地发出战书。其后的提问中，这种做法的优劣明显表现出来（参阅“讨论”，第265—272页）。让·伊波利特（Jean Hyppolite）从结构主义角度对德里达穷追不舍：没有指称，能有结构吗？我们思想中原先的“中心”，例如，“人”“上帝”“真理”等，都在解构中烟消云散，只剩下“差异”结构。也就是说，A和B都不再存在，剩下的只是二者之间的差异。比如，语言是有着一套规则和结构的游戏，可我们并不会去问游戏最终要达到什么，有着什么样的目的。伊波利特想知道，在德里达眼中，语言背后究竟是什么？他问道：“不设想中心的存在，结构又如何存在？”（p. 266）要理解他要表达的意思，不妨设想一场足球比赛，控制比赛的是一套细致的规则和习惯做法，可规则之后是什么？是参与，或观看比赛所带来的兴奋吗？是获胜球队捧起的奖杯吗？是胜利的荣耀，还是赢球带来的战胜人生逆境的精神升华感？显然，结构背后必然有什么，伊波利特就想知道，在德里达眼中那究竟是什么？可德里达并没有给出答案。后来，随着德里达的声望与日俱增，他对这类问题的回答也渐成定式："我也不知道自己在向何处去。"（p. 267）当被进一步追问究竟何为结构，中心又在何处（p. 268）时，德里达的回答是：结构这一概念已不能令人满意，因此，"我所说的可视为对结构的批判"（p. 268）。一位提问者批评他总是谈"非中心"，而没有"中心"的概念，根本就无法解释感知，因为所谓感知正是以我为中心的世界呈现方式（p. 271）。回答这个问题时，德里达不同意他否认中心存在这种说法，可又补充说："我认为中心是功能，而非存在。是现实，但仅仅是功能。"（p. 271）最后，他还是否认了感知的存在："我不认为存在着什么感知……"（p. 272）这似乎排除了后结构主义"弱选择"观点，即后结构主义仅仅是一种强调建构性的思想体系，换言之感知即意念。一连串的提问似乎把德里达逼上了原先并没料到的极端表述之上，可话一出口，就再也收不回了。会议在 1966 年举行，可会议材料直到 1971 年才完全形成文字，1972 年正式出版。20 世纪 60 年代中到 70 年代初，学术环境发生了巨大的变化，到 1972 年时，德里达挑战结构主义的深意被越来越多的人所接受，至少对那些思想大家来说，后结构主义时代已完全到来。

## 《解构与批评》的出版，1979

阅读：这本书以及一系列重要的书评，包括戈德伯格（S. L. Goldberg）发表于 1980 年 5 月 22 日至 6 月 4 日间《伦敦图书评论》（*London Review of Books*）上的书评，丹尼斯·多诺霍（Denis Donoghue）发表于 1980 年 6 月 12 日《纽约图书评论》（*New York Review of Books*）上的书评，以及罗杰·斯克鲁顿（Roger Scruton）1980年在BBC三台就该书做的访谈，访谈内容后收入其文集《文化的政治学及其他》（*The Politics of Culture and Other Essays, Carcanet*, 1981）。

这本1979年由耶鲁大学出版社出版的书有五位作者，分别是哈罗德·布鲁姆、保罗·德曼（Paul de Man）、雅克·德里达（Jacques Derrida）、杰弗里·哈特曼（Geoffrey Hartman）、J. 希利斯·米勒（J. Hillis Miller），人们常把此五君合称为理论界的"耶鲁黑帮"（Yale Mafia）。该书以雪莱未能完成的最后一首诗歌《生命的胜利》（"The Triumph of Life"）为例，展示解构式解读法，以寸步不让，甚至有些粗暴的姿态将这种方法呈现在读者眼前。该书出版之时，解构已被视为文学理论的整体代表，这本书中所呈现出的解构粗鲁、自信、浑身是刺、四处寻衅。在许多人眼中，这正是被奥威尔不幸言中的文学研究，如果要他们想象未来的文学评论会是什么样子，他们就会想到一双靴子在文学文本之上碾来碾去。对该书的评价两极分化，无论是赞同，还是贬低，双方都绝不后退半步，仿佛双方都意识到，正在为文学研究的灵魂做最后决战。对该书最著名的批评来自戈德伯格发表于《伦敦图书评论》的书评，丹尼斯·多诺霍发表于《纽约图书评论》的书评，以及罗杰·斯克鲁顿在BBC三台就该书所做的访谈。

《解构与批评》（*Deconstruction and Criticism*）之所以掀起轩然大波，因为它并不是一本讨论解构理论的著作，而是解构的实际应用。假如它仅仅就理论提出自己的立场，意见相左的学术人物还可以认为，它同自己阅读和阐释文学的基本方法扯不上什么关系，只不过又多了一种理论而已。如今，这种书越来越多，读者对象仅限于其他搞理论的人，争论也仅限于哲学思想的抽象高度上，同现实的文学阅读和阐释并没有什么明显的关联。可这一次，情况并非如此。该书之所以引发了众多人的愤怒，因为它侵入了文学研究的人文空间，威胁从内部将它改头换面。许多人担心，这种用词深奥、表述抽象的表述方式会对年轻学者特别有吸引力，如果不及时制止，明天的文学研究将深受其害。文学研究讨论第一次搬上了广播和电视荧幕（至少在英国，这是第一次），而《解构与批评》这本书也成了一个例证，表明在大学英语系中正在发生的怪事儿。有传言说，全国各地大学英语系的教职人员都有份加入“战局”。到了20世纪80年代初，“理论战”迅速成为人文研究讨论中的时髦词，而《解构与批评》的出版可以视为得势的理论家向七零八落的文学研究现状发出的战书。

## 麦克凯比事件，1981

阅读：关于这一事件，没有正式的学术论述，可参看从1980年年底到1981年年初的新闻报道，尤其是《泰晤士报》1981年1月24日的报道，还有《星期日泰晤士报》1月25号的报道（大多数大学图书馆可利用《泰晤士报》的全文数据库，输入“科林·麦克凯比”，把搜索范围定在1980年至1981年间）。

《解构与批评》所燃起的硝烟尚未散尽，1980年秋，剑桥大学决定不授予一位名叫科林·麦克凯比的年轻助理讲师终身教职，当时他在临时岗位上已工作了五年。学生们纷纷抗议，做出这个决定的院务会本身也分歧严重。这一事件上了报纸，成了英国1981年上半年的大新闻，引发了公开的论战，大伙儿纷纷就如何开展英语教育发表自己的见解。一些重要的英语系学术人物也加入战团，雷蒙·威廉斯和弗兰克·克默德支持麦克凯比，前者喜欢他教学中的马克思主义色彩，后者对其中的结构主义成分很感兴趣。克里斯托弗·里克斯反对任命麦克凯比，青睐于更传统的学术方法。1981年1月24日，《泰晤士报》刊登了关于此事的一篇新闻报道和一篇社论，文章作者费劲地向读者解释何谓结构主义。"简单地说，结构主义就是以语言学技术研究语言如何影响作家的写作。"这段话说得实在不那么明白。文章后的社论则一副事不关己的样子，如此说道："小孩子们闹口角，大人物们也会争吵争吵，都为了试试自己的力量。"这篇社论也视结构主义基本上就是语言学，如此写道："结构主义首先同语法相关，不是学校中教授的语法规定，而是作为语言基础构造的语法。进一步说，它也是心灵基本构造的语法。"直到1981年还这么说，实在是有点儿落伍，因为作者似乎完全没有意识到，结构主义被后结构主义取代已经有段日子了。那位记者所了解到的名字依然是结构主义奠基者——列维-斯特劳斯、罗兰·巴特，既没有拉康，也没有德里达，更没有提到那时文学批评之风已转向哲学和解构，而非语言学。在我看来，所谓语言和心灵的基本构造，这说得更像是乔姆斯基的"深层句法"，而非20世纪80年代的文学理论。社论发表之前，记者伊恩·杰克匆匆对麦克凯比做了一次访谈，那次访谈也成了这篇社论的基础。当时，麦克凯比刚刚从欧洲大陆讲学归来，在希思罗机场见到来采访他的记者，在回伦敦的出租车上接受了采访，采访的内容见于隔日（1月25日）的《星期日泰晤士报》。那篇报道同样也十分突出语言，麦克凯比在出租车上"不断强调英语语言文学专业的学生了解语法的重要性"。麦克凯比对记者说，令他感慨的是，他的学生在中学阶段似乎压根儿就没有学过语法，自然也难以表达建于那一框架之上的思想。在这位记者看来，像麦克凯比这样的激进左派知识分子居然会为学校中形式语法教育的式微而感伤，实在是有点儿匪夷所思。

争论在剑桥拖了下去，仿佛一场滑稽戏，犹如1974年出版的讽刺小说 *Porterhouse Blue* 中的一幕（那部小说写的就是剑桥某学院中保守派和改革派的斗争）。委员会决定过程的细节被泄露，学校宣布，要由古老的“七人委员会”对泄密事件展开调查。接着，学生们奋起抗议，向院务会投不信任票，要求对英语语言文学系的教职人员展开公开调查。调查在评议会展开，不可避免地被报纸描述为“闭门秘密会议”。它本该是结构主义、马克思主义、人文主义，以及其他理论方法间的一次高层次思想辩论。可当然，不会如此，调查的对象是程序、管理、委员会。那是英国高等教育大扩张的年代，经费却被撒切尔政府急剧削减，学校的墙都发霉了，清洁工缺乏人手没有人来清理，学生抱怨同导师的接触时间越来越少，因为导师们的压力越来越大，要搞自己的科研。最后，这个“事件”就不了了之，双方各让一步，校方把麦克凯比的职位延长了一年。1981 年 7 月，麦克凯比离开剑桥，加入格拉斯哥燕燕日上的思克莱德大学（Strathclyde University），获得教授任命。总体而言，经过这样的公开报道，这次事件令理论得益。事件中，我们看到一位才华横溢、锋芒毕露的年轻学者的学术生涯受到保守势力的威胁。经过此次事件，理论有了它的殉道者，人们日益感到了理论的连贯性和重要性。

## 伊格尔顿《文学理论导论》的出版，1983

阅读：该书以及早期书评，包括约翰·贝利（John Bayley）发表于 1983 年 6 月 10 日之《泰晤士报·文学增刊》（*Times Literary Supplement*）上的书评。

如今回顾起来，20 世纪 70 年代以来，文学理论的拓展似乎不可避免，并且欣欣向荣。可实际上，也需要找到有效的途径来教授理论，而不仅是在大学教师和研究生层次研究理论。麦克凯比事件暴露出理论在这方面所遇到的一些困难，也显示出详尽阐述、例证与讨论的必要性。文学理论的大多数原著都由法语写成，还有一部分由德语和俄语写成，不少还没有译成英语。急需一些“中介性”著作，也就是可用作本科和硕士阶段教材的导论性著作。没有此类著作，文学理论永远只能逗留在精英小圈子里。1977年，众神出版公司首先出版了“新焦点”系列丛书，满足了对此类次级介绍性著作的需求，丛书各分册分别向读者介绍了结构主义、解构、后结构主义以及其他一些理论流派。与此同时，也需要有本书出来对文学理论整体做一番纵览。1983年，布莱克威尔出版公司出版了伊格尔顿的《文学理论导论》，满足了这一需求。该书一面世即大获成功，因为其文笔活泼而引人入胜，一扫浓厚的学究气息。深奥且大部头的学术著作或许会引起同行的兴趣，可根本不适合刚刚入门尚未窥其门径的学生。正是在这一点上，伊格尔顿的这本《文学理论导论》不同于大多数后来者，也不同于20世纪80年代开始时兴起来的读本型教材。读本囊括了许多关键人物的关键文章和章节，如果选择精到，能满足使用者的实际需要，确实可以发挥巨大的作用。可长期以来，众多读本相互竞争，篇幅越来越巨大，各出版公司进行了一场可笑的竞争，看谁能拿出最庞大的理论读本。

伊格尔顿的做法与众不同，他坚持自己的书要简洁明了。导言章的标题就叫“文学是什么”，第一章介绍英语语言文学研究崛起的历史，后面四章依次介绍现象学、结构主义、后结构主义、心理分析，结论章的标题是“政治批评”。伊格尔顿没有摆出一副不偏不倚的姿态，他是一个马克思主义批评家，他的写作有着明确的立场导向，绝非对各种主义品头论足一番。该书中省略的内容之多有些惊人，例如，该书的索引中查不到“女性主义”，而在一本名为《文学理论导论》的书中，开篇就问“文学是什么”，而非“文学理论是什么”，似乎也有些不合乎常规。总体而言，书中的论证严密，又有些令人气恼，对于“文学是什么”这个问题，书中给出的答案是：“文学并不像昆虫那样存在。”读者或许会不耐烦地反驳，文学理论当然存在，甚至在一定意义上说，就像昆虫那样存在，因为伊格尔顿为它写了一整本书。不过在伊格尔顿本人看来，文学理论的目的恰恰是反对文学，也正因为如此，文学理论区别于文学评论，因为后者通常站在文学一边。在他看来，理论犹如一只超级虱子，从内部叮咬文学，目的是终结文学（可要是文学不存在，又如何终结它呢）。书的结尾部分充满宗教寓言色彩，伊格尔顿在其中提出下面这个堪称“神学”的问题：

> 我将以一个寓言来结束本书。谁都知道，狮子比驯狮人强壮，驯狮人也知道这一点。可问题在于，狮子自己并不知道。说文学之死能让狮子醒悟到这一点，这也并非完全是无稽之谈。

约翰·贝利在发表于《泰晤士报·文学增刊》（1983 年 6 月 10 日）的书评中问道：“狮子是什么呢？”或许，狮子是无产阶级，文学则是驯狮人，理论之任务就是对抗文学，剥夺其控制、麻痹大众的能力。不过狮子似乎比伊格尔顿预想的要聪明，因为它知道驯狮人手中有根鞭子，是这根鞭子让驯狮人比自己强大。这个比喻把文学看成驯狮人手中的鞭子，是“意识形态国家机器”的一部分，以意识形态，而不是武力，控制着我们（关于“意识形态国家机器”这个概念参阅本书第 8 章）。伊格尔顿著作的力量在于其整体活力和机智以及思想上的灵活，对大量他人的思想做出了娴熟的总结。这本书浓缩了大量信息，例如其中关于结构主义的一章。关于后结构主义的一章中，他提出了一系列问题，其他人在十多年之后才开始思考这些问题。关于心理分析的那章写得比较中规中矩，而在题为“政治批评”的最后一章中，他毫不含糊地打出了马克思主义的牌子，也预示了20年后与他难分难舍的伦理道德问题。他写道："要成为一个更好的人，这意味着什么？答案必须具体，有使用价值。"伊格尔顿的这本书为文学理论的强化做出了巨大贡献，在其帮助下，文学理论确立了自身在本科课程中的地位，也大大增强了导师们的自信，确信在本科阶段，文学理论的系统教学也是有可能的。在这段以十大事件总结的历史中，这本书的出版标志着理论崛起的巅峰。

## J. 希利斯·米勒<br>在美国现代语言协会年会上的主席演讲，1986

阅读：米勒的演讲《理论的胜利，阅读的抵抗，以及物质基础问题》[Presidential Address, 1986. "The Triumph of Theory, the Resistance to Reading, and the Question of Material Base". *PMLA*, May 1987, 102(3): 281–291]；新历史主义者蒙特罗斯的回应文章《复兴的自白：文化中的诗学和政治学》("Professing the Renaissance: The Poetics and Potitics of Culture", reprinted in Rivkin and Ryan, p. 777–785)。

20世纪80年代中，理论已渐露颓相。一个重要时刻是1986年J. 希利斯·米勒为美国现代语言协会（MLA）所做的主席演讲。现代语言协会是美国大学英语教师的主要学术机构，其年会是该机构的一桩大事，主席演讲更是年会上的巅峰时刻。通常，主席演讲中都会包含学科现状回顾和前景展望两部分。米勒是《解构与批评》一书的作者之一，长期以来一直是解构的拥戴者，演讲中，他预计20世纪80年代初汹涌的解构之潮还会持续下去（那几年里，解构势不可挡，席卷了美国所有知名高校的英语院系）。然而，实际情况却是，理论的主导地位正受到新反制力量的挑战，所谓新反制力量就是新崛起的历史主义研究方法，这种方法最早出现于早期现代主义研究领域中。在美国，其肇始标志是斯蒂芬·格林布拉特《文艺复兴时期的自我塑造》一书在1980年的出版；在英国，则是乔纳森·多利莫尔和阿兰·辛菲尔德合著的《政治的莎士比亚：文化唯物主义新论》一书在1985年的出版（见本书第9章）。米勒已意识到，历史主义是解构的对立面，自20世纪80年代以来，解构已成为理论最著名的公众形象，取代了之前结构主义的地位。这篇演讲中，米勒不无遗憾地提到，“理论的胜利”被新历史主义的出现而打断：

> 过去几年里，文学研究突然间几乎一致偏离了朝向语言本身的理论，转而靠拢历史、文化、社会、政治、体制、阶级、性别状况、社会背景、物质基础。（p. 283）

对理论已提不起兴趣的学术大众转向历史主义，转向越来越细的划分，导致必须做大量的档案搜集工作，组建跨学科研究中心，并在机构之间展开合作。虽然米勒并不很赞同自己的对立面，但大家选择那一边的原因很明显：“历史、文化、社会、政治、体制、阶级、性别状况、社会背景、物质基础，这些听起来就比朝向语言本身的理论有趣得多。”关键还在于，解构理论家们认为学生就应当钻研“文学性本身”，而非文学（也就是说，在最一般意义上思考意义的建构过程，而非思考某部具体作品的意义，例如乔治·艾略特的《米德尔马奇》）。可实际上，要把这种“文学性”概念转化为可行的本科课程一直是项艰巨的任务，看看那一部比一部更庞大的读本就知道了。同样，致力于“朝向语言本身的理论”就犹如直视太阳，时间不能太久，否则会造成伤害，你很快就会转移视线去看别的东西。研究历史、文化、政治、体制、阶级等则要具体得多，把它们转化成学生愿意学的课程材料也不那么困难。因此，潮流离开解构而转向历史主义其实并不那么出人意料。

现在我要问：历史主义和历史究竟有什么区别？历史学家通过勤奋研究以还原过去，让我们徜徉于莎士比亚时代的伦敦街道上，走向剧场，去观看《哈姆雷特》。我们能看到街道的外观，闻到街上的气味，听到各种声音，清楚地知道要进剧场看戏，手里应该攥着什么样子的硬币（这里借用了乔伊斯在《尤利西斯》中的遐想）。注意，这些都是外在物质细节，代表着历史研究所挖掘的对象。其最终目标可能是在泰晤士河边重建环球大剧院，一座尽可能逼真的伊丽莎白时代剧院，我们可以走到里面，寻找伊丽莎白时代的人们在里面看戏时的感受，站在空旷的露天观众席上，如果看的是出“旧戏”，甚至连听到的语音都同伊丽莎白时代一样（当然，你时不时得忍受一下喷气式客机从希思罗机场起飞时的噪声）。可**历史主义者**并不喜欢泰晤士河边的环球大剧院，从根本上来说，这些外在的物质细节根本就不是他们所追求的目标。历史主义者感兴趣的是内在，他们对伊丽莎白时代的观众在剧场里**看到**了什么不大感兴趣，人们在那里看到伊丽莎白时代的观众所看到的会是一种什么感受。他们也热衷于所谓“身份”问题，包括早期现代身份、性别身份、民族身份等。也就是说，令历史主义者感兴趣的不只是外部细节，更多的是浸透于某一特定时代之中，或超越其之上的深层东西。我们似乎能听到他们在说：“谁在乎伊丽莎白时代的人们穿什么样的衬衫？怎么说英语？我想了解的是他们有什么样的感受。”历史主义主要热衷于话语、情感结构、思维定式、身份认同等。在我看来，他们似乎比真正的历史学家更自信，认为这些至关重要，却又看不见、摸不着的东西可以还原出来。与历史学家不同，历史主义者试图直奔“身份”层，无须像历史学家那样把大部分时间耗费于枯燥的细节考证之上。如果莫里斯·扎普（戴维·洛奇一部小说中的主人公，也是位文学理论家）在场，他会说："历史学家都是唯物主义者，历史主义者都是唯心主义者。"我觉得，米勒在演讲中忽略了历史学家与历史主义者的区别，认为历史主义这股反对力量代表着对事实的热衷，自然也就难以理解它怎么可以同"朝向语言本身的理论"分庭抗礼。在我看来，这恰恰表明理论迅速而巨大的成就已导致自满情绪的出现，其在英美高级别研究机构中的巨大影响令其低估了其他研究方法的魅力，对自己这边的学术思想的保质期则往往言过其实。

## 思克莱德大学"书写语言学"会议，1986

阅读：会议论文集 *The Linguistics of Writing: Arguments Between Language and Lit erature*, ed. Nigel Fabb, Derek Attridge, Alan Durant and Colin MacCabe（Manchester University Press, 1987）。此次会议还拍摄了一部电视纪录片，名为《大词语，小世界》（Big Words Small Worlds），由戴维·洛奇执笔和制作，1987 年 11 月 22 日在电视四台播放。

1987 年夏天，在格拉斯哥高调举行了一场文学理论学术会议，许多文学理论界顶级人物都在会上发了言，文学理论的自满情绪在这次会议上也再度表现出来。如今回顾起来，那次会议既代表着文学理论的高峰，光彩夺目，同时又开启了一个新时代，胜利后扬扬自得的心态招致分歧和抵抗，抵抗者也绝非都是顽固的传统主义者。我觉得，那次会议犹如工党的"谢菲尔德集会"，那是在 1992 年大选前夕的一次政治集会，当时工党在民调中遥遥领先，不幸的是，人们在电视上看到的是一次早产的庆功会。领先的民调烟消云散，结果工党不得不在在野党的位子上再多坐五年。格拉斯哥的那次会议上同样弥漫着胜利和庆祝的气氛，其中还奇怪地掺杂着试图恢复语言学威望的势力，因为会议主办方是思克莱德大学的文学语言学项目组，力图再创1958年印第安纳“文体学会议”的辉煌，会议以“结束语”开局，又在“开幕词”中闭幕，仿佛自信满满，一个新时代将随着大会的闭幕而到来。然而并非会议所有部分均有出彩之处，例如好几位与会的著名语言学家的发言仅限于单一学科，从这一意义上来说还不如强调多学科综合的印第安纳大会。戴维·洛奇在会上做了关于巴赫金的发言，他一开始就提醒大家，印第安纳大会的一部分中全是满纸数据和图表的文章，以这种方式讨论文体学无异于自杀。可在格拉斯哥的大会上，那种做法延续了下来，把这次会议搞得越来越像文学理论的长篇自杀遗书。

德里达在会议上做了题为“如何避免说话”（How to Avoid Speaking）的发言，这是一个关于否定神学的长篇演讲，相当耗费听众的脑细胞。我记得他的发言足足有两个小时，最后半小时中，不时响起精疲力竭的听众离开报告厅时开门和关门的声音。大会论文集中没有收入德里达的这篇发言，我想他已经把它许诺给别的什么刊物了，不过他在会议上的问答收入了论文集中的“问题与回应”部分（p. 252–264）。问答的形式是前一天书面提出问题，交给会议主持，再由主持转交给德里达。这样，他就事先有时间来考虑该如何回答问题了。会议上，由主持宣读问题，然后德里达开始回答，记忆中德里达似乎也没有做太多书面准备，但显然事先思考过这些问题，感觉上更有点儿像今日的电子邮件访谈。在我的记忆中，首先回忆起的是德里达的机敏与多智；其次，他说自己从未想过或说过在场形而上学（metaphysics of presence）是一种邪恶，他的话着实让听众吃了一惊。他又说：“我的想法恰恰相反，它不错。”（p. 257）几分钟后，大家才理解了他话中的含义。如果说在场形而上学还不错，又何必穷一生之精力去解构它呢？这是乔纳森·卡勒现场提出的问题（这时，提问已离开书面问题）。德里达的回答根本就是神学：

对在场的欲望再自然不过了，可彻底实现在场“无异于死亡”。（p. 260）因此，必须不断解构它，不断表明，我们错以为是全部在场的东西不过是延异的闪光。由此引出之后多年他常挂在嘴边的一句话：“解构并非一种方法，没有一套现成的方法规则。”（p. 262）当然，我并不从字面上理解这句话，于是才能在前面第 3 章对解构做一番展示与描述。毕竟德里达也说过，“它具有方法的效果”（p. 262），虽然他并没有具体解释它与方法究竟有何不同。总体而言，德里达在那次会议上的表现给人印象深刻，也预示了他在之后生涯中总是忙于解释解构不是什么，从来没有也不愿意解释解构究竟是什么。理论界越来越多的人在说，大家误解了德里达的话，把他的话太当真了，或者理解过于简单天真，每当有人说他在哪儿犯了错误时，就有人站出来，说那并不是他的原话或原意。

随着会议进行，失望也在增加。请一家电视台来摄录会议全过程似乎是个大手笔（会议原计划中本没有这项安排），可闪光灯和麦克风实在恼人，甚至在茶歇时间，电视台的人也扛着摄像机和硕大无比的麦克风，簇拥在那些大人物身边，或者冲到在会议上提过问题的代表面前，让他们在同意发布的表格上签字。最后一天早上，“开幕词”被打断，代表们要求发言，抨击的对象也不仅仅是会议安排中早已暴露出来的分裂的组织机构。代表们投票表决，要求电视台的人离场，结果双方都不大痛快，而那篇文字激昂的“开幕词”也痛失其震撼力。

问题究竟出在哪儿？会上的大型讨论太多了，发言者几乎都是英美男性学者，回应也操纵在同一批人手中，根本就没有空间或时间做开放、民主的意见交流。无论其内容传达了多么开放和先进的信息，文学理论在方法上也应当同样做到开放和先进。文学理论家们几乎完全没有意识到这个问题，他们在短短几年时间里就成为学术界的新权贵和新精英，而他们自己也过于视自己的地位为理所当然。就好像那次时运不济的谢菲尔德集会上，工党影子政府成员们乘着一长溜黑色豪华轿车列场，那些大人物们突然让人们感到，他们把理论的胜利当成了既成的事实。

## 保罗·德曼“二战”期间的文章所引起的丑闻，1987—1988

阅读：《纽约时报》1987 年 12 月 1 日的报道《耶鲁学者为亲纳粹报纸写文章》(“Yale Scholar Wrote for Pro-Nazi Newspaper”)。

*Paul de Man: Wartime Journalism*, 1939–1943, ed. Werner Hamacher, Neil Hertz, and Tom Keenan, University of Nebraska Press, 1988.

Jacques Derrida, “Like the Sound of the Sea Deep within a Shell: Paul de Man’s War”, Critical Inquiry 14, Spring 1988, p. 590–652.

对德里达文章的回应，请阅读同一期刊第 15 期，1989 年夏季号，第 765—811 页。作为回应，德里达又撰写了文章“Biodegradables: Seven Diary Fragments”, p. 812–873。

前面，我们已经讲过著名的“耶鲁黑帮”，《解构与批评》一书有五位作者，其中一位是出生于比利时的保罗·德曼（1919—1983）。他的阐释三部曲《盲点与洞见》(*Blindness and Insight*，1971)、《阅读之喻》(*Allegories of Reading*，1979)、《抵抗理论》(*Resistance to Theory*，1986）影响极大。去世时，他备受尊重，被视为思想界严谨文学解构的代表人物。可 1987 年《纽约时报》的一篇文章揭露，20 世纪 40 年代早期，在纳粹占领的比利时，年轻的德曼写了差不多 200 篇具有明显反犹太主义色彩的文章，刊登在当地的《晚报》上。这些文章后被人辑录出版成《保罗·德曼：战时新闻集》(*Paul de Man: Wartime Journalism*,

1939–1943）。最早发现这一秘密的是奥尔特温·德·格雷夫（Ortwin de Graef），一位正在研究德曼早期生涯和著作的比利时学生。虽然确实令人瞠目结舌，不过最终损害了解构的威望，并影响到整个文学理论的倒还不是德曼的这些文章本身，而是其他理论家试图为他辩解时所给出的理由。在我看来，德里达在《批判与探索》上发表的长文给人留下的印象尤其不好，他那篇文章足足有 75 页，有人做出回应，他再度反击，又写下 60 页之多。

德里达的文章以探寻开始，他问道："是否有可能对问题做出回应，做出回应意味着什么，是否意味着承担起责任，什么样的责任。"如此辨析下去自然耗时费力，德里达最应当做到的是明晰、简洁、自信，此外还要用到同情，可他从来做不到这些。最大的问题在于，所谓的"辩护"根本不可能，最好的"辩护"其实就是把德曼所有的早期文章公之于众，然后简要说一说可辩解之处，例如年少无知，对于欧洲犹太人的遭遇不知情，或许还受到威胁，身处险境，因此那些文章并非真心说话。如此辩护的效果甚微，不过我也相信，能做的也就这些了。德曼昔日的朋友、同事当然不必为那些早期文章而声讨他，但也大可不必去为他做什么辩护，理论家们或许觉得要不为德曼辩护一番，解构和文学理论会同德曼的声望一道沉沦下去，可出于如此自私的职业目的做出辩护，危害其实更大。作为德曼的朋友，德里达觉得应当做出辩护，可他似乎在辩护中用尽了解构的微妙玄微，用尽了语言之不可靠、思想与概念之脆弱这些观点，结果这些观点不可避免要接受道德质疑，因为质疑责任概念自身似乎是在拒绝为自己的言行承担责任。德曼在其早期文章中写道："为犹太人另建一个远离欧洲的定居点，以解决犹太人问题，这对西方人的文学生涯并不会造成什么不好的后果。"这至少支持了对犹太人的强制迁移。尤其想到德曼日后的学术生涯，他早期对反犹太主义的支持更令人吃惊。德曼事件令文学理论的形象大大走向负面，之后再也没能恢复起它昔日的威望与自信，以及它的道德感和政治上的正直。

## 鲍德里亚和《海湾战争从未发生》，1991

阅读：Jean Baudrillard, *The Gulf War Did Not Take Place* (Power Publications, 1995);Christopher Norris, *Uncritical Theory: Postmodernism, Intellectuals, and Gulf War* (Lawrence and Wishart, 1992)。

1991 年年初，法国后现代主义哲学家鲍德里亚（1929—2007）接连发表了三篇文章，公开宣称（第一次）海湾战争从来就没有发生过，因此而臭名远扬。那三篇文章分别写于战事爆发之前、进程中以及刚刚结束之时，于一月、二月、三月发表在法国《解放报》上。后来三篇文章结集出版，英文版的名字就叫《海湾战争从未发生》（*The Gulf War Did Not Take Place*）。鲍德里亚极力反对西方在海湾地区的外交政策，这一次他用了一种强烈、极端的修辞来表明自己的观点。文章的语气粗暴凶悍，咄咄逼人，犹如乔纳森·斯威夫特（Jonathan Swift）在 18 世纪猛批当时的政治腐败和社会蒙蔽时所用的语气。在鲍德里亚看来，所发生的算不上一场战争，参战的 50 万西方士兵如果待在国内，死于交通意外的人会比死于战场的人多（p. 69），而估计的 10 万伤亡（p. 2）也几乎完全出现于一边，这代表着完全的“非对称行动”（p. 19）。不过值得注意的是“战争诱惑所起到的催情功能”（p. 75），富含性含义的形象一再出现，“战争一件件脱去外衣，犹如一场脱衣舞表演”（p. 77）。报纸标题上写着“外科手术式战争”，最典型的画面来自“智能化武器”顶端的摄像头，展现出命中目标前的影像。战争成了一场媒体秀，看不到人员伤亡，只有“干净的”高技术外科手术式打击。然而，当电视上出现无情轰炸撤退途中的伊拉克军队的画面时，这场脱衣舞表演也达到高潮。具有讽刺意味的是，整场战事中给人印象最深的一个形象是肯·贾拉克（Ken Jarecke）那张广为流传的照片，照片中，一名已被烧成焦炭的伊拉克士兵坐在一辆被焚毁的军车上。

从文学理论的角度来看，鲍德里亚文章的讽刺之处在于，虽然它指明了问题所在，自己却成了牺牲品。鲍德里亚抨击的这场战争的形象，或者说“拟像”，被错误地当成了战争本身。于是，人们认为他在文章中所写的观点代替了他真正所写的观点。因此，他成了反理论者的出气筒，成为对后现代主义之高调道德抨击的众矢之的（继 20 世纪 60 年代的语言学热潮，70 年代的结构主义热潮，80 年代的解构热潮，到 90 年代时，后现代主义已被视为文学理论的总代表）。在表现他的观点的漫画或称“拟真版”中，这位聪明过头的超级后现代主义者就真实这个概念夸夸其谈，却对确凿无疑发生了的痛苦和死亡熟视无睹，甚至认为海湾战争从未发生。批评者言下之意是：如果我们怀疑海湾战争的真实性，那接下去是否也要怀疑大屠杀的真实性？

在德曼事件中，对理论的伤害来自辩护者；在鲍德里亚事件中，伤害部分来自他的抨击者。克里斯托弗·诺里斯（Christopher Norris）当年曾为德曼的战时文章做过辩护，可这次，他对鲍德里亚的态度完全不同，因为他已坚定地转向反对所有的“修辞形式主义”，尤其反对后现代主义，认为理论的许多方面放弃了理性客观的原则，转向相对论、共识论和实用论。于是，他写了一本满纸怒气、言辞激烈的书——《非批判理论：后现代主义、知识分子和海湾战争》（*Uncritical Theory: Postmodernism, Intellectuals and the Gulf War*）。在他看来，这场有关海湾战争的争议使得所有这些问题都更加尖锐了。诺里斯把鲍德里亚所说的每个字都当了真，他说，自轰炸一开始，鲍德里亚的论调已经同经验基础相背离。他说（而且他是对的）："看到鲍德里亚的预言大错特错，或许是没有抓住要点。"（p. 14）这时，作者把理查德·罗蒂（Richard Rorty）也拉了进来，开始批判，同时拉进来的还有斯坦利·费什、福柯，以及所有作者眼中的"反认知论者"，也就是认为真理"在具体语境中只能是价值和信念，由于偶然而为'共同阐释体'成员普遍接纳"（p. 16）。这派观点还认为，现实仅仅是一种话语现象（也就是说，由代码、规约、语言所构成），再加上对德里达的普遍误读，这些使鲍德里亚摆足了怀疑论者的姿态，去说"文本之外空无一物"（p. 16）。有趣的是，如果说鲍德里亚误读了德里达，那诺里斯同样误读了鲍德里亚。换言之，诺里斯认为，鲍德里亚的意思就是除了媒体炫耀之外，海湾战争根本就没有发生。可为什么要采用双重标准？为什么德里达的话要视为一种比喻，而鲍德里亚的话就要字字较真？诺里斯在"后记"中做了一些让步，可结束前还是攻击鲍德里亚的"彻底的认知怀疑论"（p. 196）。

虽然诺里斯的言辞激烈，可从根本上说，他和鲍德里亚的意见还是一致的，两个人都认为西方在海湾战争中表现出的毫无原则的残忍，为之而悲哀。鲍德里亚指出，随着战争进行，整个事件被彻底改头换面，公众看到的仅仅是"智能"武器和外科手术式打击。实际上，鲍德里亚想说的是，这场战争中所使用的绝大部分武器完全不"智能"，它们的影响至今仍然能够感受到。理论介入海湾战争所带来的整体效应就是，它越来越失去公众的信任（在我看来，实在有点儿冤），因为在公众眼中，理论不仅已屈从于绝对真理、价值的流逝，更添油加醋，去模糊不同世界、不同概念、现实与幻象、想象与真实之间的区分。理论界错误地为德曼作了辩护，又错误地抨击了鲍德里亚。

## 索卡尔事件，1996

阅读：Alan Sokal and Jean Bricmont, *Intellectual Impostures: Postmodern Philosophers'Abuse of Science* (Profile Books, 2003)。

1996 年，纽约大学物理学教授阿兰 · 索卡尔（Alan Sokal）写了一篇诈文，名为《超越界限：迈向量子引力的转化诠释学》(“Transgressing the Boundaries: Towards a Transformative Hermeneutics of Quantum Gravity”)，满篇都是在他看来的后现代主义套话。他把这篇文章寄给了杜克大学的后现代主义文化研究刊物《社会文本》(*Social Text*)，文章被接纳、刊登。就在这篇文章刊登于《社会文本》的当月，索卡尔在另一份刊物又发表了一篇文章，自暴刊登于《社会文本》上的那篇文章其实是篇诈文，并由此争辩，那篇文章的接纳、刊登暴露出了后现代理论的空洞无物，言下之意是，所有文化理论同样空洞无物。那篇诈文引起了激烈辩论，成为一次著名事件，又引发了一连串相关事件，其中最重要的一个就是有人在文章中引用了德里达的话，结果德里达后来也加入了这场公众辩论之中。

1998 年，索卡尔和布里克蒙合作出版了《思想诈骗：后现代哲学家对科学的滥用》[①] 一书，书中收入了 1996 年那篇诈文。其实，这本书对后现代主义思想的批判并非不分青红皂白，只不过暴露出了法国理论家对数学和物理学发现的滥用，包括拉康、克里斯蒂娃、露西 · 伊利格瑞、鲍德里亚、吉尔 · 德勒兹（Gilles Deleuze）和菲利克斯 · 加塔利（Felix Guattari），以及其他一些法国理论家。宽泛地讲，法国理论家所

---

① 本书中文版《时髦的空话：后现代知识分子对科学的滥用》根据美国版本 *Fashionable Nonsense: Postmodern Intellectuals'Abuse of Science* 翻译，已由浙江大学出版社于2022年出版。——编者注

借用的科学和数学思想大都确证了“建构主义”或“相对主义”现实观，例如海森堡的“测不准原理”、哥德尔关于不完备性的理论、[①]爱因斯坦的相对论等。索卡尔说，这造成许多后现代主义“行话”似乎没有非常简明与“严格缜密的”意义，结果导致，这个领域的一家著名期刊的编辑也没有发现，那些已经被认可的术语和构想会被杂糅拼凑成一篇缺乏整体连贯性和逻辑性的文章。索卡尔自暴诈文时，刊物的编辑们要是勇于承认错误，说自己犯了错，还需要进一步改进，加强文章的评审，或许整件事根本就不会那般迅速扩散。可他们并没有那样做，事件火速升级。[②]

因为提出指控的是位美国教授，而受到指控的基本上都是法国理论家，那篇诈文被视为对法国知识分子地位的攻击。克里斯蒂娃（在索卡尔这本书中被批判得最为严厉的思想家之一）于1997年9月25日在法国报纸《新观察家》上发表文章，说历史的钟摆在晃过了热爱法国思想的一端后，现在摆向另一端，如今在美国，大家看到的是“法国恐惧症”。德里达没有受到持续的批判，无论是在1996年的文章中，还是在

① “测不准原理”是德国物理学家海森堡于1927年提出的物理学原理。其指出：不可能同时精确确定一个基本粒子的位置和动量。这表明微观世界的粒子行为与宏观物质很不一样。不确定原理涉及很多深刻的哲学问题，用海森堡自己的话说：“在因果律的陈述中，即‘若确切地知道现在，就能预见未来’，所得出的并不是结论，而是前提。我们不能知道现在的所有细节，是一种原则性的事情。”

“不完备性定理”是奥地利裔美国数学家哥德尔1931年提出来的。这一理论使数学基础研究发生了划时代的变化，更是现代逻辑史上很重要的一座里程碑。该定理与塔尔斯基的形式语言的真理论、图灵机和判定问题，被赞誉为现代逻辑科学在哲学方面的三大成果。哥德尔证明了任何一个形式系统，只要包括了简单的初等数论描述，而且是自洽的，它必定包含某些系统内所允许的方法既不能证明真也不能证伪的命题。——编者注

② 索卡尔就这次争论给出了极其丰富的文献，可在以下网址查阅：http://physics.nyu.edu/faculty/sokal/index.html。——原注

1998年的专著中。不过，在1996年的文章中，他是第一个被引用的理论家，引文被说成“这篇文章引用的第一句重要的让人莫名其妙的话”，出自德里达1966年对让·伊波利特提问的即兴回答。在谈到索卡尔事件时，德里达提到了这一点。[①]不同于上次德曼事件中他的积极介入，这次他的评论只有寥寥数语，大多数报刊引用时仅仅用了六个字——“可怜的索卡尔”，意思是说这位物理学家写诈文反倒比写本专业文章更在行。不过，德里达在对待这一事件时也有民族主义情绪，美国人当年给了他外籍教授的荣誉，可现在那一切都被视为过誉，他和其他法国作家一起成了抨击的对象。可就算有错（在利用科学和数学比喻时不够严谨），这种错误也肯定不是只在法国有，德里达说，他本想对该事件发生的“美国背景和政治背景”再说上几句，但他没有这个工夫。

总体而言，索卡尔事件确实带有一丝德里达和克里斯蒂娃所说的民族主义色彩。通过1958年和1966年两次会议，美国把文学理论请入了国门，在长达40年的时间里，美国一直被文学理论家们视为热情的主人，可这次美国学术界似乎发出了逐客令。理论家出尽风头的时间已经太长了，现在他们该收拾行装，打道回府了。考虑到后现代主义已成为理论的一般代名词，索卡尔事件（在这里该事件被视为一种现象）对后现代理论的羞辱也被视为理论整体的溃败。毫无疑问，在美国，强大的势力正努力重新使美国的人文课程美国化。进入20世纪90年代以后，这一步骤正在加速，美国大学中正在掀起又一轮对抗的革命风暴，反对的靶子包括政治正确、相对主义、后现代主义、多元文化论等，“9·11”事件之后的政治氛围令这种趋势更为明显。新千年的第二个十年已接近尾声，恐怖袭击的恐惧四下弥漫，召开国际会议愈发困难，在此之外还

---

① 德里达的话最先刊登于法国《世界报》，后来收入他的著作*Paper Machine*（Standford University Press，2005, p. 70–72）。——原注

要加上人们对碳排放、全球变暖的担忧。从一定意义上说，召开国际会议也不再必要（当今世界已经有了电子邮件、电视会议、黑莓手机、社交网络等等）。学术生活间的隔阂越来越大，越来越走向民族化，而非国际化。如此大趋势下，文学理论也无法幸免。或许，未来几十年中，各种文学理论间的差别会更大，不同理论分别把持世界的不同地区，而不会由为数不多的“国际品牌”把持整个领域。无疑，新局面的出现激动人心，而且新局面似乎已经出现。下一章，我将就这些新局面做一番介绍。

# “理论”之后的理论

# THEORY AFTER “THEORY”

# 理论的遗产

“理论之后，还有生活吗？”2003年，在英国召开的一次大型学术会议提出这样一个问题。会议论文集就叫作《理论之后的生活》（*Life After Theory*, ed. Michael Payne and John Schad, Continuum, 2003），收入了一些与会大家的访谈录，包括德里达、弗兰克·克默德、托莉·莫伊、克里斯托弗·诺里斯等。会议的名称似乎提出疑问，会议论文集的名字则表明了一种肯定和自信：理论之后，生活依旧。本书1995年版的导言中，我曾援引托马斯·多彻蒂（Thomas Docherty）1990年出版的著作《理论之后》，指出那时就已经存在的一种普遍感受：文学理论的真正事业已经结束了。2003年，伊格尔顿又一次以《理论之后》为名出版了自己的专著，言外之意是，理论仍处于结束的状态。而伊格尔顿没有提到，在他的专著之前，还有瓦伦丁·卡宁汉姆（Valentine Cunningham）的《理论之后的阅读》（*Reading After Theory*, Blackwell，2001）。总体上说，理论之终结令卡宁汉姆长出了一口气，他认为自己正在修补文学批评被理论破坏的地方，使它们重归自己应处的位置，有点儿像飓风或洪水过后，对现场进行清理。“修补性”著作不只卡宁汉姆这一本，有些局限于特定领域，如戴维·斯科特·卡斯坦（David Scott Kastan）1999

年出版的《理论之后的莎士比亚》(*Shakespeare After Theory*, Routledge, 1999)。在这本书中，所谓“之后”倒不是指理论之潮已退去，而是说理论已不再是新闻，不再有新意，或许可以说，理论已不再具有新闻价值，因为它的许多关键思想已被广为接受，它的影响力与魅力已经“例行化”(routinised，这个词借用自社会学家马克斯·韦伯)。理论已不再需要强调自身的独特性，而是已经汇入思想主流之中。如此“不抢眼”可视为“理论”之后种种理论的典型总体特征，也就是说，理论的许多思想业已流通于我们当今的学术气氛中，其“布道期”告一段落。

四分之一个世纪之前我们拼死抵抗，现在已广为接受，视为当然的思想究竟有哪些？**首先**，我们感到，身份既固定平稳，又流动不居，无论是英国人、同性恋、女性，或是某种宗教信徒，都不必需要某种固定如一、不可更易的实体或观点。实际上，上述各种身份时常处于变动之中，遇到不同的激流时，不同的人会做出不同的反应。可以如此总结：“理论”之后，“是”(being)的概念中时刻包含着“变易”(becoming)的要素。**其次**，“理论”之后，文学文本的概念也同样失去了稳定性，无论是经典文本，或是非经典都是如此。每个文本都服从于人们的感知与见解，以决定它“是”什么，而这种感知与见解处于变化之中。同一部文本对于不同的群体可能就有着不同的身份，可以有多种编辑版本并存。类似地，文本也服从于不同的接纳吸收过程，以莎士比亚为例，最近的理论中，我们看到了20世纪80年代的文化唯物主义者所提出的“性歧见”和“后殖民”莎士比亚，90年代的“天主教徒”和“共和派”的莎士比亚，这还仅仅是其中一部分。**再次**，我们意识到了语言本身的不稳定，以及它滑过描述与严格定义之网的能力。“口误”和说错话是语言本身结构的一部分，这不仅仅是我们警觉到的后弗洛伊德式感觉，因为我们同时还能强烈感受到各种比喻性语言中的“梦幻活力”，即便是最索然无味和功利目的的话语有时也会为其所打破。**最后**，我们还感受到了理论本身无孔不入，意识到根本不可能不做出立场选择，每个姿态都代表着一个观点，故而我们所有的意见观点都带有即席性、偶发性、临时性。这就好像从学术和文化银行支取的投机性支票，我们永远无法确定账户中的余额够不够票面。我将上述四点称为四种思维定式——不稳定的身份、不稳定的文本、不稳定的语言、不确定的真理银行，这就是“理论”之后我们许多人所面临的现状。不过，我们不支持把这四者作为一套信念来接受，因为基本上依照定义，我们对这四种不稳定性的信念本身就是不稳定的。但它们确实存在，构成我们的思维与感受的大气候，而非小天气。

这里，还应当提到理论思想景观的其他四大变化。变化之一，同之前相比，理论在浩瀚的思想诉求面前更为谨慎小心，不轻易相信，也更注重审查其经验层次上的资料。因此，各种发现当今仅仅**展示**出来，至少也要经过更为细致的辩论，很少再有人去做出权威论断。如今，鄙视经验主义与认为法式料理和法国时装必然高人一等一样早已过时，读者期待明晰的文风，即便是文学理论家也应当做到如此，20 世纪七八十年代法国理论家所享有的诗性语言特权早已一去不归（至少在法国之外是如此）。当前理论的一大特色是出于策略刻意“收缩”昔日急剧膨胀的理论版图，结构主义为叙事学所取代，后者原本是前者的一个分支，而像意识形态、政治这样的抽象话题，原本是马克思主义–唯物主义理论的主题，如今也被对特定时期文化思潮的细致关注所取代，尤其是早期现代主义、浪漫主义和维多利亚时代文化。

其次，有证据表明，当今的理论正在偏离以英国的文化唯物主义和美国的新历史主义为代表的主流，甚至偏向种种“精神方面”，被视为阅读、写作、文本性在诸多方面的隐喻性表现（参阅 Julian Wolfreys, *Victorian Hauntings: Speciality, Gothic, the Uncanny and Literature*, Palgrave，2001），或者被视为比物质现实更为真实（更深刻、更基础）

的世界的转喻性表征。确实，新千年之后，文学研究向宗教的转向已有了许多证据，远超出过去几十年，或许近年来对莎士比亚宗教观的广泛兴趣已表明了这种转向。读者可参阅霍尼格曼（E. A. Honigmann）在1988年出版的《莎士比亚：迷失的岁月》（*Shakespeare: The Lost Years,* Manchester University Press），以及理查·威尔逊（Richard Wilson）在2004年出版的《不为人知的莎士比亚》（*Secret Shakespeare*, Manchester University Press）。

再次，理论也明显地一直在远离我所说的“语言至高无上观”。所谓“语言至高无上观”，也就是认为语言构建了我们的世界，因此一切实际上都是语言，也可以说语言就是一切，就看你个人爱好了。在抗衡和消解彻底的语言建构论的影响方面，克里斯托弗·诺里斯一直是个主要人物。对于是语言在说人，而非人在说语言这种看法，诺里斯表示怀疑。他认为，人们应当为自己的言行负责，而上述说法令人们轻易逃避责任（说这番话的时候，他心里可能想着德曼和海德格尔）。诺里斯也激烈抨击哲学中的“反现实主义”（否认存在独立于心灵的现实，倾向于认为一切决定于心灵），甚至连现实主义和反现实主义两种极端之间的第三条道路，在他看来，也不过是反现实主义的又一种形式。他还反对“无限性、游戏性、多义性阐释”这种观点，在他看来，鲍德里亚、费什、利奥塔、罗蒂之类的理论家提出此种阐释观，却丧失了“论点的系统性”，这正是后现代主义相对论的典型代表。[①]

最后，一些迟迟不得其解的问题——阿以冲突、伊拉克和阿富汗问题、宗教原教旨主义扩散，以及环境不断恶化——导致了“9·11”这样

① 诺里斯的观点参阅下列著作：*What's Wrong with Postmodernism?* Johns Hopkins University Press, 1990. Quantum Theory and the Flight from Realism, Routledge, 2000. *Truth Matters: Realism, Anti-Realism and Response-Dependence*, Edinburgh University Press, 2005。——原注

的极端事件以及弥漫全球的悲观情绪。作为对此的回应，理论界出现了一种新的文化批评。人们感到国际局势正在持续恶化，在其阴影之下，文化批评本身似乎也成了愚蠢的奢侈品。在伊格尔顿近年来的多部著作中都能读出此种意味，[①]伊格尔顿本人拿出的文化批评越来越关注暴力、恐怖、邪恶，或许我们可称之为“危机批判”（生态批评也可视为其一个分支）。此类作品带着深重的危机感，灾难似乎迫在眉睫，文学和文化批评通常所关心的问题也似乎是黑暗势力的同党，二者合谋要毁灭我们。伊格尔顿越来越关注道德、宗教、伦理问题，越来越偏离马克思主义，也可视为前面所说的“宗教转向”的一个症候。

因此，近年来，理论变得更重经验，更重精神，更多背离“语言至高无上论”，也带有更为浓厚的危机意识，仿佛全球危机不日就要到来。不过理论并没有关门结业，实际上理论不仅还在做买卖，还开了几家分号。现在我们可以问一问，1995 年以来，理论有何发展？增添了什么新的内容？我并不想面面俱到，下面仅仅提出理论入门者应当留意的五个方面。

## 当下论

按照休·格拉迪（Hugh Grady）的讲法，当下论（presentism）这种文学研究方法“更注重文本在当下的意义，以区别于注重历史意义的历史主义方法”。此种方法原先关注近代早期的作品，尤其是莎士比亚的戏剧。近年来，在“批判性当下论”的旗号下，也关注起了浪漫主义作品。运用当下论批评方法的批评家有特伦斯·霍克斯、格拉迪、尤

① 参阅伊格尔顿以下著作：*Sweet Violence*, Blackwell, 2003；*After Theory*, Allen Lane, 2003. *Holy Terror*, Oxford University Press, 2005。——原注

安·费尼（Ewan Fernie）等。

近年来，“批判性当下论”的风行可视为与文学的历史核心研究法（例如新历史主义和文化唯物主义，见本书第 9 章）的对抗。自 20 世纪 80 年代以来，后者主导文学研究已有 20 多年的时间。对历史的关注源于福柯的著作，在《知识考古学》（*The Archaeology of Knowledge*, 1972）第一章，福柯提出，分析话语领域时“我们必须**完全按照话语发生时的特定环境**去把握话语”（着重部分为我所加）。仅仅分析一种陈述是不够的（文学文本就是一种陈述），更要将其归入错综复杂的具体历史环境中去，我们必须“确定其存在条件，至少也要为其划定边界，确定此种陈述与其他类型陈述之间的关系，还要显示何种陈述被排除在外”。这就是福柯所提出的研究方法，其意义对文学研究具有潜在破坏性，实际上福柯自己的“陈述”犹如一部历史主义宪章，一旦我们接受了这部宪章（许多人确实这么做了），终身就陷入无穷无尽的历史考古中去了。历史主义的另一个基础是雷蒙·威廉斯的思想，威廉斯强调“去理解由各种主导性具体意义组织起来的全部鲜活的社会过程”（参阅 *Marxism and Literature, Oxford University Press*, 1977）。这段表述中的有些措辞，如“具体”“全部”，把许多人都驱上皓首穷经式的历史主义研究，历史主义方法占据了文学研究的主流。到了 20 世纪 90 年代末，似乎只有业余的文学读者才会否认，文学只有经由历史才能获得最佳理解。

这就是当下论所要对抗的局面。“当下论”这个术语可追溯到 20 世纪初，原指完全以当下的眼光去阅读历史，视当下为巅峰，历史上的一切都在为这个巅峰的出现而做准备。在此种天真而近于无知的当下论者看来，只有当历史关注同当下直接相关时，才能引起当下人们的兴趣，我们只会注意同自己有关的历史，其余部分则弃之若蔽屣。显然当下论对于历史学家来说是个巨大的错误，可对于文学学者来说又如何呢？有人认为，一个不是当下论者的文学学者根本就不是一个真正的文学学者，因为如果文学不探讨我们当今所关心的问题，阅读文学就没有任何意义。新千年左右，出现了一批自称为当下论者的文学学者，之所以如此称呼自己，原因之一就是表示同历史主义相抗衡的立场。特伦斯·霍克斯是当下论的领军人物，主导了劳特里奇出版社的“聚焦莎士比亚”系列丛书的出版，这套书是当下论的重要传播渠道之一。早在20世纪70年代，他就是文学理论传播中的一个重要人物，由他任总编、众神出版社出版的“新焦点”丛书为介绍和传播理论运动主要人物打下了扎实的基础。霍克斯的新丛书继承了“新焦点”丛书的使命，“或者应用理论，或者拓展和改造理论，使其同教学的具体关注相联系”（丛书总编语）。此系列包括了霍克斯自己的专著，《当下的莎士比亚》（*Shakespeare in the Present*，2002），这部书中霍克斯确立了当下论的一些决定性观点，提出的第一点是“根本不可能真正捕捉和重复过去”。（p. 2）往事不可追，再也不可能重获或重构其“精髓”，无论是历史学家，还是文学学者，不可能“接触到未经他们自己的当下关注所塑造的过去”。（p. 3）霍克斯引用意大利批评家和哲学家贝内德托·克罗齐（Benedetto Croce, 1866—1952）的话：“一切历史都是当代史。”因此，“奉行当下论的文学学者应主动寻找历史中的当下因素”，目的很明确，就是要同生者对话、协商、谈判，历史学家和历史主义者则寻求“与死者对话”（p. 4），据说这正是历史学家之目标与成就之一。新历史主义的先驱人物斯蒂芬·格林布拉特在其产生广泛影响的著作《莎士比亚式协商：英格兰文艺复兴时期社会能量的流转》（*Shakespearian Negotiations*，1988）的开篇就说：“我希望同死者对话……不错，我只能听到自己的声音，可我的声音中已包含了死者的声音。”（p. 1）当下论与历史主义的根本区别就在于：前者志在同生者交谈，而后者志在同死者对话，不过二者又都意识到，事实上协商的对象最终通常只是自己。

历史主义者志在把文学放在其时间和地点的“嵌入性”中加以研究（福柯所说的“话语发生时的具体环境”），乍看上去倒似乎是合乎逻辑的文学研究方法，当下论者会问：那么一部莎士比亚剧作的“时间和地点”究竟是什么？尤安·费尼说：“莎士比亚主要是当代剧作家，因为他的剧作在当下被教授、阅读和在全球范围内上演，再没有别的作家可与他匹敌……他更深地扎根于当代，而非遥远的文艺复兴时期。”（参阅其文章“Shakespeare and the Prospect of Presentism”，p. 175）还可以说，历史主义的基础中存在着逻辑矛盾，如果身份果真建构于历史之中，那么我们永远也走不出构建于历史之中的身份，去识别其他时代的身份。霍克斯提到当下论在莎士比亚研究中所关注的两个特定领域，其一是近年来英国政治权力向地方转移的趋势。截至 20 世纪 90 年代，苏格兰、威尔士和北爱尔兰都建立了自己的地方议会，“联合王国”的意义也随之接受了重新界定。霍克斯感到，进入 20 世纪 90 年代以来，英国这个“联盟整体”中紧张和不明朗的因素正在增加，这种感受体现在他对莎士比亚《辛白林》（*Cymbeline*）一剧的解读中。这段解读出现于第四章，标题是“两河之口”，那是威尔士人对威尔士境米尔福德港的称呼。长期以来，这个港口对于镇守“疆土”（这个词有点儿含糊，却正合适）发挥着战略性作用，在《辛白林》一剧中也是一个重要形象。英国历史上，威尔士和苏格兰先后臣服于英格兰王室，但爱尔兰、苏格兰和威尔士三地的国家地位中尚留有不少模糊不清的地带，计划是把英格兰、苏格兰、威尔士，还有爱尔兰融入一个统一的英国，但并不采取联邦制模式。在《辛白林》一剧的解读中，霍克斯提出自己的见解：威尔士和英格兰这两条大河从未合流到一处，而当下的政治权力地方化进程令双方更为疏远。

莎士比亚研究中当下论所关注的第二个领域是一系列既定先后次序的逆转，包括了“显然不可能更易的概念次序，如初级与次级、过去与当下”。（p. 4）例如，莎士比亚对马克思和弗洛伊德的影响，与用马克思主义批评和弗洛伊德理论对莎士比亚进行的解读，被视为同样重要，莎士比亚戏剧的演出同剧情也同样重要，也就是说，做和说同样重要。之后，霍克斯对当下论做了一番更为全面的定义：作为一种批评，“当下论扎根于此时此地，同此时此地有着紧密的联系。它主动寻找，刻意突出和利用这种联系，以之为第一原则……当下论式的批评在现代世界的维度中同文本相遇，当下与历史交相呼应，或许正如一部戏剧的结局与开场”（p. 21–22）。因此，当下论认为自己“在一定程度上逆转了新历史主义的策略”（p. 22），以“物质性当下”为始，以之来“确定质询的议程”。

## 实践中的当下论

当下论理论立场的要点或许正包含在下面这句话中：“结局一旦出现，就会改变之前开局的样貌。”（p. 62）尽管当下论同新历史主义的理论前提大异其趣，其所使用的方法，就霍克斯的《当下的莎士比亚》来看，却同新历史主义有着诸多类同之处。文章一开始，首先给读者呈现一张生动的“文化快照”，颇似新历史主义的“轶事”，不过“快照”取自当下，或不太遥远的过去。在讨论《哈姆雷特》的文章《老比尔》中，霍克斯把该剧视为一部关于监视与调查的戏剧，因为剧中的许多人物要么在监视别人，要么处在别人的监视之下（英国俚语中，“老比尔”是警察的意思）。文章开篇的“快照”说的是，1945 年的柏林，美国占领军当局开出了一份允许上演和禁止上演的剧目，《哈姆雷特》属于前者，因为它演绎了“腐败和正义”，《裘力斯 · 恺撒》和《科利奥兰纳斯》则在被禁之列，因为据称它们“美化独裁统治”。在“二战”刚刚结束的特定环境中，戏剧也成为监视的一部分。接下去，霍克斯讨论了该剧中舞台空间的运用和演员表演，接着又将犹太演员毛里斯·利昂·赖斯（Mauriz Leon Reiss）的真实故事融入进来。在20世纪30年代的纳粹德国，赖斯为自己搞到了一个非犹太人身份，在真实生活中“扮演”非犹太人。最终他于40年代移居美国，进入好莱坞。可残酷而讽刺的是，在好莱坞，他落得在宣传性电影中扮演纳粹角色。在霍克斯的文章中，这些成分构成了我所说的“批判性情节”。我觉得，情节性的加入令文章更像创意写作而非学术文章，这正是当下论的一大特点。在这篇当下论文章中也有对文本的特写，不过是高度“主题化”的，即从文本中抽取出许多同“监视”“表演”等主题相关的东西。简言之，这些构成了关于《哈姆雷特》的当下论式“情节”或“表演”的主要成分：开篇之处的生动快照，具有高度情节性，话语结构令关键主题反复呈现，具有强烈主题方向性的文本分析，还有以当下关注为旨归的动力，而其所体现出的主题大都具有政治性质。

在上面的分析中，新历史主义与当下论之争还涉及语境的选择。我们可以在历史语境中阅读《哈姆雷特》，就像格林布拉特在其著作《炼狱中的哈姆雷特》（*Hamlet in Purgatory*）中那样，从现代早期宗教信仰冲突的角度去阅读该剧，也可以在当下语境中，或至少如同霍克斯那样在不久之前的语境中去解读该剧。尤安·费尼也对《哈姆雷特》做了番当下论式的解读，在当下恐怖主义威胁的语境中阐释剧中许多无缘由的暴力。不过费尼也看到，这其中也包含着当下论同历史主义的一致之处，“二者都没有扎根文本”（p. 176），都视语境选择为各自阅读策略中的决定性行动，仿佛哈姆雷特在说“语境就是一切”，而非“剧本就是一切”。在讨论新审美主义时，我会再回到这个问题。

## 文献选读一

Fernie, Ewan, "The Last Act: Presentism, Spirituality and the Politics of *Hamlet*", p.186–211 in *Spiritual Shakespeares*, ed. Ewan Fernie (Routledge "Accents on Shakespeare" series, 2005).

Fernie, Ewan, "Shakespeare and the Porspect of Presentism", in *Shakespeare Survey*, vol. 58, Cambridge University Press, 2005.

Grady, Hugh and Hawkes, Terence, eds, *Presentist Shakespeares* (Routledge "Accents on Shakespeare" series, 2006.

Hawkes, Terence, *Shakespeare in the Present* (Routledge "Accents on Shakespeare" series, 2002).

Headlam Wells, Robin, "Historicism and 'Presentism' in Early Modern Studies", p. 37–60 in *The Cambridge Quarterly*, vol. 29, No.1,2000.

要了解“当下论”在互联网上的讨论，请登录 http://www.shaksper.net/archives/2007/0091.html。

## 新审美主义

新审美主义（new aestheticism）是文学批评和理论中正在崛起的一个运动，最早出现于 20 世纪 90 年代关于审美之地位的哲学争论中，在新千年之后成为独立的批评实践。它强调文学文本的“具体性与独特性”，寻求与文学文本展开对话，而非成为其主宰；同时，它也视文本为一场正在进行中的辩论，既有文本内各要素之间的辩论，也有文本同读者之间的辩论，而非视文本为固定立场的代表，或者社会保守观点的预制表达。新审美主义之代表人物有伊莎贝尔 · 阿姆斯特朗（Isobel Armstrong），伦敦大学伯贝克学院英语荣誉退休教授；约翰 · 约京（John Joughin），现任东伦敦大学副校长；西蒙·马尔帕斯（Simon Malpas），现任教于爱丁堡大学。

新审美主义同20世纪70年代以来名声大噪的各种主流文学理论均背道而驰，因为所有这些主流文学理论均挑战和否认文学的自主性。马克思主义批评视文学为社会力量的表达，心理分析批评视文学道出了心理冲动和本能冲突，后结构主义认为每一项文学行为均暴露出语言本身的不稳定性，所有这些理论都有一个共识：无论作家们认为他们在做什么说什么，他们的所说所做都不是文学；实际上，文学不可去说，只有在各种社会、心理、语言力量的多姿多彩的结合中，文学才能被说出，而且批评家/理论家总是比作者更清楚那究竟是些什么样的力量。于是，文学失去了其自主性、独特性、具体性，总是被批评家和理论家们拦下盘问和警告，即使在文学表现得似乎相当好的时候——为弱者发声，捍卫自决和平等，呼吁宽容和理解他人的观点。例如，简·奥斯汀或许认为自己在小说中所做的正是这些事情，可批评界和理论界的思想警察总是更清楚，他们能看出她在阻挡法国大革命，宽容当时英国海军中盛行的暴行，掩盖英国乡绅同海外殖民地之间的联系，倡导性压抑，所有这一切居然出自同一部小说——《曼斯菲尔德庄园》！这种从骨子里迸发出的对作者的不信任就是法国哲学家保罗·利科（Paul Ricoeur）所说的“怀疑阐释学”（hermeneutics of suspicion），出自其著作《弗洛伊德与哲学》（*Freud and Philosophy*），利科对其的定义是：“一种阐释方法，认为文本的字面或表层含义掩盖了文本为之服务的政治利益，而阐释的目的就是剥除伪装，暴露利益。”

在大约四分之一个世纪里，理论家和批评家们一直在煞费苦心地剥除文学的伪装，暴露文学背后的利益，自从20世纪80年代自由人文主义落败以来，他们就基本上没有遇到过挑战。每个文本的特质被完全摒弃，一部文学作品会被挖掘出犯有某种广义的罪，而各种批评方法则专事调查它所犯何罪——在女性主义批评家看来，是性别歧视和男性中心论；在后殖民主义者看来，是东方主义；在解构者看来，是逻各斯中心论，等等等等。经过数十年的无情追杀，文学必然会重振自身，文学文本的反驳（如果它被允许发言的话）其实很简单，大意就是：所有文学文本都是独一无二的，不应不问青红皂白，就把它们一概归为保守的社会趋势的反映。后殖民主义者说得没错，所有的阿拉伯人或者“亚细亚人”都是独特而具体的，不应被绘上千面一色的负面脸谱，就像恶毒的东方主义思维那样，把他们绑到一起。这是对不加思索的同质化的抵抗，然而这种抵抗却没有被贯彻至我们看待文学作品的方式。文学理论几乎在所有的领域中倡导差异、他性、行动力、特殊性，却唯独遗漏了自己的专业领域，把文学视为一个**整体**，视为后进的社会思想构造，这实在于理不通。被怀疑阐释家们诘问了整整 30 年的文学必然会奋起反击，新千年前后出现的新审美主义可视为这种反击的一部分。

重振文学作品的雄风，这正是新审美主义的主要目标，但这是否就意味着回到许久以前已被理论所放弃的“细读”旧路上去呢？我认为并非如此，因为新审美主义并没有回到理查兹 1929 年的《实用批评》或燕卜荪 1930 年的《含混七型》这两个“细读”的立派文本中去寻找自己的理论依据，而是回到康德和黑格尔的哲学，在德里达和其他理论家之后再次重读二人的著作。20 世纪七八十年代的理论家们总以为自己对康德和黑格尔的解读已下定论，再不会改变，可实际上那也不过是永无尽头的循环中的一小部分，他们的重读也和所有写作一样，面临他人的重读。换而言之，如果说由《实用批评》到《批评实践》（*Critical Practice*）（凯瑟琳 · 贝尔西颇具影响的一部著作，1980 年出版），文学批评掉了个个儿，新审美主义也无意把它再逆转回原来的模样，而是做了一系列行动，力图更改理论的轨迹。“新”审美主义还反映出对 19 世纪后半叶“唯美主义运动”之审美兴趣和态度的复苏，对其的兴趣在升温。“唯美主义运动”的代表人物有诗人阿尔加侬·查尔斯·史文朋（Algernon Charles Swinburne，1837—1909），诗人兼画家但丁·加布里埃尔·罗塞蒂（Dante Gabriel Rossetti，1828—1882），爱尔兰作家奥斯卡·王尔德（Oscar Wilde，1854—1900），还有散文家和批评家沃尔特·佩特（·Walter Pater，1839—1894）。他们的态度常常被总结为一句口号——“为艺术而艺术”（Art for Art’s Sake），即强调艺术和文学的自主性，使之免受道德约束和社会实用之困。新审美主义希望重新确立文学文本在文学研究中的核心地位，却是以一种新的“总体化”形式，这是个有趣的现象。在我看来，无论对于历史主义，还是对于怀疑阐释论的传统，这都是一种有益的抗衡。

可以从不同的角度看待新审美主义：其一，视其为 19 世纪后半叶唯美主义的复苏；其二，视其为源自康德和黑格尔美学讨论的再次开端；其三，借助于读者与文本的“对话”永无尽头这一观点，可视其为一种道德伦理批判；第四，亦可视其为一种“新形式主义”，突出文本形式上的特征，以及这些特征在读者身上所产生的效果。面对主流批评和理论意见时，新审美主义常常表现出焦躁和不耐烦，强调文学研究中被长期排斥和抨击的方面的重要性，它似乎突然厌倦了一直坐在后排，厉声提出一连串不可问的问题：美学怎么了？康德又怎么了？多细才算细读？所有这些问题都是伊莎贝尔·阿姆斯特朗的专著的章节标题，下面就对她的这部专著做一番讨论。

## 实践中的新审美主义

标志着新审美主义之肇始的是伊莎贝尔·阿姆斯特朗于 2000 年出版的专著《激进美学》（*The Radical Aesthetic*, Oxford，2000）。在该书的导论中，作者讨论了近年来所有文学理论流派对审美概念的拒斥，她写道："要提出新诗学，就必须挑战反审美的政治，重构理论基础，改变讨论的术语。"（p. 2）这意味着"重申康德和黑格尔这两位奠定基础的哲学家"（p. 1），几乎所有行之有效的审美概念都来自他们。阿姆斯特朗特别将伊格尔顿于1990年出版的《美学意识形态》（*The Ideology of the Aesthetic*）列为影响广泛的"反审美政治"之表达，十年之后，她自己的著作是对伊格尔顿的直接挑战。她也把伊格尔顿的那本著作视为怀疑阐释学的一个高峰，我们不妨也可以把新审美主义形容为始于对怀疑阐释学的怀疑的文学研究方法。阿姆斯特朗著作的第一章处处紧盯伊格尔顿，例如在伊格尔顿看来，一首十四行诗所特有的效果已得到"完全"阐释，这些效果包括韵律安排，前八后六之间的思想转折，把长长的思绪浓缩入不多的意象和只有十四行的框架中，把两种不同的含义融入一个悖论表述中，以娴熟的语言技巧令沉重的主题（爱情、死亡、宗教等）轻松活泼起来，以及十四行诗这种形式本身的戏剧性，要求作者先入山穷水尽之地，再在最后寥寥数行中以高超的语言技巧驶入柳暗花明的又一村，所有这一切给予读者以审美快感，既是十四行诗形式之引擎，又是其燃料。但"怀疑论"理论家们仅仅视其为手段，其根本效果还是在意识形态，在他们看来，十四行诗所展示出的语言技巧同阶级地位有着密切联系，属于精英阶层。十四行诗措辞华丽，近于奢侈，以精巧的语言结构装饰思想，也只有特权阶级才有足够的闲暇来研习，获得必要的技巧，因此每当展现这些技巧时，都起到了巩固阶级界线的作用。再进一步说，表面上看上去相矛盾、相冲突的事物同时呈现于十四行诗中，然后在最后几行中，作者笔锋一转，矛盾解决，冲突化解。此时，十四行诗这种形式就传达了具有浓厚意识形态色彩的寓意，似乎在说：所有冲突皆是如此，冲突仅是表面现象，言下之意，只要大家心平气和地坐下来，就改良措施达成共识，矛盾冲突总能得到解决，没有什么矛盾严重到非要发动革命，推翻整个社会系统不可的地步。类似于上面这段论述的内容构成了文学形式之怀疑阐释论观点，那么新审美主义观点与之有什么不同？

《激进审美》第三章结尾处，阿姆斯特朗为这种新批评实践做了一次精彩的展示。这一章的标题是《文本骚扰：细读之意识形态，或者说，细读到底有多细》，其内容关于华兹华斯的名作《丁登寺》（“Tintern Abbey”）。长期以来，这首诗一直是理论界和批评界的战场，如果只剩下一块“斗争阵地”，那定是该诗无疑。对于标题中提出的问题，即“细读到底有多细”，作者的回答是：还不够细。传统细读实际上维持着“主宰者”的性/文本幻想，从而拉开了读者同原诗之间的距离，批评家（通常是男性）以肢解文本为乐事，暴露出架构，揭示其才智，咀嚼其语言以品评其味道。所有这些话都来自作者在本章开头的一段引言，那位不走运的被引用者是斯坦利·费什，在这段被引用的话中，他表达了自己在做文本分析时的感受。阿姆斯特朗说，这种“主宰者”姿态十足的方法是对文本之“情感”的侵犯，所谓“情感”指文本在读者身上所引发的情感共鸣。多少年以来，男性批评家们一直谈之色变，力图将其从文学批评中剔除出去，例如理查兹把此种情感贬低为“现成反应”，是“对现存教条的尊崇”，威姆萨特（Wimsatt）和比尔兹利（Beardsley）斥之为“情感谬误”，燕卜荪也曾讨论过这首诗，借此诗来悉心区分和界定他所提出的几种诗歌语言含混，当分析到诗中 a sense of something far more deeply interfused（某种东西深深地渗入的感觉）这一句时，他对 something（某种东西）这个词大为恼火。阿姆斯特朗的观点是：描写情感和感受时，一定程度的模糊原本就不可避免，甚至是有所言的唯一途径。

对于这种困境，阿姆斯特朗的回答是：比细读更接近原作。例如，她在评说华兹华斯之诗的七页中，有两页是关于同一个介词——of。这种新审美技巧的特色之一就是“超级特写”，把大量关注投向“of”这样的结构性词汇，而非像传统细读那样以“内容性词汇”为中心，即名词、形容词、动词、副词。其次，阿姆斯特朗使用“分叉”（bifurcation）和擦除（erasure）两个概念。最早提出这两个概念的是法国作家和版画家米歇尔·莱里斯（Michel Leiris，1901—1990），经由法国哲学家伊曼努尔·列维纳斯（Emmanuel Levinas，1906—1995）的中介传人英国。所谓分叉，即突出选择此而非彼的行为，从而将彼此两要素同时纳入考虑的范围之中；所谓擦除，指的是“书写覆盖”，即在旧内容之上再写一层新内容。这两个术语都指出，诗歌中包含着未定的成分，它们不仅相互争论，更邀请我们加入到争论之中。或许，诗歌是在向我们**发问**，而非**倾诉**。极有可能，华兹华斯本人也不清楚那个“某种东西”究竟是什么，况且他也不是哲学家，根本没有必要在下笔之前先思考得明白透彻。阿姆斯特朗显示，在华兹华斯的《丁登寺》这首诗中，有许多分叉和擦除的例子，例如诗人在诗中提到“树篱”，紧接着又纠正，说“或许并非树篱，而是一行行 / 顽皮的树木，无拘无束，自由生长”。与之类似，林木顶端升起的袅袅炊烟，“some uncertain notice, as might seem/ Of vagrant dwellers in the houseless woods.（烟的来处不明，可能像是 / 无居的林中有流浪的居者。）”。这里，as might seem（可能像是）这样的措辞可能会惹得读者不耐烦，到底是像是还是不像是？同样，vagrant dwellers（流浪的居者）也令人注意，定居和流浪两个意思在这里并存。与之相关的另一个现象是该诗时常大规模重复、重写，诗中所描写的“现在”的这次游览重复了诗人五年前的一次游览，诗本身既呼应，又挑战了另一首与之相似的诗——华兹华斯的朋友兼对手，诗人柯勒律治的《夜半霜降》（“Frost at Midnight”）。阿姆斯特朗说，华兹华斯的诗实际上在多个层次上充满焦虑，这在其紧张的语气与结构中得到反映。读者不应试图主宰诗，回避其造成焦虑的情感，而应该深入诗中的情感纷扰之中。换言之，不仅要细读其文字，更要细读其情感，接近作品之情感，这正是新审美主义实践的重要组成部分之一。因此，阿姆斯特朗的读解把人们的注意引向文学作品变化多端的特质，强调它所呈现出的并非静止不动的目标，而是由思想和情感构成的漩涡，二者难分彼此，或许可描述为同一种独特的情感烈度。可以说，文本高声发出召唤，希望和人们结为伙伴。读者可以“从文本中找到他的恐惧、憎恨和欲望”。“从文本中看到自己，这或许正是一种关键反应……如此这般，就可以挣脱主导着我们的文化主仆模式。”阿姆斯特朗说，我们需要面对“接近时的恐惧”，而非退回到安全地带，以主子的姿态去解剖文本尸体。“理论后的理论”知道，文本并未死亡，绝非尸体。就在理论为其守灵时，它却已站起身来，翩翩起舞。

该领域中另一本重要著作是约京和马尔帕斯主编的《新审美主义》（*The New Aestheticism*, Manchester University Press, 2003）。在这本书的导言中，作者同意阿姆斯特朗的观点，强调文学作品之所以能延续百代，并非拥有某种“永恒不变的意蕴”，而是因为它“能够经受常常是相互纷争，或者政治上相互对立的不同阐释”（p. 8）。也就是说，如果文学作品要想在作者身后继续流传下去，就必须留下空间，让读者参与进来，同作品对话，“成为伙伴”（借用阿姆斯特朗的话）。文学作品如果只有虔诚，或者服务于某种宣传目的，就不会留下此类空间，它告诉读者该如何思考，对读者的态度是要么听我的，要么别理我。但凡经久长存的作品，都有一个目标，就是长存于发展之中，换言之，就是长存于解决问题的过程中。新审美主义所要呼应和探讨的正是作品的这一方面，即令问题保持开放，永无定论的特质。换言之，新审美主义者希望同作品的对话不断持续下去，而非给它加上盖子，或画上句号。别的批评方法的主要目标是显现作品中的东方主义，或男性中心主义，或解构特性，可在这样做的同时，它们恰恰试图给作品盖棺定论。从一个角度上说，如此与作品保持对话，确实赋予作品以特权，可其他批评方法则把特权赋予了批评家或理论家。新审美主义所寻求的与作品的不断对话似乎从根本上具有“民主”特征，因为对话永远不会到头，故而也必须接受，批评探索永远没有定论，永远不可能成为科学真理。例如，永远不可能最终确定康拉德的《黑暗之心》是否是一位种族主义作家的种族主义作品（罗伯特·伊格尔斯通为约京和马尔帕斯的选集撰写了一章，专门探讨了康拉德的这部作品），也无法确定哈姆雷特究竟有没有疯。两部作品中都没有简单的“是”或“不是”，而所能探讨的仅仅是“种族主义”或“疯狂”这样的议题。无论如何，让此类问题**尘埃落定**也实在看不出有什么好处，而把它们**持续讨论**下去却显然益处多多。新审美主义的最终目标就是，我所能看到的文本与读者间的开放对话。

## 文献选读二

Isobel Armstrong, *The Radical Aesthetic*, Oxford, 2000.

John Joughin and Simon Malpas, eds, *The New Aestheticism*, Manchester, 2003.

Nicholas Shrimpton, “The Old Aestheticism and the New” in *Literature Compass*, Vol. 2, Issue 1, January 2005.

## 认知诗学

认知诗学（cognitive poetics）是一种结合了语言学和心理学的文学阅读方法，其目的在于增进对基本认知过程的理解。主要人物有鲁文·楚尔（Reuven Tsur），特拉维夫大学希伯来语教授；彼得·斯多克韦尔（Peter Stockwell），现任教于诺丁汉大学；阿兰·理查森（Alan Richardson），现任教于波士顿学院；约瑟夫·塔比（Joseph Tabbi），现任教于伊利诺伊大学；艾伦·斯波尔斯基（Ellen Spolsky），现任教于以色列巴伊兰大学。

“cognoscere”在拉丁语中是个动词，意思是“花时间了解”，由此演化出英语中的“cognition”（认知）一词。根据《简明牛津词典》的解释，所谓“认知”就是“利用思想、经验、感觉获取知识的行为和过程”，其形容词形式为“cognitive”，意思是“同认知有关的”。认知科学研究心灵的构造，思维的过程，以及作为内部世界与外部世界中介的心灵。20世纪50年代以来，该学科出现“革命性”发展，而这同我们在前面已经提到的跨学科潮流有着密切联系，人类学、心理学、语言学这样的学科开始相互对话。促进认知科学急剧发展的另一个因素是计算机技术的迅猛发展，从而令思维机制的建模成为可能。还有个主要因素是美国语言学家乔姆斯基对斯金纳（B. F. Skinner，1904—1990）的“行为主义”心灵模式的挑战。乔姆斯基曾写了篇著名的文章，评论斯金纳的著作《言语行为》（*Verbal Behavior*）。文章中，乔姆斯基对斯金纳的观点，即语言习得可解释为对外部信号和刺激的累加反应，提出挑战。乔姆斯基的观点同斯金纳截然相反，他认为，语言习得是一种具有创造性的内化过程，只有人类心灵才拥有这种能力。由此，很自然就会假设，研究语言可以帮助解释心灵如何运作，因为语言似乎是最为复杂，也最具有人类特征的认知过程。例如，隐喻和换喻这样的基本修辞手法似乎正对应于感知和理解的基本手段，因为隐喻将两个概念融为一体，形成一个新概念，而换喻则以部分代替整体。不过，认知论者认为，如果我们谈到思维过程，又把它们同各种修辞方式联系起来，我们就闯入了文学批评的领域。因此，推出一种综合的批评，在其中融入文学批评、心灵哲学、进化生物学，甚至神经科学，也就不显得那么离奇古怪了。

20世纪90年代早期，这种综合打下了基础，奠基人有以色列批评家鲁文·楚尔，其著作有《走向认知诗学理论》（*Towards a Theory of*

*Cognitive Poetics*, Sussex Academic Press，2008）；还有艾伦·斯波尔斯基，其著作有《天性中的空白：文学阐释和模式心灵》（*Gaps in Nature: Literary Interpretation and the Modular Mind,* SUNY Press, 1993）。当时，文学理论部分地被后结构主义所把持，不能容忍别人挑战其语言观——语言的“不稳定性”和“相对性”。把持当时文学理论的另一股力量是历史主义思想，其底线就是“一切都是社会和历史中建构的”。任何言及“天性”的言论都会被投以极度怀疑的目光，“天性”这个词简直成了禁忌。在前面第13章中，我已经讨论过，生态批评所要挑战的正是这一思想禁区。某种意义上说，乔姆斯基的语言理论把“天性”又引回人们的视线之中，语言习得无法完全“以刺激、强化、剥夺之类的概念”加以解释，在为斯金纳的著作所写的书评中，乔姆斯基如是说。也就是说，社会因素（如鼓励、奖赏、赞许、示范、指导）无法完全解释儿童的语言习得过程，某种意义上说，语言习得是一种“固定的”、内在的能力。虽然拉康说过，无意识具有与语言相通的结构（见本书第5章），但是他关于语言结构的论述缺乏精确性，并非建立于系统的经验调查的基础之上。实际上，蔑视经验基础（也就是说，细致入微的实际调查，而非构想理论）也正是20世纪80年代叱咤风云的理论范式的一个巨大缺陷，而现在，这一缺陷不可避免会面临挑战。

20世纪90年代，所有这些因素汇聚到一起，导致了认知诗学的成长。在其崛起的过程中，一个关键时刻是1998年美国现代语言协会（MLA）的年会。在这次会议上，弗朗西斯·斯丁（Francis Steen）和莉莎·曾莎因（Lisa Zunshine）设立了一个“文学和认知革命”论坛，同时也成立了一个“文学认知研究方法讨论小组”，读者可阅读《文学与认知革命导论》（“Literature and Cognitive Revolution: an Introduction”）一文，该文为《今日诗学》（*Poetics Today*）认知论特刊的首篇，而那期特刊的出版本身也是个重要的里程碑，同时也是进入这一领域的绝佳起始点。

阿兰·理查森在那一期刊登了文章《心痛与头部伤害：解读〈劝导〉中的心灵》（"Of Heartache and Head Injury: Reading Minds in Persuasion"）令读者一睹认知批评独具特色之处。这篇文章以与小说《劝导》同时代的认知科学来解读其中的主人公——安妮·艾略特。在简·奥斯汀的时代，广为接受的看法是，心灵构建于社会之中，也就是说，心灵形成于"环境和事件"中。文学中，体现这种看法的经典例证是玛丽·雪莱的小说《弗兰肯斯坦》，小说中怪物的性格就受到其遭遇的影响。概而论之，心灵被视为被动的印版，一个白板，接受环境留下的印记。最早提出这一观点的是"经验主义"哲学家约翰·洛克(1632—1704) 和戴维·哈特莱（David Hartley，1705—1757），二人都认为心灵是某种"空空荡荡"的蕴藏之所，成形于经验的印记。故而，教育和社会调控是至关重要的因素，这些力量使我们成为自己之"所是"，或者说，"所将是"。从玛丽·沃斯通克拉夫特（Mary Wollstonecraft）的《女人之罪》（*The Wrongs of Woman*），到西蒙娜·德·波伏瓦（"女人并不是天生的，是被塑造成的"），以及后来者，这一观点始终对女性主义起着至关重要的作用。同时，它对于现代正义观也同样至关重要。我们相信，仅凭惩罚罪犯（用监狱等等）难以根治犯罪，更需要根除滋生犯罪的社会环境（波伏瓦也许会说："罪犯不是天生的，是被塑造成的"）。我们也许会追随古希腊哲学家赫拉克利特和德国浪漫主义诗人诺瓦利斯，相信"性格即命运"，这句话听起来确实有些宿命论的色彩，如果我们也赞同乔治·艾略特所说"环境造就性格"，我们对前面那句话的相信就会小一些。前者说，一切皆有定数；后者说，事事皆在人为。第三种观点则可能说，事事既有定数，也要靠人为，这可能最接近于《劝导》这部小说借助主人公安妮·艾略特的人生所表达出的观点。安妮·艾略特时年 27 岁，而那个年代的小说中女主人公的通行年龄是 18 岁上下，按照这个标准，她已算步人中年了。理查森在对这部小说的解读中一再证明，心灵与性格密切联系，难分彼此，体现于大脑和身体之上。理查森说，小说中与安妮相对的是“假女主人公”路易莎·马斯格鲁夫。此女“扑向弗雷德里克的怀抱，却没掌握好时机”，结果“一头撞上了卵石砌成的防波堤”。头部的一记重击从此改变了她的性格，而安妮的性格也同样因一连串的打击而改变（14 岁时，母亲去世；五年之后，同弗雷德里克分手）。理查森说，两个人都受了伤，一个伤了头，一个伤了心。奥斯汀说，路易莎那一跤既改变了她的神经，也改变了她的命运，因为心灵必有所依附，而非像灵魂一样自由自在，漂泊不定。奥斯汀在描写安妮的反应时同样也显示出心灵与肉体的紧密关联。理查森说，当安妮想到温特沃斯船长脱离了牢狱之灾，恢复自由之身时，“她双腮红晕，心跳加速，不能自已”。在理查森看来，该小说的主题同认知论有关，小说中，奥斯汀同她那一时代关于思维的思想展开对话，刻意疏远一些在作品中表达出极端建构论的同时代作家，如玛丽·沃斯通克拉夫特、亨利利·戈德温（Henry Godwin）、玛丽·雪莱。认知论式读解把这个问题引入人们的视线，重点关注小说如何呈现出主观性的建构过程。

## 实践中的认知诗学

更多时候，认知论诗学并非像理查森的文章那样关注作品内容本身，而是关注读者对作品内容进行解码的过程中所表现出来的认知过程。乔安娜·加文斯（Joanna Gavins）和杰拉尔德·斯丁（Gerard Steen）主编，2003 年出版的论文集《实践中的认知过程》（*Cognitive Process in Practice*）中，有两篇文章更接近这种常规写法。彼得·斯托克威尔的《超现实形象》（*Surreal Figures*）解读超现实主义诗歌，而克雷格·汉密尔顿（Craig Hamilton）的《〈医务船〉一诗的认知语法》（“A Cognitive Grammar of ‘Hospital Barge’ by Wilfred Owen”）则解读欧文的一首很少被人讨论的诗歌。斯托克威尔使用认知论中一对关键区分——图像（figure）与底图（ground）的区分，以之为其文章的基础，我会沿用他的术语，但用自己的例子，以说明认知论批评文章的程序。下面是一篇短篇小说的开头部分：

> The liner began to move away from the quayside. On the boat-deck stood a woman in a purple evening dress. In her hand was a crumpled telegram bearing the postmark Paris, 14h.15, 30 Juin 1958. Staring ahead, her arm resting on the ship's rail, she let her fingers loosen—as if unconsciously—their grip on the crumpled paper, and it fluttered down into the waters of the harbour.

> 客轮驶离码头，甲板上站着个身穿紫色晚装长裙的女人，手中已揉成一团的电报纸上还能看出“巴黎，14 时 15 分，6 月 30 日，1958 年”字样。目光注视前方，胳膊靠在船舷上，仿佛在无意识中，她让捏着电报的手指渐渐松开，电报渐渐下滑，最后被一阵风带向港湾的海面上。

文学文本要吸引读者注意，需要呈现一个（较小的、运动中的）图像，同时将其置入（较大，或静止的）底图（背景）之中。上面第一句“客轮驶离码头”中，背景（在大脑的图像中不管是什么，肯定不是客轮）被忽略，而客轮则引起读者的注意。图亦可化为底，第二句“甲板上站着个身穿紫色晚装长裙的女人”中，客轮（更准确地说，是客轮的一部分）成为底，衬托出上面的图——身穿紫色晚装长裙的女人。这一过程可反复进行下去。“手中已揉成一团的电报纸上还能看出‘巴黎，14 时 15 分，6 月 30 日，1958 年’字样”这句中，图底显影迅速出现了三次转换：女人是底，手指是图；接着，手指是底，电报是图；最后，电报是底，上面的邮戳是图。这里，“显影”（profiling）这个词表示图的轮廓投射到底之上。图底相交，吸引读者的注意。这里，我使用了一系列术语，并显示，在一则简单的例子中，它如何发生作用。我的重点是展示文本中的语言和意象如何“引导”心灵，但并没有触及审美问题。比如，上面那段开头的效果如何？也没有触及文学史问题，比如，上面这段开头是否具有典型性？其技巧与主题与当今的短篇小说有相似之处吗？更没有触及阐释问题，比如，那段开头中的女人是谁？电报的内容是什么？这是一篇记叙离别之苦、失去之痛的故事吗？虽然这只是极其简短的一个例子，却也能让我们看到，认知论式文章的作者对上述问题的兴趣不高，他们所关心的是描绘出认知过程中各种机制的图示。

接下来几句：“目光注视前方，胳膊靠在船舷上，仿佛在无意识中，她让捏着电报的手指渐渐松开，电报渐渐下滑，最后被一阵风带向港湾的海面上。”

这几句中，渐渐松开的手指是图，其他一切都是底。不过这里还出现了另一种突出成分，把我们的注意力引向某一细节之上。斯托克威尔说：“文本的文体特征如果显示出偏离，一样也可以吸引读者的注意。”（p. 16）上面那段文字中，一系列分词结构把读者的注意力吸引到渐渐松开的手指这个细节之上，紧接着出现了个“插入结构”，打断了原本的语序，从而把读者的注意力引向插入的部分“仿佛在无意识中”。之所以会有这样的效果，是因为“仿佛在无意识中”这个副词短语的位置反常，打破了常规，于是这个短语就被“陌生化”了，突然显得格外突出。它所强调的可能是：松开手中电报这个行为其实并非无意识，而是刻意为之，故而才有“仿佛”一语。“表演”和“表象”似乎说明，有人正在注意着她，而这一切就是做给那个人看的，也可能那人并不在视线范围之内，或许在远处什么地方，但她可以感觉到他一定在那儿。还可能会有人到海面上取走飘落的电报，可为了那个不在视线之中的旁观者着想，她假装不知道。所有这一切在文本中都没有明白表示出来，但“仿佛”一语吸引来了读者的注意力，将其向那一方向推动，激发出一系列联想。故事开头的一幕可沿着上述线索中的任何一条发展下去，通过语言肌质传达给读者，激发读者的认知过程，对文本线索做出回应。

还有一个地方应当再讲一讲，就是“她让捏着电报的手指渐渐松开”，这句话中也有不同寻常之处，不妨问一问，这句话同“手指渐渐松开”有什么区别？要回答这个问题，首先可以把它同另一句话“她硬把手指松开”做一番比较。这句话显示，她做出这个动作时多么不情愿。一旦加上“硬”这个字，就显示出某种内心冲突。那么，“让”这个字在这里又会产生怎样的效果呢？这个问题很难有精确的答案。或许，它表示，她屈从于某种冲动或必须，其实并非打心眼里赞同这个行为；或许就这么做了，可并不十分开心。当然，这一切纯属猜测，但这句话确实可令读者一窥人物复杂的心理动机，开始把读者的注意力由场景之外引向场景之内。

上面简要介绍了认知论方法的目标、风格和重点，或许它的一些缺陷也清晰显现了出来。例如，就一篇文章的某个重要部分，如开头，做如此分析，以显示其认知过程如何起作用，这确实很有意思。但如果主要目的仅仅是展现或解说认知过程，似乎也没有必要通篇都这样进行下去。可如果读者的兴趣在于故事本身，就需要一个比较完整的分析，可大多数读者不久就会觉得这种分析过于烦琐，即便分析对象是一篇相当简短的文本也不例外。这里的问题同文体学所遇到的问题具有相似的性质，在一系列其他方面，如程序、思想等，认知论方法同文体学也都有相似之处。

要解决这一问题，方法之一是选择很短的文本为分析对象，可其弊端也显而易见。克雷格·汉密尔顿选用了欧文的《医务船》，该诗只有十四行，可我觉得这首诗的文学成就实在不怎么样。方法之二，选用语言或程序偏离度高的文本，如埃琳娜·塞米诺（Elena Semino）选用了海明威的《一篇十分简短的故事》（“A Very Short Story”），又如乔安娜·加文斯选用了唐纳德·巴塞尔姆的实验小说。大多数情况下，每篇文章都令读者对认知科学的某个方面有所了解。选集中有半数的文章致力于解说某个认知理论，这就使文学研究的重心大大偏向认知，可这样做必须有非常坚实而令人信服的根据。认知论者常说，认知理论非常有趣，这当然见仁见智。汉斯·阿德勒（Hans Adler）和萨拜因·格罗斯（Sabine Gross）合写了一篇文章，回应《现代诗学》的这期特刊。文章中说道：“对于非认知论者而言，认识论式分析常常显得教条而乏味。”（p. 19）改变文学研究现有方向的根据却惊人地带着浓厚的道德色彩：认知论批评可以令文学研究少一些“精英色彩”（p. 1），因为它“并不把文学看成少数幸福中的人的专利”（p. 1）。此外，认知论者也延续了功能论者对文学和艺术研究的挑战，他们说：“仅仅对已列入正典的文本拿出又一种阐释，这种做法已遭到纳税人的质疑。”（p. 2）认知论诗学可以为纳税人花掉的钱提供解释，因为它显示“文学扎根于人类认知和经验中一些最基础、最普遍的结构之中”（p. 2），其最终目的是“拿出一整套心理解释，所涵盖的问题包括审美问题、艺术体验，或许，还包括一个热门话题——文学干预”。或许，你会怀疑这份双目标议程是否合理。自己耗费时间精力学习，目标究竟是什么？是伟大文学？还是心灵的认知过程？这实在是个需要自己解决的问题。“都一样，”认知论者会说，“二者缺一不可。”可实际上，二者缺一亦可。正如阿德勒和格罗斯所说，面对认知诗学时，我们有两种选择：既可以采纳它，也可以仅仅对批评者所提出的问题加以留意。大多数人会选择后者，这几乎不可避免。但即便是后者，要凸显出其必要性，“认知论必须同文本的具体分析建立起联系，以吸引‘主流’文学研究”。理查森的文章从认知论的角度讨论了简·奥斯汀的《劝导》，令我们对该文本的理解又增添了一个维度，算是合格。可我并不相信那些更为技术化的认识论读解会向我提供许多关于文本的信息，而我又无法经由其他更便捷的渠道获取这些信息。不过，认知论者的巨大自信倒有些意思，他们似乎总是认为自己正站在重大突破的门槛上。对此，我也会保持开放的心态，就像对待其他“理论后的理论”一样。

## 文献选读三

Adler, Hans, and Gross, Sabine, “Adjusting the Frame: Comments on Cognitivism and Literature”, p. 1–26 in *Poetics Today*, 23.2, summer 2002.

Gavins, Joanna, and Steen, Gerard, eds, *Cognitive Poetics in Practice*, Routledge, 2003.

Richardson, Alan, and Steen, Francis F., eds, *Literature and the Cognitive Revolution*, which is a special issue of *Poetics Today*, 23. 1, spring 2002.

Stockwell, Peter, Cognitive Poetics: *An Introduction*, Routledge, 2002.

Tsur, Reuven, *Toward a Theory of Cognitive Poetics*, North-Holland; 1992.

Zunshine, Lisa, ed., *The Oxford Handbook of Cognitive Literary Studies* (Oxford University Press, USA, 2015).

## “融通性”与文学研究的“调解”方法

“融通研究”一词指始于新千年前后的雄心尝试，其目标不仅限于沟通科学和人文（很少有人会质疑其益处），更要将二者融为一体。融通研究的支持者们认为 20 世纪 80 年代开始的“大融通”计划已经失败，如今要以可行性更高的新计划取而代之。20世纪的大融通计划之所以失败，在他们看来，一个重要原因是过去30年中文学研究和文化研究中过多融入了思辨哲学的成分，尤其是后结构主义和后现代主义式的思辨哲学。

融通研究支持者们认为要想成功就必须抛弃理论，代之以科学，即相关科学领域的专家收集的经验知识。同样重要的是，作为该计划的一部分，科学和人文之间的融合应当突出系统协作，转向“更具综合性的学术知识基础”，发展演化出更强的适应能力，这里指的是英语研究（参阅艾瑞卡·莫尔的文章《英语研究中的融通方法》，第2页）。

融通研究的理想是在更广泛的意义上实现所谓“文学达尔文主义”，有时也称为“进化论批评”，其目的是将从进化研究获得的成果应用到文学研究中。叙事的起源和发展可以用这种方式来研究，这方面的著作有《文学动物：进化与叙事的本质》（*The Literary Animal: Evolution and the Nature of Narrative*），该书由乔纳森·戈特沙尔（Jonathan Gottschal）和戴维·斯隆·威尔逊（David Sloan Wilson）共同编辑，爱德华·威尔逊（Edward Wilson）为其撰写前言；戈特沙尔独自完成的专著《讲故事的动物：故事造就人类社会》（*The Storytelling Animal: How Stories Make Us Human*），以及布莱恩·博伊德（Brian Boyd）的专著《故事的起源：进化、认知与虚构》（*On the Origin of Stories: Evolution, Cognition, and Fiction*）。此类标题本身就表明了这样一个事实：融通研究方法剧烈改变了长期以来文学研究者心目中的文学研究重点和目的。

为《文学动物》一书撰写前言的威尔逊是美国著名生物学家，他在1999年出版了《融通性：知识的统一》（*Consilience: The Unity of Knowledge*），将融通性一词重新引入到文化实践和辩论中。该书第二章起始处，威尔逊指出“融通性”（consilience）这个词出于19世纪博物学家，剑桥大学三一学院院长威廉·休厄尔（William Whewell，1794—1866），休厄尔在1840年出版的《人文科学哲学》（*The Philosophy of the*

*Human Sciences*）一书中首次使用这个词。威尔逊解释说，这个词的意思是“将事实和基于事实的跨学科理论联系起来，创造共同的解释基础，从而真正把知识‘融合’（或综合）一起”（p.6）。休厄尔还创造了三个英语词汇，即 scientist（科学家）、physicist（物理学家）、linguistics（语言学），这在一定程度上表明其知识兴趣的广泛与杂驳。

提倡文学研究转向“更具综合性的知识基础”似乎很有吸引力，20 世纪 80 年代以后文学研究转向理论，其背后也能发现同样的愿望，理论也曾试图将科学概念纳入其思维范围，但事先并没有征询科学、数学等领域学者的意见，也没有得到指导和认可，其他领域的学者指责，自己的想法被误解或误用，最终导致了索卡尔丑闻（见本书第 14 章）。威尔逊在他的书中解释，融通性首先是相信科学有着整合为一体的潜在可能，然后他试图将这种整合扩展到社会科学和人文科学领域。人文学科一旦按照既定的整合目标进入这个计划，不可避免要受到科学家的某种监督，威尔逊在第二章开始时说，“统一的关键是融通”，而统一人文研究和科学研究正是文学达尔文主义者所实践的东西。艾瑞卡·莫尔（Erica Moore），文学融通研究的坚定支持者，在她的文章中写道：“威尔逊假设科学是最终决定要素。”莫尔引用威尔逊的一句话解释道：“科学提供了这个时代最大胆的形而上学。”（p. 7）

休厄尔和威尔逊所说的融通性认识到，在所有重要的智力和创造性活动中，创造性实际上并非线性前进，或以程序化的方式进行，爱因斯坦（威尔逊心中的科学英雄之一）说：“从来没有一个有价值的问题是在其原始概念的阶段被解决的。”其实柯勒律治也说过类似的话，所以如果一定把科学视为“决定性因素”，按科学的诉求来寻求相容性，完全顺应当代的科学知识体系，反而会限制融通运动所倡导的思想和思维方式的“结合”。

传统人文学者，还有一批近年来因对抗性理论而声名鹊起的学者，他们会怀疑融通性概念并不出奇。因此，凭借以科学为基础的学科来从事研究的文学研究学者的观点特别引人注目，早在融通性这个概念出现之前，他们的学术领域就已经建立起来，而且相当繁荣，这些领域包括语言学方法和文体学方法（本书第 11 章）、叙事学方法（本书第 12 章）和认知文学研究（本书第 15 章）等。认知文学研究的领军人物之一，肯塔基大学的莉莎·曾莎因教授在为《牛津认知文学研究手册》（*Oxford Handbook of Cognitive Literary Studies*）所撰写的导言中提到融通性这个概念，语气显得相当急迫。曾莎因教授提出了完全不同的看法，坚持认为"追求大统一理论根本就是神话"。按照曾莎因教授的描述，认知方法具有"对话性和离散性"，而非"统一性"，文学认知研究"不认为自己在做拼图，没必要把各个部分严丝合缝地组合在一起，更没有必要熨平差异"（第 1 页）。她说，努力的方向"不是处处与科学相一致，而是在文学和文化研究中融入更为丰富多样的理论范式"。曾莎因教授接着说：

> 科学与人文的划分……反映了对世界的思考方式的重大差异。与科学相一致，尽管在理论上是个有吸引力的想法，但在实践中，正如南希·伊斯特林（Nancy Easterlin）所观察到的那样，常常导致"以科学的认知特权同化文学"。（第 2 页，也可参阅伊斯特林的文章）

文学研究与认知研究相结合，其生命力不在于一致性，恰恰相反，在于离散性，"如果两个领域原本已具有高度跨学科性（例如文学批评和认知科学），其结合必然导致理论范式和研究方法的倍增和弥散。似乎可以如此总结：如果在理论上支持融通性，实践中就可能导致融通性所追求的智力活力的丧失。当然，这并不是说文学研究不应该，或者根本不可能融入其他的"硬科学"。恰恰相反，文学研究可以做到，也应当做到，认知文学研究的存在和实践本身就是一个很好的例子。

## 文献选读四

Archer, Jayne Elisabeth, Turley, Richard Marggraf, and Thomas, Howard,"The Autumn King: Remembering the Land in King Lear", in *Literary Theory: An Anthology*, ed. Julie Rivkin and Michael Ryan (Wiley-Blackwell, 3rd rev. edn, 2017), p. 1547–1566, originally published in *Shakespeare Quarterly*, 63 (4)(2012), p. 518–543. 一篇优秀的文章，在实践中体现出"融通"，并没有直接向融通性概念宣誓效忠。

Boyd, Brian, *On the Origin of Stories* (Harvard University Press, 2010). 该书的名称明显模仿达尔文的《物种起源》，文笔活泼，追求以所谓"生命文化"理论取代文学理论，立场决绝。该书第二部分将作者的叙事理论应用于荷马史诗《奥德赛》的阐释。

Easterlin, Nancy, "Voyages in the Verbal Universe: The Role of Speculation in Darwinian Literary Criticism", *Interdisciplinary Literary Studies*, 2(2) (2001), p. 59–73. 这篇文章强烈质疑单方向，单层面的科学–文学融合，作者写道："文学批评的历史早已证明，视野狭窄的文学活动模式很难有长久的生命力。"

Evans, E. O., *Consilience: The Unity of Knowledge* (Abacus, 1999). 融通研究的核心之作，作者的思想和文笔堪称气势磅礴，所引用的例证既来自专业领域，也来自生活经验。

Gottschal, Jonathan, and Wilson, David Sloan, eds, *The Literary Animal: Evolution and the Nature of Narrative* (Northwestern University Press, 2006). 该书的目标是借鉴生命进化研究的成果，研究叙事的起源和发展。

Gottschal, Jonathan, *The Storytelling Animal: How Stories Make Us Human* (Mariner Books, 2013). 该书志在告诉读者“说故事和人类其他行为一样，是人类生存的保障”。

Moore, Erica，“Conciliatory approaches in English Studies”, *Postgraduate English*, 23 (September 2011), available at http://com munity.dur.ac.uk/postgraduate.english/ojs/index.php/pgenglish/article/view/91 (accessed 11 April 2017). 虽然我个人看法与作者不同，还是要承认这是一篇很好的文章，信息翔实，是进入该领域的优秀入门文章。

## 后人类主义

记得20世纪80年代初，我和计算机科学系的一位同事一起喝咖啡，那位同事对我说，计算机是思考的机器。我回应说（毫无疑问我那时的看法是多么无知），他用“思考”这个词只是作为比喻，因为计算机没有意识，没有意识就没有思考。我接着说，计算机唯一能做的就是机械地执行人类编程，完成人类指定的任务。同事坚持认为计算机真的会思考，上课铃声响起，我俩都很高兴，可以回到各自的领域，回到不同的建筑和不同的精神世界。如果今天我也参与同样的讨论，发表与我那位计算机系同事相似观点的人也许会是一个来自英语系的后人类主义者，他会引用汉斯·莫拉韦克（Hans Moravec，卡内基梅隆大学机器人研究所）的话，告诉我，很快会有那么一天人类意识可以下载到计算机中。

一定程度上，后人类主义现在是个既有理论又有实践的成熟领域，其先驱可追溯到在20世纪60年代和70年代，那一时期可称为第一波后人类主义。马歇尔·麦克卢汉（Marshall Mcluhan）在1967年出版专著《媒介即按摩：媒介效应一览》（*The Medium is the Massage: An Inventory of Effects*），用相同的计算机词汇传达了类似的信息：“所有媒介都是人类某种能力——心理能力或身体能力——的延伸”（p. 26）“轮子是脚的延伸 / 书是眼睛的延伸 / 衣服是皮肤的延伸 / 电路是中枢神经系统的延伸。”（p. 31–40）所有这些方面，关键在于人的身体和不断积累的电子技术假体之间的界限越来越模糊，以至于我们不得不重新思考和界定我们是谁这个问题：

> 我们这个时代，电子技术媒介和程序正在重塑和重组社会相互依存的模式，以及个人生活的方方面面，迫使我们重新考虑和评估从前广为接受的几乎每一种思想、每一个行动、每一项制度。

假体（prosthesis）是一种外部的或植入的合成装置，补充、替换或增强身体的一部分，从本性（或者说非本性）上说，假体的存在和使用解构了自我与他者之间的界线。假体已经成为后人类主义的一个关键术语和概念。

后人类主义的另一个主要先驱是美国科学家、哲学家，麻省理工学院教授诺伯特 · 维纳（Norbert Weiner，1894—1964），维纳在 1948 年创造了“控制论”（cybernetics）一词，将其界定为“对动物和机器的控制和通信的科学研究”（该词源于希腊语，意为“行政长官”或“舵手”），也可以更宽松些，将其界定为控制和自动化科学，其关键是所谓的反馈回路（feedback loops）可界定为“一个节点的输出最终影响到同一个节点的输入的系统结构”。维纳对控制论的兴趣部分源于第二次世界大战中高射炮自动瞄准系统的研究，后来他成为机器人学、计算机控制系统、人工智能、认知科学和神经心理学的先驱。维纳在 1950 年出版《人有人的用处：控制论与社会》（*The Human Use of Human Beings*）。书中解释说，以控制论科学发现进一步发展和拓展自动化，就有可能使人类摆脱烦琐的重复性工作，获得更多闲暇时间以发挥出人类的潜力；维纳在人类和技术之间保持清晰的界线和等级制度，同时也为后人类主义者开拓出一条大道，让他们在后来精准地解构这种界线。

在杰伊·戴维·博尔特（Jay David Bolter）看来，理论家伊哈布·哈桑（Ihab Hassan）写于1977年的文章《作为表演者的普罗米修斯：走向后人文主义文化？》（"Prometheus as Performer: Towards a Posthumanist Culture?"）是一篇非常有用的关于后人类主义的综述文章，哈桑在这篇文章中创造了"后人类"（posthuman）一词。（或者说令该词重新流通起来？）。关于后人类主义，极具开创性和影响力的专著是《我们何以成为后人类：文学、信息科学和控制论中的虚拟身体》（*How We Became Posthuman*），作者是凯瑟琳·海勒（Katherine Hayles），出版于1999年，海勒同时拥有化学和英语学位，现任杜克大学的教授。海勒在前言中以自己的语言描述了艾伦·图灵（Alan Turing，1912—1954，理论计算机科学奠基人）在1950年论文《计算机器与智能》（"Computer Machinery and Intelligence"）中提出的"模仿游戏"：

> 屋里只有你一个人，两台电脑终端在昏暗的灯光下闪烁，你可以使用终端与另一个房间中的两个实体进行通信，这两个实体你看不见，仅仅依靠他们对你问题的回答，你必须决定……哪一个是人，哪一个是机器。（p. 1）

海勒解释，"擦除具身"意味着只能看到屏幕上的反应，不能看到产生反应的实体，其结果是'智能'成为符号形式化操控的属性，而非人类生活世界的活动"。这样一来，"按照图灵的说法，如果你不能区分智能机器和智能人类，你的失败证明了机器可以思考"。思维一直被视为人类的决定性属性（"我思，故我在"），一旦人类这一属性的排他性受到侵犯，我们就进入了后人类王国。身处后人类王国，我们必须承认，"无论是身体与计算机模拟之间，控制论机制与生物有机体之间，还是机器人目标和人类目标之间，并没有**本质**区别或**绝对**界线"（海勒，p. 3，着重部分为我所加）。

推动这种"思想"（或者应该用一个比较中性、人类中心论色彩比较淡的词来替代"思想"，比如"意识"）的动力来自技术的加速发展，包括人工智能（AI）、人工生命（AL）、机器人、假体、基因操控和生物工程。有时我们开玩笑地说，"小妖精"会干扰机器平稳运转，机器"似乎有自己的意愿"，我们也隐约意识到非人类力量的重要性和普遍性。从更广泛的意义上讲，后人类主义也包括拒绝所谓"人类例外论"（human exceptionalism），即坚信我们自己的物种具有特殊性，是进化的顶峰，具有独特的天赋和权利。后人类主义认识到进化本身是具有"非人类动因"的力量，终将超越我们，摆脱人类中心，进入后人类中心主义的未来，我们可能是其中的一部分，但也只能是其中的一部分。

上述材料和观点在文学研究中最明显应用于科幻小说、网络朋克和蒸汽朋克小说，当然，就其界定而言，此类体裁必然会关注上述材料和观点。除此之外，其他类型的小说也与之相关，如鬼魂幽灵故事，故事中意识、憎恨和欲望（包括恶意和善意）被赋予地点、死人和各种"超人类"实体，例如吸血鬼、僵尸，还有从阴间归来的亡魂。类似，神话文本将意识赋予动物、神灵和混种生物，创造了一个超人类实体的王国，其中人、动物、神灵纵横交错，一个可以暂时栖身于另一个内部，产生出焦虑和悲剧氛围，从而产生了故事。

关于后人类主义，最后作一番评论？嗯，算了，我不像20世纪80年代时那么幼稚了。但是，只说一点。有一种模式后人类主义者通常不讨论，因为他们自己是其中一部分，这就是学术界的模式，包括出版、宣传、学术会议等。后人类主义者的著作在风格上并没有与学术话语风格完全决裂，最多也只是紧跟近 30 年来越来越宽松多样的学术风格和话语方式。相比之下，麦克卢汉的《媒介即按摩》在立意和表达上有着卓越的创新——构思奇异，语言富于挑衅性和艺术性，远远超出学术界界限，自觉地成为“反文化”的一部分。

下面列出的著作都十分优秀，但无疑是学术著作，对学术生涯有益。我经常看到，理论家在思想上越具有冒险精神，教学上就越保守，后人类主义者的学术实践在任何方面都不像 20 世纪 60 年代大学里的教学改革和教学实验那样激进，当然今时今日对学术实践的管理和限制也多得多。我没有完全皈依，但作为最新加入理论讨论的群体，后人类主义者无疑最受欢迎。毫无疑问，由于他们的贡献，对话变得更加丰富，赋予理论更多的潜力和洞察力。

## 文献选读五

Badmington, Neil, *Posthumanism* (Readers in Cultural Criticism series, Palgrave Macmillan, 2000). “这部读本介绍了在不同的历史阶段、从不同的理论立场，对人文主义信念——人类大家庭的最高地位与生俱来——所提出的种种质疑。”

Badmington, Neil, *Alien Chic: Posthumanism and the Other Within* (Routledge，2004)。由于科学和技术的进步，比如基因克隆、基因工程、人工智能和半人半机器生物的出现，导致人与非人的界线越来越模糊。作者审视了在此时代背景下的后人类主义概念。

Braidotti, Rosi, *The Posthuman* (Polity Press, 2013). 该书包括四章：“后人类主义：超越自我的生命”“后人类中心论：超越物种的生命”“非人：超越死亡的生命”“后人类人文：超越理论的生命”。观点清晰直接，富于挑战性，资料非常翔实。

Braidotti, Rosi, Posthuman Glossary (Bloomsbury, 2018). 包括关于“全球资本主义的新自由主义经济学、永久化的反恐战争、大规模环境破坏，以及广泛的安全体制”等方面的材料。

Hayles, Katherine N., *How We Became Posthuman: Virtual Bodies in Cybernetics, Literature and Informatics* (University of Chicago Press，1998). 该领域开山之作，资料翔实，信息量大，发人深思。

Herbrechter, Stephan, *Posthumanism* (Bloomsbury, 2013). 本书最先以德语写成出版，后由作者本人翻译成英语出版。

Herbrechter, Stephan, Callus, Ivan, and Rossini, Manuela, eds, *European Posthumanism*（Routledge,2016）. 无论文学研究领域，还是其他领域，理论受英美学术机制、出版机制的影响过重，本书试图重新实现平衡，编辑者来自欧洲不同国家，包括德国、马耳他、瑞士等。

Mahon, Peter, *Posthumanism: A Guide for the Perplexed* (Bloomsbury，2017). 优秀的入门读物，第五章“哲学后人类论”尤其有用。

Malpas, Simon, and Wake, Paul, eds, *The Routledge Companion to Critical and Cultural Theory* (Routledge, 2nd edn, 2013). 该书第十三章“后人类论”，作者是 Ivan Callus 和 Stephan Herbrechter.

Nayar, Pramod K.，*Posthumanism* (Polity Themes in 20th and 21st Century Literature, Polity Press, 2014). 该领域内又一部优秀的概论性读物，语言简洁，思想深刻。

Wolfe, Cary, *What is Posthumanism?* (University of Minnesota Press, 2009). 该书为明尼苏达大学出版社出版“后人文研究系列”第八部，该书第一章中，Wolfe 声明了自己的后人类思想与结构的密切联系，这种联系贯穿于全书。

# 附　录[1]

## The Oval Portrait

Edgar Allan Poe

The chateau into which my valet had ventured to make forcible entrance, rather than permit me, in my desperately wounded condition, to pass a night in the open air, was one of those piles of commingled gloom and grandeur which have so long frowned among the Apennines, not less in fact than in the fancy of Mrs Radcliffe. To all appearance it had been temporarily and very lately abandoned. We established ourselves in one of the smallest and least sumptuously furnished apartments. It lay in a remote turret of the building. Its decorations were rich, yet tattered and antique. Its walls were hung with tapestry and bedecked with manifold and multiform armorial trophies, together with an unusually great number of very spirited modern paintings in frames of rich golden arabesque. In these paintings, which depended from the walls not only in their main surfaces, but in very many nooks which the bizarre architecture of the chateau rendered necessary—in these paintings my incipient delirium, perhaps, had caused me to take deep interest; so that I bade Pedro to close the heavy shutters of the room—since it was already night—to light the tongues of a tall candelabrum which stood by the head of my bed—and to throw open far and wide the fringed curtains of black velvet which enveloped the bed itself. I wished all this done that I might resign myself, if not to sleep, at least alternately to the contemplation of these pictures, and the

① 本部分包括三篇文本：爱伦·坡的《椭圆肖像》、狄兰·托马斯的《拒绝哀悼丧生于伦敦大火的小孩》、威廉·柯珀的《坠海水手》。第一篇和第三篇为我自己的译文，第二篇则使用了北京师范大学章燕教授的译文，在此表示感谢。——译者注

perusal of a small volume which had been found upon the pillow, and which purported to criticise and describe them.

Long—long I read—and devoutly, devotedly I gazed. Rapidly and gloriously the hours flew by, and the deep midnight came. The position of the candelabrum displeased me, and outreaching my hand with difficulty, rather than disturb my slumbering valet, I placed it so as to throw its rays more fully upon the book.

But the action produced an effect altogether unanticipated. The rays of the numerous candles (for there were many) now fell within a niche of the room which had hitherto been thrown into deep shade by one of the bed-posts. I thus saw in vivid light a picture all unnoticed before. It was the portrait of a young girl just ripening into womanhood. I glanced at the painting hurriedly, and then closed my eyes. Why I did this was not at first apparent even to my own perception. But while my lids remained thus shut, I ran over in my mind my reason for so shutting them. It was an impulsive movement to gain time for thought—to make sure that my vision had not deceived me—to calm and subdue my fancy for a more sober and more certain gaze. In a very few moments I again looked fixedly at the painting.

That I now saw aright I could not and would not doubt; for the first flashing of the candles upon that canvas had seemed to dissipate the dreamy stupor which was stealing over my senses, and to startle me at once into waking life.

The portrait, I have already said, was that of a young girl. It was a mere head and shoulders, done in what is technically termed a vignette manner; much in the style of the favorite heads of Sully. The arms, the bosom and even the ends of the radiant hair, melted imperceptibly into the vague yet deep shadow which formed the back-ground of the whole. The frame was oval, richly gilded and filagreed in Moresque. As a thing of art nothing could be more admirable than the painting itself. But it could have been neither the execution of the work, nor the immortal beauty of the countenance, which had so suddenly and so vehemently moved me. Least of all, could it have been that my fancy, shaken from its half slumber, had mistaken the head for that of a living person. I saw at once that the peculiarities of the design, of the vignetting, and of the frame, must have instantly dispelled such an idea—must have prevented even its momentary entertainment. Thinking earnestly upon these points, I remained, for an hour perhaps, half sitting, half reclining, with my vision riveted upon the portrait. At length, satisfied with the true secret of its effect, I fell back within the bed. I had found the spell of the picture in an absolute life-likeliness of expression, which at first startling, finally confounded, subdued and appalled me. With deep and reverent awe I replaced the candelabrum in its former position. The cause of my deep agitation being thus shut from view, I sought eagerly the volume which discussed the paintings and their histories. Turning to the number which designated the oval portrait, I there read the vague and quaint words which follow:

> "She was a maiden of rarest beauty, and not more lovely than full of glee. And evil was the hour when she saw, and loved, and wedded the painter. He, passionate, studious, austere, and having already a bride in his Art; she a maiden of rarest beauty, and not more lovely than full of glee: all light and smiles, and frolicsome as the young fawn: loving and cherishing all things: hating only the Art which was her rival: dreading only the pallet and brushes and other unto-ward instruments which deprived her of the countenance of her lover. It was thus a terrible thing for this lady to hear the painter speak of his desire to portray even his young bride. But she was humble and obedient, and sat meekly for many weeks in the dark high turret-chamber where the light dripped upon the pale canvas only from overhead. But he, the painter, took glory in his work, which went on from hour to hour and from day to day. And he was a passionate, and wild and moody man, who became lost in reveries; so that he would not see that the light which fell so ghastly in that lone turret withered the health and the spirits of his bride, who pined visibly to all but him. Yet she smiled on and still on, uncomplainingly, because she saw that the painter, (who had high renown) took a fervid and burning pleasure in his task, and wrought day and night to depict her who so loved him, yet who grew daily more dispirited and weak. And in sooth some who beheld the portrait spoke of its resemblance in low words, as of a mighty marvel, and a proof not less of the power of the painter than of his deep love for her whom he depicted so surpassingly well. But at length, as the labor drew nearer to

its conclusion, there were admitted none into the turret; for the painter had grown wild with the ardor of his work, and turned his eyes from the canvas rarely, even to regard

the countenance of his wife. And he would not see that the tints which he spread upon the canvas were drawn from the cheeks of her who sat beside him. And when many weeks had passed, and but little remained to do, save one brush upon the mouth and one tint upon the eye, the spirit of the lady again flickered up as the flame within the socket of the lamp. And then the brush was given, and then the tint was placed; and, for one moment, the painter stood entranced before the work which he had wrought; but in the next, while he yet gazed, he grew tremulous and very pallid, and aghast, and crying with a loud voice, 'This is indeed Life itself!' turned suddenly to regard his beloved:—She was dead!"

(Source: Edgar Allan Poe: Selected Writings, Penguin, 1970)

【译文】

## 椭圆肖像

爱伦·坡

眼前这座庄园原本并不打算招待我俩，让身负重伤的我在里面安度一夜，而不必露宿郊野。最后，我的侍从强行进入。庄园气派，透着丝丝冷气，屹立于连绵不绝的阿平宁群山之中，不知已度过多少个寒暑春秋，至少不会让于雷德克利芙太太笔下那些哥特古堡。各方面迹象表明，庄园主人最近刚刚撤走，应当仅是暂时之举。我俩挑了一间面积最小，装饰也最朴素的房间，住了进去。房间在偏僻的角楼里，里面的装饰依旧富丽，不过显得很陈旧，这儿也破了，那儿也缺了。墙上挂着壁毯，点缀着各式各样的甲胄，还有许多独具一格的现代绘画，一律镶嵌在阿拉伯风的金丝画框中。不仅室内的主墙都挂满了，就连转角位置也没有闲着，一样挂满了画（在角楼这种怪异的建筑中，不可避免会有大量转角）。我的神志已开始有些模糊，或许也正因如此，眼前的画一下子深深吸引住了我。

于是，我叫佩德罗关上厚重的百叶窗，点亮床头的枝型大烛台（因为夜幕已降临），把包围着床的黑丝绒幔帐使劲拉开。床上，枕边放着一本笔记，里面写的是对墙上绘画的描述和品评。一切准备好之后，终于可以安顿下来了，要是不想睡，就可以欣赏一会儿墙上的绘画，再读一会儿枕边的笔记。

手一翻开笔记，就再也停不下来；目光一接触画面，就再也移不开。时间飞逝，数小时倏然已逝，不知不觉已到夜半。烛台的位置有些不顺，佩德罗已打起了瞌睡，就不吵醒他了，自己艰难地伸长手，挪动一下烛台，好让照在笔记上的烛光更亮些。

可结果完全出乎我的预料，好几根蜡烛的光线一下子照亮了屋子的一角。之前，因为床头的一根柱子挡住了烛光，那里一直深陷于黑暗之中。现在，明亮的烛光中，我看到了一幅之前一直没有留意的画。那是一幅年轻女性的肖像，画中的女子豆蔻年华，初为人妇。我把画面匆匆扫视一遍，然后紧紧闭上双眼，开始时，自己也不明白自己为什么会这样做。我双目紧闭，心里寻思着，这究竟是为了什么。这实在是情不自禁，好为大脑留下充裕的时间，好确定自己没有被双眼所欺骗，好安抚自己的想象，让它平息一会儿，下一眼望上去时，才会更清醒、更确实。稍稍停定一会儿，我再次睁开双眼，目光死死盯住画面，再不离开。

定睛望去，我再也不能，也不愿怀疑。烛光一照亮画面，就驱散了悄悄聚集于感官之上的沉沉睡意，瞬间把我带回到清醒之中。

刚才我已经说了，眼前这幅画是位年轻女性的肖像，画面中的女子只见头和肩部，以所谓“晕笔法”画成，风格上颇为接近苏利最近大受欢迎的头像作品。胳膊、胸部，甚至流云般的头发都融入背景的黑色中，悄然无痕。镶嵌着画的画框是椭圆形，涂成富丽的金色，上面还用金丝勾勒出精巧的摩尔图案。作为一件艺术品，这幅肖像之美实在已臻极致。然而，究竟是什么突然间强烈打动了我呢？既非作品的高超技巧，亦非画中人物的美丽与永恒。会不会，刚刚从昏昏欲睡中醒来，错把肖像当成了真人呢？绝无可能！当时，我一眼就看出了晕笔法留下的独特画面，还有画框，绝不可能会有那样的念头，一丝一毫也不会有。接下来大约一小时里，我半躺半坐，急切地搜寻着这个问题的答案，目光一刻也没有离开画面。最后，依旧一无所得，也只能让秘密保持它的神秘了，自己也再次躺了下来。我感到，这幅画的魅力简直就和真人一模一样，开始时惊艳，最终令人迷惘、挫伤、恐惧。我把烛台移回先前的位置，满心敬畏，而令我深深感到不安的原因依旧锁在团团云雾背后，不见端倪。于是，我迅速翻看那本笔记，找到对应于椭圆肖像的那部分，读到了下面这段朦胧而诡谲的文字：

> 她还是少女时，欢快、活泼、美艳绝伦。一定是魔鬼让画家遇上了她，爱上了她，娶她为妻。画家狂热、勤奋、严峻，娶她之前已经有了一位新娘，那就是他的艺术。她是欢快、活泼的少女，美丽无与伦比，满脸都是欢笑，浑身焕发着光彩，轻盈的脚步像春天的小鹿，热爱一切，珍惜一切。不，她也憎恶一样东西，只有一样，那就是艺术。只有艺术才是她的情敌，她担心调色板、画笔，还有别的画具会夺去自己爱人的面容。画家提起，要为自己年轻的新娘画一幅肖像，她的心在战栗，可她又是那样温顺、谦恭。于是，许许多多个星期，她顺从地静坐在角楼阴冷的石室里，只有画家头顶的烛光照亮苍白的画布。画家以绘画为荣，一小时接着一小时，一天接着一天，他的画笔片刻不停。他激情，他狂诞，时而陷入忧郁的愁云惨雾，迷失于光怪陆离的奇思怪想中。孤独的角楼中，惨淡的烛光下，新娘的健康和精神都在枯萎，谁都能看得出她的憔悴，除了他。只有他视而不见。可她还要微笑，没有半句怨言，因为她看得出，画家（他的声望那么高）作画时，浑身燃烧着兴奋的火苗。夜以继日，他画着深爱着他的新娘，可新娘却一日比一日虚弱，一日比一日萎靡。其实，后来者见到这幅肖像时，仿佛见到了伟大的奇迹，压低声音说，可真像啊！画家不单技艺超群，更深爱着自己的妻子。一定如此！可直到最后关头，也没有人走进角楼一步。这时，在创作热力的灼烤之下，画家已不能自已，双眼定于画布之上，甚至连新娘的面容也不再看上一眼。那么多星期，悄然已逝，就只剩下最后一点了，嘴唇上再来一笔，眼睛上再补点儿色，又一个新娘就从画布上跃然而出，仿佛灯罩里跳动的火苗。画笔落下，留下最后一抹颜色。有那么一会儿，画家立于画

前，为自己的创造所倾倒。可接下来，凝视的他不安起来，面色骤然煞白，发出毛骨悚然的叫声：“这就是生命！”他猛然转身，却看见新娘已停止了呼吸。

## A Refusal to Mourn the Death, by Fire, of a Child in London

Dylan Thomas

Never until the mankind making
Bird beast and flower
Fathering and all humbling darkness
Tells with silence the last light breaking
And the still hour
Is come of the sea tumbling in harness

And I must enter again the round
Zion of the water bead
And the synagogue of the ear of corn
Shall I let pray the shadow of a sound
Or sow my salt seed
In the least valley of sackcloth to mourn

The majesty and burning of the child's death.
I shall not murder
The mankind of her going with a grave truth
Nor blaspheme down the stations of the breath
With any further
Elegy of innocence and youth.

Deep with the first dead lies London's daughter,
Robed in the long friends,

The grains beyond age, the dark veins of her mother,
Secret by the unmourning water
Of the riding Thames.
After the first death, there is no other.

(Source: Collected Poems 1934—1952, Dent, 1977)

【译文】

## 拒绝哀悼丧生于伦敦大火的小孩

狄兰·托马斯

直到创造人类
生养鸟兽花朵
使万物谦卑的黑暗
在沉默中宣告
最后一线光明在崩溃
并且在沉寂的时刻
来自轭下翻腾的大海

我也必须再一次进入
水珠般的圆形天国
进入谷穗的犹太教堂
开始无声地祈祷
或在服丧的深谷
播撒咸涩的种子，哀悼

孩子之死，庄严，燃烧
我不会用沉重的说教
去谋杀与她同去的人性

也不会沿着生命驿站
以任何哀悼天真
和青春挽歌亵渎

伦敦的女儿与最初的死者
深埋在一起
裹在一长串友伴中
在永恒的颗粒
和她母亲黑色的血液里
成为奔腾的泰晤士
不表示哀悼的水中
有一个秘密
第一次死亡之后
没有另一次死亡

## The Castaway

William Cowper

Obscurest night involv'd the sky,
Th'Atlantic billows roar'd,
When such a destin'd wretch as I,
Wash'd headlong from on board,
Of friends, of hope, of all bereft,
His floating home for ever left.
No braver chief could Albion boast
Than he with whom he went,
Nor ever ship left Albion's coast,
With warmer wishes sent.
He lov'd them both, but both in vain,

Nor him beheld, nor her again.

Not long beneath the whelming brine,
Expert to swim, he lay;
Nor soon he felt his strength decline,
Or courage die away;
But wag'd with death a lasting strife,
Supported by despair of life.

He shouted: nor his friends had fail'd
To check the vessel's course,
But so the furious blast prevail'd,
That, pitiless perforce,
They left their outcast mate behind,
And scudded still before the wind.

Some succour yet they could afford;
And, such as storms allow,
The cask, the coop, the floated cord,
Delay'd not to bestow.
But he (they knew) nor ship, nor shore,
Whate'er they gave should visit more.

Nor, cruel as it seem'd, could he
Their haste himself condemn,
Aware that flight, in such a sea,
Alone could rescue them;
Yet bitter felt it still to die
Deserted, and his friends so nigh.

He long survives, who lives an hour

In ocean, self-upheld;
And so long he, with unspent pow'r,
His destiny repell'd;
And ever, as the minutes flew,
Entreated help, or cried-Adieu!

At length, his transient respite past,
His comrades, who before
Had heard his voice in ev'ry blast,
Could catch the sound no more.
For then, by toil subdued, he drank
The stifling wave, and then he sank.

No poet wept him: but the page
Of narrative sincere,
That tells his name, his worth, his age
Is wet with Anson's tear.
And tears by bards or heroes shed
Alike immortalize the dead.

I therefore purpose not, or dream,
Descanting on his fate,
To give the melancholy theme
A more enduring date:
But misery still delights to trace
Its 'semblance in another's case.

No voice divine the storm allay'd,
No light propitious shone;
When, snatch'd from all effectual aid,
We perish'd, each alone:

But I beneath a rougher sea,
And whelm'd in deeper gulphs than he.

(Source: The Penguin Book of English Romantic Verse, ed. David Wright, Penguin, 1973)

【译文】

## 坠海水手

威廉·柯珀

最黑的夜幕遮蔽天空
大西洋翻滚着滔天巨浪
我这命中注定的弃儿
被海浪一头冲下船舷
朋友，希望，他失去一切
漂浮的家离他远去

走遍英格兰，还有哪个船长
比他更英勇无畏
寻遍阿尔比恩，还有哪条船
承载着更热切的期盼
他爱他的船，他的船长
可爱已成空，再难相见
他的船，他的船长

不久，他将躺在海水之下
虽然，他也是浪里健儿
不久，力量流走，勇气消失
可求生的念头还在支撑他

同死神做最后一搏

他高呼，朋友们也不是没有
减缓帆船行驶的速度
可狂风还是占了上风
或许，有些无情
他们丢下坠海的伙伴
驾船疾驰于狂风之前

也不是没有给他些许救助
只要在风暴中能够做到
瓶子、绳子、救生圈
可无论如何，再也不见
他的船，还有故乡的海岸
似乎有些残忍，可也不能
诅咒他们，匆匆离他而去
这样的海中，要救大家
唯一的选择只有快走
面对死神，心中依旧苦涩
朋友们近在咫尺
却舍他而去

冰冷的海水中，他苦苦挣扎
仅凭自己的力量，捱了一个小时
用所有剩下的气力
做最后的抗争
时间分秒过去，还在高呼
然后，向世界

最后告别
短暂的怨恨，最后终于平息
呼喊随着每阵风飘走
再也吹不进伙伴的耳郭
筋疲力尽，他吞下呛人的海水
向幽深的海底沉沦
没有诗人为他落泪，只有
忠实的记录，留下他的姓名
他的年龄，价值，纸上
也撒下安森船长的泪痕
无论流于诗人，还是英雄
一样能令逝者千古留名

我不敢心存妄想，再去吟唱
他悲惨的命运，为这
令人哀伤的故事，再添上
永恒的一笔，但是
哀痛总是乐于，寻找自己的
影子，在别人的故事中

暴风中听不到天堂的歌声
也见不到圣洁之光的降临
当所有人收回自己的援手
我们都将在孤独中逝去
可我身在更汹涌的海水下
长眠于更黑暗的深渊

# 延伸阅读

## 通　论

Bennett, Andrew and Royle, Nicholas, *An Introduction to Literature, Criticism* and Theory (Routlege, 5th edn, 2016). 生动和有趣的一本书。

Bertens, Hans, *Literary Theory: The Basics* (Routledge, 3nd edn, 2014). 有趣的系列中最新的一本。

Castle, Gregory, *The Literary Theory Handbook* (Wiley-Blackwell, 2013). 方法严谨、涵盖广阔，但更适于查阅，而非通读。

Culler, Jonathan, *Literary Theory: A Very Short Introduction* (Oxford University Press, new edn, 2011). 语言生动，颇有用处。

Culler, Jonathan, *The Literary in Theory* (Standford University Press, 2006). 讨论了文学理论对文学本身的忽视，作者在理论传播方面一直走在前列。

Durant, Alan and Fabb, Nigel, *Literary Studies in Action* (Routledge, 1990). 志向高远，颇多创新，但并非样样成功，用语言学的方法研究文学。

Eagleton, Terry, *Literary Theory: An Introduction* (Blackwell, Anniversary edn, 2008). 第一部文学理论综合导论，有的章节有趣，有的章节难懂。总体而言，需要更新。

Leitch, Vincent B., *Literary Criticism in the 21*st *Century* (Bloomsbury, 2014). 内容极其丰富，阐明并断言理论依旧蓬勃发展。

Lynn, Steven, *Texts and Contexts: Writing about Literature with Critical Theory* (Longman, 7rd edn, 2016). 非常适于阅读，亦非常关注理论的批评实践。不过，作者几乎手把手教读者如何写作，在我看来有些过了。

Selden, Raman, Widdowson, Peter, and Brooker, Peter, *A Reader's Guide to Contemporary Literary Theory* (Harvester, 6th edn, 2017). 平衡、详细，其初版在伊格尔顿的《文学理论导论》面世后不久出版。虽然该书不像伊格尔顿的著作那样才华横溢，却也有一个优点 —— 最近刚刚修订更新。

Tyson, Lois, *Critcal Theory Today: A User-Friendly Guide* (Routledge, 3rd edn, 2014). 一本好书，不过把各种理论都用到同一个文本（《伟大的盖茨比》）之上，有时并不成功。

Webster, Roger, *Studying Literary Theory: An Introduction*. (Arnold, 2nd edn, 1995). 十分短小，不过别人说不清、道不明的地方，该书却往往能一语中的。

Wolfreys, Julian, ed., *Introducing Literary Theories: A Guide and Glossary* (Edinburg University Press, 2001). 格式新颖，所有撰稿者建立起一个小“文本库”，从库中抽取文本，用于批评，这种做法优于仅仅选用一个文本。

Wolfreys, Julian, ed., *New Critical Thinking: Criticism to Come* (Edinburgh University Press, 2017). 一部文集，包括“物论”“动物研究”“情感理论”等。

**工具书**

Brooker, Peter,*A Glossary of Literary and Cultural Theory* (3rd edn, Routledge, 2017). 十分有帮助。

Coyle, Martin, et al., eds, *Encyclopedia of Literature and Criticism* (Routledge, 1990). 有益的工具书，内容丰富。

Cuddon, J. A., and Habib, M. A. R., *The Penguin Dictionary of Literary Terms and Literary Theory* (Penguin, 5th edn, 2014). 新版比旧版提高不少，尤其是关于主要批评方法的长词条，显示了编者深厚的研究功底。

Hawthorn, Jeremy, *A Glossary of Contemporary Literary Theory* (Edward Arnold, 4th edn, 2000). 绝大多数词条都很有帮助。

Sim, Stuart and Parker, Noel, *The A to Z Guide to Modern Literary and Cultural Theorists* (Prentice Hall, 1997). 按字母顺序列出所有理论大家，每人配一篇短文和一部参考文献，用处良多。

Wales, Katie, *A Dictionary of Stylistics* (Routledge, 3nd edn, 2011). 给人印象深刻，每每有令人茅塞顿开之语。

Wolfreys, Julian, ed., *The Edinburgh Encyclopedia of Modern Criticism and Theory* (Edinburg University Press, 2002). 结构合理，所选文章皆分量十足。

**通用读本**

Leitch, Vincent, B ed., *The Norton Anthology of Theory and Criticism* (Norton, 2001). 涵盖非常广泛，从理论的最早年代直至现今。不过，同 20 世纪 80 年代的先锋理论读本相比，这部读本的体量已增长了八倍。

Lodge, David and Wood Nigel, eds, *Modern Criticism and Theory: A Reader* (Longman, 3nd edn, 2008). 作为资料汇编极棒，提供了许多理论大家的第一手资料，篇幅亦算合理。

Newton, K. M., ed. *Theory into Practice* (Macmillan, 1992). 相当强劲的一个选本，所选文章集中于理论应用。

Newton, K. M., ed. *Twentieth Century Literary Theory: A Reader* (Palgrave, 2nd edn, 1997). 广泛、有用，亦非身躯庞大沉重的大笨象。

Rice, Philip and Waugh, Patricia, eds, *Modern Literary Theory: A Reader* (Arnold, 4th edn, 2001). 又一部精彩的资料汇编，篇幅合理。

Rivkin, Julie and Ryan, Michael, eds, *Literary Theory: An Anthology* (Wiley-Blackwell, 3nd edn, 2017). 知名度高，可篇幅过大，且文学理论所占比重偏低。

Selden, Raman, *The Theory of Criticism from Plato to the Present: A Reader* (Longman, 1988). 时间跨度大，可有些文章已被压缩到恼人的程度，编组有时亦不合常规。

Walder, Dennis, *Literature in the Modern World: Critical Essays and Documents* (Oxford University Press 2nd edn, 2004). 十分有用的选集，收入了重要文献、宣言

等，编辑按语亦写得好。

Waugh, Patricia, ed., *Literary Theory and Criticism: An Oxford Guide* (Oxford University Press, 2006). 所收录文章都是专为学生写的，故而与一般读本有所不同。全书分为四部分，最后一部分“回顾与展望”尤其有趣。

## 理论应用：十二部早期实例

Dollimore, Jonathan and Sinfield, Alan, eds, *Political Shakespeare: New Essays in Cultural Materialism* (Manchester University Press, 2nd edn, 1994). 很有用的材料，例如由斯蒂芬·格林布拉特撰写的第二章“看不见的子弹：文艺复兴时期的权威和颠覆，《亨利四世》和《亨利五世》”，堪称新历史主义经典之作，许多选集都收录了该文。又如第五章“田园诗人：女性主义批评和莎士比亚：《李尔王》和《量罪记》”。

Easthope, Antony, ed. *Contemporary Poetry Meets Modern Theory* (Harvester, 1991), 可阅读第五章，里克·赖伦斯撰写的“托里·哈里森的语言”，“理论化”实用批评的又一例证。粗略说，作者采用的是“文化主义”方法，即将诗歌放置于当时背景之中，使用相关的文献和社会数据（如果分析的材料不是来自当代，“文化主义”就可称为“新历史主义”）。

Gilbert, Sandra and Gubar, Susan, *The Madwoman in the Attic: The Woman Writer and the Nineteenth Century Imagination* (Yale University Press, 1979). 书中各章讨论了奥斯汀、勃朗特姐妹、乔治·艾略特等女性作家。

Jacobus, Mary, *Reading Woman: Essays in Feminist Criticism* (Methuen, 1986). 讨论了《维莱特》《弗罗斯河上的磨坊》，以及弗洛伊德的案例（参阅“‘朵拉’和身怀六甲的圣母”一章）。

Kurzweil, Edith, *Literature and Psychoanalysis* (Columbia University Press, 1983). 第十五章是对詹姆斯的短篇小说《欢乐角》的精神分析解读；第二十章名为“奇境中的爱丽丝——作为情人的儿童”，作者为威廉·汤普森。

Lodge, David, *After Bakhtin: Essays on Fiction and Criticism* (Routledge, 1990). 第二章“现代小说中的模仿和叙述”审视了小说中呈现材料的不同方式，涉及

的作家有费·威尔顿、乔治·艾略特、詹姆斯·乔伊斯；第五章“现代小说中的对话”审视了现代小说中人物对话的不同呈现方式，主要以伊夫林·沃（Evelyn Waugh）的作品为例。

Machin, Richard and Norris, Christopher, eds, *Post-structuralist Readings of English Poetry* (Cambridge University Press, 1987). 各章讨论了邓恩和弥尔顿的“失明”十四行诗、格雷的《墓园挽歌》、柯勒律治的《古舟子咏》，等等。并非所有章节都简明易懂，不过还是有些章节写得很棒。例如，凯瑟林·贝尔西讨论马维尔的《致羞答答的情人》的文章就是一个很好的例证，表明了新历史主义的文学研究方法。

Muller, John P. and Richardson, William J., eds, *The Purloined Poe: Lacan, Derrida, and Psychoanalytic Reading* (Johns Hopkins University Press, 1988). 这部文集收录的文章都是关于坡的短篇小说《被窃的信》。20 世纪 80 年代后期，众多批判理论家对这个故事产生了浓厚的兴趣。亦可阅读玛丽·波拿巴在 20 世纪 30 年代的著作，她对坡做了一个番“平直的”精神分析研究（参阅这本书第六章第 101—132 页）。

Murray, David, ed. *Literary Theory and Poetry: Extending the Canon* (Batsford, 1989). 第三章名为“图书馆员的疏失：《荒原》和《四个四重奏》中的文本和话语”，第四章名为“参照系：公众对三位女性诗人的接受与反响”（迪金森、普拉斯、莫尔）。这两章皆为“理论化”实用批评的优秀例证，文章中用到了多种批评方法，包括女性主义、结构主义，后一篇中还用到了精神分析。

Selden, Raman, *Practising Theory and Reading Literature: An Introduction* (Harvester, 1989). 全书包含二十四个短小章节，涵盖了所有主要理论，有些用处，不过各章过于简短。

Stubbs, Patricia, *Women and Fiction: Feminism and the Novel*, 1880-1920 (Harvester, 1979). 收录了论哈代、福斯特、劳伦斯、伍尔芙的一系列文章。

Tallack, Douglas, ed. *Literary Theory at Work: Three Texts* (Batsford, 1987). 五种理论方法：结构主义、马克思主义、女性主义、精神分析、解构；三篇文本：康拉德的《黑暗之心》、詹姆斯的《在牢笼中》、劳伦斯的《烈马圣莫尔》。

### 反抗理论

Burgess, Catherine, *Challenging Theory: Discipline after Deconstruction* (Ashgate, 1999). 思考了理论对于人文教学的影响，相当深刻。

Ellis, John M., *Against Deconstruction* (Princeton University Press, 1989)。论证扎实，语气温和，而非火药味十足。自始至终牢牢抓住一个问题，即文学理论对于文学阅读实践的影响。

Jackson, Leonard, *The Poverty of Structuralism: Literature and Structuralist Theory* (Longman, 1991). 主要讨论了语言学和结构主义哲学背后的一些基础性缺陷，关于结构主义理论对于文学批评实践的影响所谈不多。

Lerner, Laurence, ed. *Reconstructing Literature* (Blackwell, 1983). 可阅读塞德里克·瓦茨撰写的第一章、第五章，对理论的攻击猛烈，不过主要还是涉及其哲学缺陷。

Patai, Daphne, and Corral, Will H., *Theory's Empire: An Anthology of Dissent* (Columbia University Press, 2005). 一部反理论读本，收录了约 50 篇文章，主要撰写于 20 世纪 80 年代至 90 年代。有些文章出自大家手笔，语言活泼，堪称经典。不过，该书也未能避免许多读本的通病：过于庞大。

Paulin, Tom, *Ireland and the English Crisis* (Bloodaxe, 1984). 可阅读第 148—154 页，《英语现状》。该章原为刊登于《伦敦图书评论》上的一篇书评，矛头直指彼得·威多森主编的《重读英语》，一部堪称重量级的理论著作。这篇文章在各学术杂志上挑起一场论战，战火绵延长达一年之久。

Tallis, Raymond, *Not Saussure: A Critique of Post-Saussurean Literary Theory* (Macmillan, 1988). 强有力地批判了结构主义者和后结构主义者对索绪尔思想的使用。

Tallis, Raymond, *Enemies of Hope* (Palgrave, 1999). 抨击了所谓“文化批判”“歇斯底里人文主义”，这位作者的文笔总是很生动。

Washington, Peter, *Fraud: Literary Theory and the End of English* (Fontana, 1989). 主要批判了将激进理论同激进政治扯到一起的做法。

# 致　谢

有志振翅高飞者　目光切勿视下

——B. B. 金

从第一版开始，本书就以金（B. B. King）的这两句诗启航，如今依然不舍。今时今日，这两句诗似乎比以往更加应景合时。

与以往一样，要感谢我曾任教的学校中的同事，这些学校包括：东萨塞克斯高等教育学院，现在更名为布莱顿大学；埃弗里山学院（Avery Hill College），现在更名为格林韦治大学；南安普顿的 LSU 学院；阿伯里斯特威斯大学（Aberystwyth University）。

同样，我要感谢自己曾教过的学生，是他们教会了我如何做一名教师，尤其是如何做一名文学理论教师。

在过去数年中，许多大学的教师和学生给我发来邮件，提供了许多有益的信息和意见，有欣赏和赞扬，也有尖锐批评，这些都令我获益匪浅。

特别感谢曼彻斯特大学出版社编辑马修 · 弗罗斯特，还有安德鲁 · 柯克，承其专业眼光，本书书稿得到精良的审校。

还要把本书献给我的亲人们：父亲弗兰克 · 巴里、母亲梅伊 · 巴里、兄弟杰拉尔德 · 巴里一家、姐夫特里 · 沃克一家、两位弟媳安吉拉 · 巴里和安妮 · 泰勒，还有已故的姐姐莫琳·沃克。

最后，还有我永远深爱着的玛丽安和汤姆。

**彼得·巴里，阿伯里斯特威斯**

# 索　引

（索引中的页码为英文原书页码）

## A



## B

## C

## D

## G



## H

## I



## J

## K



## L

## N



## O



## P

## Q



## R

## S

## T



## U